KNAUR

Von Susanna Ernst sind bereits folgende Titel erschienen:
Deine Seele in mir
Das Leben in meinem Sinn
Immer wenn es Sterne regnet
So wie die Hoffnung lebt

Über die Autorin:
Susanna Ernst wurde 1980 in Bonn geboren und schreibt schon seit ihrer Grundschulzeit Geschichten. Sie leitet seit ihrem sechzehnten Lebensjahr eine eigene Musicalgruppe, führt bei den Stücken Regie und gibt Schauspielunterricht. Außerdem zeichnet die gelernte Bankkauffrau und zweifache Mutter gerne Porträts, malt und gestaltet Bühnenbilder für Theaterveranstaltungen. Das Schreiben ist jedoch ihre Lieblingsbeschäftigung für stille Stunden, wenn sie ihren Gedanken und Ideen freien Lauf lassen will. Ihr Credo: Schreiben befreit!

Susanna Ernst

Der Herzschlag deiner Worte

Roman

KNAUR

Besuchen Sie uns im Internet:
www.knaur.de

Wenn Ihnen dieser Roman gefallen hat und Sie auf der Suche sind nach ähnlichen Büchern, schreiben Sie uns unter Angabe des Titels »Der Herzschlag deiner Worte« an: frauen@droemer-knaur.de

Originalausgabe September 2017
Knaur Taschenbuch
© 2017 Knaur Verlag
Ein Imprint der Verlagsgruppe Droemer Knaur GmbH & Co. KG, München
Alle Rechte vorbehalten. Das Werk darf – auch teilweise – nur mit
Genehmigung des Verlags wiedergegeben werden.
Redaktion: Gisela Klemt, lüra: Klemt & Mues GbR
Illustration Frau: Olga Lebedeva / shutterstock
Illustration Blätter: Picsfive / shutterstock
Covergestaltung: FAVORITBUERO, München
Coverabbildung: Olga Lebedeva / shutterstock; Picsfive / shutterstock
Satz: Adobe InDesign im Verlag
Druck und Bindung: CPI books GmbH, Leck
ISBN 978-3-426-52123-6

2 4 5 3 1

*– Für Hermann und Margareta –
ihr wüsstet genau, warum*

Der Anfang vom Ende

21. Oktober 2015

Vincent

Du musst keine hundert Fehler begehen, damit sich der Kokon, den du so lapidar und oft nur wenig wertschätzend als »dein Leben« bezeichnest, einfach auflöst, Vince. Ein einziger Fehler genügt.

Diese Sätze schrieb mir vor langer Zeit eine ziemlich kluge Frau. Und, was soll ich sagen, von meinem derzeitigen Standpunkt aus betrachtet lag sie damit vollkommen richtig.
Verrückt nur, dass ich ausgerechnet jetzt, da ich den zweifellos größten Fehler meines Lebens begangen und es damit offenbar beendet habe, an Jane zurückdenken muss.

Ich hätte den dumpfen Druck im Brustkorb und den Schmerz im linken Oberarm wohl doch nicht einfach als Symptome einer nächtlichen Muskelverspannung abtun und heute Morgen lieber einen Arzt aufsuchen sollen, anstatt mich wie geplant mit meinem alten Freund Rick zum Golfen zu treffen.
Nun liege ich hier, mitten auf dem Fairway des 4. Loches, während sich mein geschockter Kumpel über mich beugt und ziemlich unbeholfen an mir herumrüttelt.
Doch meine Hände, die ich mir gerade noch aufs Brustbein gepresst habe, weil es in meinem Herzen plötzlich so stark stach, als würde es in hundert Stücke zerreißen, entspannen sich zunehmend, ebenso wie meine verzerrte Miene. Sämtliche

Muskeln erschlaffen, die Falten in meinem Gesicht verlieren an Tiefe, der Anblick an Schrecken. Zumindest empfinde ich es so, denn ja, ich sehe mich selbst wie durch die Augen eines Dritten.

Ganz recht, ich ... Keine Ahnung, aber irgendwie schwebe ich über meinem eigenen Körper.

Und während Rick von Sekunde zu Sekunde immer panischer wird, fühle ich seine hoffnungslosen Versuche, mich wieder zurück ins Leben zu schütteln, schon gar nicht mehr, sondern beobachte sie nur noch aus dem Blickwinkel eines Unbeteiligten.

Ich habe nicht einmal gespürt, wie ich mich von meinem Körper löste. Nur dass es passierte, ist unleugbar. Jetzt versuche ich zu erfassen, wer oder was ich nun bin, so, in meiner neuen Gestalt. Bloß, dass es keine Gestalt mehr zu geben scheint. Ich fühle, höre und sehe nach wie vor, auch wenn ich mich in einer Art Seifenblase zu befinden scheine, denn von dem Geschehen der Welt unter mir bin ich eindeutig abgetrennt. Und sosehr ich auch an mir hinabzublicken versuche, da ist nichts. Nichts außer dem saftigen Gras des Golfplatzes, auf dem meine leblose Hülle liegt.

Es ist das erste Mal, dass ich den Mann, der ich bis eben noch war, so distanziert betrachte. Und alles, was mir dabei in den Sinn kommt, gleicht einem beängstigend nichtssagenden Steckbrief.

Vincent Blake, dreiundfünfzig Jahre und knapp vier Monate alt, Historiker, unglücklich geschieden, zwei erwachsene Kinder, eine kleine Enkeltochter, die ich gern öfter gesehen hätte, ein Handicap von 13 und eine hochgradige Allergie gegen Nüsse, von der ich immer dachte, sie würde mir eines Tages zum Verhängnis werden.

Nur einer von vielen Irrtümern im Laufe meines Lebens.

Belanglose Eckdaten, mehr fällt mir beim besten Willen nicht zu mir ein. Nichts, das in irgendeiner Weise hervorstechen würde oder besonders erwähnenswert wäre. Unwillkürlich frage ich mich, wie es da erst meinen Mitmenschen ergehen muss. Werden sie womöglich sogar Schwierigkeiten haben, eine einigermaßen ansprechende Trauerrede für mich zu halten?

Ja, es sind seltsame Gedanken, die mich so unmittelbar nach meinem Tod ereilen. Aber zumindest driften sie, wenn auch in beunruhigender Art und Weise, in Richtung meiner Lieben – und damit löst sich dieses seltsame Gefühl von Resignation, das mich erfasst hatte, schlagartig wieder auf. Mit einem Mal verspüre ich nur noch Panik.

Ich kann meine Kinder doch nicht einfach im Stich lassen! Nicht jetzt schon, nicht heute. Schließlich wollte ich noch so vieles machen: mehr Zeit mit meiner Enkelin verbringen, mit meinem Sohn über klassische Literatur diskutieren, meine Tochter vielleicht irgendwann zum Altar führen und meinen zukünftigen, bislang noch gesichtslosen Schwiegersohn dabei mit Blicken wie Pfeile durchlöchern.

Unter mir bekommt Rick nun Unterstützung, weil ihm ein anderer Golfer zu Hilfe eilt. Es ist ein junger Mann, nicht viel älter als mein Sohn Alex.

Vielleicht ist er Arzt, vielleicht hat er auch nur vor Kurzem einen Erste-Hilfe-Kurs belegt. Auf jeden Fall ist er wild entschlossen.

Noch im Laufen reißt er sich die Jacke vom Leib, lässt sich neben mir auf die Knie fallen und tastet am Hals nach meinem Puls. Er spricht mich an, tätschelt meine Wange und legt mir dann eine Hand in den Nacken, um meinen Kopf zu überstrecken. Ich bemitleide ihn fast, als er mir die Nase zuhält und seinen offenen Mund über meinen legt, doch er zögert bei alledem nicht einmal für eine Sekunde. Ich beobachte, wie er mir seinen Atem gibt, um mich wiederzubeleben, und wünschte, ich könnte ihm zurufen, dass es vergebene Liebesmühe ist, weil ich ohnehin nichts mehr davon spüre, aber ...

Halt! Was war das?

Dieses seltsame Flirren.

Da, wieder!

Plötzlich höre ich nicht nur die Stimme des jungen Mannes, ich fühle auch die Luft, die mich streift, als er mich anspricht. »Kommen Sie! Na los, Sir, kommen Sie schon!«, feuert er mich leise an und drückt dabei stoßartig auf meinen Brustkorb. Ich spüre es nur ganz zart, wie durch hundert Lagen Watte. Aber es ist da.

Also ... bin ich noch gar nicht tot? Gibt es doch noch eine Chance für mich, wieder zurückzukehren?

O ja, ja bitte! Ich hätte noch so viel zu tun, zu sagen, zu geben ...

Aufgeregt, ja, fast schon euphorisch spüre ich ein Zucken meines linken Zeigefingers, das von Rick und dem bemühten Fremden jedoch unbemerkt bleibt. Obwohl ich meinen Willen bündele und mir inständig wünsche, wieder eins mit meinem Körper zu werden oder zumindest eine größere Regung zu zeigen, damit man mich bloß noch nicht aufgibt, kann ich nichts mehr ausrichten.

Schon im nächsten Moment erlischt das Flirren wieder, und ich habe das Gefühl, mit voller Wucht zurückgerissen zu werden.

Ich weiß nicht, wie ich mir das Sterben vorgestellt habe.

Bewusst malte ich es mir wohl nie aus, sondern verdrängte die Gedanken daran, sobald sie aufkamen. Auf jeden Fall war ich der Meinung, dass Körper und Seele nur zusammen bestehen können und dass mit dem Tod ... tja, halt alles vorbei sein müsse.

Umso verrückter erscheint mir nun, was mit mir passiert. Denn plötzlich erfasst mich ein überaus mächtiger Sog. Ich weiß nicht, wie mir geschieht, und ziehe sogar in Erwägung, in ein Jenseits gesogen zu werden, dessen Existenz für mich als bekennender Atheist immer unvorstellbar war.

Doch da verebbt der rauschende Fluss aus flackerndem Licht um mich herum ebenso abrupt, wie er mich gepackt hat, und ich befinde mich nicht mehr über dem Golfplatz.

Stattdessen schwebe ich jetzt direkt über dem Nashorngehege eines Zoos, den ich zuletzt vor einundzwanzig Jahren besucht habe. Ich erinnere mich so genau daran, weil Vivian und ich den Umzug von New Jersey damals gerade hinter uns gebracht hatten und unseren fünften Hochzeitstag mit den Kindern bei einem Besuch in ebendiesem Zoo feierten. Auf einer Holzbank stießen wir mit dem Sekt an, den ich als kleine Überraschung für Vivian eingepackt hatte, Alex prostete uns mit einer Limonadendose zu und Cassie mit ihrer Schnabeltasse. Damals war die Welt noch in Ordnung, zumindest für mich. Ich konnte ja nicht ahnen, dass Vivian sogar jenen Hochzeitstag vermutlich schon wie eine weitere bewältigte Hürde empfand – und nicht wie das Fest unserer Liebe und all dessen, was wir gemeinsam bewirkt hatten.

Bei unserem damaligen Zoobesuch war Cassie etwa zwei Jahre alt, genauso, wie meine süße Enkelin Leni heute, auf deren rötlichen Schopf ich nun hinabschaue.

Die Löckchen der Kleinen wippen, während sie so schnell wie möglich vor Marcus, dem besten Freund meines Sohnes, davonrennt.

Fasziniert lasse ich meinen Blick zu Alex' Wuschelkopf gleiten. Auch sein Haar hat einen leichten Kupferstich, den ich aus dieser ungewohnten Perspektive viel deutlicher wahrnehme als je zuvor. Doch diese Erkenntnis streift mich nur beiläufig, denn vor allem frage ich mich, wie ich überhaupt hierhergelangen konnte und was ich hier mache.

Ist dies vielleicht der Beginn meines persönlichen Abschieds? Ist es immer so? Darf man alle seine Lieben noch einmal sehen, bevor ... Ja, bevor was geschieht?

Alex lacht, nicht ahnend, dass ich so unmittelbar über ihm schwebe. Er genießt sein Leben, und das erfüllt mich sogar in dieser Situation mit Freude und Stolz. Denn ich weiß sehr wohl, dass es nicht das Leben ist, das er sich vor ein paar Jahren noch ausgemalt hatte. Kein Mann plant, alleinerziehender Vater zu werden. Schon gar nicht, wenn er der junge Bassist einer aufstrebenden Band ist, so wie Alex es war.

Aber mein Sohn hat sich der Herausforderung mutig gestellt. Er hat die Verantwortung übernommen und wird an diesem sonnigen Herbsttag, dem munteren Geplapper seiner Tochter lauschend, nicht zum ersten Mal für seine Entscheidung belohnt.

Gerade will Alex seinem Kumpel Marcus, den ich auch schon seit seiner Kindheit kenne, und der kleinen Leni folgen, als sein Mobiltelefon klingelt und er stehen bleibt, um das Gespräch anzunehmen.

Es ist Cassie. Sie klingt vollkommen aufgelöst und schafft es zwischen den tiefen Schluchzern kaum, ihrem Bruder zu berichten, was geschehen ist.

»Er ... ist tot, Alex! Daddy ist tot.«

Diese verzweifelten Worte aus dem Mund meiner Tochter zu hören – kein körperlicher Schlag könnte mich schmerzhafter treffen.

Nun ist es also Gewissheit.

Ich höre Cassies bebende Stimme weiterhin so deutlich, als hielte ich mir selbst das Handy ans Ohr. Es ist furchtbar, sie dermaßen aufgelöst und überfordert zu erleben. Sie stößt unzusammenhängende Wortfetzen aus und japst dabei so heftig, dass ich mir Sorgen mache, sie könne kollabieren.

Alex hingegen ist ganz still geworden. Er sinkt auf einen großen Stein am Wegesrand, wo er blass, mit bebenden Fingern, einfach sitzen bleibt.

Ich will nichts mehr, als ihn und seine Schwester trösten, meinen beiden geliebten Kindern versichern, dass alles wieder gut wird und ich doch noch bei ihnen bin – zumindest irgendwie.

Aber alles, was ich bewirken kann, ist, dass ich mich meinem Sohn weiter nähere, wenn auch vollkommen unbemerkt. Doch nicht einmal von dem sanften Windstoß, der durch Alex' Haar bläst, als ich ihn so niedergeschlagen aus nächster Nähe betrachte, kann ich mit Bestimmtheit sagen, dass ich ihn ausgelöst habe.

Aber das ist auch gleichgültig, denn Alex scheint ihn ohnehin nicht gespürt zu haben. In diesem Moment sind Cassie und er vollkommen allein mit ihrer Verzweiflung.

Und ich bin es auch.

1

Zwei Jahre zuvor

Alex

Ein jammervolles Quäken lässt mich aufschrecken. Die Bühne, auf der die Jungs und ich gerade noch standen und *One Last Time* spielten, das grelle Licht der Strahler sowie der Jubel des Publikums – das alles löst sich so abrupt und rückstandslos auf wie eine zerplatzende Seifenblase.

Fast glaube ich zu fühlen, wie mir der Boden unter den Füßen weggerissen wird, doch das ist wohl eher darauf zurückzuführen, dass ich schon im Begriff bin, meine Beine aus dem Bett zu schwingen.

O Mann, wann hören diese albernen Träume endlich auf?

Gefühlt stelle ich mir diese Frage schon zum hundertsten Mal, während ich automatisch die Bettdecke zurückschlage und mich schlaftrunken erhebe.

Barfuß schlurfe ich über die Holzdielen in Richtung Korridor. Dabei stoße ich in der Dunkelheit gegen den Hals meiner Gitarre und schubse sie vom Korbsessel am Fußende meines Bettes. Richtig, dort hatte ich sie nach den erfolglosen Bemühungen des vergangenen Abends abgelegt. Der dumpfe Klang, mit dem mein gutes altes Instrument zu Boden fällt, hallt lange nach. Er erschüttert mich beinahe so, als sei ich selbst gefallen, und lässt mich in meinen Bewegungen innehalten. Im blassen Schein des Vollmonds, der durch mein Fenster fällt, leuchten die losen Papierblätter, die auf der Gitarre lagen und sich nun ebenfalls auf dem Fußboden verteilt haben, beinahe gespenstig weiß. Sie sind leer, allesamt.

Schnell wende ich den Blick ab und gehe weiter, ohne das Chaos, das ich angerichtet habe, auch nur grob zu beseitigen.

Durch den plötzlichen Lärm ist das Weinen nebenan noch lauter geworden. Ich fluche leise vor mich hin, ärgere mich über meine Ungeschicklichkeit, zumal ich den Weg inzwischen auch blind beherrschen müsste, ohne irgendwo anzustoßen. Schließlich laufe ich ihn drei- bis viermal pro Nacht. Mindestens.

Vermutlich ist es nur meiner Erschöpfung zuzuschreiben, aber meine Beine fühlen sich bleischwer an und viel zu alt, um wirklich zu mir zu gehören. Bin ich nicht erst sechsundzwanzig? Tatsächlich? Oder habe ich den Großteil meines Lebens verschlafen und bin als alter Mann erwacht?

Nein, das inzwischen ohrenbetäubende Gebrüll aus dem angrenzenden Zimmer erzählt eine andere Geschichte. *Unsere Geschichte.*

Ich drücke die angelehnte Tür auf, verharre noch einen Moment auf der Schwelle. Doch dann gebe ich mir einen Ruck und steuere auf das kleine Gitterbett zu. Die Nachtlampe wirft ihr mattes Licht auf das wutverzerrte Gesicht meiner Tochter.

Meine Tochter!

Mit dem mir schon vertrauten, drückenden Gefühl in der Magengrube senke ich den Blick, ziehe die Bettdecke zurück und hebe das kleine Bündel heraus, dessen Geschrei sofort verstummt.

Dummes, kleines Mädchen!

Spürt sie denn nicht, wie unfähig ich bin? Dass sie ihr Vertrauen, das ich nun in Form eines erleichterten Seufzers gegen meine verkrampfte Schulter spüre, auf einen maßlos überforderten Mann setzt?

Erschöpft lasse ich mich in den alten Schaukelstuhl fallen, der unter dem plötzlichen Gewicht aufstöhnt.

Die Ersatzmilch ist klumpig, wie immer. Doch die Kleine kennt es nicht anders und stört sich nicht daran. Wenigstens habe ich den Wärmer mittlerweile so weit unter Kontrolle, dass ich ihr die Flasche nach einem kurzen Temperaturcheck an meinem Handgelenk direkt geben kann und nicht noch erst herunterkühlen muss, wie am Anfang.

Während Leni in hastigen Zügen trinkt, schaue ich sie nicht an. Obwohl ich weiß, wie wenig ich meiner Vaterrolle damit gerecht werde, habe ich es bisher erst selten, und wenn, dann immer nur sehr kurz gewagt, sie anzusehen. Aber so schnell ich meinen Blick auch immer von ihr abgewandt habe, ergoss sich dennoch jedes Mal prompt dieser finstere Gefühlscocktail aus Hilflosigkeit und dem verbitterten Wissen, hintergangen worden zu sein, über mir. Darum halte ich lieber an meiner Feigheit fest und sehe das Baby in meinen Armen erst gar nicht an. Doch gleichzeitig befeuert die Erkenntnis, Leni dadurch ein noch miserablerer Vater zu sein, meine Verzweiflung. Ich seufze, denn es ist ein verdammter Teufelskreis.

Als die Kleine zu Ende getrunken hat, rieche ich kurz an ihrer Rückseite. Die Windel ist noch nicht sehr schwer und definitiv nur nass. Da Leni nicht dazu neigt, wund zu werden, beschließe ich, sie erst beim nächsten Mal zu wickeln. Also in etwa zwei Stunden.

Ohne ein einziges Wort zu ihr gesagt zu haben, lege ich sie zurück in ihr Bettchen und verlasse den Raum wieder – was sie protestlos hinnimmt. Vermutlich ist sie ebenso erleichtert wie ich. Zumindest für den Moment.

In meinem Schlafzimmer hebe ich die Gitarre und die vielen leeren Blätter auf. Obwohl ich inzwischen wach genug bin und jetzt, nachts, auch endlich die Zeit und Ruhe hätte, an einem neuen Song zu arbeiten, streift mich der Gedanke nur sehr flüchtig. Schon bin ich wieder unter meine Bettdecke gekrochen. Und es dauert erwartungsgemäß nicht lange, bis mein schlechtes Gewissen erneut zu mir aufschließt. Ich fühle mich einfach miserabel und habe Mühe, die aufsteigenden Tränen zurückzuhalten. Ich denke nicht nur über die Situation mit Leni nach, auch den Jungs gegenüber fühle ich mich schuldig. Als hätte ich sie im Stich gelassen.

Mein Handy piept zweimal kurz hintereinander. Es kann nur einen geben, der mir mitten in der Nacht schreibt. Und richtig, die Nachricht ist von Marcus.

4. Tag der Tour: Heute steht Köln an, der erste Gig in Deutschland. Nach England regnet es hier endlich mal nicht, und kalt ist es heute auch nicht. Wenn wir den Soundcheck schnell hinter uns bringen, könnten wir sogar noch Zeit haben, ein bisschen von der Stadt anzusehen. Viele Fans fragen nach Dir. Ich hab meistens keinen Schimmer, was ich ihnen sagen soll, also saugt Tobey sich irgendwas aus den Fingern. Wie geht es Dir, Mann? Was macht die Kleine? Hat Tara sich noch mal gemeldet? Wissen Deine Eltern inzwischen Bescheid?
Mensch, Alex, MELD.DICH.ENDLICH!!!

Für wenige Sekunden kreist mein Daumen über der kleinen digitalen Tastatur. Doch anstatt dem Mann, der seit Kindheitstagen mein bester Kumpel ist, zu antworten, lege ich das Handy schließlich wieder weg, drehe mich auf die Seite und rolle mich in meinem Bett wie ein Kleinkind zusammen. Starre in die Dunkelheit – keine Ahnung, wie lange.

Was sollte ich Marcus auch schreiben?

Mir geht es scheiße, Leni erträgt ihr Schicksal zwar tapfer, aber gut kann es ihr unter diesen Umständen wohl kaum gehen.

Und nein, ihre Mutter hat sich nicht mehr gemeldet, seitdem sie die Kleine bei mir abgeliefert hat, und ich habe es in fast einem Monat auch noch immer nicht geschafft, meinen Eltern von der ganzen Misere zu erzählen, weil ich mich nach wie vor viel zu sehr schäme. Natürlich wundern sie sich inzwischen, dass ich auf keinem der Tourfotos im Internet zu sehen bin. Entsprechende Text- und Mailboxnachrichten habe ich schon erhalten. Also kann es sich nur noch um wenige weitere Tage handeln, vermutlich sogar nur um Stunden, bis sie Cassie weichgekocht haben und endgültig herausfinden, was wirklich passiert ist.

Nein, bevor ich Marcus *das* schreibe, antworte ich lieber gar nicht.

Irgendwann muss ich wohl wieder eingeschlafen sein, denn als ich das nächste Mal die Augen öffne, werde ich von hellem Licht geblendet, und der Lärm der belebten Straße dringt durch das gekippte Fenster.
Leni weint. Außerdem wummert es wie wild an meiner Wohnungstür. Jemand flucht lauthals, und ich muss nicht erst lange raten, um zu erkennen, dass dieser Jemand meine kleine Schwester ist.
»Wenn du nicht sofort diese verdammte Tür aufmachst ... ich schwöre dir, bei allem, was mir heilig ist, dann trete ich sie ein! ... Alex, hörst du mich? Mach endlich auf!«
Wie lange hämmert sie denn schon gegen diese Tür, verflixt?
Wie lange auch immer, jetzt bin ich ganz da, und mein Wecker zeigt ... 11:34 Uhr. Am 26. Oktober 2013.
Tag 28!
Ich springe auf und bin mit wenigen großen Sätzen an der Wohnungstür. Kaum habe ich sie einen Spaltbreit geöffnet, trifft mich Cassies flache Hand schon am Brustbein.
»Aus dem Weg, du blöder Idiot!«, schimpft sie aufgebracht. »Hast du auch nur die leiseste Ahnung, was du mir für einen Schrecken einjagt hast?«
»Womit denn?«, frage ich verdutzt, doch Cassie ist bereits an mir vorbeigerauscht. Die Tür zu dem kleinen Zimmer, in dem sich bis zum letzten Monat noch mein Tonstudio befand, fliegt auf, und Cassie eilt zu dem Gitterbettchen, das nach wie vor den Charme eines Fremdkörpers für mich versprüht. Schon wiegt sie das Baby in ihren Armen. Sie presst den winzigen zuckenden Körper an sich und wispert Leni beruhigende Worte zu. Sie wollen so gar nicht zu der Cassie passen, die mich schon als kleines

Mädchen mit den unmöglichsten Schimpfwörtern und derbsten Sprüchen bedachte, wann immer wir auf einen Streit zusteuerten. Also ständig.

Wutentbrannt wendet sie sich mir auch jetzt zu, doch in ihren hellbraunen Augen erkenne ich neben ihrem Zorn auch eine tiefe Sorge und Hilflosigkeit, während sie sich größte Mühe gibt, aus Rücksicht auf Leni ihre Lautstärke zu drosseln.

»Ich stehe seit einer halben Stunde vor deiner Tür, Alex! Seit über zwanzig Minuten brülle ich mir die Seele aus dem Leib. Du hörst nicht einmal, dass die Kleine schreit. Sie ist *deine Tochter*, begreifst du das eigentlich? Und du hörst sie nicht! Du hörst gar nichts mehr, ausgerechnet du. Das jagt mir eine Höllenangst ein! Das ist doch nicht normal, verdammt! Hol dir Hilfe oder tu sonst etwas, aber krieg dich endlich in den Griff, Mann! Sonst ...«

Sie spricht ihre Drohung nicht aus, schüttelt stattdessen nur den Kopf und stiefelt energisch an mir vorbei – in den Raum, den ich bis vor Kurzem noch reinen Gewissens als meine Küche bezeichnen konnte.

»Schweinestall!«, befindet meine Schwester jetzt mürrisch und dummerweise nicht ganz unberechtigt. Neben dem Mülleimer türmen sich leere Pizzakartons und Flaschen, und so ziemlich alles, was ich in den letzten Tagen aus den Schränken geholt habe, steht noch dort, wo ich es benutzt habe. Selbst der Aschenbecher auf dem Fensterbrett quillt inzwischen über, und ich frage mich schlagartig, wie ich diese ganzen Missstände so lange ausblenden konnte.

»Du lebst in einem verfluchten Schweinestall«, bekräftigt Cassie noch einmal. »Wo ist das Milchpulver?« Noch immer drückt sie Leni mit dem linken Arm an ihre Brust, während sie mit der rechten Hand nacheinander sämtliche Schranktüren und Schubfächer öffnet und vergeblich nach der Babynahrung sucht.

Verschämt gehe ich zu ihr und krame den entsprechenden Pappkarton hinter der Kaffeemaschine hervor. Cassie wirft einen geringschätzigen Blick auf die schmutzigen Tassen, die davor stehen, verkneift sich aber weitere Kommentare und füllt stattdessen den Wasserkocher. Das Baby in ihren Armen brüllt nicht mehr, es wimmert nur noch leise vor sich hin.

»Schon gut, mein Schatz, schon gut. Ich mache dir jetzt erst einmal eine neue Windel, was hältst du davon? Und wenn wir fertig sind, ist auch das Wasser heiß. Dann dauert es nicht mehr lange, bis du endlich trinken kannst.«

Cassie streicht über den kleinen Kopf mit dem flaumigen rötlich blonden Haar. Sie schmiegt ihre Wange an Lenis und spricht beschwichtigend mit ihr, bis der winzige Körper nur noch ab und zu und in immer größeren Abständen von Schluchzern durchzuckt wird.

So wie auch jetzt wieder. ... Und noch einmal.

Dieser Anblick reicht aus, um etwas in mir zu rühren.

Tief in mir – unverhofft tief.

Ich erinnere mich an Cassie, als sie so klein war. Damals war ich fünfeinhalb Jahre alt und ein extrem stolzer großer Bruder, der ständig darum bettelte, sie in die Arme nehmen oder ihren Kinderwagen schieben zu dürfen.

Ob die Kleine ihrer Tante wohl ähnelt? Oder mir?

Unfassbar, aber auch nach vier Wochen mit ihr kann ich diese Frage noch nicht beantworten. Wohl flackern Fragmente ihres Gesichtchens vor meinem geistigen Auge auf, aber nicht mehr.

Zum Beispiel, wie sie aussah, als Tara sie über die Schwelle zu mir hereintrug und ich sie das erste Mal sah – in ihrer Babyschale schlafend, bis zur Nasenspitze zugedeckt. Oder ihre Augen, die mich beim Trinken und Wickeln immer so groß und zutraulich betrachten. Ich spüre ihren Blick jedes Mal und kann doch nicht sagen, ob sie eher blau oder grün sind. Und ihr Mund, der sich beinahe quadratisch verzieht, unmittelbar bevor sie zu weinen beginnt.

Aber da ist kein großes Ganzes, kein definiertes Bild des kleinen Mädchens, das sein Leben vor knapp einem Monat wohl oder übel in meine Hände hat legen müssen. Ich weiß wirklich nicht, wie meine eigene Tochter aussieht.

Als diese Erkenntnis mit einer schier unverzeihlichen Verspätung endlich zu mir durchsickert, halte ich es mit einem Mal kaum noch länger aus.

Ich stoße die Luft aus, von der ich nicht einmal wusste, dass ich sie angehalten hatte, schließe die Augen … und öffne sie dann wieder. Ganz bewusst, zum ersten Mal seit einer Ewigkeit, wie es mir scheint.

Inmitten des Chaos, das ich in den vergangenen Wochen produziert habe, steht meine einundzwanzigjährige Schwester und tut ihr Bestes, um meine Tochter zu beruhigen. Doch die Arme, die sich so zärtlich um Lenis kleinen Körper schlingen, sollten *meine* Arme sein. Nicht Cassies.

»Gib sie … Gib sie mir bitte, ja?«, höre ich mich stammeln.

Aus zornigen Augen funkelt Cassie mich an. »Nein, ich wechsle zuerst ihre Windel! Füll du das Wasser in die Flasche und rühr das verdammte Pulver ein! Klumpenfrei wäre zur Abwechslung mal ganz nett. Kriegst du das hin, oder überfordert es dich?«

Ich schlucke an der Wahrheit ihrer derben Worte und lasse meinen Blick sinken. Doch trotz ihres harschen Tonfalls macht meine Schwester keinerlei Anstalten, den Raum zu verlassen.

»Monster, bitte!« Ich nenne sie ganz bewusst bei dem Spitznamen, den ich ihr bereits als Kind verpasst habe. Als ich wieder zu ihr aufschaue, sind Cassies Lippen zwar zu einer dünnen Linie zusammengepresst, aber die Wut in ihren Augen ist erloschen. Ihre Gesichtszüge entspannen sich langsam, bis sie resigniert schnaubt, dabei gegen ihre hellbraunen Ponyfransen pustet und mir Leni zögerlich entgegenstreckt. »Hier! Ist ja *deine* Tochter. Ich wünschte bloß, du würdest das endlich mal schnallen. Vermassele es nicht, hörst du? Schön von oben nach unten wischen, bloß nicht umgekehrt!«

Ein mattes Schmunzeln zupft an meinen Lippen. »Ich weiß.«

»Das bezweifle ich stark«, brummt Cassie mit tadelndem Blick. »Na los, hau schon ab!«

Ich wechsele die Windeln meiner Tochter erstaunlich routiniert. Habe ich das wirklich schon so oft gemacht? Hm, siebenundzwanzig volle Tage, multipliziert mit sechs bis acht Windeln pro Tag ... Yep, habe ich!

»Hallo Leni!«, sage ich ganz leise, damit Cassie mich in der Küche auf keinen Fall hören kann. Doch selbst im Flüsterton kriege ich die Worte kaum heraus. Es fühlt sich seltsam an, endlich mit Leni zu sprechen, ihren Namen zu sagen.

Auch die Kleine wirkt erstaunt. Aus den Augenwinkeln heraus erkenne ich, dass ihr winziger Mund ein tonloses O formt, sie hält in ihren Strampelbewegungen inne und verharrt ganz still. Zögerlich hebe ich den Blick von meinen geschäftigen Händen. Lasse ihn über ihr entblößtes Bäuchlein mit dem flachen runden Nabel gleiten, über die speckigen Ärmchen und die knubbeligen Finger mit den unfassbar winzigen, perfekt geformten Fingernägeln. Behutsam greife ich danach, umfasse ihre Händchen, halte sie ... und staune nicht schlecht, als ich Lenis festen Griff spüre, gefolgt von der vollkommenen Anspannung ihres kleinen Körpers, unter der sie sich krümmt und offenbar an meinen Daumen hochziehen will.

»Hey, was wird das denn? Bist du dafür nicht noch ein bisschen zu klein?«, frage ich, was sie mit einem angestrengten Schnauben erwidert. Jetzt erst schaue ich ganz auf, in ihr hochrotes Gesicht.

Leni anzusehen ist wie ein Déjà-vu, obwohl es nicht Cassie ist, der sie so stark ähnelt. Aber dieses Stupsnäschen, die mandelförmigen Augen und die kurzen rotblonden Locken, die sich über ihrer makellosen Stirn kräuseln – das alles kommt mir dennoch eindeutig vertraut vor. Auf jeden Fall ist Leni ein süßes Baby.

Mein süßes Baby.

Ich schlucke hart, und dabei löst sich ein Teil des Kloßes, der sich schon vor Wochen in meinem Hals gebildet hat. Genauer gesagt, an dem Nachmittag, als ich völlig ahnungslos die Wohnungstür öffnete und Tara mir mit der Babyschale gegenüberstand. Als sie mir den Vaterschaftstest unter die Nase hielt, wirkte sie sehr entschlossen und gar nicht mehr wie das junge, dauerschwärmende Groupie, als das ich sie schon etliche Jahre zuvor kennengelernt hatte. Nach dem ersten Schock dachte ich, sie wolle nur finanzielle Unterstützung für Leni einfordern. Doch dann wurde schnell klar, dass Tara Geld allein niemals hätte helfen können.

Leni gibt ihre Bemühungen, sich an meinen Fingern hochzuziehen, auf, sackt auf die Wickelunterlage zurück und stößt dabei einen kleinen Laut aus, mit dem sie mich aus meinen Gedanken holt. Ihr Gesichtchen ist immer noch ganz rot von der Anstrengung.

Zaghaft streichele ich über ihren Bauch, ihre Seiten. Verrückt, dass ich ein Drittel ihres Körpers mit nur einer Hand abdecken kann. Sie ist so winzig, so … hilflos.

»Meine Tochter«, wispere ich und lasse mir die Zeit, meinen eigenen Worten zu lauschen. Ihre Wirkung entfaltet sich nur sehr zögerlich in mir, wie ein Schmetterling, der aus seinem Kokon schlüpft und zum ersten Mal die Flügel zu voller Spannweite ausbreitet.

Dennoch ist mein Flüstern keines der leeren Art. Es trägt eine spürbare Bedeutung in sich, der ich mich nicht länger verschließen möchte. »Meine Tochter«, sage ich noch einmal, als würde es erst dadurch wahr werden, dass ich es ausspreche. Leni schaut mich mit großen Augen an. Es wirkt fast so, als begreife sie, dass dieser Moment nicht gewöhnlich ist, sondern mir wohl für alle Zeiten in Erinnerung bleiben wird.

Ihre kleine Nase kräuselt sich leicht, und nur einen Moment später hebt sich der rechte Mundwinkel. Leni lächelt.

Plötzlich spüre ich die Tränen, die in meinen Augen stechen und schon mit dem nächsten Blinzeln auf ihr nacktes Bäuchlein tropfen.

»Es tut mir so leid«, stoße ich leise aus und hebe sie, halb nackt, wie sie ist, in meine Arme. Schluchzend presse ich sie gegen meine Brust. »Ich schwöre, ich werde ab jetzt für dich da sein, Leni. Es tut mir so leid, Kleines, bitte verzeih mir!«

Nein, ich habe dieses Kind nie gewollt. Nicht jetzt, nicht … mit dieser Frau, von der ich intuitiv immer wusste, dass sie sich zwar nach Liebe sehnte, aber womöglich nie in der Lage sein würde, damit auch umzugehen. Das ahnte ich schon, bevor ich Taras traurige Geschichte kannte.

Aber nun ist Leni da. Völlig unvermittelt in mein Leben gepurzelt, hat sie den Staub scheinbar vorgetrampelter Wege aufgewirbelt. Und als er sich wieder legte, waren die Pfade neu verästelt. Wohin sie mich – nein, wohin sie *uns* von hier aus führen werden, weiß nur der Himmel. Aber zum ersten Mal seit Lenis Ankunft bin ich bereit, mich von meinem ehemaligen Leben zu verabschieden. Im Prinzip habe ich es ja schon längst getan. Schließlich sind die Jungs ohne mich auf Tour gegangen, Brad hat meine Stelle in der Band eingenommen, spielt den Bass und singt den Background unserer Songs … und ich wechsele Windeln.

Aber plötzlich schmerzt es nicht mehr, wenn ich mir das so schonungslos deutlich vor Augen führe. Erstaunt verspüre ich stattdessen Neugierde und eine Spur von Zuversicht, wenn ich an den neuen Lebensabschnitt denke, der nun vor mir liegt. Leni nach wie vor an mich gedrückt, habe ich zum ersten Mal das Gefühl, es eventuell doch zu schaffen. Ja, vielleicht kriege ich es sogar ganz gut hin.

Ohnehin war das Songschreiben immer mein größtes Ding. Und das kann ich doch auch weiterhin machen. Trotz Leni. Ich muss nur aufhören, mich selbst damit unter Druck zu setzen. Bei den einschneidenden Veränderungen der letzten Wochen ist es doch klar, dass ich zurzeit keinen freien Kopf zum Komponieren habe. Aber dadurch, dass Sidestream gerade so richtig durchstartet und die meisten der Songs aus meiner Feder stammen, geht es mir finanziell momentan ganz gut. Leni und ich können es also ruhig angehen, uns erst einmal besser kennenlernen und in einen neuen, etwas geregelteren Tagesablauf finden. Dann klappt es sicher auch bald wieder mit der Musik. Schließlich war sie immer meine Passion und niemals nur eine drückende Pflicht.

Erst als ich mich gefasst und der Kleinen einen frischen Strampelanzug angezogen habe, kehre ich in die Küche zurück. Der Raum sieht deutlich ordentlicher aus als zuvor, aber Cassie ist nicht da. Sie hat Lenis Flasche vorbereitet und zur schnelleren Abkühlung in ein Gefäß mit kaltem Wasser gestellt. Es ist der Übertopf meiner kläglich verkümmerten Zimmerpflanze.

Während Leni bereits gierig saugt und vor Wonne die Augen verdreht, höre ich meine Schwester im Badezimmer vor sich hin fluchen.

Oh, verdammt! Jetzt erst fallen mir auch die offen stehenden Türen meines Küchenschranks auf. Natürlich, Cassie hatte kein geeignetes Wassergefäß gefunden. Keinen Topf, keine Schüssel – daher auch der Blumentopf zum Kühlen der Babyflasche.

Voller Unbehagen schlurfe ich über den schmalen Flur und schiebe die Tür zu meinem kleinen Badezimmer auf. Sofort bin ich Cassies fassungslosem Blick ausgeliefert.

Mit einem verkrusteten Topf in den Händen steht sie vor mir. Ihr Mund bewegt sich, doch zunächst kommt kein Wort über ihre Lippen, sie sieht aus wie ein gestrandeter Fisch.

Dann sprudelt es jedoch nur so aus ihr hervor: »Weißt du, das ist kein Spülbecken, Alex, sondern ein *Waschbecken!* Zum Zähneputzen, Gesicht- und Händewaschen … Du erinnerst dich? Dein Abwasch löst sich doch nicht in Wohlgefallen auf, nur weil du ihn hierhin auslagerst! Das … ist echt so was von widerlich!«

Ohne weiter darüber nachzudenken, gehe ich zu ihr und küsse sie auf den Kopf. Sofort gibt sie ihre Wut auf, lässt den Topf ins Waschbecken gleiten und schlingt ihre Arme um meine Mitte. Vorsichtig, um Leni nicht beim Trinken zu stören, schmiegt sie sich an mich. Zusammen blicken wir auf die Kleine hinab, bis Cassie gedankenverloren den Kopf schüttelt. »Sie sieht genauso aus wie du. Ich habe noch nie ein süßeres Baby gesehen. Dabei dachte ich immer, ich würde keine Kinder mögen.«

Ich stoße ein ungläubiges Prusten aus. »Was denn, ausgerechnet du, die früher beim Einkaufen an keiner einzigen Puppe vorbeikam, ohne sie aus dem Regal zu reißen?« Cassie grinst zu mir auf, doch dann wandelt sich ihr Blick. Sie erkennt, dass ich geweint habe. Und obwohl ich ihr gegenüber nie gern Schwäche gezeigt habe, zwinge ich mich jetzt, ihren prüfenden Augen standzuhalten.

»Verdammt, Alex, warum hast du mir denn nicht gesagt, dass du mehr Hilfe brauchst? Ich könnte … für eine Weile bei dir einziehen und dir unter die Arme greifen, bis sich alles eingespielt hat.«

»Das würdest du wirklich tun?«

»Aber sicher. Wenn du möchtest, bleibe ich schon heute Nacht hier. Tu mir nur einen Gefallen und rede endlich mit Mom und Dad. Oder findest du es fair, dass die beiden bis jetzt nicht einmal wissen, dass sie schon längst Großeltern sind?«

»Nein, das ist nicht fair. Es ist feige«, gebe ich kleinlaut zu.

Cassie schließt ihre Arme etwas enger um mich, drückt mich sanft. »Niemand wird dir den Kopf abreißen. Bestimmt werden sie erst einmal geschockt sein, aber überleg doch mal: Mom ist wohl kaum in der Position, dir eine Moralpredigt zu halten. Und Dad wird einfach nur gutheißen, dass du dich für Leni entschieden hast, meinst du nicht?«

Ich überlege noch einen Moment. Zu lange, wie mir das Entgleisen von Cassies Gesichtszügen verdeutlicht. »Das hast du doch, oder? Dich für Leni entschieden?«, fragt sie bang. Diesmal zögere ich nicht, sondern nicke entschlossen. »Natürlich. Sie bleibt bei mir. Bei uns.«

Bevor Cassie vor Rührung und Erleichterung weinen kann, lege ich ihr die Kleine in die Arme. »Hier, nimmst du sie mal kurz? Ich … rufe unsere Eltern an.«

»Zuerst Dad«, rät Cassie mir, als ich das Bad verlasse.
»Ja, zum sanften Einstieg sozusagen«, murmele ich vor mich hin und atme noch einmal tief durch.

2

Zwei Jahre später

»Aaasnolle!«, brüllt Leni begeistert. Und das in einer Lautstärke, bei der selbst die stinkenden Bisons, an deren Gehege wir gerade vorbeischlendern, aus ihrer Lethargie schrecken.

Wie auf Kommando stieben die Riesenviecher auseinander und wirbeln dabei eine gewaltige Staubwolke auf. Das wiederum erschreckt Marcus und mich bis auf die Knochen. Ich mache einen Satz zur Seite und reiße dabei fast den leeren Buggy um, während sich Marcus, der gerade zum Trinken angesetzt hatte, den Rest seiner Coke über den Pulli kippt. Nur Leni bekommt von unseren peinlichen Reaktionen nichts mit. Freudestrahlend hüpft sie auf das mit Panzerglas gesicherte Gehege zu.

»Aasnolle?«, keucht Marcus, sich langsam von seinem Schrecken erholend. Mit einer Grimasse zieht er sich den klebrig-nassen Pulli von der Brust, peilt den nächsten Mülleimer an und versenkt die nun leere Cola-Dose mit einem gezielten Wurf.

»So sagt sie zum Nashorn«, erkläre ich grinsend.

Mein bester Kumpel gluckst amüsiert und schüttelt den Kopf. Er sieht ungewohnt aus, mit der Baseballkappe über dem dunklen Haar und der großen Sonnenbrille, die sein halbes Gesicht verdeckt. Aber seine Tarnung ist notwendig. Nur so haben wir eine Chance, einigermaßen unbehelligt zu bleiben.

»Deine Kleine ist echt cool«, befindet Marcus, den liebevollen Blick erneut auf Leni geheftet, die mit beiden Fäusten gegen die Panzerglasscheibe trommelt, um das gelangweilt vor sich hin kauende Nashorn aus seiner Ecke hervorzulocken.

»Wie kann sie noch so fit sein? Wir sind seit gefühlten fünf Stunden in diesem gottverdammten Zoo, und das ist anstrengender als zwei Gigs hintereinander«, wundert sich Marcus und reibt sich das offenbar schmerzende Kreuz. Er deutet auf Lenis Buggy. »Und wofür haben wir dieses Teil hier überhaupt mitgeschleppt? Sie saß nicht ein *einziges Mal* da drin!«

»Na, als Rollator für dich, Onkel Marcus.«

»Penner!« Er tarnt seinen Fluch durch ein vorgetäuschtes Husten. Ich lache. Es tut gut, endlich mal wieder einen Tag mit meinem besten Kumpel zu verbringen.

»Leni wird sich jedenfalls nicht so bald da reinsetzen lassen, dafür ist sie viel zu überdreht. Solltest du also darauf spekuliert haben, dass sie hier irgendwann einschläft, kannst du die Idee getrost verwerfen und stattdessen einfach mit der Sprache herausrücken. Was hat es mit dieser ›superwichtigen Neuigkeit‹ auf sich, die du am Telefon angedeutet hast?«

Marcus räuspert sich. »Na schön. Also, es geht um unser letztes Album. Ich finde ... Also, es ... Die Songs ... Wir ... Pfff ...«

»Wie bitte?« Verwundert sehe ich ihn an. Es ist absolut untypisch für Marcus, so vor sich hin zu stammeln. Er weiß grundsätzlich immer, was er will, und scheut sich für gewöhnlich auch nicht, das in aller Deutlichkeit zu äußern.

Marcus und ich kennen uns seit einem gemeinsamen Spielplatzbesuch im Sommer 1994, wo uns der Zufall zusammenführte. Oder das Schicksal, wie auch immer. Damals war ich knapp sieben Jahre alt und mit meinen Eltern wegen Dads neuem Job von New Jersey nach Danbury in Connecticut gezogen. Bei besagtem Spielplatzbesuch hatte Marcus mir in einem erbitterten Kampf um eine Schaufel, die keinem von uns beiden gehörte, den ersten oberen Milchzahn ausgeschlagen. Und zwar dummerweise *nicht* den, der ohnehin schon wackelte.

Doch nachdem uns die eigentliche Besitzerin der Schaufel – ein weinerliches kleines Mädchen – verpetzt hatte, taten wir uns eilig zusammen und stellten uns ihrem keineswegs weinerlichen und sehr großen Bruder gemeinsam.

Wir stützten uns dann auch gegenseitig, als wir wenig später mit blutenden Nasen und aufgeschürften Knien den Heimweg antraten. Tja, und das war der recht unsanfte Beginn unserer bis heute währenden Freundschaft.

Dementsprechend weiß ich genau, dass Marcus nicht unbedingt das Taktgefühl für sich gepachtet hat. Aber ebenso gut weiß ich auch, dass er vor schwierigen Situationen nicht zurückschreckt. Normalerweise.

Umso seltsamer ist es, ihn nun so zu erleben, wie er vor lauter Unbehagen seinen Nacken massiert und mir kaum in die Augen schauen kann.

»Ich weiß, du sagst Nein«, brummt er schließlich nur.

»Aber lässt du mich wenigstens wissen, wozu?«

»Das letzte Album ist eine Katastrophe«, platzt es endlich aus ihm heraus, und die Hand fällt schlaff von seinem Hinterkopf.

»Blödsinn, es läuft doch super! Auf welchem Platz seid ihr gerade mit der neuen Single? Vierzehn, fünfzehn?«

»Zwölf.«

»Tss, zwölf! Und warum zum Teufel beschwerst du dich dann?«

Er kneift die Augen zusammen und funkelt mich so energisch an, dass ich die Wut spüre, die in ihm brodelt. »Dieser Mist, den wir da produzieren, hat doch nichts mehr mit der Musik zu tun, die wir immer machen wollten, Alex! Ernsthaft, hast du dir den Scheiß mal angehört? Da ... da steckt so gut wie nichts mehr von *uns* drin, nichts mehr von dem, was wir mal waren, geschweige denn werden wollten. Und mit diesem Dreck sollen wir jetzt in fünfzehn Ländern auf Tour gehen?«

»Na ja, dafür habt ihr aber einen Wahnsinnserfolg«, halte ich schwach und, ja, zugegebenermaßen auch ein wenig neidisch dagegen. Im Grunde meines Herzens verstehe ich hingegen gut, was Marcus meint und was ihm so gegen den Strich geht. Denn, ganz ehrlich: Gleichgültig, auf welcher Position der Charts die neue Single derzeit platziert ist, weder das Arrangement noch der Song selbst klingen nach der Band, die ich einst mitgegründet habe und in deren Werke bis vor wenigen Jahren mein gesamtes Herzblut geflossen ist.

»Wahnsinnserfolg?«, wiederholt Marcus fassungslos. »Na super, echt! Ich hätte nicht gedacht, dass ich es ausgerechnet *dir* noch näher erklären muss.« Nur mit Mühe und ganz sicher Leni zuliebe unterdrückt er eine heftigere Lautstärke. »Du weißt doch wohl am besten, dass Geld und ... dieser verfluchte Ruhm nicht alles im Leben sind«, schnaubt er.

»Ach, du meinst, weil ich inzwischen nicht mehr allein von den Song-Erlösen leben kann und auch als Musiklehrer nur selten mehr in der Tasche habe, als Leni und ich gerade zum Leben brauchen?«, schnauze ich ebenso unterdrückt. Marcus schrickt zurück, realisierend, dass er bei mir einen wunden Punkt getroffen hat.

»Ich meinte nichts dergleichen, und das weißt du genau«, sagt er mit gerunzelter Stirn.

»Gut«, erwidere ich nickend, »denn hätte ich eine *Wahl* gehabt, hätte ich es mir auch anders ausgesucht. Dann würde ich bis jetzt mit euch zusammen Songs schreiben und auf Tour gehen, genauso wie damals.«

Seine silbergrauen Augen weiten sich schlagartig. »Dann komm zurück!«

»Was?«

»Komm zurück, Alex. Genau darüber wollte ich mit dir sprechen. Die Band ist nicht mehr dieselbe, seitdem du weg bist. Du warst ... O Gott, ich kann echt nicht fassen, dass ich im Begriff bin, so einen Scheiß von mir zu geben, aber ... du warst echt die Seele der ganzen Sache, Alter. Ich bin das Hirn. War ich schon damals, in der Schule. Habe immer alles organisiert, verhandelt und so. Tobey ist die Stimme, nicht nur als Sänger, sondern auch bei den Interviews. Halt immer, wenn es um die Öffentlichkeit geht, die alte Diva. Und Yoyo ist ... na ja, halt der Schlagzeuger. Seitdem Brad damals für dich den Bass übernommen hat, machen Tobey und er ihr Ding und verhalten sich ansonsten recht still, du kennst sie ja. Vermutlich ist das auch am besten so.«

Mit diesem Statement über die beiden Chaoten der Band entlockt er mir ein kleines Schmunzeln. Auch wenn mich die Erinnerung an die Zeit mit den Jungs wie immer schmerzt, tut es doch bis heute gut zu wissen, dass Brad damals nur für mich eingesprungen ist.

Andererseits, ein »Einwechselspieler« war Ringo Starr bei den Beatles auch. Und heute weiß so gut wie keiner mehr, wer zum Henker Pete Best war.

Marcus sieht mich eindringlich an. Allein dass er mit mir über diese Problematik spricht, stärkt mein Selbstwertgefühl, auch wenn er jetzt die Augen verdreht.

»Komm schon, zwing mich nicht, das allzu oft zu wiederholen, aber deine Texte haben unsere Stücke damals echt zu etwas Besonderem gemacht, Alex. Wir alle vermissen diese Zeilen, die du immer Gott weiß wie aus dem Ärmel geschüttelt hast. Wir brauchen dich, Mann! Ich habe nämlich das Gefühl, dass wir sonst schleichend selbst zu diesem Einheitsgeplänkel wechseln, das uns früher immer so angekotzt hat.« Er sieht mich eindringlich an. »Und wenn du wegen Leni noch nicht mit auf Tournee kommen kannst, dann ist das okay, aber ... schreib doch zumindest wieder für uns und komm mit ins Studio, wenn wir das neue Album aufnehmen. Werde einfach wieder ein aktiver Teil von Sidestream, Alex. Bitte!«

Ich muss hart schlucken, als er mich so ... ja, *anfleht*.

Denn sosehr sich mein Ego dadurch auch geschmeichelt fühlt, wie um alles in der Welt soll ich Marcus nur erklären, was ich bisher noch niemandem anvertraut habe?

Weil ich nicht wage, es auszusprechen – denn spätestens dann wäre es eine unleugbare Tatsache und als solche noch viel schwieriger hinzunehmen –, senke ich nur meinen Blick.

Marcus seufzt. Vermutlich spürt er, dass er so schnell keine Zusage von mir erhalten wird. Auch wenn er den Grund dafür noch nicht kennt, ahnt er bestimmt, dass es ein triftiger sein muss. Und mit Sicherheit weiß er auch, dass mir sein Angebot dennoch nicht so schnell wieder aus dem Kopf gehen wird, weil es einfach viel zu verlockend klingt.

Für den Moment resigniert, kniet er sich hinter Leni und schlingt seinen Arm um sie.

Meine Tochter steht derweil noch immer mit ungebrochenem Enthusiasmus vor dem verglasten Gehege und schreit den gepanzerten Koloss dahinter aus Leibeskräften an: »Aaaaaasnolleeeeeeeee!«

»Ach, Leni«, schnaubt Marcus belustigt. »Sag doch mal Horn, Süße.«

»Honn.«

»Hey, super! Und kannst du denn auch schon *Nase* sagen?«

Meine Tochter sieht Marcus an, als könne sie nicht fassen, wie wenig er ihr zutraut. »Nase«, erwiderte sie dann, klar und deutlich. Dabei versucht sie, sich auf die eigene kleine Stupsnase zu tippen, verfehlt die Spitze jedoch zunächst und pikst sich fast ins Auge, was Marcus mit einem weiteren Grinsen quittiert.

»Klasse, Leni! Und jetzt sag es mal zusammen, ganz langsam: Naaas-Hooorn.« Mit erhobenem Zeigefinger begleitet er seine Worte, als würde er sich selbst dirigieren.

Leni guckt genervt. Ja, sie stemmt sogar ihre Knubbelhändchen in die Hüften, bevor sie tief Luft holt.

»Aaas-Nolle!«, sagt sie dann voller Inbrunst.

»Alles klar, du hast gewonnen«, brummt Marcus und hebt die Hände. Leni nickt so entschieden, als habe er zur Abwechslung einmal etwas Vernünftiges von sich gegeben.

»Und nomma Kockodi!«, beschließt sie dann, vollkommen übergangslos, und wendet sich zielsicher in die Richtung, aus der wir gekommen sind.

»Was denn? Kockodi? Zu den Alligatoren will sie?«, ruft Marcus. Mit Panik in Stimme und Blick schaut er mich an. Als ich nur mit den Schultern zucke, springt er auf und hechtet meiner Zwergin hinterher. »Nein … nein, Leni! Falsche Richtung, Süße, da kommen wir doch gerade erst her. Der Ausgang ist dahinten, schau! Komm zurück zum Aasnolle, ja? Ach, komm schon, Leni!«

Lachend sehe ich den beiden nach und danke meiner Tochter

stumm dafür, Marcus an entscheidender Stelle so überaus effektiv abgelenkt zu haben.

Da Leni erwartungsgemäß keinerlei Anstalten macht umzukehren, und Marcus sich – ebenfalls erwartungsgemäß – so leicht von meiner Zweijährigen um den Finger wickeln lässt wie flüssiger Honig um einen Löffel, wende ich gerade den Buggy, um den beiden zu folgen, als mein Handy klingelt.

Cassie, zeigt das Display. Ich freue mich, ihren Namen zu lesen, weil es vermutlich bedeutet, dass sie es etwas früher aus dem Radiosender geschafft hat und nun noch zu uns stoßen will. Im Gegensatz zu früher habe ich nichts mehr dagegen, viel Zeit mit meiner kleinen Schwester zu verbringen. Im Teenageralter wäre es für mich undenkbar gewesen, einmal freiwillig mit Cassie zusammenzuziehen. Aber nun leben wir schon seit knapp zwei Jahren gemeinsam in einer größeren Wohnung und geben dabei ein ziemlich gutes Team ab, wie ich finde.

»Na, Monster, alles klar?«, melde ich mich mit meiner üblichen Begrüßung für sie.

Nichts ist klar. Das ist das Einzige, was sofort deutlich wird. Cassie schluchzt so fürchterlich, dass ich sie kaum verstehen kann.

»Dad … Dad …«, ist alles, was ich aus ihrem Weinen heraushöre. Ich bleibe abrupt stehen und habe das Gefühl, der Boden unter meinen Füßen löst sich auf.

Es stimmt, was die Leute sagen. Wenn man etwas wirklich, wirklich Schlimmes erfährt, spürt man es sofort. Es gibt dann kein Wenn und Aber mehr, keinen Moment des Bangens, geschweige denn des Hoffens. Binnen eines hämmernden Herzschlags wird alles um dich herum rabenschwarz, und die Welt, die du gekannt hast, ist nicht mehr.

»Er … ist tot, Alex. Daddy ist tot«, japst Cassie und bestätigt damit nur noch, was ich ohnehin schon gespürt habe.

3

Ein Meer schwarz gekleideter Menschen hat sich um das frisch ausgehobene Grab unseres Vaters versammelt.

Cassie weint pausenlos. Bis jetzt war sie dabei sehr leise, doch nun, als der Sarg vorsichtig in den Schacht hinabgelassen wird, schluchzt sie so heftig auf, dass Marcus und ich, links und rechts von ihr stehend, im selben Moment die Arme um ihren Rücken legen. Marcus' Hand streift die meine, und er zögert nicht, meinen Oberarm mit festem, versicherndem Griff zu umfassen, während Cassie den Kopf an meine Schulter legt.

Ich drücke ihr einen Kuss auf das braune Haar. Vermutlich ist es gut, dass sie ihren Gefühlen freien Lauf lässt. Fast wünschte ich, sie könnte für uns beide weinen, denn ich scheine nicht in der Lage zu sein, auf diese befreiende Art und Weise zu trauern. Nur am ersten Abend hatte ich mich voll und ganz meinem Kummer ergeben, nachdem ich stundenlang wach im Bett gelegen und an die Decke gestarrt hatte. Doch seitdem ist es, als ob ich keine Tränen mehr hätte.

Leni verpasst die komplette Zeremonie. Sie ist schon auf der Fahrt zum Friedhof eingeschlafen, und ehrlich gesagt bin ich dankbar dafür. Seit Dads Tod hat die Kleine noch nicht nach ihrem Grandpa gefragt, was einerseits erleichternd ist, mir aber andererseits auch schmerzhaft vor Augen führt, dass wir meinen alten Herrn viel öfter hätten besuchen sollen, als wir noch die Gelegenheit hatten. Er war verrückt nach Leni und hätte sich bestimmt gefreut, sie öfter zu sehen. Doch jetzt ist es zu spät für diese Erkenntnis.

Mom bleibt hinter uns stehen und schuckelt weiterhin Lenis Buggy, während Cassie und ich als Erste zum offenen Grab vortreten. Ich spüre die mitleidigen Blicke aller Anwesenden in meinem Nacken und neige den Kopf, als könne ich mich darunter hinwegducken und somit entziehen.

Als Cassie ihre mitgebrachte Rose auf den Sargdeckel geworfen hat, schaufele ich ein wenig Erde darüber. Die halb verdeckte Blume und das dunkle Holz darunter ergeben einen Anblick, der an Trostlosigkeit kaum zu überbieten ist.

Dennoch, den Blick abzuwenden und den ersten Schritt zu tun – weg von unserem Dad, hin zu einem neuen Lebensabschnitt ohne ihn –, ich kann mich an kein schrecklicheres Gefühl erinnern.

Nachdem auch Mom und nach ihr alle anderen Abschied von Dad genommen haben, geht jeder Trauergast an unserer Mutter, Cassie und mir vorbei, schüttelt unsere Hände, klopft uns auf die Schultern, bekundet Anteilnahme. Die meisten von ihnen nehme ich kaum wahr. Irgendwie befinde ich mich seit dem schrecklichen Anruf meiner Schwester vor fünf Tagen in einer Art alltagstauglicher Trance. Ich funktioniere zwar, weiß aber selbst nicht, wie.

»Hast du noch ein Taschentuch?«, fragt Cassie leise, als wir den Andrang bereits bewältigt haben und nur noch neben unserer Mutter stehen, weil sie sich gerade bei dem Priester bedankt. Ein Blick zur Seite zeigt mir, dass von dem Papiertuch meiner Schwester nichts weiter als ein vollkommen aufgeweichter Fetzen übrig geblieben ist, den sie sich mehrmals um den Zeigefinger gewickelt hat. Ich fasse in die Taschen meines Sakkos, greife jedoch ins Leere.

Als ich mich zu Marcus umdrehe, der den Platz meiner Mom hinter Lenis Buggy eingenommen hat, und ihn bitte, mir ein Tuch aus der Wickeltasche zu geben, erhascht eine kleine Bewegung, ungefähr fünfundzwanzig Meter entfernt, meine Aufmerksamkeit.

Hinter einer Birke steht dort ein hochgewachsener Mann, der etwa in meinem Alter sein muss. Er stützt sich auf einen Rollstuhl, in dem eine Frau sitzt, die ich wohl auf über siebzig schätzen würde, wäre mir nicht schon auf den ersten Blick klar, wer sie sein muss.

Jane Maddox. Meine Patentante.

Erst als mir Marcus ein leises »Hey!« zuraunt, weil ich nicht darauf reagiere, dass er mir offenbar schon eine Weile das geforderte Taschentuch hinhält, löse ich meinen starren Blick und wende mich wieder meiner Familie zu.

Schließlich verabschiedet sich auch der Priester. Mom tritt noch einmal zum Grab vor und wirft einen letzten langen Blick auf Dads Sarg. Sie schüttelt kaum wahrnehmbar den Kopf, scheint etwas zu wispern und schlägt sich dann die Hand vor den Mund. Ich sehe, wie heftig sie gegen die Tränen ankämpft, bevor sie sich einen Ruck gibt und geht. Bei Lenis Buggy angekommen, umfasst sie die Griffe und steuert dann zielstrebig, ohne sich ein weiteres Mal umzudrehen, auf den Ausgang des Friedhofs zu.

Marcus folgt ihr schweigend. Mit hängendem Kopf und tief in den Hosentaschen versenkten Händen trottet er über den dunklen Kieselweg. Er mochte meinen Dad sehr, aber als einer der wenigen Menschen, die meine Mom stets zu nehmen wissen, hat er auch einen besonderen Draht zu ihr und fühlt, dass sie seinen Beistand nun gut gebrauchen kann.

Cassie und ich bleiben allein am Grab zurück. Wir sehen uns an und treten dann, wie auf ein stummes Zeichen hin, noch einmal so weit nach vorn, dass wir den Sarg sehen können, dessen dunkler Deckel nun vollständig mit Erde und Blumen bedeckt ist.

»Es ist so seltsam, sich vorzustellen, dass Dad wirklich dort unten liegt«, sagt Cassie mit vom Weinen ganz heiserer Stimme.

Ja, und dass wir ihn jetzt einfach so hier zurücklassen müssen, ergänze ich in Gedanken.

Aber vor allem, dass wir ihn nie wiedersehen werden.

Ich weiß nicht, wie es Cassie geht, aber ich sehe unseren Vater in diesen Sekunden zumindest noch einmal in meinen Erinnerungen vor mir. So, wie er früher, nur wenig älter als ich heute, oft neben mir in die Hocke gegangen ist und auf seine Oberschenkel geklopft hat.

Das war immer mein Zeichen, mich auf seine Knie zu setzen. Dann legte er einen Arm um meine Mitte und zog mich ganz dicht an sich heran, um mich für gewöhnlich auf etwas aufmerksam zu machen, das ich ohne ihn niemals bemerkt oder entdeckt hätte. So, wie die Wanderdrossel zum Beispiel.

Unvermittelt tragen mich meine Gedanken zu einem Nachmittag zurück, an dem Mom, Dad und ich einen Familienausflug zum Still River unternommen hatten.

Noch recht klein, stürmte ich mit lautem Kriegsgeheul auf das Ufer des Flusses zu, bis ich ein Zungenschnalzen meines Vaters hörte und mich zu ihm umdrehte.

Dabei ließ ich mein Schwert sinken, das eigentlich nur ein Stock war. Im Spiel hatte ich damit auf die Armee von Büschen einschlagen, die den schmalen Trampelpfad begrenzten.

Mit einer kleinen Krümmung seines Zeigefingers und mit dem milden Lächeln, das so typisch für ihn war, winkte Dad mich zurück, kam dabei weiter auf mich zu, und als wir einander erreicht hatten, ging er vor mir in die Hocke und klopfte auf seinen Oberschenkel.

»Hör mal genau hin!«, forderte er leise. Ich lauschte und nahm schon bald das aufgeregte Gezeter eines Vogels ganz in unserer Nähe wahr. »Eine Wanderdrossel nistet in dem großen Strauch, auf den du gerade eindreschen wolltest. Aber du möchtest sie doch nicht beim Brüten stören, oder?«

»Nein, Daddy.« Eine Weile hielt ich ganz still und versuchte das Nest im Wirrwarr der dünnen Zweige auszumachen. Doch die dichten Blätter des Strauches bildeten einen perfekten Sichtschutz um den Vogel, der sich nur langsam wieder beruhigte.

»Ich sehe ihn aber gar nicht«, wandte ich ein. Das glucksende Lachen meines Vaters habe ich bis heute noch im Ohr.

»Nur, weil du etwas nicht siehst, heißt es nicht, dass es nicht trotzdem da ist, Alex«, sagte er und wuschelte über meinen Kopf, bevor er mich an die linke und meine Mom an die rechte

Hand nahm und einen neuen Weg zum Flussufer mit uns einschlug, um die Wanderdrossel nicht weiter aufzuregen. Ich glaube, keiner meiner Eltern bemerkte den Vogel mit der orangefarbenen Brust, der aus dem Strauch flog, kaum dass wir uns ein paar Meter entfernt hatten und ich mich noch einmal zu ihm umdrehte.

Ich schlucke hart, als ich nun an die Worte meines Dads zurückdenke. Ihn werde ich tatsächlich nie wiedersehen. Und das heißt verdammt noch mal sehr wohl, dass er nicht mehr da ist. Ich beiße die Zähne fest zusammen und senke den Blick.

»Komm, Cassie, lass uns gehen.«

Schweigend hakt sie sich bei mir unter. Als wir uns vom Grab abwenden, bemerke ich erneut eine Regung am Rande meines Sichtfeldes. Cassie scheint es ähnlich zu gehen, denn auch sie hebt den Kopf und schaut in die Richtung.

»Wer ist das?«, fragt sie, als sie die Frau entdeckt, die schlaff in ihrem Rollstuhl sitzt und regungslos zu uns herüberschaut. Der elegant gekleidete Mann lächelt derweil unsicher und beugt sich dann zu ihr hinab, um mit ihr zu sprechen.

»Ich glaube ... das ist Tante Jane«, antworte ich.

Cassies Augen sind dermaßen verschwollen vom vielen Weinen, dass sie es nicht einmal schafft, sie aufzureißen. »Was denn, *die* Tante Jane?« Ich zucke mit den Schultern. »Wer sollte es denn sonst sein?«

Cassie schürzt die Lippen und grübelt. »Stimmt«, sagt sie schließlich. »Dann lass uns zu ihr gehen. Wenn sie schon hier ist, sollte sie auch mit uns ins Restaurant kommen. Vielleicht können wir sie dann endlich ein wenig kennenlernen.«

»Ich weiß nicht«, sage ich unsicher, doch Cassie zieht mich bereits in Richtung der Frau, von der wir beide ahnen, dass sie im Leben unserer Eltern einst eine wichtige Rolle gespielt haben muss.

»O Gott, sie sieht aus wie Stephen Hawking«, wispert mir meine Schwester nach ein paar Schritten mitleidig zu.

»Sie hat ja auch dieselbe Krankheit wie er«, flüstere ich zurück und versuche vergeblich, mich an den Namen ebendieser Krankheit zu erinnern. Wie so oft die Entschlossenere von uns beiden, grüßt Cassie die Frau und ihren Begleiter schon im nächsten Moment über die letzten Meter Entfernung hinweg.

»Guten Tag«, erwidert der Mann recht förmlich, lächelt dabei aber freundlich und offen. Cassie nickt ihm kurz zu, bevor sie wieder die Frau im Rollstuhl ansieht, die wir für meine Patentante halten. »Sind Sie Ms Jane Maddox?«

Der Kopf der Frau bewegt sich nur minimal, während ihre auffallend grünen Augen einige Male von Cassie zu mir und wieder zurück blicken. »Ja«, haucht sie dann, und selbst ihre Stimme klingt so schwach, als würde sie zu einer sehr alten Frau gehören. Dabei muss Jane Anfang fünfzig sein, im Alter unserer Mom.

»Oh«, sagen Cassie und ich wie aus einem Mund. Jane schweigt. Nur ihr rechter Mundwinkel zuckt kurz und kaum merklich.

Der Mann im schwarzen Anzug schüttelt uns beiden die Hand und stellt sich als Ned Stevenson vor. Mir entgeht nicht, wie lange er Cassie anschaut, während er uns sein Beileid ausspricht.

»Was für eine Überraschung!«, presse ich hervor, sobald die über uns hereingebrochene Stille unangenehm wird. »Ich ... habe dich nie zuvor gesehen, Tante Jane.«

Während ich mich noch wundere, dass ich sie trotzdem ganz selbstverständlich so anrede, wie Dad sie uns gegenüber immer genannt hat, verzieht sich ihr ohnehin leicht schiefer Mund noch ein wenig stärker.

Ich glaube, sie versucht zu lächeln, aber sicher bin ich mir nicht. »Doch«, haucht sie dann, wobei man deutlich merkt, dass ihre Zunge kaum mehr kooperiert. »Du kannst dich bloß nicht daran erinnern«, fügt sie sehr langsam und so undeutlich hinzu, dass es mir erst im Nachhinein gelingt, ihren Satz zu entschlüsseln.

»Das mag sein«, lenke ich ein und zucke im nächsten Augenblick zusammen, als Jane durch einen Knopfdruck an der rechten Armlehne ihren elektrischen Rollstuhl in Bewegung setzt und etwas dichter an uns heranrollt. So aus nächster Nähe erkenne ich die ergrauten Strähnen, die Janes dunkles Haar durchziehen, und sogar einige der verblassten Sommersprossen auf ihrer Stirn und Nase.

»Ich ... würde eure Mom ... gern sehen«, ringt sie sich mühevoll ab. Und obwohl Jane kaum über Mimik verfügt, gewinnt ihr Blick mit einem Mal deutlich an Intensität.

Ich glaube, Cassie und ich bekommen in diesen Sekunden eine erste vage Vorstellung davon, wie entschlossen und zielstrebig Jane früher einmal gewesen sein muss, bevor diese schreckliche Nervenkrankheit Besitz von ihr ergriff.

Auf jeden Fall nicken wir synchron. »Ja, klar!«, sage ich und drehe mich in die Richtung um, in die unsere Mom mit Leni verschwunden ist.

»Sie ist bestimmt schon beim Lokal, um die anderen Gäste zu empfangen. Es sind nur etwa hundert Meter bis dahin«, erläutert Cassie derweil.

Ned wirft einen Blick auf eine schwarze, am Straßenrand geparkte Limousine. Er scheint zu überlegen, ob er Jane lieber chauffieren oder bis zum Restaurant schieben soll. Wieder reagiert Cassie vor mir. »Alex kann ja mit dir gehen, Tante Jane. Dann fahre ich mit deinem ... ähm ... mit Mr Stevenson.«

»O bitte, nenn mich Ned«, fordert Janes Begleiter sie auf, »wir dürften etwa im selben Alter sein.«

Cassie nickt und wirkt mit einem Mal seltsam kleinlaut. »Von hier aus musst du einen kurzen Umweg fahren, weil sich das Lokal in einer Einbahnstraße befindet. Ich kann es dir zeigen«, schlägt sie zögerlich vor.

Jane blinzelt Ned zu. Vermutlich, um ihr Einverständnis zu bekunden, denn er nickt prompt und geht dann wortlos mit Cassie davon, während Jane und ich zurückbleiben.

Es ist ein bisschen erbärmlich, aber ohne den Beistand meiner Schwester fühle ich mich sofort befangen. »Soll ich ... dich schieben, oder kannst du ...?«, stammele ich und deute verlegen auf den Rollstuhl. Jane hebt beide Augenbrauen.

»Geh nur!«, erwidert sie schwerfällig, und ich beeile mich, ihrer Aufforderung nachzukommen. Unmittelbar hinter mir ertönt das Surren des Rollstuhls. »Mom wird sich bestimmt freuen, dich wiederzusehen«, sage ich nach ein paar Metern.

»Das bezweifele ich«, erwidert Jane lang gezogen.

Zwar gewöhne ich mich langsam an ihre zähe Art zu sprechen, trotzdem stutze ich nun und widerstehe nur knapp dem Drang, sie zu fragen, was sie dann überhaupt hier macht, wenn sie doch glaubt, nicht willkommen zu sein.

Den Rest des Weges bis zum Lokal bringen wir schweigend hinter uns. Zumindest bleibt es ruhig, bis wir in das Sichtfeld meiner Tochter kommen. Denn Leni ist inzwischen aufgewacht und findet in mir nun den willkommenen Grund, sich aus ihrem ungeliebten Buggy zu befreien.

Meine Mutter steht noch vor dem Lokal und spricht mit Bekannten, die offenbar nicht vorhaben, zum Essen zu bleiben. Während sie die Hand unseres ehemaligen Nachbarn schüttelt und sich von seiner Frau in eine Umarmung ziehen lässt, zeigt Leni mit ihrem kleinen Finger auf mich, biegt den Rücken kräftig durch und ruft dabei mit der beeindruckenden Theatralik, die sie quasi auf Abruf beherrscht, laut und herzzerreißend: »Daddy, Daddy!«

Meine Mom dreht sich um, wirft mir einen kurzen Blick zu, bückt sich dann zu Leni hinab, um mit geübten Handgriffen ihre Gurte zu lösen ... und schnellt plötzlich wieder hoch.

Mit in Schock erstarrter Miene schaut sie mich erneut an.

Nein, nicht mich.

Tante Jane.

Erinnerungen

Vincent

Da sind sie tatsächlich. Vivian und Jane, die einzigen beiden Frauen, die mir je etwas bedeutet haben. So nah beieinander, nach all dieser Zeit.

Und ich? Ich schwebe nach wie vor unbemerkt über dem Kopf meines Sohnes. Warum auch immer, aber seit dem Augenblick meines Todes ist es, als sei ich – einem heliumgefüllten Ballon gleich – mit einer langen Kordel an Alex' Handgelenk befestigt.

Wo auch immer er hingeht, ich folge ihm.

Und so beobachte ich das Geschehen unter mir nun fassungslos, unter höchster Spannung.

Während Janes Rollstuhl weiterrollt – sein elektrischer Antrieb wirkt wie ein Schild gegen die geballten Emotionen, deren Schwingungen den Moment beherrschen –, fallen Vivians Hände schlaff hinab, und sie bleibt wie angewurzelt stehen.

Scheinbar bemerkt sie nicht einmal mehr, dass Leni sich binnen Sekunden eigenständig aus ihrem Wagen windet, einfach unter der Querstange hindurchschlüpft und dann, juchzend vor Freude über ihren gelungenen Fluchtversuch, auf Alex zustürmt.

Meine Exfrau wirkt tatsächlich wie erstarrt in einem Augenblick plötzlicher Unsicherheit und lange verdrängter Erinnerungen.

Auch wenn Jane durch ihren geschwächten, nahezu zerbrechlich wirkenden Körper alles andere als Stärke ausstrahlt, so ist sie doch die spürbar Gefasstere und vor allem Entschlossenere der beiden Frauen.

Genauso wie früher schon, als ich sie kennenlernte und Vivian sie mir als ihre Mitbewohnerin und beste Studienfreundin vorstellte. Kaum zu glauben, dass ich damals einen kurzen Eifersuchtsstich empfand. So, als hätte mich Vivian während meiner Abwesenheit kurzerhand durch Jane ersetzt.

Unwillkürlich tragen mich meine Erinnerungen zurück zu jenem regnerischen Frühlingsabend im Jahr 1984, an dem ich zwei Tage früher als angekündigt aus Europa zurückgekehrt war und Vivian damit überraschen wollte. Damals besuchte ich sie zum ersten Mal in ihrer Studenten-WG in Princeton.

Das Herz schlug mir bis zum Hals, und die Finger meiner linken Hand schlossen sich spürbar verschwitzt um den Strauß bunter Tulpen. Endlich war er da, der lange ersehnte Moment unseres Wiedersehens. Wie sehr hatte ich Vivian in den vergangenen sechs Monaten vermisst! Auf jeden Fall mehr, als sie ahnte und es mir lieb sein sollte. Aber auch dieses heimliche Eingeständnis vermochte nicht meine Stimmung an jenem Abend zu trüben.

Ich starrte auf die Holzmaserung ihrer WG-Tür, ließ meinen Blick kurz zu der Nummer schweifen – 25e – und gab mir endlich den entscheidenden Ruck zum Anklopfen.

Es dauerte ein wenig, aber dann wurde mir geöffnet, wenn auch nicht von Vivian. Stattdessen stand eine fremde Frau vor mir. Sie war wohl gleich alt wie Vivian, aber deutlich kleiner, hatte dunkleres Haar und strahlend grüne Augen, die das mit Abstand Markanteste in ihrem sonst recht durchschnittlichen herzförmigen Gesicht waren. Die schmalen ungeschminkten Lippen hoben sich farblich kaum von ihrer blassen Haut ab, deren Makellosigkeit nur durch die vielen Sommersprossen unterbrochen wurde, die auf ihrer hohen Stirn und der geraden Nase prangten. Sie hatte einen Lutscher im Mund und hielt ein dickes Buch über Finnland im 19. Jahrhundert in den Händen. Ihre Augen musterten ruhig und offen zunächst mich und schließlich auch den Tulpenstrauß in meiner Hand. Erst als die junge Fremde ihre Brille über die Nase hochschob, bemerkte ich das altmodische Gestell mit dem dicken Rahmen um die großen eckigen Gläser ... und auch, wie viel Zeit inzwischen verstrichen war.

»Hi! Ähm ..., ist Vivian da?«, stammelte ich.

»Schon, aber sie badet gerade.«

»Oh.«

»Ja. Möchtest du vielleicht reinkommen und auf sie warten ...?« Auffordernd sah sie mich an, bis ich mein Versäumnis bemerkte. »Vincent, sorry!«, beeilte ich mich und streckte ihr meine Hand entgegen.

»Was denn, du bist Vincent?« Ihre offensichtliche Verblüffung war so amüsant, dass ich schmunzeln musste und ein Teil meiner Anspannung dabei von mir abfiel. »Soweit ich weiß, ja.«

Sie bedeutete mir, einzutreten, und reichte mir dann endlich auch ihre Hand. »Hi, ich bin Jane. Es ist nur ...« Sie zog sich den Lutscher aus dem Mund, um besser sprechen zu können. »Vivi hatte dich erst für übermorgen angekündigt. Dass du schon eher hier aufschlagen würdest, hatte sie gar nicht ...«

»Sie weiß nichts davon.«

Die grünen Augen hinter den riesigen Brillengläsern weiteten sich. »Also dann überraschst du sie hiermit?«, hakte Jane mit einer wedelnden Handbewegung in Richtung der Tulpen nach.

»Nun, zumindest hoffe ich es. Auch dass es eine gute Überraschung wird, nebenbei bemerkt.«

»Na, wie kann es denn keine gute Überraschung sein, wenn der beste Freund schon früher als erwartet zurückkommt?«, gab Jane mit einem Lächeln zurück, während sich mein Herz aufbäumte.

Der beste Freund ...

Doch ehe mich das bittersüße Gefühl, das die ahnungslose Jane mit diesen Worten in mir ausgelöst hatte, voll erfassen konnte, erklang plötzlich Vivians gedämpfte Stimme: »Jane, ist das der Pizzajunge? Wenn ja, kannst du ihn schnell bezahlen? Ich gebe dir das Geld zurück, wenn ich hier fertig bin, ja? Oh, und schau bitte nach, ob sie dieses Mal an den Extrakäse gedacht haben. Wenn nicht, gib ihm kein Trinkgeld.«

Jane blinzelte unter hochgezogenen Augenbrauen zu mir auf. »Ja, genau, der Pizzajunge!«, rief sie zurück. »Aber er sagt, du sollst dich selbst davon überzeugen, dass er diesmal an alles gedacht hat.«

»Was?« Vivian rief das Wort, ich formte es gleichzeitig lautlos mit den Lippen und schüttelte verständnislos den Kopf. Janes Lächeln wurde breiter, irgendwie schelmischer, bevor sie mir zuflüsterte: »Geh ruhig! Sie badet immer unter einem halben Meter Schaumgebirge. Aber wenn ich ihr jetzt zurufe, dass es doch nicht der Pizzajunge ist, sondern du es bist, fliegt sie dir in circa zehn Sekunden splitternackt in die Arme. Deine Entscheidung.«

Janes Worte waren Verlockung und drohende Gefahr zugleich. Dementsprechend irritiert ließ ich mich von ihr in Richtung Badezimmer schieben, während Vivian lautstark protestierte. »Wie soll ich das denn jetzt machen? Ich bin doch in der Wanne, Jane, sag ihm das!«

Mit erwartungsvollem Blick steckte Jane den Lutscher wieder in den Mund. Ich beschloss, mich auf ihren Streich einzulassen.

»Ihre Pizza, Ma'am!«, rief ich beim Anklopfen mit verstellter Stimme. Jane kicherte unterdrückt, während von Vivian sofort ein gekreischtes »Nein, nicht!« zurückkam. Vor meinem geistigen Auge machte sie bereits Anstalten, sich aus der Badewanne zu erheben. Um ihr dabei auf jeden Fall zuvorzukommen, riss ich blitzschnell die Tür auf, stolperte über die Schwelle ... und stand damit auch schon unmittelbar vor ihr, obwohl sie nicht aufgestanden war, denn dieses Bad war tatsächlich noch winziger als das meiner eigenen WG.

Jane hatte recht, Vivian lag in einem Berg aus duftendem Schaum. Trotzdem empfand ich die Situation als so intim, dass ich schlagartig bis zu den Ohren errötete. Vivian hingegen blinzelte nur ein-, zweimal ungläubig, ehe sie »Vince!« rief, gefolgt von einem schrillen Schrei, der von den gefliesten Wänden widerhallte. »Dreh dich um! Na los, du Irrer, mach schon!«

Lachend folgte ich ihrer Aufforderung und sah die feixende

Jane im Türrahmen stehen, während sich hinter mir das Knistern des Badeschaums verstärkte. Vivian erhob sich in aller Eile und hüllte sich in ihr Badetuch. Immer wieder stieß sie dabei kurze freudige Quietscher aus, die es mir noch schwerer machten, mich nicht wieder zu ihr umzudrehen. Ich hörte das Wasser kurz plätschern, als sie aus der Wanne stieg ... und dann schlangen sich ihre Arme, von denen noch der Schaum hinabtriefte, endlich von hinten um meinen Bauch. Halb nackt und tropfend, wie sie war, presste sie sich ganz fest an mich. »O Mann, Vince, du bist da! Endlich bist du wieder da.«

Ich wandte mich zu ihr um – weg von Jane, deren Anwesenheit ich im selben Moment ausblendete – und strich ihr mit der freien Hand die nassen rotbraunen Haare aus dem Gesicht. Das Studentenleben bekam ihr gut, keine Frage. Denn wie sonst konnte es sein, dass sie in den sechs Monaten meiner Abwesenheit noch hübscher geworden war?

Vivians blaue Augen musterten mich nach wie vor ungläubig. »Sag, dass du es wirklich bist«, beschwor sie mich leise.

»Natürlich bin ich es. Ich wollte dich überraschen.« Rasch hielt ich ihr die Tulpen unter die Nase, denen sie jedoch keinerlei Beachtung schenkte. Unverwandt strahlte sie mich an. So intensiv, dass sich gleich die Sehnsucht in meinem Herzen zurückmeldete, die mich während meiner Zeit in England oft und heftig gepackt hatte. In diesem Moment wollte ich Vivian küssen. Gott, ich wollte nichts mehr, als meine Lippen auf ihre pressen und ihr damit klarmachen, wie sehr sich in der Zwischenzeit alles für mich geändert hatte.

Doch da wich sie auch schon wieder zurück, ergriff meine freie Hand und grinste glücklich an mir vorbei zu ihrer Mitbewohnerin. »Jane, das ist mein Vince«, stellte sie mich mit dieser typischen kindlichen Euphorie vor, die mich unweigerlich an das kleine Mädchen mit den damals noch rotblonden Zöpfen erinnerte, als das sie fast sechzehn Jahre zuvor in unsere Nachbarschaft gezogen war.

Mein Vince, *so hallte es in mir nach.*

Jane drehte noch einmal den Lutscher in ihrem Mund und zog ihn dann mit einem leisen Plopp heraus. »Gut«, sagte sie und zwinkerte mir dabei zu, »denn der Pizzabote ist er definitiv nicht. Komm schon, gib mir diese Blumen, Vincent, bevor ihr die armen Dinger noch zerquetscht. Ich stelle sie für dich in eine Vase, Vivi.«

Dankbar reichte ich die Tulpen an Jane weiter, die kurz darauf die Badezimmertür hinter sich zuzog. Jetzt waren wir allein.

»Sie ist meine beste Studienfreundin hier«, erklärte Vivian, und bei »beste« und »Freundin« verspürte ich prompt diesen kurzen albernen Stich, denn ihr bester Freund war immer nur ich gewesen.

»Jane ist wunderbar, du wirst sie sicher mögen«, schwärmte Vivian weiter, bevor sie sich erneut an mich schmiegte und mich meine dumme Eifersucht wieder vergessen ließ. Denn so spürte ich nahezu jede Kontur ihres schmalen Körpers durch den weichen Frotteestoff des Handtuchs. Und wenn ich es genau bedachte, hatte ich diesen glücklichen Umstand allein Jane zu verdanken.

»Ich glaube, ich mag sie jetzt schon«, wisperte ich deshalb und drückte einen unverfänglichen Kuss auf Vivians Scheitel, um dem tobenden Verlangen in mir zumindest die Spitze zu nehmen.

Ich müsste lügen, würde ich behaupten, dass ich die Dreier-Freundschaft nicht damals schon erahnte, die sich von diesem Moment an zwischen Jane, Vivian und mir entwickelte. Von Tag zu Tag wurde unsere Verbindung intensiver, bald schon unternahmen wir fast alles gemeinsam, lernten und lachten zusammen – und für eine geraume Zeit war das Leben einfach nur wunderbar.

Obwohl ich von Natur aus nicht gerade ein Typ war, der sich bereitwillig jedem öffnete, gewann ich in Jane doch eine sehr enge Vertraute. Natürlich konnte ich auch mit Vivian über alles sprechen, schließlich kannten wir einander schon seit Grundschulzeiten und teilten unsere Geheimnisse ebenso wie die Mehrzahl unserer Leidenschaften miteinander.

Dennoch gab es etwas Entscheidendes, über das ich ganz bewusst nicht mit ihr sprach.

Denn spätestens seit meinem Aufenthalt in England – ich hatte ein Semester lang in Cambridge studiert – war ich mir sicher, in Vivian verliebt zu sein. Wann genau sich meine brüderliche Liebe für sie in eine andere, weniger unschuldige gewandelt hatte, konnte ich nicht genau zurückverfolgen, aber seit dem Tag meiner Rückkehr hingen meine Gefühle wie ein Damoklesschwert über unserer Freundschaft und drohten, durch einen kleinen Akt der Gedankenlosigkeit die herrliche Leichtigkeit zwischen uns zu zerstören. Darum schwor ich mir schon bald, Vivian meine Liebe auf gar keinen Fall zu gestehen, bis ich mir nicht vollkommen sicher sein konnte, dass sie auch dasselbe für mich empfand.

Was jedoch nicht zutraf, wie sich nach und nach immer deutlicher herauskristallisierte. Denn Vivian, die aus einem streng behüteten und sehr konservativen Elternhaus nach Princeton gekommen war, entdeckte zunehmend die neu gewonnenen Freiheiten des Studentenlebens für sich und kostete diese auch in vollem Maße aus, mit allem, was für sie dazugehörte: Partys, Alkohol, Zigaretten ... und Männer.

Rückblickend erscheint es mir fast wie eine logische Schlussfolgerung, dass ich Jane in dieser einen Nacht im November 1984 in meine Misere einweihte.

Denn an jenem Abend waren wir – wie so oft – zu dritt zu einer Party aufgebrochen. Einige Stunden später kehrten Jane und ich wieder einmal allein zurück, weil Vivian sich direkt vor meinen Augen von einem der älteren Studenten hatte abschleppen lassen.

Vor lauter Frust hatte ich mich heftig betrunken, während Jane nahezu nüchtern geblieben war, um uns im Anschluss wieder sicher zurück zum Wohncampus zu chauffieren.

Tja, und als wir noch in ihrem geparkten Auto saßen und keiner von uns Anstalten machte, auszusteigen, brachen mit einem Mal alle Dämme in mir. Plötzlich hörte ich mir selbst zu, wie ich Jane alles erzählte. Zu gleichen Teilen verzweifelt, wütend und traurig, vertraute ich ihr an, wie sehr ich mich in Vivian verliebt hatte und dass ich mir nichts sehnlicher wünschte, als dieses Gefühlschaos in mir wieder rückgängig machen und einfach weiterhin ihr bester Freund sein zu können.

Jane hörte mir nicht nur geduldig zu, sie reichte mir auch ein Papiertaschentuch aus ihrer selbst gestrickten Handtasche, als ich in meinem Suff zu heulen begann.

Niemals danach verlor sie auch nur ein Wort über meinen nächtlichen Gefühlsausbruch. Aber von diesem Moment an war Jane immer für mich da, wenn meine Sehnsucht nach Vivian zu groß wurde und ich in meiner Verzweiflung nach jemandem suchte, mit dem ich zumindest darüber sprechen konnte.

Und mit der Zeit stahl sich Jane auf ihre selbstlose Art und Weise immer tiefer in mein Herz.

Vivian und Jane.
Jetzt sehen sie einander also wieder in die Augen. Nach all dieser Zeit, ausgerechnet bei meiner Beerdigung.
Was sie sich wohl zu sagen haben?
Nun, ich komme nicht dazu, ihrer Unterhaltung zu lauschen, denn Alex, von dem ich mich nach wie vor nicht lösen kann, schnappt sich seine kleine Tochter und lässt die beiden Frauen allein vor dem Restaurant zurück.
Bestimmt spürt er die seltsamen Schwingungen zwischen seiner Mom und Jane, auch wenn er nichts über deren Ursprung weiß. Mein Sohn war schließlich schon immer ein sehr sensibler Junge. Wie sonst hätte er bereits als Teenager so einfühlsame Songtexte schreiben können? In diesem Zusammenhang habe ich mich oft gefragt, ob ihn wohl die klassischen Bücher geprägt haben, die er mit großem Interesse las, wenn er mich früher zur Arbeit ins Antiquariat begleitete. Ich weiß nicht, ob

es so ist, aber der Gedanke, Alex' Talent mit diesen Erfahrungen und unseren oft stundenlangen Gesprächen über die gelesenen Texte gefördert zu haben, gefällt mir jedes Mal wieder.

Schon beim Betreten des kleinen Lokals wird Alex von Marcus erspäht, der ihm Leni sofort abnimmt – vermutlich dankbar für die Beschäftigung, die sie ihm bietet. Alex wechselt hier und da ein paar Worte mit den Gästen, bevor er neben seinem Freund Platz nimmt. Und da er für die kommenden Minuten schweigend dasitzt, lausche ich mangels Alternativen den Gesprächen, die ringsherum stattfinden.

Wie bei jeder Beerdigung sind auch bei meiner Familienmitglieder, langjährige Freunde, Kollegen und Nachbarn zusammengekommen. Wegbegleiter, die mir die letzte Ehre erweisen. Mein guter Freund Rick ist unter ihnen. Nach wie vor fassungslos steht er in einer Ecke des Raums und berichtet einer Bekannten gerade, dass ich dem jungen fremden Golfer quasi unter den Händen weggestorben sei, einfach so. Ich frage mich kurz, ob die beiden – Rick und der Fremde – überhaupt bemerkt haben, dass die Wiederbelebungsmaßnahmen um ein Haar erfolgreich gewesen wären, doch dann beschließe ich, dass es gleichgültig ist. Rick tut mir einfach nur leid. Wäre die Situation umgekehrt gewesen und hätte es ihn an meiner Stelle getroffen, würde ich mich nun genauso miserabel fühlen wie er.

Die Eingangstür des Lokals öffnet sich, und Vivian tritt ein. Sie geht geradewegs auf Alex zu. »Tante Jane wird sich gleich zu dir setzen«, eröffnet sie ihm.

»Warum denn das?«, fragt er beinahe erschrocken. Vivian antwortet nicht, sondern zieht nur die Augenbrauen hoch. Was jedoch ausreicht, um Alex seufzen zu lassen. »Aber Leni ...«, setzt er zu einem schwachen Protest an, der erwartungsgemäß schnell unterbrochen wird.

»Marcus und Cassie sind ja auch noch da«, winkt Vivian ab. »Ich werde genug mit den anderen Gästen zu tun haben, und

der Anstand gebietet es, dass wir uns um Jane kümmern, Alex. Immerhin ist sie deine Patentante.«

Es ist definitiv nicht neu für mich, meine Exfrau dabei zu beobachten, wie sie ihren Willen durchsetzt. Schon als kleiner Junge habe ich mich Vivians Beharrlichkeit mehr oder weniger bereitwillig, aber stets fasziniert gebeugt. Später wiederum stellten sich die Entscheidungen, die sie für uns als Familie traf, zumindest im Nachhinein immer als die richtigen heraus.

Aber ich verstehe Alex' Befangenheit. Schließlich kennt er Jane nur von den Briefen, die sie sich früher geschrieben haben. Und das ist schon sehr lange her. Bestimmt wäre er entspannter im Umgang mit ihr, hätten Vivian und ich dem immer wiederkehrenden Wunsch unseres Sohnes damals nachgegeben und Jane ein paarmal besucht. Doch das haben wir nie gewagt.

Jetzt – dazu verdammt, diesem Theaterstück, zu dem das Leben nach meinem Tod geworden ist, weiterhin unbemerkt beizuwohnen – ist es zu spät für mich, noch etwas an dem Resultat meiner Feigheit zu ändern. So gern ich auch einschreiten und Jane noch einmal leiblich gegenübertreten würde, um mich endlich mit ihr auszusprechen – ich kann es nicht mehr. Frustriert und wütend zugleich frage ich mich zum ersten Mal seit meinem Ableben, ob diese Art von Machtlosigkeit vielleicht eine Bestrafung ist.

Wofür? Nun, das wüsste ich genau.

4

Alex

Oh, wie gut ich diesen Blick meiner Mutter noch von früher kenne! Er lässt nicht den leisesten Widerspruch zu.

»Komm schon«, sagt sie schließlich und streicht mir über den Oberarm, »es ist doch nur dieses eine Essen, Alex.«

Ich protestiere nicht länger gegen ihre Aufforderung, mich um Tante Jane zu kümmern, aber zu einem Nicken lasse ich mich auch nicht hinreißen.

Mom tätschelt meine Schulter wie den Hintern eines abgesattelten Pferdes und wendet sich im nächsten Moment schon wieder Onkel Simon zu, dem jüngeren Bruder meines Vaters, der eine Frage zu haben scheint. Ich spüre, dass ihre Nerven blank liegen, auch wenn das für Außenstehende gewiss nicht zu bemerken ist. Aber ich kenne Mom gut genug, um zu wissen, dass sie ihre Trauer um Dad mit vermeintlicher Stärke übertüncht. Weil das einfach ihre Art ist.

Meine Mutter kann durchaus eine warmherzige, liebenswürdige Frau sein. Die unzähligen kleinen Fältchen rings um ihre Augenwinkel kommen schließlich nicht von ungefähr. Sie liebt es zu lachen, versteht es, das Schöne auch in den kleinsten Dingen zu erfassen und wertzuschätzen, und versprüht für gewöhnlich eine große Lebensfreude.

Doch sobald es etwas gibt, wovor sie sich fürchtet, etwas, das sie einschüchtert, zweifeln oder gar trauern lässt, legt sich ein Schalter in ihr um. »Augen zu und durch!«, lautet dann ihre Devise. Sie benutzt diesen Spruch als Schutzschild und bewährte Waffe gegen alles Unerfreuliche und jegliche negativen Gefühle. Ich hörte ihn vor Impfungen, Matheklausuren, der überaus schmerzhaften Wurzelbehandlung meines Backenzahnes und ebenso, als mir Meredith Johnson in der achten Klasse meinen ersten Liebeskummer bescherte.

Aber auch sich selbst murmelt Mom immer wieder diesen einen Satz zu, wie ein stärkendes Mantra. Zuletzt hörte ich ihn heute Morgen, als sie neben mir auf dem Beifahrersitz von Dads Mercedes Platz genommen hatte und wir uns gemeinsam auf den Weg zum Friedhof machten. Sie nickte einmal, glättete ihren Rock, und die schlanken, stets einwandfrei manikürten Finger krallten sich in den schwarzen Stoff über ihren Oberschenkeln, sobald ich den Motor startete.

»Augen zu und durch!«, sagte sie. Ganz leise.

Und ich tat so, als hätte ich es nicht gehört.

Ich habe meine Mom niemals weinen gesehen. Nicht einmal, als sie von Dads Tod erfuhr. Trotzdem weiß ich, dass sie ihn vermisst. Wie könnte es auch anders sein? Denn obwohl sich meine Eltern bereits vor gut acht Jahren haben scheiden lassen, waren sie dennoch bis zum Schluss befreundet und haben an nahezu jedem Tag miteinander gesprochen. Wie schon als Kinder.

»*Eine echte Sandkastenliebe*«, höre ich Dad in meiner Erinnerung noch einmal sagen. Damals, bei der kleinen Rede, die er zu Moms vierzigstem Geburtstag hielt, war sie der Intensität seines Blickes verschämt ausgewichen, während seine Stimme voller Stolz vibrierte.

Ich werde nie verstehen, warum sie sich so viel Mühe gibt, immer die Starke zu spielen. Ehrlich gesagt lassen mich ihre Bemühungen innerlich sogar grollen. Ihre vermeintliche Nüchternheit hat mich schon oft an den Rand der Verzweiflung getrieben, und ich finde, dass sie sich angesichts der momentanen Umstände ruhig einmal gehen lassen dürfte.

Weil Dad das verdammt noch mal verdient hätte.

Immerhin weiß ich, dass sich Moms Herz heimlich ebenso qualvoll zusammenzieht wie Cassies und meines, wenn sie an den Mann zurückdenkt, der unser aller Leben so bereichert hat.

Und diese Bereicherung war, zumindest was mich angeht, bestimmt keine Selbstverständlichkeit.

Also schön, meine Lust, Tante Jane zu unterhalten, hält sich weiß Gott in Grenzen, aber ich spüre die Verantwortung meinem Dad gegenüber, und ich weiß, dass Mom auf ihre Art leidet und zugleich versucht, alles richtig zu machen, um Dad mit einer möglichst schönen Trauerfeier zu ehren. Also beschließe ich, mich meinen Eltern zuliebe zusammenzureißen.

Außerdem sitzt Marcus ja neben mir, und Leni hüpft ausgelassen auf seinen Knien herum. Und Cassie …

Gerade wandern meine Gedanken zu meiner Schwester, als sie die Tür des Restaurants schwungvoll aufdrückt und dann so lange offen hält, bis dieser Typ namens Ned Stevenson Jane über die Schwelle geschoben hat. Das Lächeln, das er Cassie dabei schenkt, lässt mich ebenso aufmerken wie die Art, in der sie es erwidert. *Hallo? Was geht denn da vor sich?*

Rick Nelson, ein alter Kollege und Freund meines Vaters, steuert geradewegs auf Tante Jane zu und begrüßt sie. Die beiden scheinen sich zu kennen. Doch gerade als ich hoffe, dass sie sich vielleicht lieber zu Rick setzen will, wendet der sich wieder ab und geht zu seinem bereits gewählten Platz zurück.

Mit einem Seufzer erhebe ich mich. »Bitte, Tante Jane, komm doch zu uns«, sage ich, als sei es mir ein aufrichtiges Anliegen. »Und du natürlich auch, Ned.« Ich sehe ihm direkt in die Augen. Unfassbar, dass der Kerl die Nerven hat, bei der Trauerfeier unseres Vaters mit meiner Schwester zu flirten. »Sehr gern, vielen Dank«, willigt Ned unbeirrt ein und schiebt Jane hinter Cassie her, die vorangeht.

Weil Ned Tante Janes Rollstuhl an den Platz zu meiner Rechten schieben soll, trage ich den Stuhl, der dort stand, in eine Ecke des Raums. Als ich zurückkomme, sitzt Ned bereits rechts neben Jane, und Cassie gleitet gerade auf den Sitz neben ihm, als sei es das Selbstverständlichste der Welt. Ihre Augen sind nach wie vor vom Weinen gezeichnet, doch als Ned zu ihr hinüberblinzelt und sie erneut sanft anlächelt, übersteigt die Röte ihrer Wangen schnell die ihrer geschwollenen Lider.

Überrascht von dem, was sich so offensichtlich zwischen Ned und meiner Schwester abspielt, bemerke ich zu spät, dass Leni ihr Hopsen auf Marcus' Schoß unterbrochen hat und auffallend still geworden ist. Gerade will ich ansetzen, meine Tochter und meinen besten Freund vorzustellen, als mir Leni zuvorkommt.

»Was iss das?«, fragt sie und zeigt mit skeptischer Miene auf Jane.

Was das ist? Das? Na toll!

Ich werfe einen gleichermaßen entschuldigenden wie hilflosen Blick zu meiner Patentante, die jedoch keinerlei Empörung erkennen lässt. Unsicher, ob sie Lenis Frage wirklich so locker hingenommen hat oder schlichtweg nicht in der Lage ist, ihrem Unmut darüber mimisch Ausdruck zu verleihen, schaue ich zu Marcus, der für gewöhnlich extrem schlagfertig ist. Aber sogar er wirkt zu irritiert für eine rettende Antwort.

Doch da reagiert Ned schon auf Lenis Frage. »Das ist Jane«, erklärt er gelassen. »Eine sehr nette Frau, die leider ziemlich krank ist und deshalb in diesem Rollstuhl sitzen muss. Und ich bin Ned. ... Sagst du uns denn auch, wie du heißt?«

»Leni«, sagt Leni mit unverändert kritischer Miene und streckt dabei zwei Finger empor, weil Vorstellungsrunden der Auffassung meiner Tochter nach immer erst durch die Nennung ihres Alters abgeschlossen sind. Ned nickt anerkennend und betont, was für ein großes Mädchen Leni schon sei.

Nachdem ich Marcus auch schnell vorgestellt habe und er auf wundersame Art von ungläubigen Blicken und Nachfragen zu seiner Person verschont geblieben ist, zieht Ned eine Umhängetasche unter Janes Rollstuhl hervor und fördert daraus eine Art Tablet-PC zutage, der sich bei genauerer Betrachtung allerdings nicht als herkömmliches Modell erweist.

»Damit kann Jane schreiben. Das strengt sie nicht so an, und außerdem ist sie damit deutlich schneller als beim Sprechen«, erklärt Ned, während er das Tablet mit geschickten Handbewegungen an einer Vorrichtung anbringt und diese wiederum an der rechten Armlehne des Rollstuhls festklemmt. »Gut so?«, erkundigt er sich, nachdem er den Bildschirm in etwa auf Janes Augenhöhe ausgerichtet hat. Sie blinzelt einmal, was er mit einem zufriedenen Nicken quittiert.

»Ihr müsst auf den Bildschirm schauen, während ihr euch mit ihr unterhaltet«, weist er uns noch an, bevor er sich Cassie zuwendet und so leise mit ihr spricht, dass ich nichts verstehe. Marcus stupst mir von links in die Seite und zieht herausfordernd die Augenbrauen hoch.

Ja doch!

Mit einem Räuspern wende ich mich wieder Tante Jane zu, noch immer auf der verzweifelten Suche nach einem passenden und möglichst unverfänglichen Gesprächseinstieg.

Die Bewegungen ihrer Augen und ihres rechten Zeigefingers sind so minimal, dass sie mir fast entgangen wären. Doch dann fällt mein Blick auf den kleinen Bildschirm.

Gar nicht so leicht, ein Gespräch anzufangen, wenn man absolut keine Ahnung hat, worüber man sich mit dem anderen unterhalten soll, nicht wahr?

Im ersten Moment komme ich mir ertappt vor, doch in Janes Augen blitzt etwas Schelmisches auf. Also schmunzele ich, wenn auch ein wenig beschämt.

»Es ist nur so seltsam, dich endlich mal zu treffen«, gestehe ich und denke an die vielen Briefe und Karten zurück, die wir uns früher geschrieben haben.

Janes Geburtstagsglückwünsche und Weihnachtsgrüße hatten mich jedes Mal auf den Tag genau erreicht, stets versehen mit einem netten Spruch, ein paar persönlichen Zeilen, einer 100-Dollar-Note und der Bitte, ihr doch ein aktuelles Foto von mir zu schicken. Die Antwortschreiben verfasste ich oft mit Dads Hilfe, aber niemals mit Moms. Anfangs malte ich nur Bilder, und Dad schrieb Jane ein paar Sätze dazu, später übernahm ich den Schreibpart selbst, während er neben mir saß und mir über die Schulter sah. Nur ein einziges Mal hat mir auch Mom etwas gegeben, das ich dem Brief an Jane beilegen sollte: ein Foto von der damals neugeborenen Cassie und mir.

Von da an schickte Jane mit jeder ihrer Karten zusätzlich 20 Dollar für meine kleine Schwester – was ich immer unfair fand, denn Cassies Patenonkel bedachte mich nie auch nur mit einem Cent.

Jane gibt ein eigenartiges kleines Röcheln von sich, das Neds Kopf herumschnellen lässt und mich zugleich aus meinen Gedanken zieht. »Alles klar?«, fragt er, was sie mit einem langen Augenzwinkern beantwortet. Dann, als er sich wieder Cassie zuwendet, gleiten Janes Augen zurück zu dem Bildschirm und ziehen meinen Blick mit sich. Ich beobachte, wie dort in beachtlicher Geschwindigkeit ein neuer Text entsteht.

Die Nachricht von dem Tod eures Vaters hat mich sehr schockiert. Dennoch habe ich lange mit mir gerungen, ob ich heute wirklich kommen soll. Dich endlich einmal wiederzusehen hat meine Entscheidung am Ende besiegelt, Alexander.

Beim Lesen ihrer Zeilen schlucke ich schwer. »Das freut mich«, sage ich verlegen, weil ich doch eigentlich gar nicht neben ihr sitzen wollte. »Und Cassie hattest du doch auch noch nie gesehen, oder? Außer auf den Fotos, die wir dir geschickt haben?«

Richtig, noch nie. Sie sieht Vincent unglaublich ähnlich.

Zeit, etwas darauf zu erwidern, bleibt mir nicht, denn Jane schreibt unverzüglich weiter.

Schau mal nach links und versuch nicht zu lachen!

Reflexartig folge ich der Aufforderung … und blicke geradewegs in die größten, verblüfftesten Augen, die ich jemals gesehen habe. »Was masst du?«, fragt Leni und sieht mich weiterhin so an, als hätte ich den Verstand verloren.

Klar, für sie muss es so wirken, als würde ich plötzlich Selbstgespräche führen. Marcus und ich prusten gleichzeitig los. »Ein bisschen seltsam ist das schon, da muss ich ihr recht geben«, lacht er.

»Ich spreche mit Tante Jane«, erkläre ich Leni und hebe sie auf meinen Schoß, um ihr die Worte auf dem Bildschirm zu zeigen. »Schau, ihr fällt das Sprechen zu schwer, deshalb schreibt sie mir auf, was sie sagen möchte.«

»Und warum?«, fragt Leni. Ich verstehe zwar, dass sie eigentlich wissen möchte, *wie* Jane das anstellt, aber zu meiner Schande muss ich gestehen, dass ich ihr keine Antwort auf diese Frage geben kann. Ned hingegen schon. Allerdings fällt seine Erklärung so kompliziert aus, dass Leni bereits nach den ersten Worten zurück auf Marcus' Schoß krabbelt und ihn kurzerhand wieder zum Pony umfunktioniert. Cassie erhebt sich derweil und stellt sich hinter Ned, während der auf Janes Bildschirm tippt.

»Schaut, hier oben, über dem Textfeld, steht eine Auswahl an Worten, die in unserem Sprachgebrauch am häufigsten vorkommen. Wenn Jane eines davon mit den Augen fixiert, erkennt das die Kamera. Es wird hervorgehoben, und sie kann es mit einem einfachen Tastendruck auswählen.«

Ich deute auf das Alphabet, das in Großbuchstaben unterhalb dieser Worte steht. »Und ansonsten muss sie die Buchstaben einzeln fixieren und sie aneinanderreihen?«

»Ganz genau«, bestätigt Ned. Im selben Moment blinkt auch schon ein *Ja* auf dem Bildschirm vor uns auf. Ich lächele Jane zu. »Das ist faszinierend.«

Es dauert ein wenig, bis Jane ihre vollständige Antwort gebildet hat.

Glaub mir, wirklich sprechen zu können ist weitaus faszinierender.

Der Schimmer ihrer hellgrünen Augen löscht jegliche Spur von Tragik aus ihrer Antwort. Sie ist sarkastisch, stelle ich amüsiert fest und nicke zustimmend.

Seltsam, aber während der vergangenen Minuten sind die anfängliche Unsicherheit und Anspannung weitestgehend von mir abgefallen.

Ned nimmt Janes Serviette vom Tisch und tupft ihr über den linken Mundwinkel. »Das ist übrigens dasselbe System, das auch Professor Hawking verwendet.«

»Stephen Hawking?«, hakt Marcus unnötigerweise nach.

»Yep. Nur die Stimmfunktion kann Jane absolut nicht leiden.«

»Nicht?«, fragt Cassie verwundert.

Total gruselig!!!

Mom, die an der schmalen Seite des L-förmigen Tisches sitzt, klopft mit ihrem Ehering, von dem sie sich zwar nie getrennt hat, den sie seit der Scheidung jedoch am rechten Ringfinger trägt, gegen ihr Weinglas und erhebt sich. Während sie die Gäste mit einer kleinen Ansprache begrüßt, wirkt sie nicht ganz so gefasst, wie sie es vermutlich gern hätte.

»Vincent wäre so glücklich, uns hier alle versammelt zu sehen. Seine Familie, liebe Freunde, alte Bekannte …« Damit streift ihr Blick Tante Jane, bevor sie mit dem nächsten Blinzeln schon wieder woanders hinschaut.

»Ich bin der Überzeugung, voll und ganz in seinem Namen zu sprechen, wenn ich euch auffordere, das Essen und den Wein zu genießen, euch gut miteinander zu unterhalten und dabei auch laut zu lachen.« Sie schluckt sichtbar und legt eine kleine Pause ein, ehe sie ihrer Stimme wieder ausreichend vertraut.

»Vince hat immer gern philosophiert, schon als Junge von zehn, elf Jahren. Das lag einfach in seiner Natur, auch wenn es auf viele Erwachsene altklug wirkte und er sich dadurch hin und wieder sogar Schwierigkeiten in der Schule einhandelte. Ich fand seine tiefgründigen Gedankengänge immer nur beeindruckend und war überzeugt davon, den klügsten Freund der Welt zu haben.

Das bin ich übrigens bis heute noch.

Ich erinnere mich, dass Vince, als wir gerade frisch verheiratet waren, einmal zu mir gesagt hat, dass es vielleicht gar nicht so sehr darauf ankäme, wie groß unsere Beliebtheit zu Lebzeiten ist. Er sagte, eigentlich sei es doch viel entscheidender, wie gern und intensiv man sich nach unserem Tod noch an uns erinnern würde.«

Cassie schluchzt leise auf. Ich drehe den Kopf in ihre Richtung, doch da reicht Ned ihr schon seine Serviette.

Als ich Mom wieder ansehe, fährt sie mit einem entschiedenen Nicken fort: »Und ich für meinen Teil werde Vincent Blake niemals vergessen. Er war mein bester Freund und der wunderbarste Vater, den ich mir für meine Kinder hätte wünschen können. Selbst wenn ich noch weiter hier stehen und über ihn reden würde, könnte ich nie hinreichend in Worte fassen, wie dankbar ich dafür bin, dass er den Großteil seines leider viel zu kurzen Lebens in unserer Mitte verbracht hat. Also, lasst uns dieses Essen nutzen, um Vince zu feiern, anstatt um ihn zu trauern. Weil er es so gewollt hätte.«

Moms Ansprache zeigt Wirkung. Während die Suppe serviert wird, reichen sich die Gäste gegenseitig das Brot und die bereitgestellten Weinflaschen an, unterhalten sich zunehmend locker mit den Tischnachbarn, und noch ehe die letzten mit dem Essen beginnen, ist die bedrückte Anfangsstimmung einer fröhlichen Geräuschkulisse gewichen.

Ned bittet um eine neue Serviette und steckt einen Zipfel davon in Janes Kragen. Dann beginnt er ihr völlig selbstverständlich das Essen anzureichen, was nicht nur mich fasziniert, sondern auch Leni, die inzwischen wieder auf meinem Schoß sitzt und darauf besteht, allein zu essen.

»So!«, sagt sie immer wieder, den Blick fest auf Tante Jane gerichtet, und führt den Löffel dabei betont langsam zu ihrem weit geöffneten Mund.

»Sie kann es nicht, Liebling«, versuche ich ihr so unauffällig wie möglich zu erklären. »Sie kann ihre Arme nicht bewegen.«

»Und warum nicht?«, kommt es postwendend zurück.

O Gott, wird das jemals enden?

Jane muss mein Augenrollen wohl bemerkt haben, denn plötzlich hält Ned in seinen Bewegungen inne und zeigt mir stattdessen mit einem Nicken, dass auf dem Bildschirm eine neue Nachricht entsteht.

Ach Alex, lass die Kleine doch! Mir macht ihre Neugierde nichts aus, im Gegenteil. Es ist doch nur logisch, dass sie sich wundert. Das muss dir nicht peinlich sein, schon gar nicht vor mir. Die offenen Fragen der Kinder sind mir tausendmal lieber als das betroffene Wegsehen der Erwachsenen, glaub mir.

»Kann ich mir denken«, murmele ich und fühle mich dabei auf unangenehme Weise entlarvt. Schließlich habe ich selbst auch schon oft den Blick gesenkt, wenn ein Mensch mit körperlichen Einschränkungen meinen Weg kreuzte.

»Hmmm«, macht Leni und schiebt sich genüsslich den nächsten Löffel in den Mund. Ich grinse Jane an, und sie erwidert meinen Blick mit amüsiert funkelnden Augen, bevor sie erneut etwas schreibt:

Du sahst genauso aus wie sie, weißt du das?

»Wie Leni?«, hake ich nach. Jane kneift die Augen zu, was offenbar ihre schnellste Art ist, etwas zu bejahen.

»Wie Leni?«, fragt meine Kleine im selben Moment. Mein

ständiges, scheinbar zusammenhangloses Gebrabbel verwirrt sie maßlos. Marcus lacht. »Komm her, du bringst deinen Daddy ganz durcheinander«, sagt er und hebt Leni zurück auf seinen Schoß.

Ja, sie ist dein Ebenbild. Ich weiß das, denn bis du so alt warst wie sie, habe ich dich noch ab und zu gesehen.

»Und wie kam es, dass sich das dann geändert hat?«

Das ist eine lange Geschichte. Und wenn du sie bis jetzt nicht kennst, bezweifele ich, dass es deiner Mom recht wäre, wenn ich sie dir erzähle.

Ich beuge mich dichter zu ihr heran. »Ist es falsch von mir, dass ich sie gerade deshalb hören möchte?«

Zu meinem Erstaunen antwortet Jane zunächst nur mit einem Smiley, bevor sie weiterschreibt.

Nicht falsch. Eher natürlich. Aber es wäre ganz sicher falsch von mir, dir einfach alles zu erzählen.

»Ja, vermutlich«, lenke ich ein, wenn auch nur widerwillig. »Trotzdem finde ich es schade, dass ich gar nichts mehr von dieser Zeit weiß. Ich kann mich nicht einmal daran erinnern, dass Dad ... irgendwann nicht da war. In meinem Leben, meine ich.«

Und das ist gut so. Denn wäre es nach ihm gegangen, hätte er sich ohnehin vom ersten Tag an um dich gekümmert.

Ich nicke nur und nehme dann schnell einen Löffel meiner Suppe, um mir nicht anmerken zu lassen, wie viel mir Janes Worte bedeuten. Dabei gelingt es mir jedoch kaum, den Kloß herunterzuschlucken, der sich beim Lesen prompt in meiner Kehle gebildet hat.

Nach der Vorspeise bittet Ned darum, den Hauptgang für Jane püriert kommen zu lassen. Inzwischen haben wir uns alle, einschließlich Leni, daran gewöhnt, dass er Jane das Essen anreicht. Ned macht das mit großer Souveränität, und seine Ruhe überträgt sich unweigerlich auf uns.

Während Jane isst, kann sie sich nicht mit uns unterhalten. Also fühle ich Ned währenddessen genauer auf den Zahn und erfahre, dass er der Sohn von Janes Gärtner und ihrer ehemaligen Haushälterin ist. »Meine Mom starb vor ziemlich genau siebzehn Jahren an Lymphdrüsenkrebs«, berichtet er. »Damals ging es Jane noch deutlich besser, besonders in Bezug auf das Sprechen. Mein Dad und ich haben nach dem Tod meiner Mom sehr gelitten, und wir konnten beide von Glück sagen, Jane zu haben.« Er wirft der schmächtigen Frau zwischen uns einen Seitenblick zu, den ich unmöglich anders als liebevoll bezeichnen kann.

»Sie war für mich immer wie eine Tante, zu der ich einen ganz besonderen Draht hatte. Als ihre Krankheit dann fortschritt und sie zunehmend einschränkte, brachte ich es einfach nicht fertig, woanders hinzuziehen, um zu studieren. Auch wenn ich weiß, dass sie mich dafür am liebsten in den Hintern treten würde.«

Jane wirft ihm einen scharfen Blick zu, unter dem Ned ahnungsvoll schmunzelnd zurückweicht.

Oh, und ob! Wenn ich nur könnte, wie ich wollte ... Dein Allerwertester wäre grün und blau, glaub mir, mein Junge!

Als wir einhellig auflachen, schaut Leni erneut ratlos in die Runde. Und da sie ihre Portion inzwischen aufgefuttert hat, schiebt sie Marcus' Arm entschieden zur Seite und fordert, mit Kartoffelpüree beschmiertem Zeigefinger auf Jane zeigend: »Leni mal Tante Arm!«

Gern!

… schreibt Jane, ehe ich auch nur Luft für einen Einwand schöpfen kann. Also setze ich meine Tochter behutsam auf Janes Schoß.

»Nur nicht hopsen!«, mahnt Cassie, doch Leni steht der Sinn ohnehin nicht mehr danach. Lange, für mein Empfinden viel zu lange, mustert sie Janes regloses Gesicht aus nächster Nähe. Dann schmiegt sie sich plötzlich an die Schulter meiner Patentante und schließt die Augen. »Tante lieb«, sagt Leni. Ganz leise. Fast so, als sei es ein Geheimnis, das nur sie entschlüsselt hätte.

5

Ich war immer davon ausgegangen, dass die Beerdigung den Höhepunkt einer jeden Trauer markiert. Heute wurde ich eines Besseren belehrt. Die Wohnung unseres Vaters ist jetzt, eine Woche nach seinem Begräbnis, leer, die Schlüssel haben wir dem Makler übergeben. Dads alter Mercedes, der inzwischen in Cassies und meinen Besitz übergegangen ist, gleitet spürbar tief über die Straßen, so schwer haben wir ihn beladen.

Ein Kofferraum voller Erinnerungen, ein zusammengerollter Teppich und ein kleiner antiker Beistelltisch, den Cassie doch tatsächlich auf dem Beifahrersitz festgeschnallt hat – mehr greifbare Andenken sind uns nicht von unserem Dad geblieben.

Stumm hängen wir unseren Gedanken nach, jeder für sich. Sogar Ned ist sehr still. Er hat uns den ganzen Tag geholfen. Nun sitzt er neben Cassie auf der Rückbank und denkt vermutlich, ich habe nicht bemerkt, dass er die Hand meiner Schwester hält.

Schon nach der Trauerfeier hatte Ned sich freundlicherweise, wenn auch nicht ganz uneigennützig, angeboten, uns bei der Wohnungsauflösung behilflich zu sein. Und er hat wirklich kräftig mit angepackt, kartonweise Gegenstände hinuntergeschleppt und in den bereitgestellten Container geworfen, unermüdlich. Andere prall gefüllte Kisten haben wir gemeinsam bei der wohltätigen Organisation abgeliefert, die Cassie im Vorfeld herausgesucht hatte. Zu guter Letzt mussten wir noch ein paar Möbelstücke zerlegen und ebenfalls entsorgen, weil der mit dem Verkauf der Wohnung beauftragte Makler sie für »eher hinderlich« hielt und nicht einmal der Vorsitzende des karitativen Vereins sie hatte haben wollen.

Jetzt, während ich den Wagen in der Tiefgarage unter unserer Wohnung parke, gibt es kaum einen Muskel in meinem Körper, der nicht schmerzt.

»Schließt du dann ab?«, frage ich Cassie, nachdem ich den Schlüssel vom Zündschloss gezogen habe. Sie reißt ihn mir förmlich aus der Hand. »Ja, klar. Ich komme gleich nach.«

Ein kleines Schmunzeln erscheint auf meinen Lippen, weil ich genau weiß, dass sie nach diesem anstrengenden und sehr aufwühlenden Tag darauf brennt, noch ein paar Minuten mit Ned allein zu sein. Mehr Zeit als zum Verabschieden bleibt den beiden ohnehin nicht mehr. Da die gesamte Ausräumaktion von Dads Wohnung viel länger gedauert hat als geplant, muss Ned sich nun beeilen, wieder zu Tante Jane zu kommen, damit sie in der Zeit, bis die Nachtschwester ihre Schicht antritt, nicht ohne Betreuung ist.

Mein Angebot, noch mit hochzukommen, hat er bereits ausgeschlagen.

»Also dann, Ned, mach's gut! Vielen Dank noch mal«, sage ich und reiche ihm zwischen den Frontsitzen hindurch die Hand zum Abschied. Lächelnd schlägt er ein. »Kein Problem, hab ich gern gemacht. Wir sehen uns, Alex!«

Ja, davon gehe ich aus, so verklärt, wie meine Schwester ihn von der Seite anschaut.

Mein Kreuz protestiert mit einem fiesen Ziehen, als ich den Kofferraum öffne und den schwersten Karton heraushebe. Er ist gefüllt mit Fotoalben und einigen der alten Bücher, die ich früher mit Dad gelesen habe und die ich unter keinen Umständen weggeben wollte. Außerdem haben wir eine Kiste mit alten Briefen, Postkarten und privaten Videoaufnahmen dort hineingepackt, die Cassie und ich irgendwann in Ruhe durchschauen möchten.

Ächzend versuche ich den Fahrstuhl zu erreichen, ohne dem Drang zu humpeln nachzugeben.

Unsere Wohnung im dritten Stock des Hauses erwartet mich leer, Leni schläft heute bei Mom. Es ist ungewohnt, das fröhliche Geplapper meiner Tochter nicht um mich zu haben. Aber gerade heute bin ich trotzdem froh darüber, nicht noch Butterbrote mit lustigen Rohkost-Gesichtern kreieren und das übliche

Abendprogramm mit Leni gestalten zu müssen, bis sie endlich eingeschlafen ist.

Vollkommen ermattet streife ich mir die Chucks von den Füßen, stelle den Karton ab und plumpse geradewegs auf die Couch. Einzig und allein meine Augen fühlen sich noch schwerer an als meine Beine. Also schließe ich sie, nur für einen kurzen Moment ...

Ein lautes Poltern lässt mich aufschrecken.

»Verdammter Mist, Alex! Kannst du deine Latschen nicht an die Seite stellen, Mann?«

»Hm?« Ich springe auf und gehe leicht schwankend auf Cassie zu, die ihren kleinen Beistelltisch abgestellt hat und sich mit schmerzverzerrter Miene den Knöchel reibt. »Bist du eingeschlafen?«, fragt sie bei meinem herzhaften Gähnen.

»Nö«, stoße ich fast schon reflexartig hervor und widerstehe nur mit Mühe dem Bedürfnis, mir die Augen zu reiben. Ihrer spöttischen Miene nach zu urteilen, weiß Cassie trotzdem genau, dass sie mit ihrer Vermutung richtigliegt. »Natürlich nicht, der Herr schläft ja nie ein. Nicht vor dem Fernseher, nicht am PC, nicht beim Lesen ...«

Ich boxe halbherzig gegen ihre Schulter und räume dann meine Schuhe weg. »Hör auf zu zetern, Monster, und erzähl mir lieber, was zwischen dir und Ned abgeht.«

»Tss, warum sollte ich?«

»Na, weil ich dir sonst so lange in den Ohren liege, bis du einknickst und es ohnehin tust.«

Für einen Moment grummelt Cassie noch etwas Unverständliches, doch dann lässt sie sich rücklings auf die Couch fallen und verdreht schwärmerisch die Augen. Ihr Seufzen gibt mir den Rest. Es klingt so übertrieben, als wäre es einem *Highschool-Musical*-Film entsprungen, und lässt mich belustigt schnauben, ehe ich mich neben Cassie setze und sie in meine Arme ziehe. »So schlimm, hm?«

»Er ist wirklich toll, Alex«, murmelt sie gegen meine Brust und zieht ihre Beine hoch, um sich noch dichter an mich zu kuscheln. Dann schaut sie mit ihren großen hellbraunen Augen zu mir auf, die Fingerspitzen sanft an ihre Lippen gelegt, auf denen Neds Abschiedskuss bestimmt noch kribbelt. »Weißt du, ich dachte immer, das wäre der reinste Mist«, beginnt sie nachdenklich. »Dieses ganze Liebe-auf-den-ersten-Blick-Ding. Du kennst mich, nie im Leben hätte ich damit gerechnet, dass es wirklich so laufen kann. Und schon gar nicht bei mir. Dass es mich mal dermaßen erwischen würde, so unerwartet und … heftig. Ich meine, welches Mädchen verguckt sich denn ausgerechnet auf der Beerdigung des eigenen Vaters in einen völlig fremden Kerl? Macht mich das zu einem schlechten Menschen, Alex? Sei ehrlich! Ist die ganze Sache zu pietätlos, als dass sie unter einem guten Stern stehen könnte?« Für einen Moment spiele ich mit dem Gedanken, sie damit aufzuziehen, dass sie ein Wort wie pietätlos überhaupt kennt. Doch dann ziehe ich sie nur noch enger an mich, weil ich spüre, dass Cassie ernsthaft verwirrt ist.

»Du bist doch kein schlechter Mensch«, versichere ich und drücke ihr einen Kuss auf das kurze Haar, das wie so oft in sämtliche Himmelsrichtungen absteht und somit einen optischen Hinweis auf ihr Temperament zu geben scheint. »Du bist klasse, Monster, genau so, wie du bist. Und wer weiß, vielleicht hat Dad dir Ned ja sogar selbst geschickt. Immerhin hat er deinen Exfreund aus vollem Herzen gehasst.«

Es vergehen zwei, drei Sekunden, dann prustet Cassie los. »Das ist so ziemlich das Bescheuertste, was du je von dir gegeben hast, Bruderherz. Und das will bei dir echt was heißen. Dad würde mir vermutlich alles Mögliche schicken, wenn er noch könnte. Einen guten Rechtsanwalt, für alle Schwierigkeiten, in die ich mich dank meiner großen Klappe mit Sicherheit noch hineinmanövrieren werde. Ein paar seiner Ansicht nach ansprechendere Klamotten …« Damit schaut sie an ihrem hautengen Tanktop und den zerschlissenen Skinnyjeans hinab. »Oh, und im Zuge dessen vermutlich auch direkt einen Keuschheitsgürtel. Aber doch keinen Kerl!«

»Nein, wohl eher nicht«, gebe ich zu. »Aber zumindest lachst du jetzt wieder.« Was wirklich erleichternd ist. Denn natürlich waren wir in Dads Wohnung mit unzähligen Erinnerungen konfrontiert. Mich hatte die Trauer angetrieben, möglichst schnell zu arbeiten, Cassie eher, zu verweilen ... und oft auch zu weinen. Nun wuschele ich über ihren Kopf, bevor die Stimmung wieder umschlagen kann. »Also seht ihr euch wieder, Ned und du?«

Sie schüttelt zunächst meine Hand ab und nickt dann ein wenig verlegen. »Wir wollen am Montag meine Mittagspause zusammen verbringen. Der Sender ist ja nur etwa zehn Meilen von Tante Janes Haus entfernt.«

»Ja, ich weiß.« Schon oft hatte ich die Briefumschläge an Jane adressiert, ehe mir bewusst wurde, dass sie eigentlich ganz in der Nähe wohnte. Doch damals war ich ein Teenager, hatte meine Kumpels, die Band und Meredith Johnson im Kopf, aber nicht mehr – wie noch als Kind – den Wunsch, Tante Jane endlich einmal persönlich kennenzulernen. Und zufällig waren wir uns auch nie begegnet. Vermutlich, weil sie durch ihre Krankheit sehr abgeschottet lebte.

Cassie scheint zu grübeln. Seit gut einem Jahr arbeitet meine Schwester nun schon bei einem lokalen Radiosender, dessen Hörerschaft im Gegensatz zu der manch eines Konkurrenzsenders stetig wächst. Dort ist sie für die aktuellsten Buchtipps und die Organisation von Lesungen im Sender zuständig, was für sie ein absoluter Traumjob ist. Denn während ich mich neben der Musik hauptsächlich für klassische Literatur begeistern kann, verschlingt Cassie jedwede Art moderner Texte.

»Was?«, frage ich nach einer Weile in die Stille, in der sie mich nachdenklich angeschaut hat. Sie zuckt mit den Schultern. »Vielleicht solltest du Tante Jane mal mit Leni besuchen. Sie schien doch Spaß an der kleinen Motte zu haben.«

»Hm«, brumme ich unschlüssig, während ich noch einmal vor mir sehe, wie Leni auf den zerbrechlich wirkenden, dürren Oberschenkeln meiner Patentante gesessen und den Anhänger an Janes Kette eingehend betrachtet hat. Es war ein antiker Schlüssel, der in seiner Größe viel zu klobig wirkte – sowohl für die zarten Glieder der Kette als auch für Janes schmächtigen Hals.

»Ja«, sage ich leise und eher zu mir selbst. Mein Blick schweift zu dem Karton mit den teils noch ungesichteten Erinnerungsstücken unseres Dads. »Vielleicht sollten wir Tante Jane wirklich noch einmal besuchen.«

Gegebenenfalls bekäme ich dann endlich ein paar Antworten. Denn ich müsste lügen, würde ich behaupten, nicht schon lange wissen zu wollen, was damals zwischen Jane, Mom und Dad vorgefallen ist.

Ratlosigkeit

Anderthalb Monate später

Vincent

Das alles ergibt absolut keinen Sinn für mich. Meine gesamte Konstitution erschließt sich mir nicht – immer noch nicht! –, und ich werde zunehmend ungehalten darüber, mir keinen Reim auf meine Situation machen zu können.

Ich bin tot, in Ordnung. Aber warum zum Henker muss ich dann nach wie vor mit ansehen, wie sehr meine Kinder um mich trauern, wie sehr sie leiden? Das ist schlichtweg falsch, kein Vater sollte das miterleben müssen, schon gar nicht, wenn er dabei so zur Tatenlosigkeit verdammt ist wie ich.

Alex und Cassie sitzen gemeinsam am Frühstückstisch. Meine Tochter weint, während ihr Bruder um Fassung ringt und versucht, sie zu trösten. Leni steht neben den beiden und schaut mit großen Augen ratlos zu ihrer Tante auf, zumal diese vor wenigen Minuten noch so herzhaft gelacht hat.

Kurz davor hatte Alex seine kleine Tochter nämlich vor sich auf den Tisch gesetzt und mit ihr die anstehenden Ereignisse des Tages besprochen, wie er es an jedem Morgen macht. Leni hatte sich nach hinten abgestützt und dabei Cassies noch nicht vollständig geleertes Trinkglas umgestoßen. Als sich der Grapefruitsaft auf der Tischplatte verteilte und Alex wohl gleichzeitig realisierte, dass Lenis Pyjama ohnehin gewaschen werden musste, schob er die Kleine kurzerhand mit ihrem Windelpopo über die kleine Saftlache und wischte diese auf.

»Sag mal, Alex, geht's noch?«, empörte sich Cassie, doch ihr Bruder zuckte nur mit den Schultern. »Was denn, das hat Dad doch früher auch immer mit dir gemacht, weißt du nicht mehr?«

»Nein! Was hat er gemacht?«

»Na, wenn er sein Auto gewaschen hat, hat er dich am Schluss auf die Motorhaube gesetzt und kreiselnd darübergeschoben, als wolle er den Lack mit deinem Hintern auf Hochglanz polieren.«

Das imaginäre Bild ließ meine Tochter prompt losprusten. Natürlich konnte sie sich nicht mehr daran erinnern. Aber ich natürlich – und schmunzelte in mich hinein. »Damals warst du ungefähr so alt wie Leni jetzt«, erzählte Alex weiter und lächelte versonnen. Cassies Lachen hingegen wurde immer heftiger, bis es sich plötzlich nahezu übergangslos in ein ebenso starkes Weinen wandelte.

Es bricht mir das Herz, meine Tochter dermaßen aufgelöst zu sehen, und ich verfluche zum wohl hundertsten Mal, dass mein Jenseits ausgerechnet diese andere, passive Form der Welt ist, die ich zu Lebzeiten kannte.

Welchen Sinn ergibt das? Warum bin ich so allein hier oben, weshalb gibt es niemanden, mit dem ich mich zumindest austauschen kann?

Und warum befinde ich mich immerzu an Alex' Seite? Un-

zählige Male habe ich schon versucht, mich von ihm zu lösen und stattdessen Cassie zu begleiten – besonders vor ein paar Wochen, als sie begann, mit diesem Ned auszugehen. Aber alle meine Anstrengungen verliefen ohne Erfolg, ich bewegte mich keinen Millimeter von Alex fort. Als Vivian vor ein paar Tagen zu Besuch kam, versuchte ich im Anschluss sogar, meinen Willen zu bündeln und die Wohnung unserer Kinder gemeinsam mit ihr zu verlassen. Doch auch das konnte ich nicht.

Alex folge ich hingegen ganz automatisch. Und dafür muss es doch einen Grund geben, verflucht noch mal! Nur dass ich diesen in fast zwei Monaten noch nicht entschlüsseln konnte.

Allerdings ist die Zeit seit meinem Ableben auch auf eine schwer greifbare Art und Weise verronnen. Denn offenbar verliere ich mich seitdem oft so tief in meinen Gedanken, dass ich erst Stunden oder sogar Tage später wieder das Geschehen rund um Alex wahrnehme. Dann ist es, als würde ich unverhofft über einer neuen Szenerie auftauchen, ohne mich daran erinnern zu können, was in der Zwischenzeit geschah.

Dennoch glaube ich, alles Wesentliche bisher erfasst zu haben.

Die größte Veränderung, die sich seit meinem Tod in Alex' Leben ergeben hat, ist zweifellos seine noch recht frische ... ja, ich kann es nur Freundschaft nennen, denn was ihn mit Jane verbindet, ist definitiv mehr als eine simple Bekanntschaft.

Vor ein paar Wochen, unmittelbar nach Cassies und Neds erstem Date, besuchte Alex seine Patentante zum ersten Mal. Sie freute sich so sehr über seine und Lenis Gesellschaft, dass Alex es nicht bei diesem einen Besuch beließ. Und auch für heute steht ein weiteres Wiedersehen an, wie Cassie mir gerade in diesem Moment in Erinnerung ruft.

»Es ist echt lieb von dir, dass du heute Abend nach Tante Jane siehst«, sagt sie mit wackliger Stimme zu ihrem Bruder – offenbar entschlossen, das Thema zu wechseln und mit dem Weinen aufzuhören. Sie tupft sich Augen und Nase mit ihrer Papierserviette ab und erhebt sich dann ruckartig, um ihr Geschirr abzu-

räumen. Alex tut es ihr gleich, stellt seine Kaffeetasse und Lenis Kakaobecher in das Spülbecken und zieht Cassie in seine Arme. »Das mache ich doch gern, Monster«, versichert er und drückt ihr einen Kuss auf die Schläfe, ehe er sie wieder loslässt und beginnt, die Spülmaschine auszuräumen.

Und es stimmt, was er sagt, ich spüre es genau. Alex freut sich wirklich auf seinen Besuch bei Jane heute Abend.

Natürlich wusste ich schon lange um Janes offenherziges Wesen. Aber dass sie es trotz ihres Handicaps in Rekordzeit schaffen würde, meinen Sohn voll und ganz für sich einzunehmen, hätte ich dennoch nicht für möglich gehalten. Schon bei seinem ersten Besuch fiel ein Großteil der Befangenheit von Alex ab, und ich gewann den Eindruck, dass er sich wirklich gut mit Jane unterhielt. Zumindest rückte er schon bald nahe an sie heran, während sie über ihr Tablet mit ihm kommunizierte. Und er lachte dabei oft laut auf, was Leni nach wie vor irritierte.

Ich hingegen bemerkte erfreut und fasziniert zugleich, dass Janes unbeugsame Lebensfreude keinesfalls ihrer Krankheit zum Opfer gefallen ist. Ihre Cleverness, ihr Charme und Witz stecken in jedem ihrer geschriebenen Sätze.

So forderte sie Alex am Nachmittag seines zweiten Besuchs beispielsweise auf, doch noch ein weiteres Stück Kuchen zu essen.

»O nein, Tante Jane, wirklich nicht, danke!«, lehnte mein Sohn ab und rieb sich über den zwar flachen, aber nicht sehr trainierten Bauch. »Um mir das leisten zu können, müsste ich definitiv mehr Sport treiben.«

Pff! Also, wenn es danach ginge, dürfte ich schon lange überhaupt nichts mehr essen. Oder zählt Augenbewegen neuerdings als Sport?

… scherzte Jane und funkelte Alex schelmisch an, bis er sich doch noch zu einem weiteren Kuchenstück überreden ließ.

Genauso, wie ich es früher schnell gespürt habe, fühlt wohl auch mein Sohn, dass Jane ein außergewöhnlicher Mensch ist.

Nicht zum ersten Mal frage ich mich, wie anders mein Leben wohl verlaufen wäre, wenn ich mich damals doch vollkommen auf sie eingelassen hätte.

Jetzt hat sich Alex auf die Spuren unserer Geschichte begeben. Heute Abend wird er bei Jane weiter um Antworten auf all die Fragen bitten, denen Vivian und ich immer ausgewichen waren. So brennt er nach wie vor darauf, zu erfahren, warum wir den Kontakt zu seiner Patentante abgebrochen haben.

Vivian hatte auf diese Frage unseres Sohnes immer nur erwidert, dass manche Freundschaften nun mal nicht für die Ewigkeit gemacht seien und dass die Krankheit Jane ohnehin daran hindern würde, Besuch zu empfangen. Dass das eine Lüge war, weiß Alex spätestens jetzt. Ebenso, wie er nun mit Bestimmtheit weiß, dass er schon als Junge mit seiner Vermutung richtiglag: Jane ist eine wunderbare Frau. Nach wie vor. Und niemand kann erahnen, wie groß meine Scham ist, sie damals im Stich gelassen zu haben.

Vielleicht soll es ja tatsächlich eine Art Strafe für mich sein, nun so hilflos mit ansehen zu müssen, wie Alex durch Jane erfährt, was ich ihr einst angetan habe. Und bei Gott, mir graut wirklich davor, Zeuge zu werden, wie das gute Bild, das mein Sohn immer von mir hatte, im Nachhinein zu bröckeln beginnt.

Aber wie hätte ich denn anders entscheiden sollen, da Vivian mich damals so sehr brauchte?

6

Alex

Pünktlich um fünf Uhr nachmittags beende ich die letzte Unterrichtsstunde dieses Samstags.

Während der siebenjährige Josh noch seine Gitarre im Case verstaut und sich die Schuhe anzieht, betreibe ich bereits alles andere als entspannten Small Talk mit seiner Mom, die ebenfalls alleinerziehend ist und Josh grundsätzlich an meiner Wohnungstür abholt.

Ms Parker ist eine hochgewachsene Frau mit langen blonden Haaren, die sie sich immer wieder aus ihrem hübschen Gesicht streicht, während ich ihr zwar höflich, aber distanziert Auskunft über die musikalischen Fortschritte ihres Sohnes gebe.

Wie jeden Samstag habe ich sie auch heute in den Flur unserer Wohnung gebeten, aber nicht weiter. Doch dieses Mal späht sie ins Wohnzimmer zu Josh und entdeckt dabei das Klavier.

»Oh, geben Sie auch Klavierunterricht?«, fragt sie erfreut.

Sofort läuten in mir sämtliche Alarmglocken. »Mein Schwerpunkt liegt eindeutig auf der Gitarre, aber ich habe auch drei Klavierschüler, ja. Was schon mehr ist, als ich eigentlich zeitlich stemmen kann.«

»Oh, wie schade. Ich habe nämlich als Kind gespielt und würde gern wieder anfangen.« Sie lächelt gewinnend.

Ich presse die Lippen zusammen, schüttele den Kopf. »Leider bin ich zurzeit komplett ausgelastet, Ms Parker. Aber wenn Sie möchten, höre ich mich nach einem geeigneten Klavierlehrer für Sie um«, schlage ich vor, was sie mit einem nur mäßig begeisterten »Das wäre nett« erwidert.

Ich gebe zu, dass der zeitliche Aspekt eine Ausrede war. Obwohl ich momentan wirklich gut zu tun habe, könnte ich durchaus noch ein, zwei weitere Schüler aufnehmen. Die Wahrheit ist jedoch, dass ich neben den insgesamt dreizehn Kindern und Teenagern nur noch zwei erwachsene Männer unterrichte.

Eine nähere Bekanntschaft zu Frauen habe ich mir seit der Sache mit Tara nicht mehr gestattet.

Als Josh und seine Mom gegangen sind, lasse ich mich auf die Couch fallen und greife nach meiner Gitarre, um noch ein wenig für mich selbst zu spielen. Dabei fällt mir wieder einmal ein, dass Marcus nach wie vor auf meine Antwort wartet. Zwar sind die nächsten Studioaufnahmen der Band erst für den kommenden Sommer geplant, aber inzwischen muss er ernsthaft daran zweifeln, dass ich überhaupt wieder ein Teil von ihnen werden will. Dabei fände ich es wunderbar, für das neue Sidestream-Album zumindest einige Songs beizusteuern, ganz so wie früher.

Denn wenn mir in den vergangenen zwei Jahren etwas bewusst geworden ist, dann, dass ich viel weniger die Auftritte vermisse, viel weniger die Öffentlichkeit und den Ruhm, als die Zusammenarbeit mit den Jungs, den kreativen Austausch, die teils stundenlangen nächtlichen Diskussionen über einzelne Textpassagen und die Intensität dieses schaffenden Prozesses, der sich für mich immer sehr bedeutungsvoll anfühlte.

Wie gern würde ich diesen Part wieder aufnehmen. Wenn ich nur könnte!

Aber auch dieses Mal finde ich nicht die nötige Ruhe, um den Bann endlich zu brechen. Denn kaum habe ich ein paar Akkorde angeschlagen, dreht sich auch schon der Schlüssel im Schloss der Wohnungstür.

»Wir sind wieder da!«, ruft Cassie im Hereinkommen, während Leni geradewegs auf mich zustürmt.

Mein kleiner Wirbelwind!

Natürlich hatte ich nie geplant, schon so früh Vater zu werden. Seit unserer Teenagerzeit hatte ich gemeinsam mit den Jungs vollkommen andere Träume verfolgt. Dementsprechend heftig habe ich auch mit mir gerungen, als Tara so unmittelbar vor dem Erreichen unseres größten Ziels – einer internationalen Tour – aufkreuzte und mich vor vollendete Tatsachen stellte.

Dennoch ist Leni zweifellos das Beste, das mir je im Leben passiert ist. Niemals hätte ich mich gegen sie entscheiden können, und deshalb bin ich Tara im Rückblick auch dankbar, dass sie zumindest den Mut besessen hat, mich zu jenem Zeitpunkt in ihre Überlegungen einzubeziehen.

Und seit dem Frust der ersten Wochen hat meine Tochter jeden einzelnen Tag zu einem kleinen Abenteuer gemacht. Ich liebe es, wie sie mir morgens ihre Arme entgegenstreckt und wie heiser ihr erstes »Daddy!« nach dem Schlafen klingt. Obwohl ich früher immer gern lange geschlafen habe, macht es mir heute nichts mehr aus, für den kurzen Weg zum Kindergarten eine halbe Stunde einzuplanen, weil er durch den Park führt und Leni an keinem Hund vorbeigeht, ohne ihn zu streicheln. Inzwischen bin ich auch Meister darin, Schürfwunden schmerzfrei zu desinfizieren, kann mindestens ein Dutzend verschiedene Sorten identisch aussehender homöopathischer Kügelchen mitsamt ihrer Anwendungsgebiete benennen und gebe einen nicht unerheblichen Teil meiner Einnahmen für rosa Schuhe und glitzernde Haarreifen aus. Verkleckertes Essen aufzuwischen und Windeln zu wechseln gehört ebenso zu meinen Vaterqualitäten, wie Höhlen aus Decken und Kissen zu bauen, Wutanfällen standzuhalten, Hand in Hand mit meiner Tochter durch Pfützen zu springen, gerade rechtzeitig mit dem Durchkitzeln aufzuhören, bevor sie Schluckauf bekommt oder auf den Teppich pieselt, ihr jeden Abend dieselbe Gutenachtgeschichte vorzulesen, weil sie keine andere hören möchte, und sie anschließend in den Schlaf zu kuscheln.

Kurzum: Auch wenn ich den alten Zeiten mit Sidestream manchmal nachtrauere, würde ich dennoch nie zurückgehen und etwas ändern wollen. Nichts, was darauf hinausliefe, dass es Leni in meinem Leben nicht mehr gäbe.

Ich schaffe es kaum, die Gitarre zur Seite zu stellen, da versucht sie schon energisch, an meinen Beinen hochzukraxeln, und berichtet dabei ganz aufgedreht von dem Highlight des ausgiebigen Spaziergangs, den sie mit Cassie unternommen hat.

»Danz troßer Wau-Wau. Ei demacht!« Mit weit geöffneten Augen und hochgerissenen Ärmchen versucht Leni mir die Größe des Hundes zu verdeutlichen, der sie so beeindruckt hat.

»Im Park, ja? So groß? Und du hattest keine Angst?«

Missbilligend runzelte sie die Augenbrauen. »Leni teine Anst. Wau-Wau lieb! Leni auch Wau-Wau haben?« Dass sie ihre Frage mit einem bekräftigenden Nicken unterlegt und mir dabei sogar den Oberschenkel tätschelt, schockt mich mindestens ebenso sehr wie die Frage selbst.

Verflixt, warum kann sie nur schon so gut sprechen?

Hilfesuchend blicke ich zu Cassie, die mich jedoch nur breit angrinst und ihrerseits mit den Brauen wackelt.

»Hast du ihr etwa diesen Floh ins Ohr gesetzt?«, verlange ich zu wissen. Schließlich möchte meine Schwester schon einen eigenen Hund haben, solange ich mich zurückerinnern kann. Doch jetzt winkt sie ab. »Nein, auf die Idee ist die Motte ganz allein gekommen. Damit habe ich ausnahmsweise nichts zu tun. Und jetzt viel Spaß beim Herauswinden. Ich muss mich schleunigst in Schale werfen, bin eh schon zu spät dran.«

Weil sie genau weiß, wie sehr ich das hasse, wuschelt sie mir auf ihrem Weg ins Bad noch einmal kräftig durch mein momentan eindeutig zu langes Haar. »Ich bin fertig mit meinem Part der Vereinbarung, jetzt bist du dran, Bruderherz«, erinnert sie mich, als ich ihre Hand endlich abgeschüttelt habe. »Also sieh zu, dass du pünktlich bist, denn Ned ist das *immer*. Und die anderen kommen schon in einer Stunde, damit wir es noch pünktlich ins Kino schaffen.«

»Ja ja«, gebe ich genervt zurück und wende mich dann wieder Leni zu, die ich schleunigst von dem Hunde-Thema ablenken muss. »Also, Süße, hast du gehört? Wir müssen uns fertig machen.« Meine Tochter schaut mich grübelnd an, bewegt sich aber kein Stück.

»Ja, weißt du denn nicht mehr, was wir heute Morgen besprochen haben? Wir fahren doch jetzt zu Tante Jane«, erinnere ich sie. »Also, möchtest du noch etwas mitnehmen?«

Leni überlegt mit geschürzten Lippen, dann nickt sie nachdrücklich. »Kitty holen!« Damit drückt sie ihren Rücken durch, rutscht von meinen Oberschenkeln und hopst mit mir im Schlepptau in ihr Zimmer, wo sie zielstrebig auf ihren *Hello-Kitty*-Rucksack zusteuert. Binnen Minuten hat Leni ihn mit allerhand Krimskrams dermaßen prall gefüllt, dass die alberne Katze so aussieht, als müsse sie sich dringend einigen Zahnextraktionen unterziehen.

Als wir das Zimmer meiner Tochter wieder verlassen, öffnet sich die gegenüberliegende Tür zum Bad und …

»Ahhh!«, entfährt es mir beim Anblick des haarigen Monsters, das uns plötzlich gegenübersteht. »Was zum Henker …«

Cassies Lachen hallt durch den schmalen Korridor.

»Was iss das?«, fragt Leni und klammert sich ängstlich an mein Bein. Schnell hebe ich sie auf meinen Arm. »Cass, verdammt, zieh zumindest die Maske ab! Du machst ihr doch Angst.«

»Na, na, wer wird sich denn vor dem guten alten Chewbacca fürchten?«, säuselt Cassie und kommt meiner Aufforderung schnell nach.

Meine Schwester und Ned sind nun schon seit fast einem Monat ein Paar. Sie teilen nicht nur ihre Vorlieben für indisches Essen und nächtliches Joggen, sondern auch ihre Leidenschaft für die *Star-Wars*-Saga. Ich hingegen kann nicht wirklich nachvollziehen, weshalb das anstehende Treffen mit ihren ebenso verrückten Freunden und der gemeinsame Kinobesuch des erst vor wenigen Tagen angelaufenen Films meiner Schwester ein solches Honigkuchenpferd-Grinsen ins Gesicht treibt.

Kopfschüttelnd lasse ich Leni wieder hinunter, die sich prompt die Maske schnappt und nach kurzer Begutachtung gegen ihr Gesicht drückt. »Bah, bah, baaah!«, ruft der Mini-Chewbacca zwischen Cassie und mir.

»Okay«, sage ich, fassungslos an Cassie hinabblickend. »Ich

werde mich nicht darüber auslassen, wie abgrundtief peinlich ich diese ganze Verkleiderei finde. Aber ist dir wirklich nichts … na ja, *Weiblicheres* eingefallen als dieser jaulende Alien-Yeti? Waren die Prinzessin-Leia-Kostüme alle vergriffen? Oder habe ich dich so oft Monster genannt, dass du inzwischen Identitätsprobleme hast?«

Cassie spart sich eine Antwort und tritt mir stattdessen nur schmollend vors Schienbein, als Leni es gerade nicht mitkriegt.

»Du bist echt ein Freak«, stelle ich mit einem versöhnlichen Schmunzeln klar, bevor ich Leni die Maske abnehme und mich mit meiner Tochter an der Hand zum Gehen wende. Den Türknauf bereits umfasst, drehe ich mich noch einmal zu Cassie um. »Sag nicht, dass Ned sich auch verkleidet!«

»Hey, komm rein!«, begrüßt mich Darth Vader nur etwa zwanzig Minuten später.

»Meine Schwester und du, ihr habt beide 'ne Ecke ab«, lasse ich ihn wissen und stoße zur Begrüßung mit meiner Faust gegen die von Ned, die in einem schwarzen Handschuh steckt.

»Deine Schwester …« Kopfschüttelnd zieht er sich die Maske vom Gesicht und grinst mich mit vernebeltem Blick an. »Cassie hat keine Ecke ab, Mann. Sie ist der absolute Hammer, Alex.«

»Erzähl mir bloß keine Details!«, warne ich und deute auf die schlafende Leni auf meinem Arm. »Kann ich den Brocken hier irgendwo ablegen?«

»Klar, am besten im Wohnzimmer.« Ich folge ihm.

»Sie ist im Auto eingeschlafen, kaum dass ich aus der Tiefgarage gefahren war«, berichte ich. »Sie konnte heute keinen Mittagsschlaf machen. Ich hatte Musikschüler da … und Cass hat mal wieder den leeren Buggy herumgefahren, während Leni die ganze Zeit nebenhergelaufen ist. Langsam frage ich mich echt, wofür wir das Ding überhaupt noch haben.«

Als ich Leni auf der breiten Ottomane abgelegt und mit Kissen so gestützt habe, dass sie nicht von der Sitzfläche kullern kann, schaue ich mich nach Jane um. Doch wir sind allein in dem großen Raum, der, wie alle anderen Zimmer des Erdgeschosses auch, nur recht spärlich eingerichtet ist.

Janes Haus, das im Kolonialstil erbaut wurde, hat mich bei meinem ersten Besuch vor ein paar Wochen sofort an die Villa von *Kevin – Allein zu Haus* erinnert. Mit seiner dunkelroten Ziegelfassade, den grauen Fensterläden und weißen Dachgauben gleicht es dem bekannten Gebäude von außen sehr.

Die Innengestaltung dieses Hauses ist hingegen wesentlich spartanischer und zumindest auf den zweiten Blick auch eindeutig auf das Leben einer Rollstuhlfahrerin ausgerichtet. Inzwischen bin ich mit der räumlichen Aufteilung zumindest grob vertraut. Ich weiß, dass hier unten Janes Reich ist, während sich Neds Wohnung im Obergeschoss befindet. Außer Jane ist er der einzige dauerhafte Bewohner der alten Villa. Die insgesamt vier Pflegeschwestern, die Jane nahezu rund um die Uhr versorgen und deren Rückzugszimmer sich ebenfalls in der unteren Etage befindet, wechseln sich im Schichtdienst ab.

Neds Vater, der bis heute den Garten pflegt, hat ein paar Jahre nach dem Tod seiner Frau eine neue Lebensgefährtin kennengelernt und ist mit ihr zusammengezogen.

»Leichtgefallen ist ihm das nicht«, hat Ned mir erst bei meinem letzten Besuch anvertraut. »Aber dieses Haus steckt voller Erinnerungen an meine Mom, weißt du? Meinem Dad waren es oft zu viele. Seitdem er mit Cynthia zusammenlebt, ist er wie ausgewechselt. Der Auszug war wie ein Befreiungsschlag für ihn, so schwer er sich zuvor auch damit getan hat.«

Ich erinnerte mich an die Ausräumaktion in Dads Wohnung zurück und nickte nachdenklich. »Ja, das kann ich gut nachvollziehen. Und du? Hast du nie derartige Probleme gehabt?«

Er schüttelte den Kopf und wirkte dabei plötzlich etwas verlegen. »Bei mir hat sich Moms Tod eher gegenteilig ausgewirkt. Bestimmt hänge ich gerade durch die Erinnerungen an sie so an diesen vier Wänden. Und natürlich an Jane, die uns allen ein Zuhause und meinen Eltern Arbeit gegeben hat, als ich noch ziemlich klein war.«

»Wo ist Jane?«, frage ich Ned jetzt.

»Sie wird gerade noch einmal versorgt.«

Mit »versorgt« meint Ned die intimere Pflege, auf die Jane angewiesen ist und die von den Schwestern übernommen wird. Er wippt auf seinen Füßen und schaut die schwarze Maske in seinen Händen an.

»Es ist wirklich toll, dass du heute gekommen bist, damit Cassie und ich den Abend mit unseren Freunden verbringen können, Alex. Es sind zwar immer nur diese zweieinhalb Stunden, die überbrückt werden müssen, aber dafür jemanden zu kriegen ist sonst echt nicht so leicht.«

»Überhaupt kein Problem. Ich wollte Jane ja sowieso noch mal besuchen. Gibt es denn noch etwas, das ich dringend wissen muss?« Ned geht zu dem ovalen Esstisch und ergreift ein kleines Gerät, das darauf liegt. »Das hier ist der Notfall-Pieper. Wenn du ihn betätigst, wird ein Rettungswagen losgeschickt. Der Notarzt ruft dann direkt hier an und befragt dich oder gibt dir gegebenenfalls auch Anweisungen.«

Ich muss wohl ein wenig panisch ausschauen, denn Ned schüttelt schnell den Kopf und beschwichtigt mich. »Du wirst das Teil nicht brauchen. Jane hatte jetzt schon länger keine Krämpfe mehr, und sie verschluckt sich nicht, solange sie weder isst noch trinkt, was sie während deiner Anwesenheit nicht tun wird, zumindest nicht, bis die Nachtschwester kommt. Also gebe ich dir den Pieper nur zur reinen Sicherheit, keine Sorge.«

Ich räuspere mich. »Darf ich dich noch was fragen?«

»Klar.«

»Ich weiß, dass Jane ALS hat. Aber was ist das eigentlich genau für eine Krankheit? Warum sind ihre Muskeln so erschlafft, warum ist sie ... überhaupt gelähmt?«

Ned seufzt. »Also, eigentlich sind es nicht ihre Muskeln selbst, die sich so abgebaut haben. Es sind die Nervenzellen, über die alle Muskelbewegungen normalerweise gesteuert werden. Durch die ALS verkümmern diese Nervenzellen nach und nach und senden schließlich gar keine Bewegungsimpulse mehr aus. So ergeben sich die Lähmungen und infolgedessen auch der Muskelschwund.«

»Hm«, mache ich, weil mir für ein paar Sekunden die Worte fehlen. »Die Nerven also? Aber sie empfindet doch noch Schmerz, genau wie wir, oder?«

»Ja. Sie kann nur nicht mehr entsprechend darauf reagieren. Wenn sie etwas juckt, kann sie sich nicht kratzen. Und würde man ihre Hand auf einer glühenden Herdplatte ablegen, könnte sie ihre Finger nicht wegziehen, würde die Verbrennung aber spüren. Das ist auch das Gemeine daran, wenn sie sich verschluckt, denn sie kann schon lange nicht mehr husten.« Neds Blick wird betrübt. »Die größte Gefahr besteht deshalb darin, dass Jane früher oder später erstickt.«

Nach einigen Sekunden in Stille realisiert er wohl, was seine Worte in mir bewirkt haben. Denn so wie es sich anfühlt, ist jegliche Farbe aus meinem Gesicht gewichen. Entschieden schüttelt Ned den Kopf. »Jetzt aber Schluss damit! Nichts dergleichen wird in den kommenden drei Stunden geschehen.«

Gleichgültig, was er nun hinterherschiebt, inzwischen habe ich es wirklich mit der Angst zu tun bekommen. »Und wenn sie sich doch verschluckt? Wie merke ich das überhaupt, wenn ihr Hustenreflex doch nicht mehr funktioniert?«

»Sie würde röcheln. Dann müsstest du zunächst ihre Arme hochhalten und sie, wenn sie noch mehr Unterstützung bräuchte, auf die Couch legen, die Beine erhöht und den Kopf zur Seite gedreht. Das Gerät dort auf dem kleinen Tisch hilft ihr beim Husten. Du müsstest ihr die Maske überstreifen und es anschalten, dann würde ein Sog entstehen. Aber glaub mir, Alex, es wird nicht nötig sein. Sonst würde ich dich bestimmt nicht mit ihr allein lassen.«

Ich massiere mir die Schläfen, hinter denen es plötzlich heftig pocht. »Du solltest jetzt echt gehen, bevor ich es mir doch noch anders überlege«, stoße ich mit einem nervösen Lachen aus.

Ned ist schlau genug, mich beim Wort zu nehmen, mir noch

einmal die Faust zum Abschiedsgruß hinzuhalten und dann mit wehendem Umhang die Villa zu verlassen.

Ich bleibe mit der schlafenden Leni allein zurück und schaue mich um.

Neben der Ottomane, einer Couch und einem sehr bequemen dunkelroten Ohrensessel ist der Esstisch das einzig große Möbelstück im Raum. Doch keines davon dominiert ihn. Vielmehr sind es die in die Wände eingelassenen, deckenhohen und nahezu voll bestückten Bücherregale, die Janes Wohnzimmer einen ganz eigenen Charme verleihen und mit Sicherheit eine Menge über die Hausherrin aussagen. Was genau, das konnte ich bisher noch nicht in Erfahrung bringen. Aber jetzt scheint der perfekte Zeitpunkt dafür zu sein.

Also erhebe ich mich und steuere auf die Bücherwand zu, auf die Mengen dunkelgrüner, -roter und -brauner Buchrücken mit ihren goldenen oder bronzefarbenen, oft kunstvoll geschwungenen Schriften und Verzierungen.

Ich schließe die Augen und sauge den Duft von Druckerschwärze und schwerem Papier ein. Auch wenn ihn manche Menschen als leicht muffig bezeichnen würden, ist es für mich ein wohliger Geruch, der Versprechungen beinhaltet und wertvolle Warnungen, unglaubliches Wissen und die Möglichkeit, darin einzutauchen. Vor allem aber ist es ein Duft, den ich unweigerlich mit meiner Kindheit und Jugend in Verbindung bringe. In ihm blühen die Erinnerungen an meinen Dad so kraftvoll auf wie durstige Blumen nach einem Regenschauer.

Denn ja, die meisten dieser Bücher sind sehr alt. Kein Wunder, schließlich befinde ich mich im Haus einer Historikerin. Und ich kenne diese Leidenschaft für alte Bücher nur zu gut von meinem Vater. Meine Mom hingegen hat dieses Faible nie geteilt.

Während ich meinen Blick über die antiquarischen Werke gleiten lasse, empfinde ich eine Art unterschwelliger Ehrfurcht. Genauso wie früher, wenn ich Dad – oft bis in die späten

Abendstunden – in die Bibliothek der Universität begleitet und dort geschmökert habe. Auf diese Weise habe ich einige klassische Werke bereits als Junge von elf, zwölf Jahren für mich entdeckt.

Unter Janes Schätzen sehe ich etliche Sammelbände finnischer Sagen, mehrere alte Enzyklopädien, einige Werke von Goethe, Tolstoi und Victor Hugo in den jeweiligen Originalsprachen. Im angrenzenden Regal stehen vier Bände mit sämtlichen Werken von Shakespeare und daneben Bücher, die wohl nur Historiker besitzen. Wäre ich nicht mit meinem Vater aufgewachsen, würde ich beim Anblick der alten Bibeln und Gesangbücher wohl glauben, Jane habe einen besonderen Hang zur Religion. So jedoch weiß ich, dass diese geistlichen Bücher in früheren Zeiten oft als Familienstammbücher genutzt wurden, in die man die eigene Hochzeit sowie die Geburts- und Taufdaten der Kinder eintrug, ebenso wie die Todesfälle der Familie.

Wie viele Stunden hat mein Vater damit verbracht, auf Buchmärkten alte Bibeln nach derartigen Aufzeichnungen zu durchforsten? Neben dem Golfen war es Dads größtes Hobby, den persönlichen Geschichten der Verfasser dieser Aufzeichnungen auf die Spur zu kommen und herauszufinden, ob es sich dabei um historisch relevante Persönlichkeiten handelte. Nur solche Bibeln schafften am Ende den Weg in seine private Sammlung. Zwei davon haben Cassie und ich behalten – meine hat Dad auf Präsident Monroes nächste Verwandtschaft zurückgeführt, Cassies auf die Familie der berühmten Schriftstellerin Jane Austen. Die restlichen haben wir, wie Dads andere Bücher auch, seinem Freund Rick Nelson überlassen, dem Bibliothekar der Universität, bei dem wir uns sicher sein können, dass er wertschätzend damit umgehen wird.

Nun stehe ich vor Janes Sammlung an Glaubensbüchern und frage mich, bis wann sie noch in der Lage war, diese selbst durchzublättern und die Geschichten der ehemaligen Besitzer zu erforschen.

Und plötzlich weiß ich, dass sich mein Dad und Jane in vielerlei Hinsicht sehr ähnlich gewesen sein müssen. Vermutlich sogar ähnlicher, als er und Mom sich jemals waren.

Gedankenverloren lasse ich meine Fingerspitzen etwas unterhalb meines Sichtfeldes über die edel eingebundenen Buchrücken gleiten, bis ich mit einem Mal ein dünnes, glattes Buch ertaste ... und in meinen Bewegungen innehalte.

Verwundert mustere ich den Namen des Autors und den in silbernen Buchstaben aufgedruckten Titel des Romans.

M. J. August, Schicksalsschuhe

Daneben ziert eine dunkellila schimmernde Blumenranke den fliederfarbenen Buchrücken. Es ist eines dieser Bücher, die schon rein äußerlich betrachtet der leichteren Frauenlektüre zuzuordnen sind, oder, wie Cassie es nennen würde, ein Chick-Lit-Roman.

An dem fliederfarbenen Taschenbuch lehnen noch drei weitere der gleichen Art, in Pastellfarben gehalten, mit silberner Schrift und Blumenranken. Diese Romane sind vom selben Autor – oder eher von derselben Autorin – geschrieben und heißen *Herzenshut*, *Karmakleid* und *Glücksgürtel*.

Gestützt werden die Bücher von einer kleinen Holztruhe. Der Rest des breiten Regalbrettes ist frei. So, als wäre der Platz für weitere Bände reserviert.

Verblüfft ziehe ich das erste der vier Bücher hervor und schlage es neugierig auf. Das Erscheinungsjahr sticht mir als Erstes ins Auge: 2012. Irritiert blättere ich über die folgenden zwei Seiten hinweg und beginne zu lesen ...

1. Kapitel

Tonia räusperte sich. Die Worte kamen ihr kaum über die Lippen.
»Ähm, ja, ich denke ... das will ich.«
Sebastian blinzelte verunsichert. »Du denkst, Tonia?«

»Ja. ... Nein! Ich meine ... Entschuldige. Natürlich will ich heiraten, Sebastian. ... Also, dich!«
Sätze, die ein Leben verändern würden. Ihr Leben.
Tonia wusste nicht, wie ihr geschah. Dabei war die Sache doch so eindeutig: An eine Brüstung gelehnt, stand sie auf der italienischen Insel Capri. Nur wenige Meter hinter ihr schossen die Klippen senkrecht ins Mittelmeer hinab und zerschnitten die anbrandenden Wellen. Wind blies durch Tonias Haar, und ihr Freund – oder nein, nun wohl ihr Verlobter – kniete vor ihr.
Tonia wusste, dass dies der Moment war, in dem sie Sebastian vor Glück um den Hals fallen sollte. Aufgeregtes Japsen, sich selbst Luft zufächeln, Tränen der Rührung, Liebesschwüre ...
Unzählige Male hatte sie von einer Szene wie dieser geträumt.
Tonia hatte keine Ahnung, worin ihr etwas unzeitgemäßer und doch so übermächtiger Lebenstraum von einer glücklichen Ehe und eigenen Familie begründet war. Doch schon als fünfjähriges Mädchen hatte sie eine alte Spitzengardine zum Schleier umfunktioniert, anschließend das Blumenbeet ihrer Mutter geplündert und mit ihrer pseudobrautmäßigen Erscheinung den kleinen Nachbarsjungen in die Flucht geschlagen.
Später dann, als Teenager, hatte sie ganze Nachmittage mit romantischen Tagträumen verbracht. Auf ihrem Bett liegend, die Beine senkrecht gegen die Wand mit dem XXL-Poster ihres Helden gestreckt. Sie glaubte, den kühlen, salzgetränkten Fahrtwind der Titanic beinahe auf ihrer Haut spüren zu können, wenn Leonardo DiCaprio so auf sie herabblickte.
Und natürlich hatte Tonia auch weiter von Mr Right geträumt, bis sie ihm mit sechzehn Jahren schließlich begegnet war.
Sebastian war perfekt für sie. Damals wie heute ...

Ich stoße ein Schnauben aus und verdrehe die Augen, als ich lese, wie diese Tonia »perfekt« definiert: fünf Jahre älter, gut aussehend (wie könnte es auch anders sein), im Beruf ständig auf der Überholspur, aber privat der totale Romantiker – na klar!
Und warum ergreift sie dann ihre Chance nicht?
Da Jane noch nicht da ist, lese ich ein Stück weiter ...

Anstatt vor Glück zu zerfließen, wie Tonia es sich für diesen Augenblick stets ausgemalt hatte, fühlte sie sich, als wäre ihr der Boden unter den Füßen weggerissen worden. Und es gab nichts, woran sie sich festklammern konnte, denn alles, was ihr bisher im Leben Halt gegeben hatte, löste sich ebenfalls schlagartig auf.
Die Vorstellung, für den Rest ihres Lebens an diesen Mann gebunden zu sein, ängstigte Tonia mit einem Mal zutiefst.
Nein, dies war kein Lebenstraum, der sich erfüllte. Es war ein Albtraum!
Plötzlich wollte sie nur noch weg. So schnell sie ihre Beine tragen konnten, auch wenn sie keine Ahnung hatte, wohin.
Aber sie bewegte sich keinen Zentimeter, stand nur da und gaffte Sebastian an.
Unfähig, ihre Gefühle zu verstehen, geschweige denn, sich ihm in dieser Situation anzuvertrauen, ließ sie sich von dem Mann, den sie noch wenige Minuten zuvor als ihren Seelenverwandten bezeichnet hätte, in den Arm ziehen und küssen.
»Ich bin so glücklich«, wisperte Sebastian.
»Ja«, presste Tonia hervor. Und selbst dieses kleine Wort blieb ihr fast in der Kehle stecken, während sie innerlich laut um Hilfe schrie.

»Ah, hallo, Sie müssen Alex sein, richtig?«, ruft eine Frau hinter mir.
Ich schnelle herum und klappe das Buch zu. Jane wird von einer Pflegeschwester in den Raum geschoben, die sich mir mit kräftigem Händedruck als Gilda vorstellt. »Oh, und da ist ja

auch die Kleine«, sagt Gilda, den Blick auf meine schlafende Tochter gerichtet. »Jane ist ganz verliebt in sie«, lässt sie mich wissen. »Nicht wahr, meine Liebe?«

Jane versucht sich an einem Schmunzeln und blinzelt einmal lange. »Hallo, Tante Jane«, begrüße ich sie, das Buch nach wie vor in den Händen. Prompt fällt ihr Blick darauf ... und das mühsame Lächeln entgleist.

Während sich Gilda verabschiedet und zum Gehen wendet, beeile ich mich, die *Schicksalsschuhe* zurück ins Regal zu stellen. Dabei ist es nicht gerade hilfreich, dass die Bretter so breit und die vier Taschenbücher so instabil sind. Ein paarmal kippen sie zur Seite, bis ich die Holztruhe daneben endlich so positioniert kriege, dass die Bücher stehen bleiben. Als ich mich wieder zu Jane umdrehe, ist Gilda bereits fort, und Stille umfängt uns in dem großen Raum.

»Bah, bah!«, macht Leni plötzlich im Schlaf. Wahrscheinlich verarbeitet sie im Traum gerade noch einmal das Erlebnis mit Cassies gruseliger Chewbacca-Maske. Auf jeden Fall hallt ihr Ausruf so unerwartet und laut durch das Zimmer, dass ich zusammenschrecke. Die Mundwinkel meiner Patentante hingegen zucken, ebenso wie ihre linke Braue, während sie mich eindringlich mustert.

7

Wie schon bei unseren vorangegangenen Treffen in ihrem Haus setzen Jane und ich uns nebeneinander. Dazu schiebe ich ihren Rollstuhl so dicht wie möglich an den gemütlichen Ohrensessel heran, in dem ich selbst Platz nehme.

Auf diese Weise können wir uns am besten unterhalten. Doch jetzt dauert es etwas, bis ich Janes volle Aufmerksamkeit habe. Zuvor betrachtet sie Leni lange, mit seltsam verklärtem Blick.

»Wie ein Stein, hm?«, sage ich schließlich. Mit ihren rötlich blonden Korkenzieherlöckchen, die sich um das friedliche Gesicht ringeln, und den Wimpern, die so lang sind, dass sie hauchfeine Schatten auf Lenis Pausbacken werfen, sieht meine Tochter wirklich aus wie ein Engel.

»Wenn sie so tief schläft wie jetzt, kann sie nichts und niemand wecken«, sage ich. Jane blinzelt zur Bestätigung und schaut dann zu ihrem Bildschirm. Sofort rücke ich auf die Kante des Sessels vor und lese ihre Wort für Wort entstehende Antwort.

Dieser kindliche Tiefschlaf ist ein Segen und ein Zeichen von Unbeschwertheit. Was im Umkehrschluss bedeutet, dass du ein toller Vater bist, Alex.

»Danke«, gebe ich verlegen zurück. Und weil ich dabei den Blick senke, fällt er auf den prallen *Hello-Kitty*-Rucksack, der neben Leni an der Ottomane lehnt. Sie besteht immer darauf, ihn selbst zu packen – auch, wenn sie zu meiner Mom geht oder zu Mrs Hummerfield, der älteren Dame, die an manchen Tagen nach dem Kindergarten noch auf sie aufpasst, wenn ich es zeitlich nicht anders geregelt kriege.

»Allerdings fühle ich mich manchmal ganz und gar nicht so«, gestehe ich angesichts dieser Gedanken leise.

Jane muss nicht erst fragen. Das *Warum?* steht ihr auch so in die Augen geschrieben. Also zucke ich mit den Schultern und erläutere mein Dilemma. »Ständig muss ich überlegen, wo ich Leni unterbringe. Cassie und Mom unterstützen mich natürlich, wo sie nur können. Trotzdem muss ich sie manchmal auch noch nachmittags von einer Nanny betreuen lassen. Das geht mir ziemlich gegen den Strich, ehrlich gesagt.« Ich seufze. »Dadurch, dass sich andauernd neue Schüler bei mir anmelden oder Schnupperstunden buchen, ändert sich mein Wochenplan laufend. Schön ist das für Leni bestimmt nicht.«

Zwar wird Janes Blick kurz nachdenklich, aber ihre Antwort bildet sie trotzdem sehr schnell.

Weißt du, ein afrikanisches Sprichwort sagt: Um ein Kind großzuziehen, braucht es ein ganzes Dorf.
Daran ist nichts Falsches. Und ich habe euch jetzt schon öfter zusammen erlebt, Leni liebt dich sehr. Also mach dir keine Sorgen. Solange du ihr Fels in der Brandung bleibst, ist alles gut.

Die folgenden Worte lässt Jane wesentlich zögerlicher auf dem Bildschirm erscheinen. So, als würde sie jedes einzelne zuvor genau abwägen.

Dadurch, dass ich dich in den vergangenen Wochen zusammen mit Leni beobachten durfte, ist mir erst so richtig bewusst geworden, wie wichtig ein Vater für sein Kind ist.

Natürlich muss ich bei ihren Worten unwillkürlich an meinen eigenen Dad denken. Vermutlich sieht Jane mir das an. Dennoch verwundert mich ihre nächste Frage.

War Vince dir ein guter Vater?

Ich sehe ihr fest in die intelligenten hellgrünen Augen und lasse meinen Blick dann zu den Fotografien auf der schmalen Anrichte schweifen, die Jane als junge Frau zeigen.

Ihre Augen haben sich kaum verändert, sie sind genauso schön wie damals. Und als ich wieder zu ihr zurückschaue, wird mir bewusst, dass ich inzwischen kaum noch etwas anderes von Janes Äußerem wahrnehme als ihren Blick.

Geduldig wartet sie meine Antwort ab. Ja, es besteht kein Zweifel, dass Jane genauestens über Dad und mich Bescheid weiß. Natürlich weiß sie es. Schließlich war sie damals die engste Vertraute meiner Eltern. Zumindest so viel haben sie mir erzählt.

»Er war der beste Vater, den ich mir hätte wünschen können«, presse ich mit einem Kloß im Hals hervor. »Und jetzt ärgere ich mich darüber, dass ich ihn nie gefragt habe, ob es ihm mit Cassie und mir ähnlich ging. Ob er auch solche Selbstzweifel hatte, meine ich. Denn, ganz ehrlich, wäre es so gewesen, wäre das jetzt ein echter Trost für mich.«

Janes Mundwinkel zucken kurz.

Ich weiß zwar, dass Vince viele Selbstzweifel hatte, besonders im Hinblick auf deine Mutter. Aber was dich anging, war er sich immer sehr sicher: Er wollte für dich da sein, Alex. Wäre es nach ihm gegangen, von deinem ersten Atemzug an.

Weil die Buchstaben hinter meinen aufsteigenden Tränen verschwimmen, räuspere ich mich und erhebe mich dabei abrupt. Für den Moment überwältigt von meinen Gefühlen, fahre ich mir mit dem Handrücken über die Nase und wende mich dann erneut dem Bücherregal zu.

Mein Blick fällt wieder auf die vier Frauenromane. In meiner Verlegenheit greife ich erneut nach den *Schicksalsschuhen*.

Erst in diesem Moment fällt mir auf, dass ich mich hier stehend nicht länger mit Jane unterhalten kann. Also drehe ich mich zu ihr um und begegne ihrem offenen Blick.

»Wa-rum?«, fragt sie schwerfällig. Schnell nehme ich wieder

auf dem Ohrensessel Platz, die *Schicksalsschuhe* in meinen Händen. »Was meinst du mit ›warum‹?«

Warum hast du dir vorhin ausgerechnet dieses Buch herausgesucht?

Fragend sieht sie mich an. Und nach einer kleinen Pause fügt sie hinzu:

Und warum jetzt wieder?

Ich überlege kurz, ehe ich antworte: »Also, ehrlich gesagt war ich nur neugierig. Ich habe mich über diese vier Taschenbücher in deinem Regal gewundert. Ich meine, hast du sie geschenkt bekommen oder ... keine Ahnung, bist du vielleicht mit der Autorin bekannt?«
Jane sieht mich lange reglos an und wirkt fast wie versteinert, bevor sie schließlich wieder ihren Bildschirm fixiert.

Wie kommst du darauf?

»Nun, ich dachte nur ... Irgendwie passt diese Art von Literatur nicht zu dir«, stammele ich und komme mir dabei mit einem Mal ertappt vor. Als hätte ich meine Nase zu tief in ihre privaten Angelegenheiten gesteckt. Was ja in gewisser Weise auch so ist.

Auf den ersten Blick sicher nicht.

... lautet Janes kryptische Antwort. Auch nach einer längeren Pause, als sie endlich weiterschreibt, gibt sie mir keine genauere Erklärung.

Und der Rest meiner Bücher ist stimmig für dich?

... hakt sie stattdessen nach.

»Ja, absolut.« Ich erhebe mich wieder und steuere erneut auf die Mahagoniregale zu. »Alles andere passt durchaus zu einer Historikerin.« Damit stelle ich die *Schicksalsschuhe* zurück an ihren Platz und drehe mich wieder zu Jane um, schenke ihr ein Lächeln. Doch so leicht lässt sie mich nicht vom Haken. Obwohl ihre Gesichtsmuskeln kaum Regung zeigen, liegt nun ein Ausdruck von Amüsement und Herausforderung in ihrem Blick.

»Du willst eine Erläuterung, richtig?«

Ein langes Blinzeln.

»Also gut«, willige ich seufzend ein. »Dann ... beginnen wir direkt hier.« Ich recke mich ein wenig und ziehe das einzige Werk von Tolstoi hervor, das Jane nicht in Originalsprache besitzt.

»*Anna Karenina* habe ich zum ersten Mal mit ungefähr dreizehn Jahren angefangen, aber damals bin ich nur etwa fünfzig Seiten weit gekommen«, erzähle ich ihr. »Ganz gelesen habe ich es erst viel später, als Dad es mir noch einmal rausgelegt hat. Ich mochte die Geschichte, auch wenn es für meinen Geschmack zu viel Drama und Leidenschaft gab. Am besten fand ich die ganzen Informationen über das russische Leben im 19. Jahrhundert.« Ich schaue zu Jane auf, registriere, dass sich ihre Augenbrauen minimal heben.

»Also, wenn du mich fragst, ist *Anna Karenina* wirklich die perfekte Lektüre für jemanden, der sich für Geschichte interessiert und dabei auch heimlich ein Romantiker ist«, resümiere ich lächelnd. »Insofern: Check, Tolstoi passt in dein Regal.«

Jane sieht mich ein wenig perplex an. Vermutlich fragt sie sich, wie ich auf die Idee komme, sie könne romantisch veranlagt sein.

»Und von dieser Art Literatur gibt es einige Werke in deinem Regal«, stelle ich fest, während ich das Buch zurück an seinen Platz schiebe. Ich deute kurz auf Janes Shakespeare- und Victor-Hugo-Sammlung, ziehe dann aber ein anderes wunderschön gebundenes Buch hervor.

Dank meines Dads kann ich die altertümliche Schrift auf dem

Buchrücken lesen. Es handelt sich um *Die Leiden des jungen Werthers* in deutscher Sprache.

Wie immer, wenn ich ein so altes Buch in den Händen halte, überkommt mich ein Gefühl von Ehrfurcht. Unwillkürlich frage ich mich, wem es wohl vor Jane gehört hat.

»Ich weiß zwar nicht viel über Goethe, aber ich erinnere mich, dass Dad mir erzählt hat, viele seiner frühen Werke würden deutliche Parallelen zu seinem Leben aufweisen.«

Jane blinzelt wieder lange und zustimmend, bevor ihr Blick von mir zu ihrem Tablet gleitet. Als ich zu ihr gehe, schreibt sie:

Ich persönlich glaube sogar, dass Werther dem jungen Goethe ähnlicher war als jede andere seiner Figuren. Goethe hat bestimmt auch sehr extrem geliebt.

Ich lasse mir das eine Weile durch den Kopf gehen, ehe ich nicke. »Ja, seiner eindringlichen Schreibweise nach zu urteilen, denke ich das auch. ... Aber dann muss er damals sehr verzweifelt gewesen sein, als er dieses Buch schrieb.«

Vermutlich, ja.

Ich grübele noch ein wenig weiter, den Blick fest auf Jane gerichtet. »Was ist mit dir?«, frage ich schließlich, all meinen Mut zusammennehmend. »Kann es sein, dass Goethe dich mit diesem Werk besonders berührt hat?«

Janes Augen weiten sich zwar nur kurz, aber dennoch entgeht es mir nicht.

Wieso glaubst du das?

Dass sie meine Frage mit einer Gegenfrage beantwortet, werte ich als Zeichen dafür, dass ich mit meiner Vermutung zumindest nicht komplett danebenliege.

»Na ja, weil das Buch im Kern doch von Isolation handelt.

Von unfreiwilliger Einsamkeit. Und das auf eine sehr empathische Weise.«

Als ich von meinen Fußspitzen zu Jane aufschaue, glitzern Tränen in ihren grünen Augen. Aber sie sieht nicht traurig aus, wie ich erleichtert feststelle. Sie sieht eher aus wie jemand, der tief gerührt ist.

Bis ich Goethes Werk zurückgestellt und wieder neben Jane Platz genommen habe, hat sie bereits einige Sätze geschrieben.

Ich habe schon lange geahnt, dass du ein besonderes Gespür für Literatur hast, Alex. Oder für die Sprache an sich. Schon als Achtjähriger hast du mir Briefe geschrieben, die gezeigt haben, wie gewandt du im Umgang mit Worten warst.

Die meisten Kinder schreiben ihre Sätze einfach so auf, wie sie ihnen gerade in den Sinn kommen, mit allen grammatikalischen Fehlern und Gedankensprüngen, denen man oft nur schwer folgen kann. Bei dir war das nie der Fall. Ich habe mich damals immer wieder gefragt, ob dir dein Vater die Briefe an mich vielleicht diktiert hat.

An dieser Stelle verneine ich durch ein kurzes Kopfschütteln. Doch da schreibt sie auch schon selbst:

Aber später, als eure Band so erfolgreich wurde und ich gelesen habe, dass du fast alle Songtexte geschrieben hast, ist mir klar geworden, dass es einfach dein naturgegebenes Talent ist.

»Du weißt über Sidestream Bescheid?«, entfährt es mir voller Verwunderung. Jane lächelt matt, bevor sie erneut ihren Bildschirm ins Visier nimmt.

Geh zum Sideboard neben dem Esstisch, linke Schranktür! Hol bitte die braune Box aus dem unteren Fach.

Ich tue es und finde eine lederbezogene Kiste in der Größe eines schmalen Schuhkartons, nur etwas höher. Janes rechter Mundwinkel zuckt, und sie blinzelt einmal lange, als ich sie ihr bringe.

Vorsichtig klappe ich den Deckel hoch … und gebe einen erstaunten Laut von mir. Die prall gefüllte Box ist in mehrere Fächer aufgeteilt, wie die, die Cassie früher zum Sortieren ihrer Fotos hatte. In dem ersten Fach, das etwa zwei Drittel des Inhalts enthält, befindet sich ein Stapel Briefe. Außerdem hat Jane Fotos gesammelt, gefolgt von Zeitungsausschnitten. In dem letzten, schmalsten Fach stehen vier CDs, sortiert nach ihrem Erscheinungsdatum.

Es ist alles von mir.

Die neuesten beiden Alben der Band besitzt Jane allerdings nicht, was wohl bedeutet, dass sie auch den Zeitpunkt meines Ausstiegs exakt registriert hat.

»Eine Alex-Kiste«, entfährt es mir, während ich wahllos eines der Fotos entnehme. Schmunzelnd betrachte ich die früheren Versionen von Marcus und mir – einer breiter grinsend als der andere und beide mit Zahnlücken, in die man, wie ich mich schlagartig erinnere, drei Strohhalme nebeneinander schieben konnte. Was wir damals überaus praktisch fanden.

Auf der Rückseite des Fotos steht in der akkuraten steilen Handschrift meines Vaters:

Liebe Jane,
Alex hat den Umzug nach Danbury gut verkraftet und sich unkompliziert hier eingelebt. Das Foto zeigt ihn mit Marcus, seinem neuen besten Freund. Wenn die beiden zusammen sind, kommt leider nur selten etwas Gutes dabei heraus, aber Alex ist glücklich, also sind wir es auch.
Ich hoffe sehr, dass es Dir gut geht, Jane! Bitte pass auf Dich auf und lass mich wissen, wenn es etwas gibt, das ich für Dich tun kann.
Mit den besten Wünschen
Vince und Vivian

Ich schlucke hart und fahre mit dem Daumen über die Worte meines Vaters. Irgendwie fühlt es sich surreal an, dass sie so präsent da stehen. Als ob er sie gerade erst geschrieben hätte. Dabei ist es Jahrzehnte her ... und er nun schon seit fast zwei Monaten tot.

Ich vertreibe den Gedanken mit einer unwilligen Kopfbewegung, während Jane ein leises Geräusch von sich gibt, das mich aufschauen lässt. Sie erwartet meinen Blick bereits und lenkt ihn zu dem Bildschirm.

Stell die Kiste auf meinen Schoß, ja? Ich möchte, dass du einen bestimmten Brief liest, aber dafür muss ich sie sehen.

»Klar!« Ich stecke das Foto schnell zurück an seinen Platz. »Hier.« Sobald die Box auf Janes Oberschenkeln steht, beginne ich vorsichtig, meine alten Briefe durchzublättern, von alt zu neu. Immer wieder schaue ich dabei in Janes Augen und warte auf ein Zeichen. Nach einiger Zeit zucken ihre Brauen plötzlich, und sie blinzelt einige Male hintereinander.

»Der hier also?« Ich frage mich, wie oft Jane diese Kiste wohl durchstöbert hat, dass sie die Briefe sogar an ihren Kuverts erkennt. Ich ziehe das linierte Papier hervor und entfalte es vorsichtig. Ein Blick auf das Datum zeigt, dass es sich bei dem Brief offenbar um das Dankesschreiben nach meinem zehnten Geburtstag handelt.

Danbury, 04. Oktober 1997

Liebe Tante Jane,

vielen Dank für Deine Glückwünsche und das Geld. Am Samstag fährt Dad mit mir in die Mall, dann darf ich mir ein Skateboard kaufen. Marcus hat ein super Longboard, und ich möchte am liebsten genau das gleiche haben, damit wir endlich zusammen fahren können. Auch wenn Mom immer

Angst hat, dass ich hinfalle und mir die Finger breche. Denn dann könnte ich länger kein Klavier spielen. Ich hoffe, ich darf bald zu Gitarre wechseln, die finde ich so viel cooler als das Klavier.
Ich habe Mom noch mal gefragt, ob wir Dich mal besuchen können, aber sie hat wieder gesagt, dass das nicht geht. Sie meint, Du bist zu krank für Gäste. Aber stimmt das denn? Weil ich irgendwie glaube, Du würdest dich freuen, mich mal zu sehen. Als ich im letzten Frühling einen Leistenbruch hatte und drei Tage im Krankenhaus bleiben musste, fand ich es furchtbar langweilig so allein. Wenn mich jemand besucht hat, ging es mir gleich viel besser. Deshalb kann ich mir echt nicht vorstellen, dass Du keinen Besuch haben willst.
Also, wenn Du möchtest, dass wir mal zu Dir kommen, dann schreib es mir bitte, Tante Jane.
Ich kann Dir das alles nur schreiben, weil Dad noch bis Freitag in New Jersey ist und Mom mir schon eine Briefmarke rausgelegt hat. Sonst liest Dad meine Briefe an Dich immer noch mal durch, aber den hier bringe ich nachher selbst zur Post.

Liebe Grüße,
Dein Alex

PS: Cassie trifft ihren Patenonkel ganz oft.
PPS: Ich schicke Dir das nächste Mal ein Foto von mir und dem Skateboard. Oder ich zeige es Dir, wenn ich Dich besuchen komme.

»O Mann, ich war ganz schön hartnäckig, was?«

So unverhofft mit meinem damaligen Ich konfrontiert, lache ich auf – leise und auch ein wenig verbittert.

Doch dann schaue ich auf. Zunächst in Janes betrübte Augen, denen plötzlich die Kraft zum Glänzen zu fehlen scheint, und dann auf ihren Bildschirm, auf dem sie während meines Lesens bereits ein paar Sätze gebildet hat.

Dieser Brief war immer mein Lieblingsbrief von dir.

Ich hätte dir so gern geschrieben, dass du mich besuchen kommen sollst. Aber das konnte ich nicht, Alex. Dafür war zwischen deinen Eltern und mir einfach zu viel passiert. Ich wollte dich sehen, aber nicht deinen Vater oder deine Mutter.

Ich nicke langsam. Wie gern wüsste ich endlich Bescheid über dieses große Geheimnis zwischen den dreien! Aber jetzt ist nicht der rechte Zeitpunkt, es zu erörtern, das verdeutlichen mir Janes nächste Zeilen.

Ich weiß, dass du sehr enttäuscht warst, denn von diesem Brief an haben sich deine Antworten verändert. Sie wurden viel knapper und unpersönlicher. Dein Skateboard hast du mir nie gezeigt.

Der Hauch eines traurigen Lächelns zeigt sich in ihren Augen, als sie mich kurz anschaut.

Umso mehr freue ich mich, dass wir jetzt Kontakt miteinander haben. Und glaub mir, ich habe deinen Weg immer verfolgt. Auch als du mir nicht mehr selbst davon berichtet hast.

Im nächsten Moment deutet sie mit den Augen in Richtung Box. Sie fixiert die CDs, und ich lächele. Irgendwie kann ich mir nur schwer vorstellen, dass Jane tatsächlich hier in ihrer Villa gesessen und unsere Musik gehört haben soll.
»Hast du ein Lieblingslied?«
Sie zögert keinen Moment.

»One Last Time«. Aber das betrifft nur die Melodie. Von den Texten her sind sie alle wunderschön.

Ich spüre bereits das heiße Prickeln in meinen Wangen, doch erst Janes nächste Zeilen lassen mich endgültig erröten.

Du bist nicht nur ein Musiker, Alex. Du bist vor allem auch ein Dichter.

»Danke«, sage ich verlegen.

Erzähl mir davon!

»Wovon?«

Warum hast du aufgehört?

»Mit der Band, meinst du? Na ja ... wegen Leni.«

Ich meinte mit dem Komponieren und Texten.

Erstaunt hebe ich die Augenbrauen. »Woher weißt du denn, dass ich das nicht noch mache?«
Ihr linker Mundwinkel zuckt leicht.

Warum sollten die anderen Jungs der Band dann Songs spielen, die nicht von dir sind? Ein Streit zwischen dir und Marcus hätte die einzige Erklärung dafür sein können. Aber nachdem er sogar bei der Beerdigung deines Vaters war ...

Meine Kinnlade klappt herab, sekundenlang starre ich Jane fassungslos an. Zeit genug, um das kleine triumphierende Funkeln in ihren Augen wahrzunehmen.
»Ich, ähm ...«, stammele ich schließlich.

Erzähl mir einfach alles, von vorn!

8

Herausfordernd schaut sie mich an.
»Du willst dir wirklich die ganze verfluchte Geschichte anhören?«, frage ich unsicher. Jane blinzelt lange, ohne zu zögern.

»Also gut«, willige ich ein und räuspere mich, auf der Suche nach einem geeigneten Einstieg.

»Zunächst einmal: Du hast recht, das Texten war immer mein Ding. Und ginge es nach Marcus, würde ich tatsächlich bis heute die Songs für Sidestream schreiben. Es ist noch gar nicht lange her, da hat er mich sogar gebeten, genau das wieder zu tun. Aber dann ist Dad plötzlich gestorben und … Ich schulde Marcus bis jetzt noch eine Antwort.« Verlegen fahre ich mir durch die Haare. »Ich habe nur keine Ahnung, wie ich ihm sagen soll, dass ich es nicht mehr kann. Das Komponieren, meine ich. Oder eigentlich das Texteschreiben, denn die Melodie kam bei mir immer mit den Worten. Aber das … war plötzlich alles weg.« Ich begleite meine Worte mit einem Fingerschnipsen. »Mit einem Mal war nur noch Stille in meinem Kopf, genau da, wo es zuvor immer gesummt hatte vor Ideen. Ich war einfach … leer. Und das ist jetzt schon seit über zwei Jahren so. Seitdem Leni bei mir ist, um genau zu sein.«

Jane schaut mich aufmerksam an und hält meinen Blick fest, als ich ihrem ausweichen will. Sie fordert mich stumm auf, weiterzusprechen. Und dann tue ich tatsächlich das, was ich nie im Leben für möglich gehalten hätte. Ich erzähle Jane alles.

»Es war ein One-Night-Stand. … Oder eher ein Three-Night-Stand, wenn man es genau nimmt«, beginne ich zögerlich. »Mit einer jungen Frau, sie hieß Tara. Zusammen mit ihrer Freundin Jil fuhr sie uns von Gig zu Gig nach und trampte dafür sogar oft. Jil hatte nur Augen für Marcus, Tara hingegen wollte mich und zeigte mir das mehr als deutlich. Ich hatte zu der Zeit keine feste Freundin und habe ihr immer wieder erklärt, dass ich nicht an einer Beziehung interessiert sei, aber das schien für sie okay zu sein. Nach jedem Auftritt kamen die Mädels zu uns hinter die Bühne. Natürlich haben wir oft miteinander gefeiert und getrunken und … na ja, du weißt schon, halt ab und zu ein bisschen miteinander rumgemacht.«

Unwillig, ausführlicher davon zu erzählen, fahre ich schnell fort: »Tara war ziemlich hübsch, mit langen dunklen Haaren und großen Augen. Ihre ständige Aufmerksamkeit … Nun, das hat meinem Ego wohl gutgetan, schätze ich. Und natürlich waren wir echt stolz darauf, eigene Groupies zu haben. Aber ich habe Tara gegenüber immer mit offenen Karten gespielt.« Ich höre, wie rechtfertigend das klingt, und lache verbittert auf. »Allerdings war das Problem auch nie, dass Tara *mich* nicht einschätzen konnte, sondern vielmehr, dass ich zu wenig über *sie* wusste.«

Der Ausdruck in Janes Augen wird fragend, während ich eine kurze Pause einlege.

Kannst du das genauer erklären?

Ich nicke matt. »Tara war erst siebzehn Jahre alt, als sie begann, uns nachzureisen. Ihre Eltern hat das nicht interessiert, sie haben sie einfach ziehen lassen. Vermutlich hätte mich das schon hellhörig machen müssen. Drei Jahre sind Tara und Jil uns nachgefahren, teilweise quer durch die Staaten. Dass Tara in der ganzen Zeit zugleich auch auf der Flucht vor ihrem gewalttätigen Stiefvater war und sich dabei oft allein durchschlagen musste, wusste ich am Ende dieser Jahre immer noch nicht. Weil ich damals viel zu sehr mit mir selbst und der Band beschäftigt war.«

Janes Blick bleibt trotz meiner Worte mild.

Und dann ist Tara schwanger geworden?

»Ja, aber auch davon wusste ich nichts. Sie hatte gerade ihren zwanzigsten Geburtstag gefeiert, als wir in Maryland auftraten. Nach dem Gig gingen die anderen Jungs zum Feiern in die Stadt. Nur wir beide blieben im Tourbus zurück. Tara saß auf meinem Schoß. Und dann ... Na ja, den Rest kannst du dir ja denken.

Ein paar Wochen später, nach einem Konzert in Delaware, wiederholte sich das Ganze. Tara schien voll und ganz damit zufrieden zu sein. Also war ich ziemlich relaxt.«

Mein Blick wandert zu Leni, die nach wie vor friedlich schläft und Janes antike Ottomane dabei vollsabbert. Seitdem sie in den Kindergarten geht, warte ich täglich darauf, dass sie mich nach ihrer Mom fragt. Und ich habe keine Ahnung, was ich meiner Tochter sagen soll, wenn es so weit ist. Wie zum Teufel erklärt man einem kleinen Kind, dass seine Mom nicht in der Lage war, es zu lieben?

Leni ähnelt Tara weder äußerlich, noch – soweit ich das bisher beurteilen kann – im Wesen. Und jetzt, da ich mir die damaligen Ereignisse so bewusst ins Gedächtnis rufe, muss ich zugeben, dass es mir total schwerfällt, Tara überhaupt noch als Lenis Mutter anzusehen. Doch auch das ist nicht fair, denn schließlich hat Tara die Weichen für jeden Moment gelegt, den ich mit unserer Tochter verbringe.

Unsere Tochter.

Ich schüttele den Kopf, versuche den Faden wieder aufzunehmen.

»Ein paar Wochen nach unserer zweiten Nacht kam Tara plötzlich nicht mehr. Jil hingegen besuchte uns weiterhin. Es war Marcus, der sich im Endeffekt nach Tara erkundigte, nicht ich«, gestehe ich kleinlaut. »Aber zu dem Zeitpunkt hatte sie sich auch schon länger nicht mehr bei Jil gemeldet, und so wusste nicht einmal sie, wo Tara steckte. Jil erzählte uns dann allerdings die Sache mit dem prügelnden Stiefvater und meinte, seitdem Tara von zu Hause abgehauen sei, wäre sie ständig auf der Suche nach Liebe gewesen, ohne sich jedoch dauerhaft an jemanden gebunden zu haben.«

Nun weiten sich Janes Augen und bekommen einen traurigen Ausdruck.

»Ja«, sage ich. »Mir tat sie auch leid, als ich das erfuhr. Allerdings glaubte ich mir nun auch erklären zu können, warum Tara so plötzlich das Interesse an mir verloren hatte. Ich dachte, es sei ihr wirklich nur um den Sex gegangen, und jetzt, da sie ihr Ziel erreicht hatte, hätte sie sich halt neu orientiert.« Betrübt senke ich den Kopf. »Dabei war sie schon mit Leni schwanger und hat sich nur nicht getraut, mir davon zu erzählen.«

Schrecklich!

Ich nicke. »Ja, und dann, eigentlich übergangslos nach unserer Rückkehr, kam der große Durchbruch für Sidestream. Durch den Kinoerfolg von »Sunlight« war »One Last Time« quasi über Nacht in die Charts katapultiert worden, wurde im Radio hoch und runter gespielt und stieg immer höher in der Platzierung. Wir bekamen das Übernahmeangebot der Plattenfirma, produzierten das neue Album ... und planten schließlich sogar eine Europatournee. Und das alles innerhalb eines knappen Jahres.« Gedankenverloren reibe ich mir über die Augen, denn wie immer, wenn ich an die sich überschlagenden Ereignisse dieser verrückten Zeit denke, überfallen mich Tausende Bilder und Erinnerungen. »Es war wirklich ein Lebenstraum, der sich da erfüllte«, ergänze ich. »Eines Abends kam ich aus dem Studio, in dem wir schon die Probetapes für das Nachfolgealbum aufnahmen – das war nur anderthalb Monate vor dem Start unserer Tournee. Und plötzlich stand Tara vor meiner Wohnungstür. Ich habe keine Ahnung, woher sie wusste, wo ich wohnte, aber nach einem knappen Jahr ohne ein Lebenszeichen von ihr war ich echt erleichtert, sie wiederzusehen, und willigte sofort ein, als sie mich bat, reinkommen zu dürfen.« Ich massiere mir den Nacken, denn die folgende Szene flackert viel lebendiger vor meinen Augen auf, als mir lieb ist. »Kaum waren wir in meiner Wohnung, küsste sie mich. Klar hätte ich nicht sofort mitmachen, sondern erst einmal mit ihr reden sollen – vor allem nach dem, was Jil uns über sie und ihren Stiefvater erzählt hatte. Aber ... ich wählte erneut den einfachen Weg. Den oberflächlichen.«

Das alles habe ich bisher nur meinen Eltern, Cassie und Marcus erzählt. Zwar in deutlich abgespeckter Form, aber vermutlich hätte ich nicht einmal das getan, wäre ich damals nicht durch Lenis Ankunft dazu gezwungen worden.

Doch mit Jane ist es anders. Ihr öffne ich mich ohne jeden Druck. Und von ihr kommen auch keinerlei abwertende Reaktionen. Nicht einmal ein tadelnder Blick, zu dem sie imstande wäre, trifft mich. Nichts, das mein schlechtes Gewissen verstärken würde, damals wie ein Vollidiot gehandelt zu haben.

Und so spüre ich inmitten meines minutenlangen Monologs plötzlich, dass ich mich mit jedem gesprochenen Wort, mit jeder bislang streng gehüteten Erinnerung deutlich leichter fühle als zuvor. Es ist, als würde mir nach langer Zeit endlich eine schwere Last abgenommen.

»Alles, was danach geschah, war wie in einem schlechten Film, zumindest kommt es mir im Rückblick so vor«, fahre ich fort. »Als ich am Morgen danach wach wurde, war Tara nicht mehr da. Zunächst dachte ich mir nichts dabei. Aber dann ging ich ins Badezimmer ... und griff dort ins Leere, als ich meine Zahnbürste aus dem Becher nehmen wollte.«

Janes Lider flattern nur kurz, dann festigt sich ihr Blick wieder.

»Drei Wochen später stand sie erneut vor meiner Haustür, aber nun mit Baby und einem positiven Vaterschaftstest. Nach dem ersten Schock dachte ich, Tara wollte Geld. Aber gleichzeitig wurde mir klar, dass etwas an der Art, wie sie Leni behandelte, seltsam war. Als die Kleine aus dem Schlaf schreckte, sah Tara sie kaum an, sondern steckte ihr einfach nur den Schnuller in den Mund.«

Ein Schauder durchrieselt meinen Körper. Es geht mir nach wie vor sehr nahe, unter welchen Umständen das Leben meiner

Tochter begann. »Tara erzählte mir, dass sie Leni in einem Frauenhaus in Philadelphia zur Welt gebracht habe. Vor ihrer Mutter und dem Stiefvater hatte sie die Schwangerschaft ebenso geheim gehalten wie vor mir und ihren Freunden. Nicht einmal Jil wusste Bescheid. Nach der Entbindung hatte Tara wohl etliche Wochen vergeblich versucht, eine emotionale Bindung zu der Kleinen aufzubauen. Sie versorgte Leni mit dem Nötigsten, aber ... zu mehr war sie trotz psychologischer Betreuung nicht imstande. Nach zwei Monaten war sie dann Hals über Kopf aus dem Frauenhaus ausgezogen und mit dem Baby noch eine Weile in der WG neuer Freunde untergekommen, bevor sie den Entschluss fasste, dass Leni so nicht aufwachsen sollte. Aber anstatt sie zur Adoption freizugeben, beschloss Tara, mich doch noch einmal aufzusuchen.«

Wow!

... schreibt Jane, was vermutlich sowohl ihren Schock über die damaligen Ereignisse als auch ihre Anerkennung Tara gegenüber ausdrücken soll.

»Ja. Und als sie mir das alles erklärt hatte, übergab sie mir einen Briefumschlag und legte Lenis Schicksal damit in meine Hände. Denn in diesem Schreiben hatte Tara festgehalten, dass sie sich jederzeit mit Lenis Adoptionsfreigabe einverstanden erklären würde, sollte das mein Wille sein. Sie selbst war so verzweifelt über ihre Unfähigkeit, eine emotionale Bindung zu der Kleinen aufzubauen, dass sie nur noch mit dem Erlebten abschließen und es vergessen wollte. Sie wünschte keinerlei weiteren Kontakt zu unserer Tochter, schrieb jedoch, sie wolle mir zumindest die Chance geben, selbst zu entscheiden, ob ich für Leni als Vater da sein will oder nicht.«

Janes Blick hat sich gewandelt. Etwas Unbestimmbares flackert in ihren Augen und verleiht ihnen einen mitfühlenden, ja, beinahe mitleidigen Ausdruck, von dem ich nicht weiß, ob er Tara, mir oder Leni gilt.

»Wie gesagt, die ganze Situation war vollkommen surreal.«

Ich sehe mich noch einmal in meinem alten Schaukelstuhl sitzen und mit einem seltsamen Gefühl von Taubheit auf meine winzige Tochter hinabblicken, Taras Schreiben und den positiven Vaterschaftstest in der zittrigen Hand. »Leni lag vor mir in ihrer abgewetzten Babyschale, bis unter die Nase zugedeckt. Ich habe keine Ahnung, wie lange ich einfach nur dasaß und sie anschaute«, berichte ich und lasse meinen Blick dabei automatisch wieder zu ihr schweifen. Sie schläft genauso ruhig und tief wie damals. So, als würde sie voll und ganz darauf vertrauen, dass ich alle Probleme und Schwierigkeiten schon irgendwie aus dem Weg räume, bis sie wieder erwacht.

»Cassie war die Erste, die ich damals angerufen habe«, nehme ich meine Erinnerungen an diesen alles entscheidenden Tag vor über zwei Jahren wieder auf. »Und danach direkt Marcus. Beide kamen sofort zu mir. Wir saßen auf der Couch, glotzten das Baby an – *mein* Kind – und hatten keinerlei Ahnung, was zum Teufel wir nun machen sollten. Aber irgendwie ...« Ich zucke mit den Schultern, noch immer verwundert über den Fortgang der Geschichte, »irgendwie hat sich trotzdem alles gefügt. Zumindest von dem Moment an, als Cassie mir einen knappen Monat später ordentlich den Kopf gewaschen hat und ich mich endlich dazu durchringen konnte, meine Eltern einzuweihen.« Kurz verspüre ich ein wehes Gefühl. »Die Jungs hatten einen neuen Bassisten angeheuert und waren bereits ein paar Tage in Europa auf Tour, als ich Mom und Dad endlich reinen Wein einschenkte. Unmittelbar bevor Marcus mit den anderen zum Flughafen aufgebrochen war, hatte er mich noch einmal besucht und mir versichert, dass ich bei der nächsten großen Reise wieder mit an Bord sein würde. Aber bei ihrer Rückkehr teilte ich ihnen meine Entscheidung mit, endgültig auszusteigen. Denn bis dahin war ich mir darüber klar geworden, dass sich die Band unmöglich mit Leni vereinbaren ließe. Außerdem hatte ich inzwischen festgestellt, dass der ganze Stress offenbar eine Blockade in mir ausgelöst hatte, was das Schreiben von Texten anging. Nur ... wie lange dieser Mist andauern würde, konnte ich damals noch nicht ahnen.«

Ich seufze schwermütig, endlich bereit, Janes eigentliche Frage zu beantworten. »Und nein, seitdem habe ich nichts mehr komponiert und keinen einzigen Songtext mehr geschrieben. Einfach ... nichts. Und das, obwohl ich mich eigentlich als glücklich bezeichnen würde. Gerade deshalb verstehe ich nicht, was mich noch immer so blockiert.«

Ich spüre, dass mein Blick beinahe hilfesuchend zu Jane wandert. Dementsprechend liebevoll ist ihrer. Eine Weile verharren wir in Stille, dann öffnet sich plötzlich Janes Mund. Mir bleibt kaum Zeit zu realisieren, dass sie tatsächlich sprechen will, da sagt sie bereits leise, mit vor Anstrengung bebender Stimme: »Ich habe ... ihn geliebt. Deinen Vater.«

Meine Kinnlade klappt hinunter. Ich folge Janes Augen, die zu ihrem Tablet wandern.

Offenheit für Offenheit. Danke für dein Vertrauen.

Jetzt und damals
Zur selben Zeit

Vincent

»Ich habe ... ihn geliebt. Deinen Vater.«
Janes Worte hallen tief in mir nach.
Ja, sie hat mich geliebt. Sehr sogar. Und ich habe sie geliebt. Aber es gibt viele Arten, Liebe zu empfinden. Und meine Art Jane gegenüber war leider nie die richtige für sie.
Jane war eher wie eine Schwester für mich, lange Zeit sogar

meine engste Vertraute – noch mehr als Vivian. Aber sie erhoffte sich mehr, und das konnte ich ihr auf Dauer nicht geben.

Es war der größte Fehler meines Lebens, Jane überhaupt Hoffnungen zu machen. Das habe ich mir nie verziehen – nicht einmal jetzt, nach meinem Tod.

Könnte ich doch nur die Zeit zurückdrehen und manch eine Entscheidung noch einmal treffen! Anders, versteht sich. Besser. Aber wo müsste ich da ansetzen?

Wie zur Antwort tragen mich meine Erinnerungen zu jenem Abend im Februar 1987 zurück – nach Princeton, in die Studenten-WG der Mädchen, wo Jane und ich nervös vor der Tür des winzigen Badezimmers ausharrten, hinter der Vivian wenige Minuten zuvor verschwunden war.

Jane kniff sich, wie immer, wenn sie aufgeregt war, mit den Fingern der linken Hand in rhythmischen Abständen ins Handgelenk ihrer Rechten, während ich mir alle paar Sekunden über die Bartstoppeln meiner Kinnpartie rieb.

Wir sprachen kein Wort miteinander, waren jedoch vereint in nervöser Empathie für Vivian.

Dann, endlich, öffnete sich die Tür wieder, und Vivian steckte den Kopf hervor. Weil sie so unglaublich blass vor Angst war, wirkte der rötliche Schimmer ihrer Haare besonders intensiv. Ich werde nie vergessen, wie miserabel sie aussah.

»Einer von euch muss das machen. Bitte! Ich … kann einfach nicht«, wisperte sie, die tonlosen Worte von Panik erfüllt.

Jane und ich sahen uns noch einmal an. Sie deutete mit der Nasenspitze fragend in meine Richtung, was ich mit einem ebenso schwachen Nicken erwiderte und mich dann an Vivian vorbei ins Badezimmer schob. Dabei streifte sie mit ihrem Zeigefinger federleicht über meinen Handrücken.

Es ist seltsam, aber manchmal sind es die kleinsten, im Moment des Geschehens unscheinbarsten Dinge, die für immer in uns nachhallen. So wie diese Berührung.

Vivians Geste war ein stummer Hilfeschrei, doch ich unter-

drückte den Drang, sie in meine Arme zu schließen und ihr zu versichern, dass wir alles schon irgendwie in den Griff kriegen würden. Denn noch wussten wir ja gar nicht, ob uns die Situation überhaupt entglitten war.

Rückblickend sehe ich mich noch einmal zögerlich und beinahe argwöhnisch auf den schmalen, länglichen Gegenstand zusteuern, den sie auf dem Waschbeckenrand abgelegt hatte.

Dabei kam mir plötzlich wieder in den Sinn, wie wir als Kinder von etwa sechs bis acht Jahren ständig zusammen zur Toilette gegangen waren, obwohl uns die Eltern immer wieder und mit zunehmender Strenge ermahnt hatten, dies zu unterlassen.

Die Erinnerung ließ mich kurz schmunzeln, doch dann schluckte ich noch einmal hart ... und nahm den Schwangerschaftstest in die Hand.

Zwei Striche.

Gewissheit.

Eine Erklärung für Vivians Übelkeit, das Erbrechen, die empfindlichen Brüste.

Nachdem sie sich anfangs für einige Tage vollkommen abgeschottet hatte, war sie auf Janes und mein Drängen hin endlich mit der Sprache herausgerückt und hatte uns von ihrer Befürchtung erzählt. Und nun hatten wir es schwarz auf weiß – oder eher rot auf weiß.

»Und?«, fragte Jane in meinem Rücken. Ich wandte mich um, sah von ihren hellgrünen in Vivians stahlblaue Augen ... und wurde somit unmittelbarer Zeuge, wie der letzte hoffnungsvolle Funke darin erlosch.

»Positiv«, hauchten Vivian und ich wie aus einem Mund.

»Scheiße!«, entfuhr es Jane deutlich lauter.

»Allerdings«, brummte ich.

Einen Moment später fiel mir Vivian laut schluchzend in die Arme. Ich tröstete sie, so gut ich es in meinem geschockten Zustand vermochte, aber ehrlich gesagt weiß ich nicht mehr, was genau ich sagte. Ich erinnere mich nur noch, dass meine Stimme seltsam heiser klang und ich mich beherrschen musste, all die Vorhaltungen, die mir in den Sinn kamen, nicht auszusprechen.

»Warum zum Henker hast du nicht wenigstens anständig verhütet, wenn du schon mit jedem dahergelaufenen Kerl ins Bett gehen musst? Merkst du denn gar nicht, wie es mir bei der ganzen Sache geht? Was ich für dich empfinde, Vivian, und wie sehr du mich damit verletzt? Kannst du wirklich so blind sein, obwohl du schon seit über anderthalb Jahrzehnten meine beste Freundin bist? Und überhaupt, was sollen wir denn jetzt machen? Etwa darauf hoffen, dass dieser Loser, der dich geschwängert hat, die Konsequenzen übernimmt und dich heiratet? Das Kind gemeinsam mit dir großzieht? Willst du das denn überhaupt?«

Nein, all das schluckte ich als Klumpen tiefster Verbitterung herunter. Stattdessen hielt ich Vivian einfach fest in meinen Armen, spürte das Zucken ihrer Schultern und atmete den vertrauten Duft ihrer Haut, ihrer Haare ein. Dabei legte sich meine Wut zunehmend, meine Muskeln lockerten sich wieder ... und ein Gedanke formte sich immer klarer heraus. Doch noch behielt ich ihn für mich, wälzte ihn hin und her, prüfte ihn sorgfältig.

Einige Tage später allerdings, als Vivian Jane und mir vollkommen aufgelöst erzählte, dass der irische Austauschstudent, den sie in einer Bar kennengelernt hatte und von dem das Kind vermutlich war, bereits wieder in seine Heimat gereist war und sie nicht einmal seinen Nachnamen kannte, festigte sich meine Idee zu einem konkreten Vorhaben.

Meine Chance auf ein ungestörtes Gespräch mit Vivian ließ zum Glück nicht lange auf sich warten.

Sie litt vor allem gegen Abend unter dem schwangerschaftsüblichen Unwohlsein, vormittags hingegen besuchte Vivian noch ganz normal die Vorlesungen, auch wenn ihr Studium zu diesem Zeitpunkt nicht besonders effektiv war. Selbst Jane und mir stand der Kopf in jenen Tagen nicht nach pauken.

Sowenig Vivian dieses Kind gewollt hatte, so sehr fürchtete sie sich nun davor, die Schwangerschaft ihren strengen Eltern beichten zu müssen. Und jedes Mal, wenn ein weiterer Tag vorüber war und sie diesen Schritt erneut nicht gewagt hatte, wirkte es, als würde ihr dies mit voller Wucht auf den Magen schlagen.

Auch an jenem Abend – Jane war kurz zuvor zum Joggen aufgebrochen – stand ich im Badezimmer hinter Vivian und hielt ihr das lange Haar zurück, während sie tief über die Toilettenschüssel gebeugt kniete. Es war schon das vierte Mal an diesem Abend, dass sie sich erbrach. Ich redete tröstend auf sie ein, und als die Krämpfe endlich abebbten, ließ ich ihre Haare los und massierte stattdessen den Bereich zwischen ihren Schultern in sanften, kreisenden Bewegungen.

»Vivi?« Meine Stimme hörte sich so unsicher an, dass ich mich schnell räusperte.

»Hm?« Sie klang erschöpft. Unglaublich erschöpft.

»Ich habe mir Gedanken gemacht. Über das Baby.«

»Hm.« Während sie auf den Boden glitt und so weit zurückrutschte, dass sie sich an die Tür lehnen und den Kopf auf ihre angewinkelten Knie legen konnte, betätigte ich die Spülung für sie und reichte ihr die Zahnbürste sowie den Wasserbecher zum Gurgeln. Die Abläufe wirkten schon eingespielt, so häufig, wie die Übelkeit sie an den vergangenen Abenden übermannt hatte.

Erst als Vivian fertig war mit Putzen, nahm ich ihr gegenüber auf diesen Bodenfliesen Platz, die so scheußlich türkis marmoriert waren, dass ich sie bis heute glasklar vor Augen habe.

Vivian sah mich matt an. »Also, du hast nachgedacht?«

Ich nickte und zog – auf der verzweifelten Suche nach einem Ventil für meine Nervosität – an meinen Fingern, bis die Gelenke knackten.

»Lass das!«, herrschte Vivian mich an, die das Geräusch hasste, seitdem Jane ihr eingeredet hatte, dass man von diesem Fingerknacken im Alter Rheuma bekäme.

»Ja, ich habe darüber nachgedacht, wie ich dir in dieser Situation helfen kann. Und deshalb denke ich …« Puh, es war so

schwierig! »Also, sieh mal, es ist zwar nicht gerade so, dass ich viel Geld habe, aber ...«

»Ich kann das nicht, Vince«, unterbrach sie mich bereits an dieser Stelle und versetzte mir damit einen Schock, der allerdings nur von kurzer Dauer war. Denn Vivian konnte unmöglich ahnen, worauf ich hinauswollte. Als ich sie fragend ansah, schüttelte sie kaum wahrnehmbar den Kopf.

»Wenn du meinst, dass du mir das Geld für eine Abtreibung leihen oder sogar schenken könntest, dann ...« Wieder ein Kopfschütteln, noch schwächer dieses Mal. »Ich habe mit dem Gedanken gespielt, glaub mir. Ich spiele immer noch damit, aber ... ich kann es nicht. Und mit jedem Tag weniger. Ich meine, wer zum Teufel gibt mir denn das Recht, einfach so über ein Menschenleben zu bestimmen? Denn das ist es doch! Selbst wenn es noch so winzig ist ... Und, Himmel, Vince, ich bin doch nicht Gott! Ich würde mich mein verfluchtes Leben lang fragen, ob das Kind gesund gewesen wäre und ob es die Welt nicht schöner gemacht hätte – oder vielleicht auch nur meine. Wie die Chancen ausgesehen hätten, um die ich es gebracht habe. Ob es ein Mädchen oder ein Junge geworden wäre, wie seine Stimme geklungen und wie es verdammt noch mal ausgesehen hätte!«

Während dieses Wortschwalls strich sie sich über ihren flachen Unterbauch, über dem sie den Knopf ihrer Jeans trotzdem geöffnet hatte, weil ihr der permanente Druck unangenehm war. Ich beobachtete ihre kleine, unbewusste Geste gerührt. Nie zuvor war mein Bedürfnis, sie zu beschützen, größer gewesen als in diesem Moment.

»Das wollte ich auch gar nicht vorschlagen«, sagte ich leise. Ihr trüb wirkender Blick fand meinen und ließ mich hoffen, dass meiner mehr Zuversicht ausstrahlte. Du liebe Güte, wie sie aussah!

Unter ihren Augen lagen dunkle Ränder, die Wangen wirkten eingefallen, feine rote Äderchen zeichneten sich auf der sonst so makellosen Haut ab, und die Lippen waren ungewöhnlich blass und trocken.

Nichtsdestotrotz war Vivian bildschön. In meinen Augen ohnehin die hübscheste Frau der Welt.

Ich atmete tief durch und nahm all meinen Mut zusammen. »Ich weiß, dass du das nicht könntest, Vivi. Ich kenne dich doch, viel besser als jeder andere.« An dieser Stelle hielt ich kurz inne. Vivians Blick hatte sich deutlich intensiviert, und Hitze stieg mir ins Gesicht.

»Das stimmt«, gab sie zu, legte ihre Hand auf mein Knie und drückte es sanft. »Ich habe dir noch gar nicht Danke gesagt, Vince. Für einfach alles, was du für mich tust.«

Ich winkte ab und schenkte ihr dabei den Versuch eines Lächelns. Doch sie spürte, wie aufgeregt ich war, denn ihre Augen verengten sich zu prüfenden Schlitzen. »Was ist los? Raus damit!«

»Also, hör zu ... Was wäre, wenn wir behaupten würden, es sei unser Kind? Wenn ich mich als der Vater ausgeben und ... wir alle Konsequenzen tragen würden, die damit einhergehen?«, platzte es endlich aus mir heraus.

Vivians Miene erstarrte – ebenso wie ihre Hand auf meinem Knie. Für drei, vier ewig lange Sekunden blieb sie vollkommen still.

»Das ... das würdest du wirklich für mich tun?«, flüsterte sie dann.

Ich stieß die unbewusst angehaltene Luft in einem Schwall aus. »Es gibt so ziemlich nichts, was ich nicht für dich tun würde«, sagte ich – und erschrak nur einen Augenblick später über meine Offenheit. Doch jetzt gab es kein Zurück mehr. Und das wollte ich ja auch gar nicht. Also riss ich mich zusammen und griff nach Vivians Händen.

Nach einer Weile überbrückte ich die letzte Lücke zwischen uns und lehnte meine Stirn zaghaft gegen ihre. Vivian schloss die Augen und atmete lang gezogen aus. »Vince ...« Ihr Atem traf mich warm und nach Minze riechend. Ich spürte, dass dies ein sehr bedeutungsvoller Augenblick zwischen uns war. Vermutlich der entscheidendste, den wir je geteilt hatten.

Es wäre so leicht gewesen, sie in diesem Moment zu küssen. Ich hätte einfach nur mein Kinn vorrecken müssen, so nah waren sich unsere Gesichter. Und dann berührten sich unsere Lippen tatsächlich leicht, für den Bruchteil einer Sekunde. Aber wir wagten uns nicht weiter vor. Weder küssten wir uns, noch gestand ich ihr, dass ich mich schon vor längerer Zeit in sie verliebt hatte. Und sie fragte auch nicht nach dem Grund für mein Angebot.

Ich fand die Zurückhaltung, die diesen Moment zwischen uns beherrschte, bestens verständlich, auch wenn ich mich so sehr nach Vivians Kuss sehnte, dass es mich innerlich fast zerriss.

Aber das, was in diesen Sekunden für uns auf dem Spiel stand, war groß und bedeutungsvoll, und für nichts in der Welt hätte ich Vivians Freundschaft riskiert. Sie war mir so wichtig wie die Luft zum Atmen.

Vermutlich schwirrten ganz ähnliche Gedanken auch durch ihren Kopf, denn ich spürte, dass ihr Atem zunehmend unruhiger wurde.

Sie nickte sofort, als ich ihr »Schsch!« zuflüsterte und sie dann zaghaft auf die Wange küsste.

Im nächsten Moment kroch sie auf meinen Schoß, schlang die Arme um meinen Hals und schmiegte das Gesicht in meine Halsbeuge. Ihr Atem ging nun wieder gleichmäßig, und von Minute zu Minute wurde sie schwerer in meinen Armen. Schließlich war ich mir sicher, dass sie eingeschlafen war.

Irgendwie gelang es mir, mich mit ihr zu erheben und sie in ihr Zimmer zu tragen. Zwar wurde sie wach, als ich sie auf ihr Bett legte, kam jedoch nicht über den dämmrigen Zustand hinaus, der sie sofort wieder eindösen ließ.

»Ruh dich aus. Wir reden morgen weiter«, wisperte ich, während ich sie zudeckte. »Alles wird gut, du wirst sehen.« Wärme erfasste mein Herz, als sich Vivians Mund zu einem angedeuteten Lächeln verzog und sie einen zustimmenden Laut von sich gab, bevor ihre Züge erneut erschlafften und jegliche Anspannung aus ihrem Körper wich.

Ich saß noch eine halbe Ewigkeit an ihrem Bett und betrachtete sie beim Schlafen. Und mit einem Mal konnte ich mir nichts Schöneres vorstellen, als dieses Kind gemeinsam mit ihr großzuziehen. Ja, plötzlich spürte ich mit Gewissheit, dass ich es wirklich vollbringen könnte, dieses noch so winzige, namen- und gesichtslose Wesen in ihrem Bauch zu lieben und für es da zu sein, als sein Vater, obwohl es nicht mein Fleisch und Blut war. Wenn Vivian nur auf meinen Vorschlag eingehen würde, müsste dies vorerst niemand erfahren. Nicht einmal meinen Eltern wollte ich es sagen.

Schließlich verließ ich Vivis Zimmer und gesellte mich zu Jane ins Wohnzimmer. Wir ließen uns etwas vom Chinesen kommen und aßen Seite an Seite auf der Couch vor dem Fernseher. Wie immer, wenn ich mit Jane zusammen war, legte sich schon bald eine behagliche Ruhe über mich, wie eine unsichtbare Decke, die uns beide umhüllte. Jane strahlte eine Mischung aus Selbstsicherheit, Intelligenz, trockenem Humor, Güte und Besonnenheit aus, für die ich sie bewunderte und schätzte. Besonders an diesem Abend, an dem so viele heftige Gefühle in mir tobten, wirkte ihre Nähe unsagbar wohltuend auf mich.
  Als sie den Rücken gegen eine der Seitenlehnen legte und die angewinkelten Beine auf die Sitzfläche der Couch hochzog, vollkommen in die Berichterstattung über die schweren Überschwemmungen in Texas vertieft, wo ihre Mutter lebte, beobachtete ich sie mit einem Gefühl der Zuneigung.
  Die Food Box mit ihren Nudeln in der einen, die Einwegstäbchen in der anderen Hand, schien das Essen für Jane nur nebensächlich zu sein. Ihre grünen Augen waren aufmerksam auf den Bildschirm geheftet, und immer, wenn einer der Politiker, die zu den geplanten Hilfsmaßnahmen befragt wurden, etwas ihrer Meinung nach Sinnvolles von sich gab, tippte sie mit den Stäbchen in Richtung des Fernsehers und murmelte mit vollem Mund ihre Zustimmung. Nur ab und zu stellte sie die Pappschachtel kurz in ihrem Schoß ab, um sich die Brille auf die

Nasenwurzel hochzuschieben oder eine verirrte Haarsträhne aus dem Gesicht zu streichen.

Ich habe genau vor Augen, wie sie damals aussah. Wenn ich nun die gebrechliche Frau betrachte, die zusammengesunken, mit fast verkümmert wirkenden Gliedmaßen neben meinem Sohn sitzt, scheinen Erinnerung und Realität unverknüpfbar weit voneinander entfernt zu liegen. Und doch umgibt Jane noch immer dieselbe Aura wie damals, mit derselben wohltuenden Wirkung.

Alex wüsste bestimmt genau, was ich meine, denn heute kommt er in den Genuss dieser Wirkung. Damals war ich es.

Doch weil sich Jane nicht bewusst darüber war, wie gut mir ihre Anwesenheit und ihre Art an jenem Abend taten, erschrak sie ein wenig, als ich, einem Impuls folgend, nach ihren Füßen fasste und sie über meine Oberschenkel zog, damit sie sich ausstrecken und es sich ein wenig bequemer machen konnte.

Sofort schnellte ihr Blick zu mir. Ich lächelte, doch sie blinzelte nur verdutzt. Erst mit deutlicher Verspätung, auf meine Frage »So besser?« hin, legte sich ein Schmunzeln über ihre Lippen. Dabei fiel mir wieder dieser Glanz in ihren Augen auf, den sie nicht oft durchschimmern ließ, der jedoch so besonders war, dass ich ihn immer sofort erkannte, wenn es ihr einmal nicht gelang, ihn zu unterdrücken.

An dieser Stelle muss ich ehrlich sein: Ich ahnte, was es mit diesem Schimmer auf sich hatte. Einerseits machte es mir Angst, andererseits tat es aber auch unglaublich gut.

An jenem Abend entschied ich kurzerhand, es zu ignorieren und so zu tun, als hätte ich nichts bemerkt. Gedankenverloren massierte ich Janes Füße. Etwas, das ich schon oft bei Vivian getan hatte, jedoch noch nie bei ihr. Dementsprechend verkrampfte sie sich anfangs, doch ich hatte ausreichend Erfahrung im Massieren, um sie ihre Verlegenheit schnell vergessen zu lassen.

Gerade spürte ich, dass sie auch die letzten Überbleibsel ihrer Scheu ablegte und sich entspannte, als es aus mir herausbrach:

»Ich habe Vivi vorgeschlagen, das Kind zusammen mit ihr großzuziehen. Wir könnten sagen, es ist von mir. Das würde ihr mit Sicherheit eine Menge Fragen und Vorhaltungen ersparen.«

Kaum hatte ich die Worte ausgesprochen, waren Janes Füße wieder verkrampft – viel stärker, als zu Beginn meiner Massage.

Im selben Moment hätte ich mich ohrfeigen können. Doch nun war es zu spät. Und sie musste es ja auch erfahren.

Jane zog ihre Beine so ruckartig zurück, als hätte ich ihr ein Brandeisen gegen die Fersen gedrückt. Schon hatte sie die Food Box mitsamt Stäbchen auf dem kleinen Couchtisch abgestellt und war mit einem »Möchtest du auch was zu trinken?« aufgesprungen. Ihre heftige Reaktion sprach Bände und war die endgültige Bestätigung meiner Befürchtung. Was für ein Ärger mit der Liebe!

Warum musste es verdammt noch mal immer so kompliziert sein?

Ich stützte die Ellenbogen auf die Knie und rieb mir über die Augen.

»Und du würdest sie wirklich heiraten und das mit ihr durchziehen? Obwohl sie dich gar nicht liebt? Nur ... um es leichter für sie zu machen?«, fragte Jane aus der Küche, nur wenige Meter entfernt. Sie stand hinter der Kühlschranktür, die vermutlich nur deshalb schon so lange offen stand, damit Jane sich außerhalb meines Sichtfeldes sammeln konnte.

»Macht man so etwas denn nicht aus Liebe?«, appellierte ich unfairerweise an ihr Verständnis.

Zwei, drei Sekunden verstrichen. Irgendwie erwartete ich, dass Jane jeden Moment die Kühlschranktür zuschlagen und mich anbrüllen würde. Aber dann hörte ich das leise »Klack« in meinem Rücken, und als ich mich umdrehte, stand sie schon wieder bei mir. Sie sah mich lange an. Es fiel mir nicht leicht, ihrem durchdringenden Blick standzuhalten, doch ich zwang mich dazu und versicherte ihr dabei stumm, dass ich Bescheid wusste. Und dass es mir leidtat.

Schließlich nickte sie mit einem traurigen Lächeln. »Doch,

ich denke, man tut sehr vieles, wenn man jemanden wirklich liebt. Vermutlich quält man sich sogar bereitwillig selbst.«

Und damit legte sie ihre Hand auf meine Schulter und drückte einmal zärtlich zu, bevor sie den Raum verließ.

Wäre der Stand der Dinge an diesem Abend unmittelbar wegweisend für uns drei gewesen – wer weiß, wie sich Vivians und mein Verhältnis zu Jane weiterentwickelt hätte. Doch es kam anders.

Und es war Vivian, die den Wandel einläutete.

Ich verbrachte die Nacht in ihrem Bett. Natürlich schliefen wir nicht miteinander, aber nach den aufreibenden Ereignissen der vergangenen Stunden konnte ich mich schlichtweg nicht dazu aufraffen, sie zu verlassen und in meine eigene WG zurückzukehren.

Als mein Versuch, mir ein Schlaflager auf dem Fußboden vor ihrem Bett zu errichten, daran scheiterte, dass ich mir in der Dunkelheit den großen Zeh an ihrem Bettpfosten stieß, schreckte sie auf.

»Vince? Was ist passiert?«

»Mein Fuß ... dein Bett«, presste ich qualvoll hervor und rieb mir den vor Schmerz pochenden Zeh. Vivian knipste die Lampe auf ihrem Nachttisch an und zwinkerte für ein paar Sekunden gegen die Helligkeit. Dann fiel ihr Blick auf die Decke in meiner Hand, die ich aus dem Wohnzimmer mitgebracht hatte, und weiter zu dem Couchkissen, das ich bereits auf dem Boden platziert hatte.

»Oh! Willst du hier schlafen?« Ich enthielt mich einer Antwort und massierte mir in plötzlicher Verlegenheit den Nacken. Sie sah mich an, mit ihrem vom Schlaf zerdrückten Haar und den schweren Lidern. Aber lächelnd. »Komm her!«

Ich verlor keine Sekunde, schlüpfte eilig aus meinen Anziehsachen und kroch, nur noch in Unterwäsche bekleidet, neben Vivian in das schlafwarme Bett. Wir mussten die Arme umeinanderlegen, um nicht herunterzufallen, so schmal war es.

Die seltsam aufgeladene Stimmung, die uns zuvor schon im Badezimmer erfasst hatte, kehrte wieder zurück. Erneut kämpfte ich gegen den heftigen Impuls an, Vivian zu küssen, indem ich lediglich begann, ihren Rücken zu streicheln, und die Augen dabei schloss.

Aber auch so war es nicht viel besser, denn ich spürte, dass sie mich aus nächster Nähe betrachtete. Irgendwann zog sie einen Arm zwischen uns hervor und hob die Hand zögerlich zu meinem Gesicht. Behutsam begann sie, meine Züge mit ihren Fingerspitzen nachzufahren. Ich dachte, sie ginge davon aus, dass ich schon schlief, doch dann, unmittelbar bevor ich mich wirklich dem immer stärker wirkenden Sog des Schlafes überließ, hörte ich sie leise fragen: »Meinst du wirklich ernst, was du vorhin gesagt hast?«

Ich nickte träge. »Absolut«, brummte ich schlaftrunken.

Man mag mich für naiv halten, aber mit dem Ausgang dieses Abends hielt ich den Deal zwischen Vivian und mir für besiegelt.

Umso härter traf mich ihre Reaktion zwei Tage später, als sie morgens, noch vor Beginn der ersten Vorlesung, plötzlich vor meiner WG-Tür stand und mich um ein Gespräch bat.

Sofort rutschte mein Herz ein Stück tiefer, und mein Magen fühlte sich an, als habe mir jemand einen Schlag in den Bauch versetzt. Dennoch nickte ich und schob die Tür zu meinem Zimmer auf.

Vivian nahm auf meinem Bett Platz und sah sich für einige Sekunden um, als würde sie den Raum zum ersten Mal sehen. Und plötzlich schwante mir, was das zu bedeuten hatte. Denn sie sah sich nicht zum ersten Mal so bewusst um. Sondern zum letzten. Sie versuchte sich alles einzuprägen, um sich später erinnern zu können, wenn ich nach wie vor hier in Princeton saß und sie ... Ja, wo?

»Ich kann nicht, Vince«, begann sie mit schwacher Stimme.

»Mein Angebot annehmen, meinst du? Aber warum nicht?

Es würde so viele Probleme auf einmal lösen! Ich meine, natürlich werden deine Eltern trotzdem wütend sein, aber so doch wohl eher auf mich, denkst du nicht? Und meine werden mir bestimmt den Kopf abreißen, aber du wärst erst einmal aus der Schusslinie und ...«

»Ich habe es ihnen gesagt.« Den Blick fest auf meine Augen gerichtet, fiel sie mir ins Wort. Ich brauchte einen Moment, das zu verarbeiten. »Deinen Eltern?«

»Ja.«

»Was denn, alles? Aber ... warum?«

Sie sah auf ihre Hände hinab, die sie in ihrem Schoß knetete. »Weil es das einzig Richtige war. Manchmal muss man sich halt zusammenreißen und eine schwierige Situation durchstehen. Ich werde die Suppe auslöffeln, die ich mir eingebrockt habe, so einfach ist das. Aber dich da mit reinzuziehen wäre ... schlichtweg nicht fair, Vince!«

Ich erhob mich von meinem Schreibtischstuhl, tigerte durch das Zimmer und strich mir dabei immer wieder die Haare zurück.

»Sag etwas!«, forderte Vivian irgendwann und machte mir damit bewusst, wie lange mein Schweigen schon andauerte.

»Warum?«, schoss ich ihr mit all der Wut entgegen, die sich in mir aufgestaut hatte und sich nun unmöglich länger zurückhalten ließ. »Warum machst du es dir so schwer, obwohl ich bereit wäre, dich bei allem zu unterstützen? Du willst das Kind doch behalten, oder nicht? Und wovon willst du es ernähren? Ist die Vorstellung, mit mir zusammenzuleben, denn wirklich so schrecklich, Vivian? So unerträglich, dass du lieber diesen harten Weg einschlägst und dich allen Vorhaltungen allein stellst, anstatt ...«

»Hör auf damit!«

»Womit? Die Wahrheit zu hinterfragen? Einen Teufel werde ich!«

Inzwischen stand ich unmittelbar vor ihr, den erhobenen Zeigefinger dicht vor ihrer Nase.

»Schön!«, rief sie mit stolz gerecktem Kinn und sprang ebenfalls auf, um mir wieder auf Augenhöhe begegnen zu können, zumindest fast. »Du willst die verdammte Wahrheit? Dann will ich sie auch! Liebst du mich, Vincent Blake?«

Hilflos spürte ich, wie alles in mir zusammensackte und meine Gesichtszüge entgleisten. Vivian erwischte mich so kalt mit ihrer Frage, dass meine Reaktion absolut eindeutig ausfiel. Mit hängendem Kopf stand ich vor ihr und betrachtete meine Schuhspitzen.

»Nicht weniger als mein Leben«, gestand ich ihr endlich mit stockender Stimme. Vivian stand stumm und reglos vor mir, wie erstarrt, bis ich es endlich fertigbrachte, wieder zu ihr aufzuschauen. Tränen kullerten über ihre blassen Wangen.

»Ich wünschte, ich ...«, flüsterte sie, ließ den Satz aber unvollendet und schüttelte nur den Kopf.

»Ich weiß«, versicherte ich ihr. »Aber denkst du nicht, es könnte trotzdem funktionieren? Ich meine, wir kennen uns so gut, schon so lange. Du bist meine beste Freundin, seitdem ich mich zurückerinnern kann. Bedeutet das denn gar nichts?«

Vivian überbrückte die Distanz zwischen uns mit nur einem Schritt. Mit einem halb erstickten Schluchzen hob sie die Hand an mein Gesicht. Niemals werde ich ihren tieftraurigen Blick vergessen, unter dem mein Herz brach. Niemals das Zittern, mit dem ihre Fingerspitzen meine Wange sanft berührten.

Und dann küsste sie mich. Hauchzart, auf den Mund.

Ich atmete tief ein. Erschrocken, nicht hoffend. Wissend, dass dieser Kuss nichts an ihrer Entscheidung ändern würde. Im Gegenteil, er besiegelte sie.

»Doch, Vince. Alles. Unsere Freundschaft bedeutet alles für mich«, hauchte sie gegen meine Lippen.

Und dann wandte sie sich ab und ging.

Nur mit Mühe tauche ich aus der alten, nach wie vor schmerzhaften Erinnerung auf und blicke – natürlich vollkommen unbemerkt – auf Alex und seine Patentante hinab.

Seltsam, aber irgendwie schließt sich durch ihre Begegnung der Kreis, so fühlt es sich für mich zumindest an. Denn so fremd sich diese beiden eigentlich sein müssten und so schwierig sich ihre Freundschaft darstellen müsste – so hoffnungsvoll stimmt sie mich auch.
Wenn ich nur verstehen würde, warum.

9

Alex

»Wow«, brumme ich beeindruckt und applaudiere mit der Eintrittskarte in meiner Hand, während der Poetry-Slammer von der Bühne herabwinkt und sich dann, nach einer letzten Verbeugung, zum Gehen wendet.

Vielleicht könnte die LitNight ja wirklich zu dem inspirierenden Erlebnis werden, das Jane sich für mich erhofft hat, all meiner anfänglichen Skepsis zum Trotz.

Der übliche Umschlag mit Geld, den ich jedes Jahr zu Weihnachten von meiner Patentante erhielt, hatte mich erst am zweiten Feiertag auf ihrem Esstisch liegend erwartet anstatt wie sonst üblich in meinem Briefkasten. Aber das war nicht das einzige Besondere gewesen: Es hatte sich noch eine Eintrittskarte zur LitNight in dem Umschlag befunden, die heute, am 15. Januar, stattfindet.

Ich denke, das ist eine gute Veranstaltung für dich.

... hatte ihre Erklärung auf meinen erstaunten Blick hin gelautet. Ich hatte mir ein Schmunzeln nicht verkneifen können.
»Aha! Denkst du das?«

Ja. Unsere Unterhaltung über Literatur neulich hat mir wieder verdeutlicht, welches Talent in dir schlummert. Du solltest es nicht verkümmern lassen, Alex.

Abgesehen davon, dass du dich endlich mal wieder unter Leute deines Alters mischen und amüsieren solltest. Was ist nur los mit euch jungen Männern heutzutage? Ned musste ich auch immer vor die Tür bugsieren, bevor er deine Schwester kennenlernte.

»Ja, aber seitdem hast du das Problem eher nicht mehr, oder?«

Jane verdrehte nur leicht die Augen. Dass ihre Mimik zu jeder Zeit nahezu identisch war, irritierte mich schon längst nicht mehr. Inzwischen hatte ich eigentlich immer zwei Versionen von Jane vor Augen. Natürlich *sah* ich sie nur so, wie sie tatsächlich vor mir saß. Aber irgendwo dahinter schimmerte stets auch ein Bild der Jane zu mir durch, wie sie ohne ihre Erkrankung hätte sein können oder wie sie vor ihrer Erkrankung war. Und dieses Bild verwandelte meine Wahrnehmung von ihr vollständig.

Ich bin Cassie sehr dankbar, dass sie Ned aus seinem Schneckenhaus gelockt hat. Zwischen den beiden ist alles genauso, wie es sein soll. Und jetzt knöpfe ich mir dich vor, Freundchen!

Dieses Statement hatte mich laut auflachen lassen.

Schließlich spürte ich deutlich, dass weit mehr hinter Janes Geschenkidee steckte als nur ihr Wunsch nach mehr Abwechslung und Geselligkeit für mich. Ihre vordergründige Intention, mich unter gleichgesinnte Liebhaber schöner Worte zu schicken, um mir auf diesem Wege zu neuer Inspiration zu verhelfen, war so eindeutig, dass es mich rührte und ich mich aufrichtig über ihre Idee freute.

Und da bin ich nun, bei dieser LitNight, bei der sich alles um moderne Texte, Bücher, Gedichte und Songtexte dreht.

Die Veranstaltung findet in einer Sprachschule statt. Am Eingang gab es einen Flyer mit den Programmpunkten, die in den drei Hörsälen und der Aula parallel dargeboten werden. In der Annahme, dass die besten Darbietungen vermutlich im größten Saal stattfinden, schenkte ich diesem Plan jedoch keinerlei Beachtung und entschied mich für einen Besuch in der Aula.

»Eine Nacht zu Ehren der Sprache« lautet das etwas geschwollene Motto der diesjährigen LitNight, das als Banner auch über der Bühne hängt.

Nun, zumindest hat der erste Poetry-Slammer definitiv Lust auf mehr gemacht.

Ist unser Heute die Zukunft, die sich schon gestern entschied?
So ist es Fügung, Erfüllung, dass all dies geschieht?

Ich wälze die wiederkehrende Frage seines Beitrags in meinem Kopf hin und her, während ich mit einigen anderen Zuschauern die Aula verlasse, um mir einen Drink zu holen. Vielleicht schaffe ich es ja, innerhalb der zehnminütigen Pause wieder zurückzukehren und mir direkt den nächsten Teilnehmer anzuhören.

Im Foyer gibt es mein Lieblingsbier, und das auch noch gut gekühlt. Zufrieden marschiere ich zurück, doch als ich um die Ecke biege, sind die Flügeltüren der Aula bereits geschlossen.

NICHT STÖREN!
Kein Einlass während der Auftritte!

Gerade spiele ich mit dem Gedanken, statt zu warten, zu einem der Hörsäle zu gehen, da öffnet sich weiter hinten im Gang eine Tür. Eine junge Frau erscheint, blickt sich kurz suchend um und läuft dann in Richtung der WCs.

Die Tür, durch die sie kam, ist mit *Backstage* beschriftet. Nur dieses eine Wort – und mein Herz beginnt prompt stärker zu schlagen. Ehe ich mich's versehe, setzen sich meine Beine in Bewegung – automatisch steuern sie auf die Tür zu, als sei sie ein Magnet.

Ehrlich gesagt habe ich keine Ahnung, was ich hier tue, als ich die deutlich kleinere Aufschrift *Eintritt nur für Befugte* ignoriere, den Griff der Tür erfasse und sie aufziehe. Ich trete über die

Schwelle ins Halbdunkel und stehe direkt vor einer schmalen Stiege. So leise wie möglich steige ich die Stufen empor.

Dabei höre ich, dass ein Mann auf der Bühne gerade von den Erlebnissen mit seiner Katze erzählt. Ich registriere auch, dass er wohl zu den Comedians des Abends gehört, denn er stellt die Katze deutlich cleverer dar als sich selbst. Allerdings scheint sein Konzept nicht so toll anzukommen, zumal in den Pausen, die er zwischen seinen Witzen tapfer einhält, kein einziger Zuhörer lacht.

Aber all das nehme ich nur kurz wahr, ehe mir, auf Bühnenniveau angekommen, ein altvertrauter Geruch entgegenschlägt, der alle anderen Eindrücke abrupt in den Hintergrund drängt.

Die Stiege hat mich unmittelbar hinter die in schweren Wellen herabhängenden Vorhänge geführt, welche die Bühne von diesem den Zuschauern verborgenen Bereich abgrenzen. Alles wirkt unglaublich vertraut auf mich, auch wenn ich mir sicher bin, zum ersten Mal hier zu sein.

Aber alle Backstage-Bereiche ähneln einander, gleichgültig, wo sie sich befinden, wie klein oder groß sie sind und wie schlicht oder pompös die Bühnen und Zuschauerräume auf der anderen Seite der magischen Trennungslinie.

Der leicht muffige Geruch öffnet in mir schlagartig sämtliche Türen zu lange verbannten Erinnerungen:

Unmittelbar vor Konzertbeginn war die Stimmung backstage immer von mühevoll unterdrückter Lautstärke und gezähmter Nervosität geprägt gewesen. Ich erinnere mich an geschäftig herumwuselnde Tontechniker, die in letzter Sekunde noch Kabel auf dem Boden verkleben und die Batterien unserer Mikros austauschen. Ich sehe Yoyo, unseren Schlagzeuger, vor mir, wie er sich die Daumen vorsorglich mit Leukoplast umwickelt, um sie sich nicht wund zu spielen, und sie dann als letzten Gruß vor der Show in meine Richtung hochreckt. Und Marcus, der meist neben mir auf unser Startsignal wartete und die Angewohnheit hatte, den Kopf im Nacken hin und her zu rollen, bis seine Wirbel knackten …

Das alles ist noch so präsent, so abrufbar.

Ich nehme einen kräftigen Schluck von meinem Bier und schleiche dann vorsichtig weiter bis hinter die Bühnenmitte. Unauffällig luge ich durch einen schmalen Spalt zwischen den Vorhängen zu dem jungen Kerl, der so krumm wie ein Fragezeichen auf der Bühne steht und nicht nur durch seine Körperhaltung deplatziert wirkt. Er berichtet nach wie vor von seiner Katze. Dass er damit immer noch nicht besser ankommt, macht ihn zunehmend nervöser. Eine Weile lausche ich seiner Darbietung, während die anderen Zuhörer vor der Bühne immer lauter werden – aber nur, weil sie sich mehr und mehr miteinander unterhalten. Als auch sein nächster Gag scheitert, fährt er sich in seinem Unwohlsein mehrfach durch das fast schulterlange aschblonde Haar und tritt von einem Fuß auf den anderen. Mitfühlend schnalze ich mit der Zunge.

Armer Teufel!

Da bewegt sich mit einem Mal die Welle des Vorhangs zu meiner Rechten … und im nächsten Augenblick lugt eine junge Frau zu mir herüber.

»Bist du ein Freund von ihm? Wenn ja, solltest du langsam Erbarmen zeigen und ihn da runterholen. Durchaus möglich, dass diese Erfahrung sonst zu einem Trauma für ihn wird«, wispert sie.

Erschrocken starre ich sie an und erkenne, dass sie die Frau ist, die wenige Minuten zuvor die Toiletten aufgesucht und mich damit überhaupt erst hierhin gelotst hat.

»Oh, oder seid ihr verwandt?«, fragt sie schließlich, als mein Schweigen schon viel zu lange anhält. Endlich gelingt es mir, mich zu fassen. »Ähm, nein. Wie kommst du darauf?«

Sie schürzt die Lippen und rückt noch näher heran, um sich weiterhin unbemerkt mit mir unterhalten zu können.

»Na, ich dachte nur, weil ihr offenbar beide Probleme habt, die richtigen Worte zu finden«, erwidert sie frech.

Schnell schüttele ich den Kopf. »Ich kenne den Typ überhaupt nicht.«

»Ach so?« Nun blinzelt sie irritiert. »Also … dann bist du gleich auch noch an der Reihe?«

»Womit?«

Ihre schmalen Augenbrauen ziehen sich über der Nasenwurzel zusammen. Jetzt erst fällt mir auf, wie hübsch sie ist. Nicht allzu groß, mit kurzem welligem Haar, dessen genaue Farbe ich in dem schwachen Dämmerlicht nicht bestimmen kann. Auf jeden Fall ist es dunkel, im Gegensatz zu ihren Augen, bei denen ich aber auch nicht erkenne, ob sie nun blau oder grün sind. Nur wie lang und dicht ihre Wimpern sind, sehe ich so aus nächster Nähe ziemlich gut.

Einzig und allein der Ausdruck ihrer Augen stört mich ein wenig. Denn die junge Frau schaut mich an, als sei ich schwer von Begriff – was momentan wohl auch zutrifft.

»Ach, mit einem Auftritt an der Reihe, meinst du?«, stoße ich aus, als der Groschen endlich gefallen ist. Sie schweigt weiterhin, aber ihre Miene ist eindeutig: *Na, womit denn auch sonst?*

Ich schüttele abermals den Kopf. »Nein, ich habe hier keinen Auftritt.«

»Dann bist du kein Poetry-Slammer oder ... Autor?«

»Zum Wohle des Publikums nicht, nein«, erwidere ich grinsend.

Nun sieht sie verwundert aus. »Aber von der Orga bist du auch nicht.« Das ist eine Feststellung.

»Stimmt.« Ich lasse meinen Blick an ihr hinabgleiten und stelle erleichtert fest, dass auch sie keines dieser einheitlichen Shirts trägt, die alle Organisationsmitglieder der LitNight anhaben. Also ziehe ich die Nase kraus und sage: »Verrat mich nicht, aber eigentlich dürfte ich gar nicht hier hinten sein.«

Prompt zuckt ihr linker Mundwinkel, und ihr Blick fällt auf die Flasche in meiner Hand. »Okay, hat dich deine Freundin zu der Veranstaltung mitgeschleppt, und du hast dich vor der Bühne zu Tode gelangweilt? Oder dein wievieltes Bier ist das? So groß ist diese Schule doch gar nicht! Nüchtern dürfte es ziemlich schwer werden, sich hier zu verlaufen.«

Ich lache leise auf. »Eine Freundin gibt es nicht, das ist mein erstes Bier, ich habe mich auch nicht in der Tür vertan, und du ... bist ganz schön vorwitzig.«

Sie übergeht meinen ohnehin nicht ernst zu nehmenden Vorwurf mit einem Schulterzucken und einem weiteren frechen Grinsen. Dabei bildet sich ein Grübchen in ihrer linken Wange, das so tief ist, dass ich es selbst im Halbdunkel deutlich sehe.

»Also hast du dich ganz bewusst auf verbotenes Terrain geschlichen«, schlussfolgert sie richtig.

Gerade frage ich mich, ob sie wohl mit mir flirtet, da streckt sie mir ihre Hand entgegen. Ich starre ihre Finger lange an, bis ich sie endlich ergreife und leicht schüttele.

»Maila«, stellt sie sich vor.

»A-Alex«, stammele ich und wundere mich im selben Moment, wann aus mir dieser schüchterne Volltrottel geworden ist.

Verhaltener Applaus dringt zu uns, unmittelbar bevor der Katzen-Typ unsere Unterhaltung stört, indem er den Vorhang teilt. Dabei stößt er an Mailas Arm, zuckt zurück und schiebt sich dann mit einer knappen Entschuldigung und gesenktem Blick an uns vorbei.

»Der arme Kerl«, entfährt es Maila, sobald er außer Hörweite ist.

»Ja, dabei fand ich ihn gar nicht so schlecht«, bemerke ich. »Aber es ist wohl auch kein einfaches Publikum.«

»Dessen Teil du eigentlich sein solltest, richtig?« Maila sieht mich verschmitzt von der Seite an. Ich erwidere ihr Lächeln so machtlos wie ein Spiegel.

»Ich schätze schon, ja. Es ist nur so, dass ich hier hinten ...«

»Warte kurz!« Sie legt einen Finger vor ihren Mund und die andere Hand auf meinen Arm.

Über die Lautsprecher im Saal wird der nächste Beitrag angekündigt. Allerdings sind die einströmenden Zuhörer so laut, dass ich kaum etwas verstehen kann.

Maila geht es nicht anders. Sie kneift die Augen zusammen und lauscht noch eine Weile, schüttelt dann aber resigniert den Kopf. »Undeutlich wie eine Bahnhofsansage. Aber laut Plan bin ich jetzt dran. Also, drück mir die Daumen, dass ich heil zurückkomme und sie mich da draußen nicht lynchen, ja?«

Als sie die Bühne betritt, ertönen vereinzelt aufgeregte Rufe, und plötzlich setzt ein zunächst noch zaghafter Applaus ein, der sich jedoch schnell zu einem donnernden Jubelempfang steigert.

Was für eine Art, begrüßt zu werden! Wie sehr ich das früher geliebt habe!

Doch nun ist es Maila, die so euphorisch willkommen geheißen wird. Abrupt fällt mir der Programmplan ein. Ich ziehe ihn aus der Gesäßtasche, entfalte ihn und kneife meine Augen zu schmalen Schlitzen zusammen, um auf dem eng bedruckten Zettel etwas erkennen zu können. Mit dem Zeigefinger fahre ich über die Tabelle bis zur Spalte der Aula-Veranstaltungen.

Poetry-Slam: »Bestimmung«, Peter McDougle
Comedy: »Wie Mensch und Katz«, Jo Hardwick
Lesung: »Schicksalsschuhe«, M. J. August

Mein Blick schnellt hoch. Ungeachtet der Tatsache, dass man mich sehen können wird, schiebe ich den Vorhang ein kleines Stück beiseite und beobachte, wie Maila seelenruhig in dem grünen Sessel auf der Bühne Platz nimmt und ihr Buch durchblättert, während immer noch Zuhörer in den bereits vollen Saal strömen.

»Entschuldigen Sie, darf ich fragen, wer Sie sind und was Sie hier machen?«

Ich drehe mich zu der Stimme hinter mir um und stehe einem Mann mit Funksprechgerät gegenüber. Er mustert meine Brust, vermutlich auf der Suche nach dem auffälligen Anstecker, den Maila trug und der sie als Autorin auswies.

»Ich ... habe nur kurz mit Maila gesprochen. Also, mit Ms August. Na dann ... gehe ich jetzt mal wieder in den Saal«, stammele ich und verlasse auf die nachdrückliche Geste des Mannes hin den Backstage-Bereich. Wieder und wieder schießt mir dabei ein und derselbe Gedanke durch den Kopf.

Maila ist M. J. August ...

10

Natürlich habe ich keinen Sitzplatz mehr ergattern können. Aber das macht nichts, denn von meiner jetzigen Position aus – dicht vor der Bühne an der Seitenwand der Aula lehnend – kann ich Maila bestens sehen.

Sie hingegen scheint niemanden im Publikum zu erkennen. Klar, weiß ich doch allzu gut, dass die Zuschauer hinter den blendenden Strahlern zu einer grauen Menge zerfließen, wenn man von der Bühne auf sie hinabblickt. Dementsprechend wundert mich Mailas Blick auch nicht, der ins Leere zu gehen scheint, während sie uns begrüßt und dann kurz die Stelle ihres Buches einleitet, die sie vorlesen wird.

»Ihr durftet online abstimmen, und auf euren mehrheitlichen Wunsch hin lese ich heute Abend aus meinem Debütroman *Schicksalsschuhe*. Darin geht es in erster Linie um Tonia, eine junge Frau, die eigentlich immer dachte, sie wisse genau, was sie vom Leben erwartet«, beginnt sie.

Man merkt ihr sofort die Routine an, die sie offenbar bei solchen Auftritten hat. Es liegt an der Art, wie sie in diesem Sessel sitzt, die Beine locker übereinandergeschlagen. Dabei hält sie das Buch auf ihrem Schoß fest und erzählt frei und lächelnd – zu keiner Zeit auf der Suche nach den richtigen Worten.

»Aber als Tonia dann auf Capri einen superromantischen Heiratsantrag von ihrer großen Liebe Sebastian bekommt, reagiert sie plötzlich vollkommen anders, als sie es von sich selbst erwartet hätte. Das alles geschieht ganz am Anfang der Story und führt geradewegs zu dem Punkt, an dem ich nun zu lesen beginnen werde«, erklärt sie, streicht sich noch einmal die Haare (kastanienbraun!) zurück und schlägt dann das Buch unmittelbar hinter der Stelle auf, die ich bei Jane gelesen hatte. Doch dieses Mal gelingt es mir nicht, mich auf Tonia und ihren in sich zerfallenden Lebenstraum zu konzentrieren. Vielmehr denke ich über die Umstände meiner Begegnung mit Maila nach.

Wusste Jane, als sie mir die Eintrittskarte zur LitNight schenkte, dass Maila auch da sein würde? Oder ist es nur ein verrückter Zufall, dass ausgerechnet die Autorin der vier einzigen modernen Frauenromane, die sich in Janes Bücherregal befinden, an diesem Abend hier liest?

Wie auch immer, Maila ist bezaubernd, ich kann es nicht anders ausdrücken. Wie sie da sitzt und liest, ihren Figuren unterschiedliche Stimmen verleiht und ganz in ihrer Geschichte zu versinken scheint …

Es dauert einige Minuten, bis ich spüre, dass ich auf eine Art und Weise vor mich hin lächle, die mich bestimmt nicht sehr intelligent aussehen lässt.

Ich habe nie an diesen Spuk vom magischen ersten Blick geglaubt, weil mir so etwas noch nie passiert ist. Aber als Maila vorhin plötzlich an diesem Vorhang vorbeiblinzelte und mich ansprach, setzte mein Herz tatsächlich kurz aus – und das nicht nur vor Schock. Es fühlte sich eher an wie eine innere Kurzschlussreaktion. Mit Funkenbildung.

Und auch jetzt, während ich Maila zuhöre und sie dabei unverhohlen betrachte, muss ich mir eingestehen, dass sie etwas in mir bewegt. Was, vermag ich nicht so recht zu deuten. Aber noch viel weniger vermag ich es zu ignorieren. Denn dieses verheißungsvolle Prickeln, das ich schon ewig nicht mehr gespürt habe, ist nicht nur äußerst verwirrend. Es macht mich auch extrem neugierig.

Als Maila ihr Buch schließlich zuklappt, erntet sie kräftigen Applaus für ihre Lesung.

»Vielen Dank. … Danke!«, sagt sie über ihr Mikro, macht aber keine Anstalten, die Bühne zu verlassen. Stattdessen legt sie das Buch auf ihre Oberschenkel und schirmt die Augen mit der freien Hand gegen das blendende Licht der Bühnenbeleuchtung ab.

»Wärt ihr so nett, die Saalbeleuchtung anzumachen, damit ich etwas sehen kann?«, bittet sie in Richtung des Lichttechnikers, der ihrer Aufforderung sofort nachkommt.

»Super, danke! Also, gibt es noch Fragen, die ihr mir stellen möchtet?« Maila lässt den Blick über das Publikum schweifen. Dabei erspäht sie auch mich ... und verharrt. Ihre Augen verengen sich prüfend.

Ich beobachte sie nun schon länger, aber für sie ist es das erste Mal, dass sie mich im Hellen sieht. Dieser Gedanke macht mich prompt nervös. Meine Hand hebt sich leicht zu einem Gruß.

Für einen winzigen Moment huscht ein Lächeln über ihr Gesicht, und ihr Daumen spreizt sich vom Mikro ab. Vermutlich fällt niemandem außer mir diese Geste auf, doch ich nehme sie wie in Zeitlupe wahr.

Sie grüßt mich zurück.

Auf Mailas Frage hin melden sich etliche Zuhörer. Sie entscheidet sich zunächst für ein junges Mädchen von etwa siebzehn Jahren, dessen Stimme so zaghaft ist, dass sich der Tontechniker schnell mit einem weiteren Mikrofon auf den Weg zu ihr macht.

»Ms August, ich liebe Ihre Romane. Für mich sind Sie die Königin der Cliffhanger.«

Maila lacht kurz auf. Es ist ein wunderschöner heller Klang. Die Haltung des Mädchens lockert sich sichtbar. »Ich kann es immer kaum erwarten, bis ein neues Buch von Ihnen erscheint. Deshalb auch meine Frage: Stimmt es, dass Sie gerade an dem letzten Band schreiben?«

Maila nickt. »Ja, das ist richtig, mit dem fünften Band wird Tonias Geschichte zu einem Ende kommen. Ich bin gerade mittendrin, und das Buch wird auch auf jeden Fall noch in diesem Jahr erscheinen, im Winter.«

Ein Raunen geht durch die Zuhörer. Dann deutet Maila auf eine stämmige Frau um die dreißig in der ersten Reihe.

»Wird es am Ende denn ein Happy End für Tonia geben?«, fragt diese geradeheraus.

Ich kenne Mailas Bücher nicht. Trotzdem ist mir natürlich klar, dass sie diese forsche Frage nicht beantworten wird.

Apropos forsch …

Während Maila einer konkreten Antwort mit viel Charme und Taktgefühl ausweicht, formt sich eine Idee in mir.

Für die Dauer von drei weiteren Fragen aus dem Publikum traue ich mich nicht, sie umzusetzen. Doch dann, als Maila ankündigt, nun die letzte Frage zu beantworten, weil ihre Zeit bereits abgelaufen sei und der nächste Act schon warte, schnellt meine Hand wie von Schnüren gezogen hoch.

Erstaunt hebt Maila die Augenbrauen und zeigt auf mich.

»Okay, dort drüben, der einzige Mann im Saal, bitte!«

Das bringt ihr einige Lacher ein. Ich bin zwar nicht der *einzige* Mann in der Aula, aber dass ihre Bücher wesentlich mehr Frauen als Männer ansprechen, spiegelt das Publikum schon recht deutlich wider.

Den Blick unverwandt auf ihre Augen gerichtet, schüttele ich leicht den Kopf und grinse. Maila beugt sich in dem Sessel vor, wippt mit ihren übereinandergeschlagenen Beinen und scheint im Gegensatz zu mir nicht eine Spur von Nervosität zu empfinden.

Na schön! Nun wird sich ja zeigen, ob sie vorhin wirklich mit mir flirten wollte – oder auch jetzt wieder, wenn ich ihre herausfordernde Miene so betrachte.

Schon ist der Tontechniker bei mir und reicht mir das Mikro.

»Hi. Ich …« Seit über zwei Jahren schallt meine Stimme zum ersten Mal wieder aus Lautsprecherboxen. Wie auch früher schon kommt es mir dabei so vor, als würde ich mich selbst mit den Ohren eines anderen hören. Der Effekt wirkt ernüchternd. Schlagartig erscheint mir meine Idee einfach nur noch dämlich, und ich würde am liebsten einen Rückzieher machen. Dumm nur, dass mir auf die Schnelle keine andere Frage einfällt, die ich Maila stellen könnte.

Also setze ich mein altes Bühnenlächeln auf und gebe mir einen Ruck.

»Ich … wollte dich nur fragen, ob du im Anschluss einen Kaffee mit mir trinken gehst.«

Die Worte sind raus und verhallen in einer kurzen, nahezu vollkommenen Stille, unmittelbar bevor um mich herum Gejohle losbricht – durchsetzt mit Pfiffen und vereinzelten lauten Lachern.

Ich sehe in Mailas Gesicht, dessen ebenmäßige Züge für einen winzigen Moment einfrieren, ehe sie sich schnell wieder fängt und der schelmische Glanz in ihre Augen zurückkehrt. Ich kann nach wie vor nicht sagen, ob sie nun blau oder grün sind. Aber ich möchte es herausfinden, so viel ist sicher.

Endlich hebt sie das Mikro. »Weißt du was? Wenn du aus dem Kaffee einen Cocktail machst, bin ich dabei.«

»Okay!«, willige ich so schnell und hastig ein, dass es fast wie ein Niesen klingt.

Maila lächelt, während die anderen Zuschauer erneut klatschen und johlen.

Irgendjemand klopft mir auf die Schulter, und am Rande meines Bewusstseins nehme ich wahr, dass einige der anwesenden Reporter ihre Kameras auf mich gerichtet haben und losblitzen.

Doch in meinem Kopf tauchen plötzlich wieder die Fragen des Poetry-Slammers auf.

Ist unser Heute die Zukunft, die sich schon gestern entschied?
So ist es Fügung, Erfüllung, dass all dies geschieht?

11

Bis jetzt stand Maila vor dem Hintereingang zur Bühne, durch den ich mich vorhin geschlichen habe. Dort hat sie etliche ihrer Bücher signiert und mit jedem der wartenden Fans ein wenig Small Talk gehalten. Doch nun haben selbst die Letzten ihre Selfies mit Maila geschossen und sich zufrieden von ihr verabschiedet. Ein junges Mädchen raunt mir im Vorbeigehen noch »Viel Glück!« zu, dann ist der Weg zwischen Maila und mir endlich frei.

»Hi!«, grüße ich und fühle mich ziemlich unbeholfen.

Spitzbübisch lächelnd kommt sie auf mich zu, ihre Augen strahlen.

Jadegrün.

»A-Alex!«, sagt sie, mein peinliches Gestotter von vorhin nachahmend. »Du bist echt ein Spinner!« Sie boxt mir leicht in den Bauch.

Reflexartig ergreife ich ihr Handgelenk … und lasse es vorerst nicht mehr los. Natürlich weiß ich nicht, wie Maila es empfindet, aber mich zumindest überrollt dieses magische Etwas zwischen uns lawinenartig, und die Tatsache, dass ihr Blick plötzlich unsicher wird, macht mich glauben, dass es nicht nur mir allein so geht.

Wie versteinert stehen wir einander gegenüber, nur mein Daumen bewegt sich minimal, streichelt behutsam über den Ansatz ihrer Handinnenfläche. Als ich es bemerke, weil Mailas Lider mit einem Mal unkontrolliert flattern, halte ich sofort inne.

Was zum Teufel geschieht hier gerade?

Nun, was auch immer es ist, ich weiß schon in diesen wenigen Sekunden, dass es sich für alle Zeiten in mein Gedächtnis eingebrannt hat.

Ich senke den Blick und entdecke eine außergewöhnliche,

sternförmige Anordnung kurzer Linien in ihrer rechten Handinnenfläche.

Langsam zieht Maila ihre Finger zurück. Und damit endet sie, unsere kleine Ewigkeit, und die kurzzeitig zum Stillstand gekommene Welt dreht sich weiter.

Ich reibe mir übers Kinn, versuche mich zu sammeln – und nehme dabei mit einem wohligen Gefühl die Röte wahr, mit der sich Mailas Wangen überzogen haben.

»Wollen wir?«, fragt sie mit sanfter Stimme – mit einem Mal alles andere als kess.

»Auf jeden Fall!«, erwidere ich entschlossen.

Wir einigen uns kurz, wohin wir gehen wollen und dass wir mein Auto an der Schule stehen lassen, weil die Bar, die Maila anstrebt, fußläufig besser zu erreichen ist.

Die Luft draußen ist klirrend kalt, und Maila wickelt ihren braunen Strickmantel ganz eng um sich. Sie wirkt so zierlich, als sie neben mir in den neblig schwarzen Himmel emporschaut, aus dem feinster Schnee wie gesiebter Puderzucker herabrieselt. Dabei reibt sie sich die Hände und haucht warm gegen ihre Finger. Ich beobachte fasziniert die kleinen Flocken, die sich auf ihre Haare setzen. Binnen Sekunden ist Mailas Hinterkopf von den winzigen weißen Punkten übersäht. Sie friert, tritt von einem Fuß auf den anderen.

Meine Hand zuckt kurz, doch dann besinne ich mich eines Besseren und unterdrücke den Impuls.

Wolltest du wirklich gerade den Arm um sie legen? Jetzt mach aber mal halblang, Junge!

Verwirrt von der heftigen Anziehungskraft und der ungewöhnlichen Vertrautheit, die ich Maila gegenüber empfinde, stoße ich meinen unbewusst angehaltenen Atem aus, der dampfend zwischen uns in die Luft steigt. Maila sieht zu mir auf.

»Ich kann noch nicht glauben, dass du mich wirklich vor all diesen Menschen gefragt hast, ob ich mit dir ausgehe«, sagt sie.

Ich ziehe die Nase kraus und merke dabei, wie kalt mein Gesicht geworden ist. »Ganz ehrlich, ich fasse es auch nicht. Denk nur ja nicht, dass ich so etwas öfter mache. Und übrigens: Ich bin verdammt froh, dass du mir da drinnen keinen Korb gegeben hast.« Nun schaut sie gespielt empört drein. »Na hör mal! Ich schreibe Liebesromane, Alexan– ... Heißt du überhaupt Alexander oder wirklich nur Alex?«

»Nein, Alexander.«

»Und mit Nachnamen?«

»Ähm ... Blake.«

»Okay. Also, ich schreibe Liebesromane, Alexander Blake. Was glaubst du wohl, wie schnell mein Ruf als Romantikerin im Eimer gewesen wäre, hätte ich dir öffentlich eine Abfuhr erteilt!«

Ich grinse kurz in mich hinein, doch als Maila sich zum Weitergehen wendet und dabei ihren Arm unter meinen hakt, als sei das die größte Selbstverständlichkeit, stockt mir der Atem erneut. Schnell räuspere ich mich und versuche mir nicht anmerken zu lassen, wie eingerostet ich auf diesem Gebiet der ersten Annäherungsversuche bin. Zur Tarnung gebe ich den Beleidigten.

»Oh, dann war es also nichts als Berechnung, die dich zu deiner Zusage getrieben hat?«

Sie kichert. »Nein, nicht nur. Du musst mir schließlich noch erzählen, was du verbotenerweise hinter diesem Vorhang gemacht hast. Und außerdem habe ich bei der ganzen Sache einen teuren Cocktail herausgeschlagen, vergiss das nicht.«

»Grmpf.«

Glucksend drückt sie meinen Arm und sorgt dafür, dass mein Herzschlag kurzfristig aus dem Rhythmus gerät. Doch dann schaut sie mich von der Seite an. »Glaub mir kein Wort, ich bin nur nervös«, flüstert sie, als seien wir umzingelt von Menschen, die ihr Geständnis auf keinen Fall hören sollen.

Automatisch passe ich meine Stimme ihrem leisen Tonfall an. »Ich auch. Aber ... positiv nervös. Weißt du, was ich meine?«

Sie nickt. »Ja. Und genau das verunsichert mich so.«

»Hm?«

Sie antwortet nicht. Schweigend gehen wir über den nur sehr sporadisch beleuchteten Gehweg der breiteren Straße entgegen, die von Restaurants und Bars gesäumt ist und deren Geräusche uns bereits erreichen. Im Gegensatz zu mir kennt Maila sich gut in dieser Kleinstadt aus und ist mit der U-Bahn zur LitNight gekommen, was darauf schließen lässt, dass sie ganz in der Nähe wohnt.

»Was meinst du? Was verunsichert dich?«, hake ich schließlich nach, weil die Stille zwischen uns langsam meine Nerven strapaziert.

Maila bleibt stehen und wendet sich mir zu. Sie zögert noch für einen Moment, dann strafft sie die Schultern und gibt sich spürbar einen Ruck. »Alex, ich … will direkt ehrlich zu dir sein. Ich bin weiß Gott kein Unschuldslamm. Ich mag Männer. Sehr sogar. Aber ich bin jetzt fünfundzwanzig Jahre alt und hatte schon lange keine feste Beziehung mehr. Und das, obwohl es Möglichkeiten gegeben hätte, verstehst du?« Sie lacht humorlos auf und murmelt mit abgewandtem Kopf – eher zu sich selbst als zu mir, wie es scheint: »Ich meine, wäre alles nur ein kleines bisschen anders gekommen, würde ich jetzt gerade mit Riesenschritten auf meinen sechsten Hochzeitstag zusteuern.« Während sie das sagt, zieht sie ihren Arm aus meinem, distanziert sich.

Zeit zum Nachfragen bleibt mir nicht, denn schon strafft sie die Schultern, ruft sich offenbar zur Besinnung und blickt wieder zu mir auf. »Was ich dir damit sagen will, ist, dass ich keine Ahnung habe, was gerade zwischen uns geschieht. Denn falls du dich fragst, ob ich es auch spüre, dann … ja, das tue ich. Ziemlich deutlich sogar.« Wieder drückt sie meinen Arm mit ihrer zierlichen Hand, wenn auch nur kurz. Ich würde es als ermutigende Geste deuten, doch ihr Blick wirkt so … *bedauernd.*

»Nur will ich definitiv keine feste Beziehung mehr, Alex. Auch wenn das jetzt vielleicht übereilt ist, habe ich trotzdem das Gefühl, es von Anfang an klarstellen zu müssen, damit erst gar keine Missverständnisse zwischen uns aufkommen. Gerade weil ich … mich zu dir hingezogen fühle.«

Ich schlucke hart – zu überrumpelt, um irgendetwas darauf erwidern zu können. Maila neigt den Kopf zur Seite und schaut mich so treuherzig an, dass sie Welpen mit diesem Blick etwas beibringen könnte. »Also, sollte es weiterhin gut mit uns passen, … dann können wir gern Freunde werden. Platonische Freunde. Oder aber …«

Irritiert von dem unvorhergesehenen Wandel, den unser lockeres und neckendes Gespräch genommen hat, starre ich sie weiterhin an. »Was, *aber?*«

Sie lächelt, fast schon vertraut. Und doch auch mit einem Hauch von Melancholie, der sich unverhofft in ihre schönen Augen gestohlen hat und den ich mir schleunigst wieder wegwünsche.

»Das sage ich dir später«, beschließt sie. »Wenn überhaupt. Aber jetzt brauche ich erst einmal etwas zu trinken. Vorausgesetzt, dein Angebot mit dem Cocktail steht trotzdem noch?«

Ich beeile mich zu nicken und versuche den Knoten, zu dem sich mein Magen während Mailas kleinem Monolog verschnürt hat, zu ignorieren. Vergeblich. »Sicher gilt das noch«, bestätige ich mit hörbar gepresster Stimme und gehe weiter. Vielleicht etwas rascher als zuvor.

Werde doch einer schlau aus den Frauen!

»Lass mich raten, du stehst auf Piña Colada«, mutmaße ich mit aufgesetzter Leichtigkeit, als Maila wieder zu mir aufgeschlossen hat. Meine Hände habe ich tief in den Taschen meiner Lederjacke vergraben, während sie die Arme vor der Brust verschränkt hält. So schnell kann man eine ungezwungene Stimmung kippen lassen.

»Das ist mein absoluter Lieblingscocktail, ja. Aber woher weißt du das?«, fragt sie erstaunt. Ich zucke mit den Schultern.

»Ist 'ne Art Gabe.« Das sollte witzig rüberkommen, klingt aber eher verbittert.

Maila lacht trotzdem. »Wie praktisch. Dann kannst du den

Mädels ja immer den passenden Drink anbieten, wenn du tiefer mit ihnen ins Gespräch kommen willst.«

Darauf erwidere ich nichts. Zu sehr missfällt mir, dass sie nichts Störendes an der Vorstellung zu finden scheint, dass ich in Gesellschaft von anderen Mädels bin. Dementsprechend frustriert sind auch meine Gedanken.

Könnte ich, richtig. Nur, dass du seit Jahren die Erste bist, mit der ich gern »tiefer ins Gespräch« gekommen wäre. Sehr viel tiefer. Aber das hat sich wohl zerschlagen.

Hat es nicht, wie sich nur wenig später herausstellt.

Ehrlich gesagt war es mir ein Rätsel, wie es uns nach Mailas emotionaler Vollbremsung gelingen sollte, zu unserer unbefangenen Gesprächsweise von zuvor zurückzufinden. Doch irgendwie … funktioniert es.

Anfangs versuchen wir unbewusst, die Befangenheit zu überspielen. Dabei helfen uns die wirklich exzellenten Cocktails, die wir in der entlegensten Ecke der gut besuchten Bar schlürfen. Zumindest lockert der Alkohol unsere Zungen spürbar. Maila stellt sehr bald klar, dass ich sie gern alles fragen darf, was mir in den Sinn kommt, dass sie jedoch streiken wird, sollte ich es wagen zu fragen, wie sie zum Schreiben gekommen ist. »Alles, nur nicht das!«

Also frage ich sie nach ihrem Lieblingsbuch. Sie rümpft die Nase und sieht mich unschlüssig an.

»Hey! *Alles*, hast du gesagt«, erinnere ich sie. »Und dabei habe ich noch nicht einmal richtig angefangen. Das hier ist nur der harmlose Einstieg.«

Doch statt sich über meinen gespielt unheilvollen Ton zu amüsieren, schweigt Maila weiter.

»O Gott, es ist echt schlimm, oder? Kitsch-Schnulzen-Alarm-schlimm?«

Nun zieht sie auch noch den Kopf zwischen die Schultern.

Meine Befürchtungen werden immer düsterer. »Nicholas Sparks reicht nicht?«

Ein Schulterzucken.

»Hm ... Jane Austen, *Stolz und Vorurteil*?«

Endlich spricht sie. »Mag ich sehr, aber mein absolutes Lieblingsbuch stammt nicht von ihr. Es ist ... ein bisschen jünger.«

»Oh, bitte, Maila, sag, dass es nicht *Twilight* ist.«

Sie lacht, schüttelt zu meiner Erleichterung aber den Kopf. »Nein, wirklich nur ein *bisschen* jünger als Austens Werke. Keine Spur von im Tageslicht schimmernden Stalker-Veggie-Vampiren.«

»Gott sei Dank! Meine Schwester steht so sehr auf diese Bücher und Filme, dass ich inzwischen schon aus der Haut fahren könnte, wenn ich nur die Namen Bella und Edward höre.«

»Hast du mehrere Geschwister?«

»Nein, nur diese eine jüngere Schwester. Wir wohnen zusammen.«

»Du wohnst mit deiner Schwester zusammen?«

»Yep. Aber jetzt lenk nicht ab! Dein Lieblingsbuch?«

»Es ist ... auch schon sehr alt. Im Prinzip *der* Klassiker schlechthin, was Liebesromane oder auch Liebesfilme angeht.«

»Warte, ich hab's! *Vom Winde verweht*?«

»Treffer.«

»Ha!«

»Und deines?«

»Mein Lieblingsbuch?« Ich straffe die Schultern und tue ein wenig pikiert. »Ich bin ein Mann, ich lese nicht so viel.«

»Ha ha!«, prustet Maila. »Du weißt ja sogar, wer Nicholas Sparks ist und kennst *Stolz und Vorurteil*.«

»Nur vom Titel her.«

»Ah!« Sie schlürft an ihrem Cocktail. Dann legt sich ihre Stirn plötzlich in Falten. »Sag mal, glaubst du eigentlich, die Parallelen der beiden Mr Darcys aus *Stolz und Vorurteil* und *Bridget Jones* sind reiner Zufall?«

»Du meinst diese verstockte, aber loyale Art? Bestimmt nicht. Und dass Colin Firth in beiden Verfilmungen ... Ach, Mist!«

Erst durch Mailas überlegenes Grinsen wird mir bewusst,

dass ich geradewegs in ihre Falle getappt bin. Nun lacht sie auf und drückt wieder kurz meinen Arm, der auf der schmalen Tischplatte zwischen uns liegt. »Musst dich nicht schämen, Alex. Ich finde belesene Männer äußerst sexy.«

»*Das* hat doch nichts mit belesen zu tun!«, empöre ich mich. »Das sind die Spätfolgen von ›Hatte nie etwas zu sagen und war seit meinem sechsten Lebensjahr chancenlos dem Einfluss meiner kleinen Schwester ausgeliefert‹.«

»Ach Gott, du armer Kerl!«

»Ganz genau. Ihr Frauen könnt echt grausam sein, wenn ihr es drauf anlegt. Aber jetzt mal ernsthaft, ich habe wirklich schon immer gern gelesen, alles Mögliche. Später am liebsten die Klassiker, als Kind natürlich vor allem Comics. Spiderman war mein ultimativer Lieblingsheld. Batman hingegen …«

Und so plaudern wir ungezwungen weiter.

Erst als wir uns schließlich auch an die TV-Zeichentrickhelden unserer Kindheitstage erinnern, lauthals deren Erkennungsmelodien trällern und dabei schon bald Tränen lachen, weil Maila ihren Gesang mit jeweils passenden Posen unterlegt und ich spätestens bei ihrer *Sailermoon*-Imitation vollkommen abbreche, wundere ich mich kurz über unsere längst nicht mehr aufgesetzte Ausgelassenheit.

»Noch mal!«, ruft Maila gleich darauf und rüttelt ungeduldig an meiner Schulter. Ich verdrehe die Augen. »Ernsthaft?«

»Ach, komm schon, Alex, bitte!«

Wie sich herausgestellt hat, sind Mailas Haare von Natur aus gar nicht wellig, sondern ziemlich stark gelockt, was nun richtig durchkommt, weil sie langsam von dem Schnee trocknen. Sie kringeln sich um ihren Kopf. Und da wir das Thema gerade erst hatten, denke ich beim Anblick ihrer Locken unwillkürlich an meine Lieblingsfigur aus den *Fünf-Freunde*-Büchern: George, die auf keinen Fall Georgina genannt werden wollte und auch sonst eher ein draufgängerisches Mädchen war. Als Kind muss Maila dieser George sehr geähnelt haben.

»Komm schon!«, quengelt sie nun.

»Na schön.« Ich hole tief Luft und stoße noch einmal das markante Lachen aus, das sie unbedingt hören wollte. Prompt jauchzt sie auf und wirft den Kopf zurück. »Unglaublich! Du klingst echt genauso wie … Woody Woodpecker«, sagt sie lachend.

Maila ist wirklich erfrischend lebensfroh. Und frech. Und bildhübsch.

Spontan und ohne darüber nachzudenken, pikse ich ihr mit dem Zeigefinger zwischen die Rippen.

Sie zuckt zusammen und fiept wie ein Meerschweinchen. »Wofür war das denn?«, fragt sie und hält meine Hand kurz fest, bevor ich sie wieder zurückziehe.

»Keine Ahnung, das kam so über mich. Mein Dad war immer der Meinung, eine gute Frau müsse auch kitzelig sein.«

»So?« Maila schaut mich mit ihren großen Augen offen an. Im gelblichen Licht der Bar schimmern sie fast schon bernsteinfarben. »Und warum wolltest du testen, ob ich eine *gute* Frau bin, Alexander … Ach, hast du eigentlich noch andere Vornamen?«

»Vincent. Nach meinem Dad.«

»Vincent.« Sie probiert den Namen noch ein paarmal stumm aus, was ich an der minimalen Bewegung ihrer Lippen erkenne. »Passt zu dir«, befindet sie dann mit einem Nicken. »Also, warum genau wolltest du testen, ob ich eine *gute* Frau bin, Alexander Vincent Blake?« Sie begleitet ihre Frage mit einem solch neugierigen Blick, dass es einer Herausforderung gleichkommt.

Wie in Zeitlupe beuge ich mich zu ihr und wische mit dem Daumen den winzigen Spritzer Piña Colada fort, den sie nicht einmal bemerkt hat. Schlagartig vibriert die Luft zwischen uns erneut so spürbar, dass Mailas Atmung kurz stockt. Ich lehne mich noch dichter zu ihr, bis mein Gesicht nur noch eine Handbreit von ihrem entfernt ist. Nein, auf ihrer Wange ist keine Narbe zu sehen, wenn Maila so konzentriert schaut wie jetzt. Also ist es tatsächlich ein sehr tiefes Grübchen, das immer wieder auftaucht, sobald sie lacht. Meine Hand gleitet tiefer, bis die

Daumenkuppe für wenige Sekunden auf ihrer Unterlippe zum Liegen kommt.

So weich.

Ich kann mich nicht daran erinnern, dass mir schon einmal etwas schwerer gefallen ist als jetzt der Versuchung zu widerstehen, Maila zu küssen. Besonders, weil sie ihr Kinn ein wenig nach vorn reckt und mir damit noch näher kommt. Ich atme ihren Duft ein – klar, sauber, weiblich, ohne dass ich ein Parfüm darin ausmachen könnte – und schließe mit einem leisen Seufzer die Augen, damit ich dem heftigen Drängen nicht doch noch nachgebe.

»Hör auf damit, Maila«, flüstere ich stattdessen – gerade so laut, dass die Worte noch über den Bass der Musik hinweg zu ihr getragen werden.

»Womit?«, erwidert sie sichtlich irritiert.

»Hör auf, mit mir zu flirten, wenn du mir doch vorhin eröffnet hast, dass es für uns nicht weitergehen kann.«

»Das habe ich *nie* gesagt«, widerspricht sie mit einem leichten Kopfschütteln.

»Du weißt genau, was ich meine.« Ich öffne die Augen wieder und schaue aus nächster Nähe in ihre. Oh, und ob sie es weiß. Denn sie schluckt so hart unter meinem Blick, dass ich es nicht nur sehen, sondern auch hören kann.

»Alex, ich …«

»Was ist die andere Möglichkeit, die du vorhin angedeutet hast? Die, die nichts mit deinem Vorschlag zu tun hat, dass wir platonische Freunde werden könnten?« Ich stoße die letzten Worte fast schon verächtlich aus.

Sie schlägt die Lider nieder, um sich zu fassen. Als sie endlich wieder zu mir aufblickt, kann ich unmöglich erkennen, ob sie wirklich auf einmal scheu geworden ist oder nur so tut als ob. Doch egal – als ich Zeuge werde, wie sie mit sich ringt, ob sie diese andere Möglichkeit zur Sprache bringen soll oder nicht, weiß ich schlagartig, *was* sie in Betracht zieht.

Und dieses Wissen ist wie eine gottverfluchte, bittersüße Zwickmühle.

»Sag es nicht!«, befehle ich ein wenig zu laut, und sie hält sofort inne.

»Ich will nicht, dass unsere Gespräche schon enden, Maila. Und ich fürchte, das würden sie ziemlich abrupt, wenn du mir *diese* Alternative jetzt in Aussicht stellst«, erkläre ich in einer Aufrichtigkeit, von der ich nicht weiß, ob sie mir zuträglich ist. Doch dann wandelt sich Mailas Blick. Die innere Ruhe kehrt in ihre Augen zurück, und ein wenig zögerlich hebt sie ihre Hand an meine Wange, so wie ich es kurz zuvor bei ihr getan habe.

»Okay«, willigt sie lächelnd ein. Und nach kurzem Schweigen fragt sie: »Sag, bist du ihm sehr ähnlich?«

»Wem?«

»Deinem Dad?«

»Oh!« Ich weiche zurück. Entziehe mich ihrer sanften Berührung und fahre mir stattdessen durch die strubbeligen Haare. Dabei betrachte ich vor meinem inneren Auge mein eigenes Gesicht und vergleiche es mit den Erinnerungen an das meines Vaters. Er hatte früher dunkles, beinahe schwarzes Haar, war zwischen fünfundvierzig und fünfzig Jahren aber bereits vollständig ergraut. Mit seinen gutmütigen hellbraunen Augen und dem immerwährenden Lächeln war er ein durchaus attraktiver Mann. Ich hingegen habe das rotbraune Wuschelhaar und die stahlblauen Augen meiner Mom geerbt. Obwohl ich meinem Dad also nicht wirklich ähnlich sehe, hatten wir dennoch einen ähnlichen Körperbau und glichen einander in Art und Geste. Vielleicht behauptete deshalb manch ein Unwissender, man würde genau erkennen, dass ich sein Sohn sei.

Wann immer jemand so etwas sagte, warfen Dad und ich uns verstohlene Blicke zu und schmunzelten. Ja, er war nicht mein leiblicher Vater, aber doch immer mein Dad, mein Verschworener. Er hatte mich unterstützt, geliebt und niemals spüren lassen, dass ich im Gegensatz zu Cassie ein Adoptivkind war. Niemals.

»Er ist tot«, sage ich leise, anstatt Mailas Frage zu beantworten.

»Dein Dad?«

Ich nicke und frage mich im selben Moment, warum ich das erwähnt habe.

»O Gott, dann ist er aber sehr früh gestorben, oder? Er kann doch noch nicht alt gewesen sein.«

»Dreiundfünfzig. Es ... war ein Herzinfarkt, im vergangenen Herbst.«

Ich hebe den Blick und schaue in ihre mitleidigen Augen. »Wir sahen uns nicht wirklich ähnlich. Aber ich vermisse ihn. Er ... war ein toller Dad.« In diesem Augenblick fällt mir zum ersten Mal auf, dass ich Leni bis jetzt mit keiner Silbe erwähnt habe. Kurz spiele ich mit dem Gedanken, Maila von ihr zu erzählen, auch, um unser Gespräch wieder in eine andere, fröhlichere Spur zu lenken. Aber dann wird mir klar, dass auch mein Leben als alleinerziehender Vater einige Fragen aufwerfen würde, deren Antworten alles andere als oberflächlich und fröhlich ausfallen müssten, wollte ich weiterhin ehrlich zu Maila sein. Und das möchte ich.

Wie viel Privates ich hingegen mit dieser Frau teilen will, die mir noch fremd ist und zugleich doch schon so vertraut erscheint, weiß ich nicht genau. Im Grunde weiß ich ja nicht einmal, wohin mich dieser Abend und die Begegnung mit Maila führen werden. Nur, dass ich ihn nicht schnell enden lassen will, da bin ich mir ganz sicher.

Also sage ich »Sex on the Beach«, als Maila mich fragt, welchen Cocktail ich jetzt probieren möchte, und beschließe, alle brenzligen Themen für die kommenden Stunden zu umgehen.

»Oh, bevor ich es vergesse ...!«, rufe ich einige Zeit später aus und bemerke dabei, dass meine Zunge schon nicht mehr richtig kooperiert. Ich Blödmann! Wie soll ich denn jetzt noch nach Hause fahren?

»Hm?«, macht Maila. Sie lächelt permanent vor sich hin und wirkt äußerst zufrieden und relaxt.

»Hast du noch eine von deinen Autogrammkarten? Ich muss

meiner Patentante unbedingt eine mitbringen. Sie hat mir das Ticket für die LitNight geschenkt. Und sie ist ein Fan von dir, hat alle vier Romane in ihrem Regal stehen.«

»Wirklich? Und warum ist sie dann heute Abend nicht mitgekommen?«, erkundigt sich Maila, während sie bereits in ihrer Umhängetasche kramt und eine der Karten herausfischt.

»Weil sie an den Rollstuhl gefesselt und pflegebedürftig ist.«

Ich berichte kurz von Jane und davon, dass ich sie erst bei der Beerdigung meines Vaters kennengelernt habe, seitdem aber in engem Kontakt zu ihr stehe.

Währenddessen wird Maila ganz still. Sie signiert eine ihrer Autogrammkarten und reicht sie mir.

Für Jane!
Schade, dass wir uns heute nicht persönlich kennenlernen konnten, aber danke, dass Sie Alex geschickt haben.
Herzlich, M. J. August

Ich grinse die Karte an. »Ich bin auch froh, dass sie mich geschickt hat, weißt du?«

Maila lächelt sanft. »Gehen wir noch ein bisschen im Schnee spazieren?«, schlägt sie dann vor. »Ich könnte eine kleine Abkühlung gut vertragen.« Beide Hände gegen die geröteten Wangen gepresst, lässt sie mich rätseln, ob sie nur von dem Alkohol spricht, der sie erhitzt hat, oder doch auch von der nach wie vor knisternden Stimmung zwischen uns.

Ich willige ein, begleiche unsere Rechnung und jubele innerlich auf, als Maila erneut ihren Arm unter meinen schiebt, sobald wir die Bar verlassen haben.

12

»Du kannst unmöglich selbst nach Hause fahren, Alex«, warnt Maila, während wir in Richtung meines Autos gehen. »Du musst dir ein Taxi nehmen.«

»Pff, da würde ich ein halbes Vermögen loswerden, bei der Strecke. Nein, ich schlafe einfach ein paar Stunden im Auto, bis ich etwas ausgenüchtert bin.«

Empört lässt sie von meinem Arm ab. »In dieser Kälte? Auf gar keinen Fall! Du wärst nicht der erste Verrückte, der in seinem Wagen erfriert. ... Komm!« Damit erfasst sie meine Hand und zieht mich Richtung U-Bahn.

»Was hast du vor?«, frage ich, zu gleichen Teilen alarmiert und hoffnungsvoll.

»Na, was wohl? Du kommst mit zu mir.«

Wortlos lasse ich alles geschehen und steige mit Maila die Stufen zur Bahn hinab. Während sie schon ein Ticket für mich löst, schießen mir mit einem Mal die unterschiedlichsten Gedanken durch den Kopf. Ich denke an Leni, die hoffentlich friedlich schlafend in ihrem Bett liegt. An Ned und Cassie, die sich bestimmt auch schon ins Zimmer meiner Schwester zurückgezogen haben, wenn auch gewiss nicht schlafend. Ich denke an Marcus und die Jungs, über denen irgendwo in Europa gerade die Sonne aufgeht. Und ich erinnere mich an den glücklichen Ausdruck in Janes Augen, als ich mich bei ihr für die Eintrittskarte zur LitNight bedankte.

Niemanden wird es wundern, wenn ich erst am Morgen nach Hause komme. Schließlich ist das Programm der LitNight tatsächlich bis fünf Uhr morgens angesetzt.

Die Bahn ist bereits eingefahren, und Maila und ich müssen laufen, um sie noch zu erreichen. Etwas außer Atem lassen wir uns nebeneinander auf die Sitze fallen. Als ich Mailas Finger vorsichtig mit meinen streife, zögert sie nicht, meine Hand zu ergreifen und ihren Kopf an meine Schulter zu legen.

Ich atme tief durch. Es ist wie eine Erleichterung und ein leises Versprechen zugleich, sie so nahe zu spüren, und ich kann mich der Hoffnung nicht erwehren, dass sie das, was sie zu Beginn unseres gemeinsamen Abends sagte, vielleicht doch nicht ganz so ernst meinte.

Nachdem wir die Bahn verlassen haben, eröffnet Maila mir, dass uns jetzt noch etwa zehn Minuten Fußmarsch bis zu ihrer Wohnung bevorstehen. Es hat erneut angefangen zu schneien, und als wir die oberste Stufe der Treppe erreichen, stehen wir inmitten der menschenleeren Fußgängerpassage einer mir fremden Stadt.

Hand in Hand schlendern wir durch die Straßen, schweigend, bis wir zu einem größeren Platz kommen und sich mein Blick wie von selbst zum Himmel richtet.

»Wow, komm her!« Ich ziehe Maila vor mich und schlinge meine Arme um ihren zierlichen Oberkörper. »Sieh mal nach oben!«

Sie tut es und japst überwältigt. Es ist ein wunderschönes Bild, die unzähligen, inzwischen deutlich dickeren Flocken aus tiefstem Schwarz heraus auf uns zuströmen zu sehen.

Eine Weile stehen wir still da, dann entdecke ich einen Haufen beiseitegeschaufelten Schnee neben uns.

»Maila?« Ich lasse sie los, gehe zwei Schritte und bücke mich blitzschnell.

»Ja?« Als sie sich zu mir umdreht, bin ich schon wieder bei ihr und verreibe den Schnee in ihrem vor Schreck erstarrten Gesicht.

»Das ... Bist du wahnsinnig?«, prustet sie und schüttelt ihre kurzen Locken wie ein nasser Hund, während ich mich vor Lachen krümme.

»Oh, warte, du ... du ... Kanalratte!«, ruft sie und lässt ihre Tasche fallen.

»Kanalratte?«, hake ich nach.

»Hinterhältig und klitschnass!«

»Aber ich bin überhaupt nicht klitschnass. *Du* bist ...«

»Und du wirst es gleich sein, warte nur ab!«

Damit macht sie einen Satz auf mich zu, knallt mit voller Wucht in mich hinein und bringt mich damit zum Straucheln. Im nächsten Moment verliere ich den Halt, weil sich irgendetwas unter mein linkes Knie hakt und es hochreißt. Prompt finde ich mich auf dem Rücken liegend wieder, inmitten des Schneehaufens, Maila dicht über mir. Mit beiden Händen greift sie in das kalte Weiß und reibt es mir immer wieder faustweise über Gesicht und Hals. Ich würde mich gern wehren ... aber ich bin zu sehr darauf konzentriert, beim Lachen nicht versehentlich den Mund zu öffnen, um Maila keine weitere Angriffsfläche zu bieten.

»So, das hast du jetzt davon«, schnaubt sie, als sie endlich findet, dass ich genug habe. »Und so haben sich die acht Jahre Judo doch noch ausgezahlt, wer hätte das gedacht!« Sie reicht mir ihre Hand und zieht mich mit ungeahnter Kraft hoch.

Ich schüttele den Schnee ab, wische mir über das nasse, vor Kälte brennende Gesicht – und wundere mich darüber, wie unsagbar glücklich ich bin.

»Jetzt sind wir beide Kanalratten.« Ich deute auf Mailas durchnässte Jeans, doch sie schüttelt energisch den Kopf. »Nein. Ich bin lange nicht so hinterhältig wie du, Mr Blake.«

Ich ergreife ihre eiskalten Hände, reibe sie und halte sie vor meinen Mund, um sie mit meinem Atem zu wärmen. »Nicht so hinterhältig, Ms August, ach wirklich? Und wer hat dann immer weiter Cocktails bestellt, bis klar war, dass ich nicht mehr nach Hause fahren kann?« Den Blick auf Mailas Augen gerichtet, küsse ich sanft ihre Fingerspitzen.

Sie schluckt und sieht zumindest für die Dauer weniger Sekunden ein wenig ertappt aus. »Und wer hat diese Cocktails alle brav ausgetrunken?«, presst sie dann mühevoll hervor.

»Touché!«

Ich berühre ihre Stirn federleicht mit meinen Lippen. Maila

seufzt und drückt sich an mich, sodass ich ihr einen richtigen Kuss auf den Haaransatz geben kann, ehe ich mit der Nasenspitze über ihre streiche und meine eisige Wange an ihre deutlich wärmere lege.

»Sag es!«, wispere ich in ihr Ohr und genieße es, dass sie sich an mich schmiegt.

»Was?«

»Sag, wie die Alternative aussähe.«

Maila zögert, legt dann jedoch ihre Arme um meine Mitte. Es fühlt sich nicht nur schön an, sie so eng zu halten. Es fühlt sich vor allem *richtig* an. Und ganz natürlich.

»Eine Nacht«, flüstert sie. »Bitte, Alex, verbring diese eine Nacht mit mir.«

Es ist falsch, mich darauf einzulassen, ich spüre es genau. Dennoch könnte mich nichts und niemand auf dieser Welt dazu bringen, Maila in diesem Moment zurückzuweisen – denn genauso würde es sich anfühlen, würde ich sie *nicht* an Ort und Stelle küssen und ihr damit meine wortlose Zustimmung geben.

Unsere Lippen berühren sich anders, als man es sich immer ausmalt. Halb erfroren und ganz trocken vor Kälte legen sie sich aufeinander, behutsam und tastend.

Und doch – es ist perfekt.

Maila ist in meinen Armen, so wunderbar ergeben und verheißungsvoll leidenschaftlich zugleich. Bald neigt sie den Kopf zur Seite und öffnet ihren Mund ein wenig gegen meinen. Wir sehnen uns beide nach mehr Nähe, mehr Wärme, und schon die erste zaghafte Berührung unserer Zungen vermag es, mich endgültig zu entflammen.

»Maila«, hauche ich in ihren Mund, reiße mich los und weiche ein Stück zurück, erschrocken von der Heftigkeit meiner Reaktion und der darin lauernden Gefahr, mich bereits hier und jetzt zu vergessen.

Sie versteht, fühlt vielleicht genauso, und ich weiß nicht, ob ich es hoffen oder mich davor fürchten soll. Aber sie lässt mir ohnehin keine Zeit, darüber nachzudenken, sondern schultert schnell ihre Tasche, ergreift wieder meine Hand und läuft los.

Fast wie Kinder rennen wir durch die nächtlichen Straßen. Aber unserer Hast liegt nichts Kindliches zugrunde, nichts Unschuldiges. Das wird spätestens deutlich, als wir kurz darauf das schmale mehrstöckige Haus erreichen, dessen Erdgeschoss Maila bewohnt, und uns schon gegenseitig entkleiden, während sie noch mit dem Schlüssel herumfummelt.

Als die Wohnungstür endlich aufspringt, straucheln wir über die Schwelle, werfen meine nasse Jacke und ihren vollgesogenen Strickmantel auf den Boden und küssen uns dabei immer heftiger, immer kurzatmiger.

Mit einem Mal scheinen wir zusammen hundert Hände zu haben. Überall sind sie, zerren an Kleidungsstücken, streicheln, halten, kneten, zupfen, drücken und forschen. Ich glaube, von dem Moment an, in dem die Tür hinter uns ins Schloss gefallen ist, dauert es nicht mal eine Minute, bis wir beide nur noch unsere Unterwäsche tragen und Maila mich rückwärts durch einen schmalen Gang schiebt. Entgegen meinen Erwartungen steuert sie jedoch nicht ihr Schlafzimmer, sondern das Bad an und dirigiert mich dort in Richtung der Dusche. Nach wie vor mit BH und Slip bekleidet, zieht sie mich in die Kabine und schließt die gläserne Tür hinter uns.

Nur einen Augenblick später prasselt schon eiskaltes Wasser auf uns herab und lässt mich erschrocken nach Luft schnappen. Auch Maila gibt einen hohen Laut von sich, schlingt dabei jedoch ihre Arme um meinen Hals, presst ihren halb nackten Körper ganz dicht gegen meinen und vergräbt ihr Gesicht schutzsuchend in meiner Halsbeuge. Ich schließe meine Arme um sie und halte sie fest.

»Zähl bis zehn, dann wird es warm«, wispert sie gegen meinen Hals und fährt dabei mit den Fingern durch mein nasses Haar. »Eins«, beginnt sie und küsst mich unmittelbar unter dem Ohr. Ich schließe die Augen und atme tief durch. »Zwei«, flüstert Maila.

Weil ich meinen Kopf leicht habe zurückfallen lassen, trifft mich ihr nächster Kuss unterhalb des Kinns. »Drei«, fahre ich fort und umfasse ihr Gesicht mit beiden Händen, um sie erneut auf den Mund zu küssen.

Und somit vergessen wir das Zählen und lösen uns erst wieder voneinander, als die Temperatur des Wassers über eine angenehme Wärme hinausgeht und Maila schnell nachregeln muss.

Dabei dreht sie mir ihren Rücken zu und zieht meinen Blick auf ihren Po, dessen perfekte Rundungen sich deutlich unter dem durchnässten Slip abzeichnen. Ich fasse mir ein Herz, umschlinge ihre Taille und dränge mich so dicht an Maila, dass sie in aller Deutlichkeit zu spüren bekommt, wie sehr sie mich erregt. Sofort hält sie in ihren Bewegungen inne und atmet stoßartig aus. Ich küsse mich über ihren Nacken und die Schulterblätter hinab, während ich den kleinen Verschluss über ihrer Wirbelsäule öffne. Zitternd vor Erregung streift Maila sich die Träger ihres BHs von den Schultern und erfasst dann meine Hände, um sie über ihre Hüften emporzuführen.

Meine Finger gleiten zu ihren Brüsten und legen sich darüber, als müsse ich sie beschützen. Sie fühlen sich wunderschön an, so weich und doch auch fest, mit ihren aufgerichteten Spitzen. Als ich meine Daumen mit sanften Bewegungen darüber kreisen lasse, stöhnt Maila leise auf, legt den Kopf in den Nacken und drängt mit ihrem Po fester gegen meinen Schritt. Die Reibung ist Erlösung und Qual zugleich. Ich seufze direkt an ihrem Ohr, während ich fühle, wie sich ihre Brustwarzen unter meiner Berührung noch mehr verhärten, und sehe, dass sich Mailas Hände haltsuchend um die Duschstange klammern.

»Sieh mich an!«, verlange ich leise. Obwohl ihr Körper bebt und ich spüre, dass es ihr nicht leichtfällt, kommt sie meiner Aufforderung nach. Ihre Wimpern sind so dicht, dass die darin verfangenen Wassertropfen dem Grün ihrer Augen einen unglaublich intensiven Glanz verleihen.

Ich habe das Gefühl zu fallen, als sie so vertrauensvoll zu mir aufblickt. Es ist ein freier Fall, schnell und unaufhaltsam, ins

Unendliche. Noch nie ist mir etwas Vergleichbares passiert, und doch – oder vielleicht gerade *deshalb* – verstehe ich es mit einer Gewissheit, die mich sprachlos macht, die mir den Atem raubt und mich bis in den tiefsten Winkel meines Bewusstseins erschüttert. Nie zuvor hatte ich so enorme Angst, niemals größere Hoffnung.

»Was denn?«, fragt Maila, die sich dem Orkan an Emotionen in mir nicht bewusst ist. Als ich nicht antworte, weil ich keine Ahnung habe, was ich sagen soll – weil Worte so verdammt tückisch sein können, dass sie manchmal nicht genug und zugleich zu viel verraten –, streicht sie behutsam unter meinem linken Auge entlang.

»So blau«, haucht sie. Ihr Blick geht hin und her, als würde sie in meinem lesen. Beinahe wünschte ich, sie könnte es.

Maila stellt sich auf die Zehenspitzen und küsst mich, während ich einfach nur dastehe, sie an der Taille halte und empfange, was sie mir zu geben bereit ist.

»Warum die Dusche?«, frage ich irgendwann. »Eine warme hätte ich ja verstanden, so durchgefroren, wie wir waren. Aber ... warum zuerst das kalte Wasser?«

Sie lehnt sich ein wenig zurück und sieht mich wieder genauso offen an wie zuvor. »Ich wollte nicht angeheitert sein, sondern absolut nüchtern, wenn es passiert. Vor allem aber wollte ich, dass du klar siehst.«

Ich lächele. »Oh, das tue ich. Ich sehe dich so klar, Maila. Wie durch Kristall.«

»Und was siehst du?«

Dass du mein Untergang werden könntest. Oder die Liebe meines Lebens. Vielleicht beides zugleich.

»Du bist wunderschön«, flüstere ich, was natürlich auch stimmt, in diesem Moment jedoch nur die feige Version meiner Erkenntnis ist.

»Schmeichler.« Damit schlägt sie leicht gegen meinen Bauch, bückt sich zum Duschgel und beginnt mit großer Selbstverständlichkeit, die mich auch dieses Mal wieder irritiert, ihren und meinen Körper einzuseifen und uns beide von Kopf bis Fuß zu waschen.

Weil sie dabei schon bald in Konflikt mit meiner Boxershorts gerät, streift Maila sie mir kurzerhand hinunter. Ich helfe mit den Füßen nach, steige etwas umständlich aus dem durchweichten Stoff und bugsiere ihn in die Ecke der Duschwanne zu ihrem BH. Maila küsst derweil meine Brust, streichelt meine Seiten und knetet meinen Hintern mit ihren schaumigen Fingern. Dann, als ich haltsuchend ihre Ellenbogen umfasse, gleitet eine ihrer Hände langsam zu meiner Vorderseite.

Ich zucke zusammen und stöhne leise auf, als sich Mailas Finger um meine Erektion schließen. Es fühlt sich so intensiv an, als würde Maila mich vollständig umhüllen. Körper, Seele, Herz – einfach alles.

Und plötzlich wird mir klar, dass dies die Macht ist, die sie von dieser Nacht an für eine unbestimmte Zeit über mich besitzen wird. Unabhängig davon, ob wir nach Anbruch des kommenden Morgens noch in Verbindung bleiben werden oder nicht.

In einem Anflug von Panik reiße ich Maila mit einem stürmischen Kuss an mich und hebe sie dabei an. Ihre Beine schlingen sich um meine Hüften. Hektisch stelle ich das Wasser ab, stoße die beschlagene Glastür auf und trage Maila, triefend, wie wir sind, aus dem Badezimmer. »Wohin?«

»Rechts. ... Nein, mein Rechts, sorry. Hier.«

So behutsam wie möglich lege ich sie auf ihrem Bett ab, streiche ihr die nassen Haare aus dem Gesicht und küsse sie so lange und innig, bis sie mir frei von Scham ihr Becken entgegendrängt. Sie hebt bereitwillig den Po an, als ich sie von ihrem letzten Kleidungsstück befreie, und schaut im einfallenden Schein der Korridorbeleuchtung, der ihren nackten Körper in sanfte Sepia-Töne taucht, offen zu mir auf, während ich zwischen ihren Beinen knie. Ich kann nicht anders, als sie eingehend zu betrachten; sie ist unglaublich schön. Und sie lässt mich.

Doch gleich darauf räuspere ich mich verlegen, da ich Maila nun wohl oder übel gestehen muss, dass ich keine Verhütung dabeihabe. Aber da hebt sie schon die Augenbrauen und nickt in Richtung ihres Nachtschränkchens. »Oberste Schublade«, wispert sie, als könne sie tatsächlich meine Gedanken lesen.

»Okay«, sage ich erleichtert.

Und das sind die letzten Worte, die wir für lange Zeit sprechen.

13

Maila

Verflucht noch mal, das war nicht gut.

Das heißt, natürlich war es das. Viel mehr als *gut* sogar, du lieber Himmel!

Aber ich meine ja auch nicht diese unglaublich lustvollen Gefühle, die Alex in mir entfacht hat, eines nach dem anderen, wie eine Feuerwerksbatterie mit unzähligen Zündschnüren.

Es war vielmehr die Art, wie er sich in mir bewegt hat, so langsam, bewusst und wertschätzend – den Blick unentwegt auf meine Augen gerichtet, mit leicht geöffnetem Mund und Hunderten winzigen Schweißperlen auf der Stirn. Sie ließen mich erahnen, wie sehr er sich beherrschte, wie groß sein Wunsch war, noch möglichst lange so mit mir vereint zu bleiben, obwohl er schon längst bereit gewesen wäre, sich endgültig fallen zu lassen.

Und genau das war der Punkt.

Denn Alex hat sich nicht einfach genommen, was ich ihm so freimütig angeboten habe. Vielmehr hat er mir gezeigt, wie es mit ihm sein könnte. Wie gut er für mich wäre, wie perfekt wir zueinander passen würden. Nicht nur im Bett. *Verflixter Kerl!*

»Alex«, wimmerte ich irgendwann voller Verzweiflung und vergrub meine Finger dabei hilfesuchend in dem dichten feuchten Haar an seinem Hinterkopf. Doch er ließ sich nicht aus seinem ruhigen, kraftvollen Rhythmus bringen, legte seinen Mund nur an mein rechtes Ohr und sprach mit tiefer, rauer Stimme zu mir, fast wie zu einem ängstlichen Kind.

»Was möchtest du, Maila? Sag es mir, und ich tue es.«

Oh, wenn ich das nur gekonnt hätte! Aber diese Frage war

alles andere als leicht zu beantworten. Was wollte ich von ihm? Weniger? Denn mehr als das, was er mir bereits gab, hätte er mir unmöglich geben können.

Oder war mein Ausruf eher eine Klage gewesen, die ich eigentlich an mich selbst hätte richten müssen? Weil es mein Herz war, das sprach, das sich mit seinem Flehen an meinen hartnäckigen Verstand wandte, endlich nachzugeben. Aufzugeben. Den jahrelangen Widerstand beizulegen.

Wann sonst, wenn nicht für diesen Mann, bei dem ich jetzt schon spürte, dass ich ihn würde lieben können?

Nein, all das hätte sich ganz anders anfühlen sollen, so viel steht fest.

Der Sex mit Alex sollte meinem körperlichen Verlangen lediglich die Spitze nehmen und das Feuer in mir bis auf ein gut erträgliches Glimmen löschen. Damit ich wieder klar denken und mir schleunigst die Gründe ins Gedächtnis zurückrufen konnte, warum es eine verheerende Idee wäre, mich intensiver mit ihm einzulassen.

Aber Alex wusste nicht, dass er mein Bewusstsein klären sollte. Er dachte nicht einmal im Traum daran. Und was tat ich? Ich genoss es lange und in vollen Zügen, wie er mich hielt, mich streichelte und küsste. Wie er sich anfühlte, wenn er sich zugleich in und auf mir bewegte, mich mit seiner Präsenz und Nähe erfüllte, im wahrsten Sinne des Wortes …

Meine Güte, wie er mich ansah! So liebevoll, so bewundernd.

»Maila, ich …«, stöhnte er schließlich, und ich öffnete die Augen, weil ich spürte, dass es kein Zurück mehr für ihn gab. Und weil ich ihn ansehen wollte, wenn er sich endgültig in mir verlor.

»Ja … ja. Ich auch!«, hauchte ich. Und so streichelte er mich binnen Sekunden mit seinem unglaublichen Geschick über die Klippen zur Ekstase. Ich war noch nie bei einem Höhepunkt so laut gewesen wie mit ihm, hatte mich noch nie so vollkommen fallen lassen.

Unmittelbar nach mir war auch Alex an diesen Punkt gelangt, hatte ein paarmal heftig aufgestöhnt, während sein gesamter Körper bebte.

Und hier liegen wir nun, Haut an Haut. Verschwitzt und vollkommen ermattet inhalieren wir den Atem des anderen, spüren, wie unsere Herzen mit ihren wilden Schlägen zu kommunizieren scheinen – und wie sie sich nach einer kleinen Ewigkeit darauf einigen, langsam wieder zur Ruhe zu kommen. Gemeinsam.

Dummerweise reicht die Zeit, die sie dafür brauchen, aus, mich durch all diese trudelnden und höchst alarmierenden Gedanken zu jagen.

Alex muss glauben, dass ich so etwas ständig mache.

Himmel, ich will mir gar nicht ausmalen, was er von mir denkt. Dabei hatte ich zwischen damals und heute genau sieben One-Night-Stands. In fast sechs Jahren. Ihn eingeschlossen!

Das ist doch vertretbar, oder? Schließlich habe ich nie falsche Hoffnungen gesät. Alle sechs Männer vor ihm wollten genau dasselbe von mir wie ich von ihnen. Mit einer klaren Abmachung wurden wir für die Dauer weniger Stunden zu Verschworenen, bevor wir uns spätestens bei Tagesanbruch wieder voneinander trennten.

Keinen von ihnen hatte ich mit in meine Wohnung genommen, so wie Alex jetzt. Und nur einen der Männer hatte ich zufällig noch einmal in der U-Bahn wiedergesehen. Wir hatten uns beim Aussteigen kurz zugezwinkert. Mehr nicht.

Wenn ich mir jetzt hingegen vorstelle, dass ich Alex so bald schon gehen lassen soll, verschließt sich mir die Kehle.

Und meine Arme schlingen sich noch enger um ihn als zuvor.

Verflucht!

Als könne er meine Gedanken lesen, stützt Alex sich auf, küsst meine Wange – und schaut dann auf mich herab. Seine Miene wirkt irritiert und irgendwie ... ängstlich.

»Soll ich, ähm ... Ich meine, möchtest du, dass ich jetzt direkt gehe?«

Es gibt nur eine richtige Antwort auf seine Frage: »Ja, das wäre wohl das Beste.«

Nur, dass die Worte in meiner Kehle stecken bleiben und einfach nicht über meine Lippen kommen wollen.

»Ist die Nacht denn schon vorbei?«, höre ich mich stattdessen flüstern, und zu allem Überfluss lasse ich der Frage auch noch einen sanften Kuss auf seinen Mund folgen.

Alex atmet spürbar erleichtert aus. »Nein, wenn es nach mir geht, ist sie das noch lange nicht.« Seine Lider haben sich unter der zärtlichen Berührung unserer Lippen geschlossen ... und bleiben es auch noch, als ich den Kopf wieder zurück ins Kissen sinken lasse. Allerdings zucken seine Mundwinkel. »Der Tag ist ja noch fern«, sagt er ganz leise.

Ich stutze. Ob seine Wortwahl Zufall ist? Mit einem leisen Lächeln beschließe ich, es zu testen. »Es war die Nachtigall ...«

»Und nicht die Lerche, die eben jetzt dein banges Ohr durchdrang«, ergänzt er prompt.

Nun kann ich ein halb erstauntes, halb amüsiertes Schnauben nicht mehr zurückhalten. »Shakespeare, Alex? Echt jetzt?«

Verschämt vergräbt er sein heißes Gesicht in meiner Halsbeuge. »Entschuldige, das war blöd. Aber lach mich doch nicht aus! Ich bin ... noch nicht wieder zurechnungsfähig. Blutmangel in den oberen Regionen und so.«

Lachend kraule ich seine Kopfhaut, als wolle ich die Durchblutung darunter anregen, und drücke Alex dabei fest an mich, obwohl in meinem Inneren nach wie vor sämtliche Alarmglocken läuten. »Ich fand es eigentlich ganz süß. Ich meine, es gibt bedeutend schlechtere Schriftsteller, die du hättest zitieren können. Und immerhin bist du mit einer Liebesroman-Autorin im Bett gelandet.«

»Verarbeitest du mich jetzt in deinem nächsten Buch?«, brummt er und kitzelt mit seinem Mund dabei meinen Hals, sodass ich kichern muss.

»Durchaus möglich.«

Darauf erwidert er nichts mehr und entspannt sich dann zunehmend in meinen Armen, bis ihm eine ganze Weile später wohl bewusst wird, wie schwer er auf mir liegt. Er richtet sich abrupt auf, und sogleich fehlt mir etwas, fühle ich mich unvollkommen.

Verrückt.

Nachdem ich kurz im Bad verschwunden bin, lege ich mich erneut neben ihn. Sofort rückt er heran, schlingt ein Bein und einen Arm um mich und stützt den Kopf auf seine freie Hand.

Alex sieht sehr gut aus, aber nicht auf die makellose Unterwäschemodel-Art. Viel eher könnte ich ihn mir mit seinen markanten männlichen Gesichtszügen als den romantischen Helden in einem historischen Film vorstellen.

Während ich ihn eingehend anschaue und dabei den immer stärker werdenden Drang unterdrücke, sein Gesicht anzufassen, legt er eine Hand über meine rechte Brust und streichelt sie versonnen.

»Maila … Was bedeutet dein Name eigentlich? Ich finde ihn sehr schön, aber ich habe ihn noch nie zuvor gehört.«

Nun berühre ich seine Wange doch und drehe mich ein wenig auf die Seite. Als seine Hand dabei von meiner Brust abrutscht, ergreife ich sie automatisch und lege sie zurück, was ihm den Ansatz eines Lächelns entlockt.

O nein! Das alles … ist wirklich unsagbar falsch. Und doch kann ich einfach nicht aufhören, das Falsche zu tun und mich heimlich darüber zu freuen, wie wunderbar wir aufeinander reagieren.

Warum ziehe ich nicht endlich die Notbremse?

»Ich habe schon ein paarmal nachgeforscht, konnte aber nichts Genaues zu meinem Namen herausfinden. Auf jeden Fall ist er sehr alt und kommt entweder aus dem Arabischen oder Skandinavischen.«

»Na, das ist ja geografisch nicht gerade eindeutig.«

»Nein, echt nicht. Und ich habe auch sehr unterschiedliche Angaben gefunden, was die Bedeutung des Namens betrifft. Eine lautet ›kleine Schönheit‹, eine andere ›Hoffnung‹, noch eine andere ›Die, die das Wasser liebt‹.«

Ich zucke mit den Schultern, doch Alex' Augen erhellen sich bei der letzten Erläuterung schlagartig.

»Das ist die richtige«, befindet er. »Auch wenn es natürlich ›Die, die das kalte Wasser liebt‹ heißen müsste. Bestimmt ein Fehler in der Überlieferung.« Er befühlt eine meiner feuchten Locken und amüsiert sich über deren Sprungkraft, als er sie zunächst vorsichtig langzieht und dann loslässt.

»Du irrst dich. Eigentlich stehe ich eher auf richtig warmes Wasser«, kläre ich ihn auf, doch er verdreht nur die Augen, bevor er sich erneut mit meinem Namen befasst.

»Maila … Und wofür steht eigentlich das J in deinen Initialen?«

»Für Janet. Angloamerikanisch, Bedeutung: Gott ist gnädig.«

Weil seine Hand wieder über meiner Brust liegt, spielt er mit der bereits aufgerichteten Brustwarze. Als er sie sanft zwirbelt, seufze ich unwillkürlich auf, zucke zusammen, und meine Hüften schieben sich wie ferngesteuert vor, gegen seinen Unterleib.

Mein Blick schießt zu Alex. Er konnte unmöglich ahnen, wie heftig ich auf seine Berührung reagieren würde, ich bin ja selbst überrascht davon. Doch nun verstehe ich die Röte, die ihm in Rekordzeit bis in die Ohrenspitzen schießt, denn Alex ist schon wieder vollständig erregt. Und gerade jetzt wirkt er auf so bezaubernde, herzerweichende Art ertappt, dass ich ihn am liebsten in die Arme schließen und ihm versichern würde, dass es keinen Grund gibt, sich vor mir zu schämen.

Stattdessen lächele ich ihn an und lasse meine Hand zwischen uns hinabgleiten. Ich beginne ihn ganz langsam zu streicheln, schiebe die samtweiche Haut behutsam zurück und wieder vor und genieße es, dabei zu beobachten, wie sich sein Blick zunehmend verschleiert und seine Atmung immer stockender kommt.

»Erzähl mir etwas von dir, das ich noch nicht weiß«, fordere ich irgendwann und frage mich im selben Moment, warum ich das tue.

»Was denn, *jetzt?*«, keucht er mit einem gepressten Lachen. Ich nicke.

Er schluckt schwer. »Okay. Also … O Gott, mach das noch mal! … Hmm … Also, ich … Ich unterrichte.«

Abrupt halte ich inne. »Ehrlich, du bist Lehrer?«

Er schüttelt den Kopf und legt seine große Hand über meine deutlich kleinere, damit ich weitermache. »Nein, ich bin Gitarren- und Klavierlehrer. Ich gebe hauptsächlich Kindern und Teenies private Unterrichtsstunden.«

»Dann bist du also Musiker«, resümiere ich und schaue auf unsere Finger hinab. Seine Musiker- über meiner Schreiberhand. Gemeinsam streichen wir über seine Länge.

»Würdest du mir etwas vorspielen?«, bitte ich leise. Wieder einer dieser Sätze, bei denen ich mich wundere, woher sie kommen. Weil ich meinen Finger über die Kuppe seines Glieds kreisen lasse, gibt Alex ein unterdrücktes Stöhnen von sich und lehnt seine Stirn fest gegen meine. Dann küsst er meine Schläfe, meine Wange. »Auch auf die Gefahr hin, dass ich mich wiederhole, Maila, aber … *jetzt?*«

Ich pruste los und ziehe meine Finger unter seinen hervor, jedoch nur, um mich über ihn zu rollen und mich auf seine Beine zu setzen. Erst als Alex meine Taille umfasst und dabei überrascht zu mir aufschaut, wird mir wieder bewusst, dass ich nackt bin.

Es ist seltsam, aber mir macht meine Blöße vor ihm gar nichts aus. Unter Alex' begehrendem Blick fühle ich mich vielmehr wie die schönste Frau der Welt.

»Hast du etwa bessere Pläne?«, hake ich darum herausfordernd nach, wohl wissend, dass er sich nicht zweimal bitten lassen wird, sie mir zu offenbaren.

»Oh, und ob!«, erwidert er prompt, bugsiert mich von seinen Oberschenkeln, drückt mich auf die Matratze und legt sich über mich, nachdem er extrem kurzen Prozess mit einer weiteren Kondomverpackung gemacht hat.

Die Wuschelhaare fallen ihm tief in die Stirn, seine Kinnmuskeln zucken und der Ausdruck seiner Augen ist so intensiv, dass es sich anfühlt, als würde er damit Strom erzeugen, der mich durchfließt und alles in mir zum Kribbeln bringt.

»Warte!«, rufe ich und stemme beide Hände gegen seinen Bauch, als er mir seine Hüften gerade erneut entgegenschieben will. Irritiert runzelt er die Stirn.

»Versprich mir zuerst, dass du es später noch tust«, fordere ich. »Dass ich nachher für dich spiele, meinst du?« Er lächelt und wirft einen Blick zu der Seite, wo die alte und mit Sicherheit vollkommen verstimmte Gitarre schon seit Jahren ungenutzt neben meinem Kleiderschrank an der Wand lehnt.

»Du hast sie schon entdeckt«, stelle ich verdutzt fest.

»Natürlich«, bestätigt Alex und beugt sich so dicht zu mir herab, dass sich unsere Nasenspitzen berühren. »Ich habe ein Gespür für verborgene Schätze. Und ich verspreche, dass ich später für dich spielen werde. Für den Rest dieser Nacht, wenn du willst. Aber jetzt nimm deine Hände da weg, ja?«

Es ist das erste von drei weiteren Malen, die wir uns in dieser Nacht lieben. Jedes Mal ist es wunderschön und durch und durch erfüllend, nie nur eine reine Befriedigung unserer körperlichen Bedürfnisse.

Ich verliebe mich in diesen Stunden endgültig in Alexander Blake und spüre es genau. Und ich lasse es geschehen – alles –, weil ich vollkommen macht- und hilflos gegen die Kräfte bin, die von ihm auf mich einwirken, seelisch ebenso wie physisch.

Nachdem er zum letzten Mal über mir zusammengesackt ist, halte ich seinen ermatteten Körper besonders lange fest. Nicht nur, weil die Nacht bereits ihre tiefste Dunkelheit verloren hat und der Moment unseres Abschieds bereits in spürbare Nähe rückt, sondern vor allem, weil ich ihn auf keinen Fall sehen lassen will, dass ich weine. Ich glaube, er merkt es trotzdem, doch er fragt nicht nach.

Danach liegen wir einander lange stumm gegenüber und sehen uns an, bis ich die Stille schließlich durchbreche. »Verrätst du mir noch, was du gestern hinter dieser Bühne gemacht hast, Alex?«

Er reißt seine Augen, die gerade im Begriff waren zuzufallen, wieder auf, reibt sich über die Lider und streckt sich ausgiebig, bevor er den Kopf erneut auf seine Hand stützt und mir antwortet.

»Ich schätze, ich habe den Backstage-Flair vermisst.«

»So? Und wie kam das?«

Nun scheint er kurz zu überlegen, wie viel er mir erzählen will. Der Stich, den mir sein Zögern versetzt, geht ungeahnt tief. Denn im Grunde meines Herzens wäre ich so gern die Frau für ihn, der er sich vorbehaltlos anvertraut.

»Ich war früher mal Mitglied einer Band«, sagt er endlich. »In unseren Anfangsjahren hatten wir viele Konzerte auf kleinen Bühnen. Ich trauere dieser Zeit nicht wirklich nach, aber ... na ja, sie war trotzdem richtig toll.«

Ich lächle und spüre dabei, wie mein Sichtfeld immer schmaler und unschärfer wird. Alex beugt sich zu mir vor, küsst mich sanft auf den Mund und streicht mir die Lider mit Daumen und Mittelfinger zu. »Schlaf! Du bist todmüde.«

»Aber ...« *Dann verpasse ich die letzte Zeit mit dir.*

»Kein Aber. Ich muss mich ohnehin langsam auf den Heimweg machen.« *Eben, genau deshalb will ich ja nicht schlafen.*

»Maila?«

»Ja?«

»Bleibt es wirklich nur bei dieser einen Nacht?«

Ich öffne noch einmal die Augen und sehe ihn an. »Alex, ich ...« *Ich habe keine Ahnung, was ich dir sagen soll.* »Alles andere wäre nicht fair«, erkläre ich schließlich im vollen Bewusstsein, wie unzureichend diese Worte sind. Dementsprechend verwundert mich Alex' Reaktion auch nicht.

»Ich muss das nicht verstehen, oder?«, fragt er spürbar frustriert, auch wenn er seine Emotionen zu unterdrücken versucht.

»Merkst du denn nicht, dass das hier ...« – ungeduldig wedelt er mit der Hand –, »dass *wir* etwas Besonderes sind? Oder eher, sein *könnten?*«

»Doch, gerade deshalb wäre es ja so unfair.«

Ich höre, was ich sage, weiß, wie unlogisch das alles für ihn klingen muss, und streichele über seine Wange, wie zur Entschuldigung. Alex liegt vollkommen reglos da. Nur seine Nasenflügel blähen sich immer wieder, und sein Kinn zuckt dann und wann, vermutlich durch den zurückgehaltenen Zorn, der sich in ihm breitmacht.

Natürlich könnte ich ihm an dieser Stelle erklären, was Sache ist. Aber abgesehen von dem Schock, den ich ihm versetzen würde, hätte ich ihm damit auch eine Argumentationsbasis geschaffen. Und ich ahne, dass Alex dann nicht mehr lockerließe, bis ich meinen Widerstand endgültig aufgeben und ihm infolgedessen schrecklich wehtun würde. Also nein! Ich werde die Zähne zusammenbeißen und nicht mehr erklären.

»Du hast recht, du musst das nicht verstehen, Alex. Aber bitte, akzeptier es und … hass mich nicht dafür«, flehe ich leise. »Ich habe von Anfang an mit offenen Karten gespielt, oder etwa nicht?«

Na ja, *offen?* Zumindest verberge ich meine Tränen diesmal nicht vor ihm, als sie mit dem nächsten Wimpernschlag über meine Wangen hinabkullern. Alex' Stirn legt sich in Falten. Dann, endlich, lockert sich seine Haltung wieder. Er atmet stoßartig aus und schließt mich nur einen Augenblick später fest in seine Arme.

»Hast du eine schlechte Erfahrung gemacht? Mit einem Kerl, meine ich?«

Ich schüttele den Kopf an seiner Brust und atme noch einmal seinen wunderbar männlichen Duft ein. »Nein, immer nur gute. Wenn überhaupt, war *ich* die schlechte Erfahrung, die *sie* gemacht haben. Aber bitte, Alex …«

Ich spreche nicht weiter, weil meine Stimme versagt. Er drückt mich an sich und nickt. »Schsch, schon gut. Du hast ja recht, wir hatten eine klare Abmachung. Du hast mir sogar die

Wahl gelassen, und ich habe mich für diese Nacht mit dir entschieden«, sagt er, als wolle er sich selbst die Spielregeln noch einmal verdeutlichen. Nur dass diesem bittersüßen Moment, den wir miteinander teilen, jegliche Leichtigkeit fehlt, die einem Spiel eigentlich anhaften sollte.

Schließlich hebt er mein Kinn an, wischt mir die Tränen von den Wangen und küsst mich noch einmal lange auf den Mund.

»Danke«, haucht er gegen meine Lippen, dreht sich dann um und steht auf. Splitternackt verlässt er mein Schlafzimmer, um seine verstreuten Kleidungsstücke zusammenzusuchen. Als er zurückkommt, trägt er bereits seine Jeans, die ihm lässig auf den Hüftknochen sitzt.

»Darf ich meine Boxershorts hierlassen? Sie ist klitschnass und liegt noch in deiner Dusche.« Ich bejahe und fühle mich trotz seines Schmunzelns schrecklich, verzweifelt und unruhig. So, als müsste ich dringend etwas unternehmen. Doch als ich Anstalten mache, mich aufzusetzen, ist Alex mit nur zwei Schritten bei mir, lässt dabei von seinem Hemd ab, das er gerade zuknöpfen wollte, und drückt mich kopfschüttelnd zurück ins Kissen.

»Bleib liegen!«, bittet er mit einem verlegenen Lächeln. »Ich würde dich so gern friedlich schlafen sehen.«

»Aber wie soll ich denn jetzt einschlafen?«

… wenn du doch gleich gehst?

»Ich helfe dir dabei, okay?«

Damit wendet er sich ab, nimmt meine Gitarre und setzt sich wieder neben mich auf die Bettkante, um sein Versprechen einzulösen.

Er braucht nur etwa drei oder vier Minuten, um das vernachlässigte Instrument zu stimmen. Dabei summt er leise, und seine Singstimme geht mir durch und durch.

Alex berührt mich auf eine Weise, von der ich bis zu dieser Nacht dachte, dass ich dagegen längst immun wäre.

Dann beginnt er zu spielen, nur wenige Töne, und nickt bei dem Klang. Mit dem mildesten, wehmütigsten Lächeln schaut er mich schließlich wieder an.

»Ein letzter Deal?«

Ich nicke, ohne zu wissen, was kommt. »Ich spiele, du schläfst.« Wie zur Besiegelung schlägt er den nächsten Akkord an, und ich schließe meine Augen.

Alex spielt eine Art Medley aus diversen Songs, die er so geschickt miteinander verknüpft, dass nie ein Bruch entsteht. Ich erkenne *Greensleaves*, *Yesterday*, *Bridge Over Troubled Water* und einige Melodien, deren Titel ich jedoch nicht nennen könnte, während ich immer tiefer in die Matratze sinke, bis sie sich unter mir aufzulösen scheint und ich schwebe. Sämtliche Spannung weicht aus meinen Muskeln, und Alex' Gitarrenklänge rücken in weite Ferne.

Es kann Stunden, Minuten oder auch nur Sekunden später sein, als ich noch einmal auftauche und ihn mit schwerer Zunge frage, was das für eine Melodie ist, die er gerade spielt.

Als er nicht antwortet, sein Spiel jedoch abrupt unterbricht, öffne ich mühevoll die Augen, nur für einen Moment. Dennoch entgeht mir seine verdutzte Miene nicht.

»Ich habe keine Ahnung«, sagt er leise, und es hört sich an, als würde er es mehr zu sich selbst sagen als zu mir.

Danach höre ich seine Stimme nur noch ein einziges Mal, wie durch Watte – oder Wolken. Die Gitarre ist verstummt, und Alex' warmer Atem ganz nah. Auf meinen Lippen prickelt sein zarter Abschiedskuss.

»Ich werde dich nie vergessen, Maila Janet August. Niemals!«, flüstert er – und ich lächele, weil dieser Traum der mit Abstand schönste ist, den ich seit langer Zeit geträumt habe.

Wie der Vater ...

Vincent

Hand in Hand rennt mein Sohn mit diesem hübschen Mädchen namens Maila durch die Nacht. Der Grund für die Eile der beiden lässt mich in Gedanken schmunzeln. Ich erinnere mich noch gut daran, wie es sich anfühlte, so verrückt nach jemandem zu sein, dass es manchmal schwer wurde, noch ein diskretes Plätzchen zu finden, bevor die Leidenschaft vollends Besitz von einem ergriff.

Es hatte eine Zeit in meinem Leben gegeben, in der Vivian und ich kaum die Finger voneinander lassen konnten.

Alex und Maila scheint es nun ganz ähnlich zu gehen. Noch während die junge Frau die Tür zu ihrer Wohnung aufschließt, streicheln und küssen sie sich leidenschaftlich, strauchen dann gemeinsam über die Schwelle und ...

Tja, und dann legt sich der Schalter um.

Wie immer, wenn ich Gefahr laufe, mit meiner Anwesenheit die Grenzen zu Alex' Privatsphäre zu überschreiten, erfasst mich urplötzlich dieser seltsame Sog und befördert mich irgendwohin, außerhalb der Szenerie, in eine raum- und zeitlose Umgebung, in der es nur noch mein körperloses Ich, meine Gedanken und Erinnerungen gibt.

Anfangs, wenn das geschah – bei jedem Toilettengang oder sonstigen Momenten, die Alex für sich allein benötigte –, war ich irritiert. Jetzt gerade bin ich nur erleichtert. Denn meinem Sohn unbemerkt beim Geschlechtsverkehr mit einer fremden jungen Frau zuzuschauen – das wäre aus verschiedenen Gründen so falsch, dass ich keinen einzigen weiteren Gedanken daran verschwenden will.

Alex selbst hatte Vivian und mich hingegen wirklich einmal beim Sex beobachtet, als er noch klein war. Heute kann ich belustigt daran zurückdenken, damals wäre ich vor Scham am liebsten in Grund und Boden versunken. Wie es ihm gelungen war, sich an jenem frühen Morgen so unbemerkt aus seinem Bett und in unser Schlafzimmer zu stehlen, kann ich mir bis jetzt nicht erklären. Dennoch stand er plötzlich da, wie aus dem Nichts am Fußende unseres Bettes, und entlockte seiner Mutter damit zuerst einen schrillen Schrei und dann eine tiefe Röte, wie ich sie bei Vivian nur selten gesehen habe.

Sie zog sich die Bettdecke um den nackten Körper und flüsterte immer wieder »O Gott, nein! Nein!«, während ich mich kurz sammelte und Alex dann ruhig bat, wieder in sein Zimmer zu gehen und dort zu warten, ich käme gleich zu ihm.

Ich sehe noch genau vor mir, wie er da stand, mit seinen vom Schlaf zerdrückten rotblonden Locken, den riesigen blauen Augen und dem niedlichen pausbäckigen Gesicht. Gerade einmal dreieinhalb Jahre alt war er damals – nur wenig älter als seine Tochter heute – und hielt seinen Stoffaffen fest in den pummeligen Armen. So unschuldig.

Und jetzt?

Eine Weile lächle ich noch mit dieser Mischung aus Belustigung und väterlichem Stolz in mich hinein, bis mich ein ganz anderer Gedanke streift.

Es war immer gut, dass Alex Vivian so sehr ähnelte. Nicht unbedingt meinetwegen, sondern vor allem, weil das öffentliche Gerede Vivian schwer zugesetzt hätte. Und die Leute reden nun einmal eher, wenn ein Kind keinem seiner Elternteile gleicht.

Insofern war die Ähnlichkeit zwischen Mutter und Sohn in unserem speziellen Fall nicht nur faszinierend, sondern ein regelrechter Segen.

Auch ich sah stets nur Vivians Miniaturgesicht vor mir, wann immer ich Alex betrachtete – und nicht etwa das des Idioten, der die Liebe meines Lebens so kopflos geschwängert hatte.

Natürlich wusste ich während Vivians Schwangerschaft noch nicht, dass ihr das Baby später so ähneln würde. Dennoch hatte ich immer gespürt, dass ich es würde lieben und akzeptieren können, sollten das die Bedingungen des Schicksals sein, damit sich Vivian mir auf neue Weise öffnete.

Aber zunächst hatte sie mein Angebot ja abgelehnt. Und das, obwohl – oder nein, anfangs vermutlich gerade weil *– ich ihr selbst meine wahren Gefühle offenbart hatte.*

Es war der Morgen des 24. Februar 1987. Das weiß ich auch heute noch mit Gewissheit, weil es der Tag vor meinem 25. Geburtstag war. Außerdem folgte jener Morgen auf den Tag, an dem Vivian ihren Eltern die Schwangerschaft gestanden hatte ... und ich ihr meine Liebe.

Es war der Morgen, nachdem sie mir verdeutlicht hatte, dass es für uns keine gemeinsame Zukunft als Eltern ihres Kindes geben würde. Und der Tag, an dem ich hoffnungslos versucht hatte, ihre Zurückweisung zu verarbeiten und mich von den Visionen zu verabschieden, die sich in den Wochen zuvor bereits in mir gefestigt hatten.

An jenem Morgen jedenfalls fuhr plötzlich Vivians Vater vor dem Wohnheim der Mädchen vor.

Ich hätte ihn wohl verpasst, wäre Jane nicht losgerannt, um mich zu suchen und mir, außer Atem und nach Luft ringend, von Mr Dorsens Ankunft zu erzählen.

Vivians Dad war ein äußerst strenger Mann mit strikten Moralvorstellungen und Prinzipien. Er führte seine Tochter regelrecht ab und ließ sie dabei wie ein ungehorsames Kind aussehen, dem eine ordentliche Tracht Prügel bevorstand.

Mit hängendem Kopf und kreidebleichem Gesicht verließ Vivian das Wohnheim hinter ihrem Vater, der ihre Koffer ohne erkennbare Unruhe in seinen Wagen verfrachtete. Nur ich, der ich ihn schon seit meiner Kindheit kannte, sah, wie angespannt er innerlich war.

»Guten Morgen, Mr Dorsen!«, rief ich im Heranlaufen, ohne

die leiseste Ahnung, was ich dem Gruß folgen lassen sollte. »Was ...«, keuchte ich darum nur und deutete auf den noch offen stehenden Kofferraum. Vivian stand unmittelbar hinter ihrem Dad und zuckte zusammen, als er die Klappe zuschlug. Aus verquollenen, rot geränderten Augen sah sie mich über seine breiten Schultern hinweg an. Ihr Blick ging mir durch und durch, während mich ihr Vater mit seiner vertrauten und doch so distanzierten Miene beäugte.

»Vincent. Ich ... nehme an, du weißt Bescheid, Junge?«, erkundigte er sich so leise wie möglich, denn in nicht allzu weiter Entfernung stand eine Gruppe neugieriger Studentinnen, die immer wieder verstohlen zu uns herüberspähten.

Ich nickte.

Und plötzlich tat Mr Dorsen etwas, das er in den knapp siebzehn Jahren unserer Bekanntschaft noch kein einziges Mal gemacht hatte: Er legte seine Hand auf meine Schulter und tätschelte sie.

»Mach dir keine Sorgen, ich kümmere mich um alles«, versicherte er mir. »Aber du kannst mir einen Gefallen tun und allen, die nach Vivian fragen, sagen, dass wir einen Todesfall in der engsten Familie haben. In Ordnung?«

Jane, die mit mir zurückgelaufen war, japste leise auf. Auch ich wusste genau, was Mr Dorsen mit seiner Forderung, die auch Jane galt, bezweckte.

Eine Abtreibung war zu diesem frühen Zeitpunkt der Schwangerschaft, in dem sich Vivian befand, kein allzu großer Eingriff. Ein paar Tage, mehr würde sie nicht benötigen, um sich davon zu erholen – zumindest körperlich. Ich hatte nicht den geringsten Zweifel, dass ihr Vater sie unmittelbar nach dieser kleinen Auszeit wieder bei der Uni abliefern und ihre Koffer ausladen würde, als sei nichts geschehen.

Mein Blick schoss zu Vivian, deren Lippen sich unter den Worten ihres Dads zu einer dünnen geraden Linie zusammengepresst hatten.

Noch mochte sie still sein, aber ich erkannte bereits den bro-

delnden Widerstand in ihr – und vor allem, wie viel Mühe es sie kostete, ihn in diesem Moment noch in Schach zu halten. Ich wusste genau, dass sie so schnell wie möglich in dieses Auto steigen und mit ihrem Vater allein sein wollte, um ungehindert auf ihn einwirken zu können.

Also willigte ich Mr Dorsen gegenüber ein, schüttelte seine Hand, von der ich nicht wusste, ob er sie mir zur Besiegelung des kleinen Pakts oder doch nur zum Abschied hinhielt, und trat dann zur Seite.

Vivian und ich umarmten uns nicht. Wir sagten uns nicht einmal Lebwohl.

Um ehrlich zu sein, ging ich zu diesem Zeitpunkt auch fest davon aus, dass sie sich früher oder später dem Willen ihres Vaters würde beugen müssen – was bedeutet hätte, dass unser Abschied nur von kurzer Dauer gewesen wäre.

In diesem Moment spielte ich sogar mit dem Gedanken, dass Mr Dorsens Plan der richtige sein könnte.

Aber als Vivian die Beifahrertür öffnete, sie sich an mir vorbei auf den Sitz schob und das Fenster hinabkurbelte, sobald ich die Tür hinter ihr zugeworfen hatte – und als sie mich bei alldem so unentwegt ansah ... ja, da erfasste mich dennoch eine eisige Vorahnung, die sich auch bewahrheiten sollte.

Der Wagen fuhr an, die feinen Kiesel spritzten unter den Reifen auf wie Gischt unter dem Bug eines Schiffes, und Vivian lehnte sich aus dem Fenster, den Blick nach wie vor fest auf mich gerichtet.

Janes Anwesenheit bemerkte ich erst wieder, als sie ihre zierliche Hand von hinten auf meine Schulter legte. Im selben Moment verschwand Mr Dorsens Auto hinter einem der beiden wuchtigen Steinsockel, die das Einfahrtsportal des Campus bildeten.

Ich verharrte noch kurz, dann wandte ich mich zu Jane um und sah sie – ausgerechnet sie, ich Idiot! – hilfesuchend an. Man hatte einen Teil von mir gewaltsam abgetrennt und mir endgültig entrissen. So fühlte es sich an.

Und richtig, Vivian kam nicht mehr zurück.

Ihr Weggang von Princeton änderte alles zwischen uns.

Natürlich besuchte ich meine Eltern in den Folgemonaten einige Male und sah auch Vivian dabei wieder. Aber unser Verhältnis hatte sich gewandelt. Alles, was früher so leicht und natürlich gewesen war, glich nun einem dauerhaften Krampf, war aufgesetzt und gekünstelt. Verständlich, fürchteten wir doch beide den Ausgang einer weiteren Aussprache und tänzelten deshalb auf Zehenspitzen umeinander herum – sorgsam darauf bedacht, nur ja nicht wieder verbotenes Terrain zu betreten.

Meine nach wie vor starken Gefühle für sie wirkten wie ein Keil zwischen uns, den es zuvor nie gegeben hatte und den ich innerlich verfluchte.

Zumindest hatte Vivian mir in einem Versuch, die alte Vertrautheit zwischen uns wiederherzustellen, von ihren Plänen erzählt, das Kind nach der Geburt zur Adoption freizugeben und ihr Studium dann wiederaufzunehmen.

»Es wäre im Prinzip nur ein Semester, das ich dann aufholen müsste, höchstens zwei.«

Ich hatte zwar genickt, ihr aber nicht geglaubt – und das hatte zweierlei Gründe: Zum einen war mir auch damals, im letzten Drittel ihrer Schwangerschaft, schon bewusst, dass Vivian nur mit diesem Gedanken spielte, weil sie die Abhängigkeit von ihren Eltern nicht länger ertragen konnte – schon gar nicht, nachdem sie ihre neu gewonnenen Freiheiten in Princeton so voll und ganz ausgekostet hatte. Die Rückkehr in ihr strenges Elternhaus musste sich nach dieser zwanglosen Zeit wie eine Gefangenschaft für sie anfühlen.

Zum anderen hatte es einen Moment am zweiten Abend meines Kurzurlaubs gegeben, als wir auf einer Parkbank gesessen und mal wieder die Enten gefüttert hatten, wie wir es früher als Kinder schon getan hatten. Mit einem Mal gähnte Vivian neben mir, streckte ihren Rücken durch, und als sie sich daraufhin zurücklehnte, streichelte sie gedankenverloren über ihren inzwischen schon recht rundlichen Bauch.

»Darf ich auch mal fühlen?«, hörte ich mich fragen, fasziniert von diesem Anblick. Vivian wirkte für einen Moment erstaunt, doch dann ergriff sie meine Hand und führte sie an die Seite ihres Bauches.

»Hier sind seine Füße.«

»Seine?«

»Es wird ein Junge, die letzten Ultraschallbilder waren da sehr eindeutig.« Sie lächelte. Ich auch. Und im selben Moment klopfte etwas gegen meine Handinnenfläche.

»Da!«, stießen wir beide wie aus einem Mund aus und grinsten uns dann breit an. Es war der erste wirklich unbeschwerte Moment seit einer gefühlten Ewigkeit.

Plötzlich leuchteten alle mühevoll bezwungenen und unter neuen Plänen verschütteten Visionen wieder auf. Für einen winzigen Augenblick war sie wieder präsent, diese Möglichkeit von uns als Paar, als Eltern, vielleicht sogar irgendwann einmal als Liebende.

Das blendende Funkeln eines Diamanten, der unter einem Berg Kohlen liegt.

Und in jenem Moment, als sich mein glückliches Lachen in Vivians Pupillen widerspiegelte und ihres in den meinen, wusste ich mit Gewissheit, dass sie dieses Kind niemals fortgeben würde.

Alex wurde drei Tage vor dem errechneten Termin in unserer Heimatstadt Yellow Springs in Ohio geboren. Er erblickte das Licht der Welt in demselben Krankenhaus, in dem auch ich ein Vierteljahrhundert zuvor entbunden worden war.

Plötzlich war aus dem kleinen, für mich stets etwas abstrakten Wesen in Vivians Bauch tatsächlich ein echtes Baby geworden. Winzig zwar, aber kerngesund, trug der Knirps meinen ersten als seinen zweiten Vornamen und direkt dahinter Vivians Familiennamen.

Alexander Vincent Dorsen, geb. am 25. September 1987, um 5:27 Uhr morgens. 6,5 Pfund, 19,5 Inches ...

Ich sehe seine Geburtsanzeige noch vor mir, die Jane und mich in Princeton erreichte, nur zwei Tage nach dem Anruf meiner Mom, die mich über Alex' Geburt in Kenntnis gesetzt hatte.

Eigentlich war es lediglich eine simple Postkarte mit einem kitschigen Babymotiv. Aber Vivian hatte zusätzlich zu den üblichen nüchternen Daten noch zwei Polaroids beigefügt. Eines zeigte nur das Baby – klein, runzelig und mit rot geschwollenem Gesicht. Die Aufnahme musste unmittelbar nach Alex' Geburt entstanden sein, denn er war nur in ein Handtuch gewickelt.

Auf dem anderen Foto schlief er friedlich und schon deutlich weniger zerknautscht in Vivians Armen. Ich betrachtete das Bild eingehend aus nächster Nähe. Es war seltsam, Vivian so zu sehen – als Mutter, ganz real. Sie sah erschöpft aus, aber auch irgendwie ... ja, selig. Ich wüsste nicht, wie ich den entrückten Gesichtsausdruck anders beschreiben sollte, mit dem sie das winzige Bündel Mensch in ihren Armen betrachtete.

Der Anblick löste ein bittersüßes Gefühl in mir aus, und schon nach wenigen Sekunden begann mein Herz zu stechen. Ob nun vor Sehnsucht, Rührung oder vor Traurigkeit, vermochte ich nicht zu sagen. Aber die Tatsache, dass Mutter und Kind zu diesem Zeitpunkt gemeinsam in einem Krankenhausbett in Yellow Springs lagen, während ich mehrere Hundert Meilen entfernt dastand und minutenlang auf ihr Foto starrte, war die Quintessenz unserer damaligen, völlig verfahrenen Situation.

Als sich meine Gedanken an dieser Stelle von den alten Erinnerungen lösen und zurück in die Gegenwart driften, in der Alex gerade jetzt wieder zusammen mit einer Frau im Bett liegt und ich erneut außen vor stehe und ungeduldig warte, wie sich die Dinge weiter entwickeln, würde ich ob dieser skurrilen Parallelen am liebsten laut auflachen. Was sich ohne Körper und Stimme jedoch recht schwierig gestaltet.

Also denke ich nur amüsiert und zugleich auch ein wenig besorgt an meinen Sohn, der sich offenbar vorgaukelt, er könne diese Maila als einmaliges sexuelles Abenteuer abtun. Ich hingegen bin überzeugt davon, im Laufe des vergangenen Abends eindeutige Schwingungen empfangen zu haben.

O Alex! Der Himmel stehe dir bei, wenn du dich wirklich so Hals über Kopf in diese junge Frau verliebt haben solltest, wie ich es befürchte. Sie hat dir offen gesagt, dass sie keine Beziehung eingehen möchte, also mach dir lieber keine falschen Hoffnungen. Denn glaub mir, nichts ist schlimmer für das männliche Selbstwertgefühl als die Zurückweisung der Frau, für die dein Herz schlägt. Ich weiß das aus eigener qualvoller Erfahrung.

»Und würdest du rückblickend anders entscheiden als damals mit Mom?«, höre ich Alex in meiner Vorstellung fragen.

»Nein, mein Junge. Was deine Mutter und dich angeht, gibt es nichts, was ich anders machen würde.«

Nur im Bezug auf Jane würde ich vollkommen anders handeln, könnte ich die Zeit noch einmal zurückdrehen.

Doch bevor ich mich Jane gedanklich länger widmen kann, erfasst mich wieder dieser starke, inzwischen schon vertraute Sog ... und katapultiert mich direkt über Alex' Kopf.

Er sitzt in Jeans und mit offenem Hemd auf der Bettkante, direkt neben der schlafenden Maila, und spielt leise Gitarre, während er sie eingehend betrachtet. Die junge Frau ist nackt. Das sehe ich zwar nicht, weil sie bis über die Schultern zugedeckt ist, aber ich weiß es dennoch. Ebenso wie ich weiß, dass Alex und sie sich die ganze Nacht über geliebt haben, dass es inzwischen Morgen ist und Alex unmittelbar davor steht, ihre Wohnung zu verlassen, obwohl er sich alles andere als bereit dazu fühlt.

All diese Dinge weiß ich intuitiv.

Nur wozu dieses ganze Wissen dient, kann ich mir nach wie vor nicht erklären. Schließlich gibt es nichts, aber auch gar nichts, was ich in meiner jetzigen Verfassung noch für meinen Sohn tun kann.

Alex weiß ja nicht einmal, dass ich noch immer bei ihm bin.

14

Alex

Da ich in der Nacht keine Mühe darauf verwendet hatte, mir den Weg einzuprägen, den Maila und ich von der U-Bahn-Station zu ihrer Wohnung gerannt waren, gehe ich jetzt, nachdem ich schweren Herzens ihre Wohnungstür hinter mir zugezogen habe, nur bis zur nächsten Straßenkreuzung und bestelle mir dort ein Taxi.

Es ist noch früh am Morgen, zu früh für einen Samstag, an dem die meisten Menschen dieser Kleinstadt ausschlafen können. Dementsprechend leer sind die Straßen und Gehwege, und das Warten wird zu einer Ewigkeit, obwohl ich bestimmt höchstens zehn Minuten an der Straßenlaterne lehne und Löcher in die eisig klare Luft starre.

Alles, was dann folgt, erlebe ich wie durch einen milchigen Schleier. Die Taxifahrt zurück zur Sprachschule, auf deren Parkplatz der Mercedes einsam und verlassen steht und nur darauf zu warten scheint, dass ich ihn von seiner dicken Pulverschneeschicht befreie. Was ich auch tue. Irgendwie.

Dann fahre ich los – und biege plötzlich schon in die Straße ein, an deren Ende sich Cassies und meine Wohnung befindet, ohne Erinnerung an die gut einstündige Fahrt, die hinter mir liegt, und ohne dass ich sagen könnte, worüber ich währenddessen nachgedacht habe.

Nur ein einziges Bild steht klar und deutlich vor meinem geistigen Auge: von Maila, wie sie im Schlaf lächelte, als ich sie zum Abschied küsste und ihr versprach, sie niemals zu vergessen.

Während ich die Treppe in den dritten Stock hochsteige, werfe ich einen Blick auf mein Smartphone. Es ist 7:41 Uhr. In der Wohnung ist es noch vollkommen still. Obwohl ich die ganze Nacht über kein Auge zugetan und mich körperlich verausgabt habe, führt mich mein Weg nicht ins Schlafzimmer, sondern geradewegs zu Leni.

Blass und kraftlos fällt das erste Morgenlicht durch die Vorhänge ihres Kinderzimmers. Ich bemühe mich, so leise wie möglich zu ihrem Bettchen zu gehen, und setze mich in den Sessel daneben, wie sonst abends, wenn ich ihr vorlese.

Leni hat sich wie immer auf der Seite liegend zusammengerollt und schnurrt bei jedem Atemzug. Es ist kein Schnarchen, nur dieses kleine wohlige Geräusch, mit dem sie mir versichert, dass es ihr gut geht.

Ihre Locken liegen wie lange Kupferspäne um den kleinen Kopf verteilt, und die Kuppe ihres rechten Daumens ruht zwischen ihren entspannt geöffneten Lippen.

Es ist verrückt, dass die letzte Nacht für meine Tochter absolut keinen Unterschied zu anderen Nächten dargestellt hat, abgesehen von der Tatsache, dass Cassie ihr gestern Abend einen Gutenachtkuss gegeben hat anstatt wie sonst ich.

Mein Leben hingegen wurde durch die vergangenen Stunden mit Maila komplett auf den Kopf gestellt.

Wie kann sich ein Herz innerhalb einer einzigen Nacht so extrem weiten, dass ein neuer Mensch problemlos darin Platz findet? Wie zum Teufel kann man sich nur so schnell so intensiv verlieben?

Und warum hat Maila bis zum Schluss darauf bestanden, dass es bei dieser einen Nacht zwischen uns bleiben muss, wenn ich mir doch sicher bin, dass auch ich sie nicht kaltgelassen habe?

Das alles ... erschließt sich mir einfach nicht.

Mit einem Mal werde ich aus meiner Grübelei gerissen, weil das gedämpfte Knarzen von Cassies metallenem Bettgestell ertönt. Von meinem Schlafzimmer aus, das zwischen Lenis Zimmer und dem meiner Schwester liegt, höre ich das Geräusch normalerweise deutlich lauter, aber auch so ist es eindeutig: Cassie ist erwacht und steht auf.

Als sie auf den Korridor hinaustritt und in Richtung Badezimmer schlurft, bemerkt sie die offen stehende Tür zu Lenis Kinderzimmer und lugt herein.

»Morgen«, grüßt sie leise, unmittelbar bevor sich ihre Stirn in Falten legt und ihr Blick an mir hinabgleitet. Sie bemerkt, dass ich keinen Pyjama trage.

»Morgen, Monster. Bin gerade erst nach Hause gekommen«, erkläre ich leise. Sie nickt erstaunt. »Also dann ... hast du dich auf der LitNight amüsiert?«

In ihrer Funktion als Literaturexpertin des Radiosenders kennt Cassie das jährlich stattfindende Lesefestival natürlich. Als ich ihrem Blick und ihrer Frage ausweiche, kommt sie einen weiteren Schritt auf mich zu und mustert mich noch eingehender.

»Oh, Moment. Warte mal!«, sagt sie nach wenigen Sekunden. Argwöhnisch betrachte ich sie, während sie sich mit angehobener Nase zu mir herabbeugt und mich ... ja, *beschnuppert*.

»Vergiss die LitNight, deshalb warst du nicht so lange unterwegs«, stellt sie fest, »vielmehr ... hattest du Sex.«

»Was?«, entfährt es mir voller Entsetzen.

»Sex«, murmelt Leni im Erwachen und setzt sich nur einen Moment später sprungfederartig in ihrem Bettchen auf. Ich drehe mich zu meiner Zweijährigen um, sehe sie erschrocken an und wende mich dann wieder zu Cassie, die mit vor der Brust verschränkten Armen und überlegenem Blick dasteht.

»Ssssex, Daddy!«, wiederholt Leni nachdrücklich, offenbar begeistert von dem zischenden Klang des ihr fremden Wortes, und krabbelt dabei auf meinen Schoß. Mit einer Miene, die vermutlich unschuldig wirken soll, jedoch alles andere als das ist, hält Cassie sich die Hand vor den Mund. »Ups!«

Und so hat mich mein gewohnt chaotischer Alltag inmitten meiner beiden Mädels binnen Sekunden wieder. Bin ich denn eigentlich verrückt, mir auch noch Maila in mein Leben zu wünschen?

»Komm schon, ich bin deine Schwester. Du erzählst mir doch sonst immer alles«, jammert Cassie dicht an meinem Ohr, während ich Eier, Butter und Speck aus dem Kühlschrank hole, um uns Frühstück zu machen.

»Mag sein. Und wenn es etwas zu erzählen gäbe, würde ich das auch sicher tun«, winde ich mich heraus, was ihr jedoch nur ein genervtes Augenverdrehen entlockt. »Bullshit! Du siehst aus und riechst, als hättest du die ganze Nacht …«

»Hey!« Mit mahnender Miene nicke ich in Richtung Leni, die in ihrem rosaroten Einteiler auf der Couch sitzt, sich eine Folge ihrer Lieblingssendung anschaut und dabei genüsslich ihren Kakao trinkt, so wie es am Samstagsmorgen bei uns Tradition ist.

»Früher oder später hätte sie das Wort ohnehin aufgeschnappt«, verteidigt sich Cassie trotzig.

»Ja, nur dass mir *später* deutlich lieber gewesen wäre. Ich frage mich sowieso, wie sie das immer hinkriegt«, grübele ich laut.

»Es gibt unzählige Worte, die sie noch nicht kennt. Wenn ich ›Leistenbruch‹ sage, interessiert sie das allerdings ebenso wenig wie ›Steuererklärung‹. Aber wehe, mir rutscht beim Autofahren ein ›Penner‹ raus, wenn mir irgend so ein Vollpfosten die Vorfahrt nimmt. Ernsthaft, wie macht sie das? Gibt es einen ›Wörter, mit denen ich Daddy aus der Fassung bringen kann‹-Filter in ihrem Kopf?«

Cassie lacht kurz, doch dann wird ihr Blick wieder ernst. »Jetzt sag endlich!«, fordert sie und boxt mir in die Seite. Ich atme resigniert aus, wohl wissend, dass sie keine Ruhe geben wird, bis ich es ihr erzähle.

»Sagt dir die Autorin M. J. August etwas?«

Schlagartig weiten sich die hellbraunen Augen meiner Schwester, die denen unseres Vaters so sehr ähneln. »Nein!«, stößt sie aus und irritiert mich damit für einen Moment, bis sie schnell den Kopf schüttelt. »Das heißt, *doch*, natürlich kenne ich sie. M.J. war vor wenigen Monaten das letzte Mal zu einem Interview bei mir im Sender, als ihr neuester Roman gerade erschienen war. Ähm, wie hieß der doch gleich? Glücks- ... Glücks-Irgendwas.«

»*Glücksgürtel*.«

»Ja, genau. Diese seltsamen Titel sind eine coole Idee. In jedem Band führt ein anderes Kleidungsstück zu einer unerwarteten Wendung in der Handlung. In den *Schicksalsschuhen* lernt Tonia einen italienischen Schuhverkäufer kennen, der ihr eine ganz neue Sichtweise auf viele Dinge vermittelt. Der Kauf des ›Karmakleids‹ führt sie auf eine Indienreise, den ›Glücksgürtel‹ ... Aber was rede ich denn? Erzähl du lieber weiter! War M.J. dieses Mal bei der LitNight? Letztes Jahr war sie auch dort angekündigt, dann aber verhindert, sodass unser Termin mit ihr platzte.«

Mir schwirrt der Kopf. »Du kennst sie also wirklich?«, frage ich leise und lasse mich dabei auf einen der Küchenstühle plumpsen.

Cassie nickt eifrig. »Ja, schon seit etwa drei oder vier Jahren. Damals hatte ihr Debütroman, den sie im Selfpublishing herausgebracht hatte, alle Charts gestürmt. Ein Verlag war auf das Buch aufmerksam geworden, hatte es aufgekauft und M.J. direkt für etliche Folgeromane unter Vertrag genommen. Es war *die* Erfolgsgeschichte!« Beim Anblick meiner ahnungslosen Miene verengen sich Cassies Augen, und sie verzieht missbilligend den Mund. »Das war damals in allen Medien, Alex. Die ehemalige Kindergärtnerin, die durch ihr selbst vermarktetes Buch quasi über Nacht zur Millionärin geworden war.«

»Millio–« Ich schüttele den Kopf. »Nein, das ... Das kann nicht sein, Cassie. Die Frau, bei der ich war, lebt in einer winzigen Erdgeschosswohnung eines Mehrfamilienhauses und ist mit der U-Bahn zur LitNight gekommen.«

Zu spät wird mir bewusst, wie viel ich mit diesem Satz preisgegeben habe. Aber was macht das schon? Ein Ausdruck freudiger Aufregung huscht über Cassies Gesicht, ehe sie sich schnell zusammenreißt und auf dem Stuhl neben mir Platz nimmt. »Das ist M.J. August, Alex. Sie ist bekannt dafür, dass sie trotz ihres Erfolgs bodenständig geblieben ist. Auch wenn sie heute nicht mehr ganz so erfolgreich ist wie zu Beginn ihrer Karriere. Viele Leserinnen nehmen es ihr übel, dass ihre Bücher immer mit Cliffhangern enden, ohne richtiges Happy End, und dass ihre Protagonistin sich nie vollends auf die Liebe einlässt.«

»Noch Kakao!«, fordert Leni lautstark.

»*Bitte*, heißt das!«, rufen Cassie und ich wie aus einem Mund zurück, was Leni geflissentlich ignoriert. Meine Schwester legt eine Hand auf meinen Oberschenkel und drückt sanft zu. »Erzähl mir bloß keine Details, Bruderherz, aber ... war es nur Sex? Denn ich soll verdammt sein, wenn du nicht diesen seltsam vernebelten Gesichtsausdruck hast, den ich schon seit Ewigkeiten nicht mehr bei dir gesehen habe.«

Ich schlucke hart und weiche ihrem durchdringenden Blick dann erneut aus, indem ich mich in meinem Stuhl nach hinten lehne und beide Unterarme vor die Augen hebe. Sofort taucht Mailas süßes Gesicht wieder auf: wie sie um den Vorhang herumlugte ... wie sie lachte, als ich *Woody Woodpecker* nachahmte ... wie sich ihr Mund öffnete und sich ihr Gesicht verzog, als ich sie zum Höhepunkt brachte ... wie sie mich danach ansah, mit diesem milden, ruhigen Ausdruck in ihren schönen grünen Augen ... wie sie schlief und dabei lächelte.

»Gott, Alex!«, wispert Cassie, als hätte ich sie an all diesen Bildern teilhaben lassen.

»Scheiße, Cass, ich ... Ich glaube, ich war noch nie zuvor so in eine Frau verliebt. Ernsthaft. Diese Nacht mit Maila ... Ach Mist, da verliebe ich mich seit meiner Teeniezeit zum ersten Mal wieder so richtig und ...«, stammele ich.

»Und?«, hakt Cassie ungeduldig nach.

»Und dann ist es von vornherein zum Scheitern verurteilt.«
»Warum das denn?«

Ich fülle noch einmal Kakao in Lenis Becher, bevor ich Cassie die gesamte Misere erzähle, in die ich mich hineinmanövriert habe. Entgegen meinen Hoffnungen scheint sie am Ende meiner Ausführungen auch nicht recht zu wissen, was sie mir raten soll.

»Es war ein One-Night-Stand, nicht mehr und nicht weniger. Zumindest will Maila nicht mehr daraus machen. Also ... muss ich sie wohl oder übel vergessen«, fasse ich schließlich leise zusammen und hoffe, dass Cassie widerspricht.

Was sie nicht tut.

»Kaffee?«, fragt sie nur. Ich schüttele den Kopf. »Ehrlich gesagt habe ich weder Hunger noch Durst. Ich fühle mich nur ... komplett ausgelaugt. Und so müde.«

»Dann schlaf, ich mache das hier schon. Ned wacht bestimmt auch gleich auf, bis dahin solltest du besser verschwunden sein, wenn du nicht auch noch von ihm ausgequetscht werden willst.«

»Ist es denn wirklich so offensichtlich?«

Cassie schnaubt nur kurz und lächelt mich dann schief an. »Geh schlafen, Alex, na los! In ein paar Stunden kommen deine ersten Schüler, und bis dahin solltest du nicht mehr ganz so nach liebeskrankem Zombie aussehen.«

15

Die Gelegenheit, mich für Cassies Babysitter-Dienste zu revanchieren, hat nicht lange auf sich warten lassen. Heute Abend führt Ned meine Schwester zur Feier ihres zweimonatigen Zusammenseins als Überraschung zum Essen aus, weshalb ich mich unter einem Vorwand aus unserer Wohnung gestohlen habe und mit Leni zu Jane gefahren bin. Dort soll ich die zweieinhalb Stunden überbrücken, in der sie normalerweise von Ned betreut wird.

Nun sitzen wir schon eine Weile hier, ich in dem dunkelroten Ohrensessel neben Janes Rollstuhl, während Leni auf dem edlen Parkettboden kniet und leise vor sich hin brabbelt. Sie inspiziert jedes einzelne Püppchen, Plüschtier und jeden Bauklotz aus der Spielkiste, die ich mitgenommen habe, bevor sie den einzelnen Gegenständen schließlich Plätze in der Szenerie zuweist, an der sie eifrig baut.

Wenn Leni sich so mit sich selbst beschäftigt – was sie, ähnlich wie ich früher, oft und ausgiebig tut –, könnte ich sie stundenlang beobachten. Und um ehrlich zu sein, hält sich meine Lust auf eine Konversation mit Jane heute ziemlich in Grenzen.

Aber natürlich kann sie ebenso wenig für meine verkorkste Laune wie Cassie, Leni oder meine Mom, die ich heute Morgen am Telefon so kurz angebunden abgefertigt habe, dass Cassie mir schon bald den Hörer aus der Hand riss.

Sie alle merken, dass es mir nicht gut geht.

Und das ist noch untertrieben.

Diese magische Nacht vor einer Woche, so einzigartig und wunderschön sie auch war, hat mich extrem verstört. Ich kriege Maila einfach nicht aus dem Kopf, und egal, wie sehr ich mich auch um Normalität und Alltäglichkeit bemühe, stehe ich doch vollkommen neben mir, seitdem ich ihre Wohnung verließ.

Du hast mir noch gar nichts von der LitNight erzählt.

Wie lange dieser Satz schon auf Janes Bildschirm steht und sie auf eine Reaktion von mir wartet, kann ich nicht sagen.

Sie hat recht, ich habe die LitNight bisher mit keinem Wort erwähnt. Und obwohl es mir sehr widerstrebt, das nun zu ändern, reiße ich mich dennoch zusammen und besinne mich darauf, dass die Eintrittskarte ein Weihnachtsgeschenk von Jane war. Also schildere ich ihr pflichtbewusst zumindest einige meiner Eindrücke. Meine Begegnung mit Maila lasse ich jedoch unerwähnt, weshalb mein Bericht auch ziemlich nüchtern ausfällt und Janes Blick am Ende enttäuscht wirkt. Eine Weile lang sieht sie mich noch an, als wolle sie sich vergewissern, dass ich nicht doch noch etwas Entscheidendes hinzufüge. Weil das nicht geschieht, fixiert sie schließlich wieder ihren Bildschirm.

Schön, dass dir einige der Beiträge gefallen haben. Aber so richtig begeistert wirkst du nicht. Schade, ich hatte dir sehr gewünscht, dass du bei diesem Event neue Inspirationen finden würdest.

Während ich Janes Sätze lese und dabei die enttäuschten Schwingungen empfange, die von ihr ausgehen, schweifen meine Gedanken erneut zurück zu meiner Nacht mit Maila, an deren Ende ich mein Versprechen eingelöst und für sie Gitarre gespielt hatte.

Sie war eingeschlafen, binnen weniger Sekunden, und alle Anspannung war aus ihrem Körper gewichen. Ich hatte sie lange betrachtet und dabei vor mich hin gespielt – irgendetwas, weil es ohnehin belanglos war, nun, da sie schlief und ich nur noch den Zeitpunkt meines Abschieds hinauszögerte.

Doch da war sie plötzlich wieder erwacht. Oder … zumindest fast.

»Was spielst du da? Das 's schön«, hatte sie mit bleischwerer Zunge genuschelt.

Und ich hatte keine Ahnung, was ich ihr antworten sollte, weil ich die kleine Melodie, die ich ihrer alten Gitarre in einer Endlosschleife entlockte, selbst nicht kannte.

»So ganz stimmt das nicht«, höre ich mich aus dieser Erinnerung heraus jetzt zu Jane sagen. »Ich habe durchaus Inspiration gefunden. Allerdings … hatte ich plötzlich eine neue Melodie im Kopf und keinen Text.«
Der Ausdruck ihrer Augen erhellt sich schlagartig.

Nun, da Songs ja aus beidem bestehen, Melodie und Text, ist das doch ein Schritt in die richtige Richtung, oder?

Ich lächele ihr zu. »Auf jeden Fall, ja.«
Dann, endlich, zücke ich Mailas Autogrammkarte, die ich in der Cocktailbar zusammengefaltet, in die Gesäßtasche meiner Jeans gesteckt und vor ein paar Tagen um ein Haar mitgewaschen hätte. Nun halte ich sie Jane hin, dicht vor ihren Bildschirm, damit sie Mailas Widmung und den kleinen Gruß gut lesen kann.
»Hier, das habe ich dir mitgebracht. Ein Autogramm von M.J. August.«
Janes Augen weiten sich. Sie starrt auf das Foto, auf dem Maila wirklich perfekt getroffen ist. Ihr schiefes Lächeln und der schelmische Blick lassen Mailas Verschmitztheit erkennen, die sie so anders macht. Vor allem aber sieht sie – zumindest in meinen Augen – bildhübsch aus.
Jane blinzelt mehrere Sekunden lang nicht, aber ich glaube, sie würde ähnlich starr auf die kleine Karte in meinen Händen schauen, könnte sie sich normal bewegen.
»Freust du dich?«, frage ich leise. Nun blinzelt sie doch. Zuerst einige Male schnell hintereinander, dann, als sie ihren Blick auf mich richtet und ich mich gerade frage, ob da Tränen in ihren Augen stehen, einmal lang und deutlich. Ja, sie freut sich.
Eine einzelne Träne rinnt über ihre Wange. Vorsichtig streiche ich sie mit den Fingerrücken weg.

»Du magst diese Autorin wirklich, hm?«, frage ich und weiß plötzlich nicht mehr so recht, was ich mit Mailas Autogramm machen soll. Es Jane einfach in den Schoß zu legen wirkt irgendwie unpassend. Schließlich beuge ich mich vor, ziehe die Blumenvase auf dem Couchtisch näher heran und lehne die Karte dagegen.

Endlich – mit langer Verzögerung, wie ich befürchte, weil ich so intensiv auf das Foto geblickt habe – bemerke ich Janes Antwort auf meine letzte Frage.

Ich mag sie wirklich sehr, ja. Diese Karte bedeutet mir viel, mein lieber Alex. Ich danke dir!

»Nicht der Rede wert«, winke ich ab.

Hast du dich mit ihr unterhalten?

»Ähm, ja.« Ich beuge mich etwas vor und massiere mir den Nacken. »Sie ... war sehr nett und ... hat auch toll gelesen. Cassie sagt, sie ist Millionärin, aber davon merkte man ihr nichts an. Sie war sehr bodenständig und ... natürlich.«

Ich stammele erbärmlich verräterisch, wie ich selbst finde. Jane scheint sich auch ihren Reim darauf zu machen, denn sie betrachtet mich lange, und dabei kehrt der Glanz in ihre Augen zurück.

»Leni, gib mir die Steine, ich helfe dir!«, rufe ich viel zu laut und springe im selben Moment auf, um meiner erschrockenen Tochter die beiden ineinander verkeilten Bausteine abzunehmen, die sie schon seit geraumer Zeit mit einer Engelsgeduld voneinander zu lösen versucht.

Für eine Weile bleibe ich bei ihr sitzen, führe Püppchen mit winzigen Hopsern über den Teppich und lasse sie dabei mit piepsigen Stimmen sprechen. Dann wechselt Leni das Spiel, und ich trinke brav den »Tee«, den sie mir macht, während Jane uns zusieht.

»Tante Jane auch Tee«, beschließt Leni dann und steuert mit einer Plastiktasse entschlossen auf den Rollstuhl zu.

»Tante Jane kann die Tasse doch nicht nehmen«, erinnere ich sie mit diesem blöden Gefühl in der Magengegend, das sich immer sofort breitmacht, sobald ich mich im Umgang mit Janes Beeinträchtigung wieder unbeholfen fühle.

Leni ist mir in dieser Beziehung einen großen Schritt voraus. Sie hat sämtliche Befangenheit längst abgestreift.

»Leni macht!«, sagt sie nur und klettert auf die Sitzfläche des Ohrensessels. Von dort aus hievt sie sich auf die breite Armlehne und beugt sich dann ganz dicht zu Jane vor, um ihr die Tasse vorsichtig an den Mund zu heben.

»Tante Jane, trinken«, sagt sie leise und kippt die Tasse dabei leicht. Ich springe auf und will schon dazwischengehen, als ich plötzlich sehe, dass Jane ihre Augen schließt, die Lippen spitzt und tatsächlich so tut, als würde sie trinken. Dann öffnet sie die Lider wieder, verdreht genießerisch die Augen und gibt ein lang gezogenes »Mmmmmm« von sich. Leni quietscht auf vor Vergnügen. »Noch Tee?«

Jane blinzelt einmal zur Bestätigung. Gerade will ich Leni erklären, dass das *Ja* bedeutet, da hebt meine Kleine tadelnd ihren Zeigefinger, wedelt damit vor Janes Nase herum und sagt: »Bitte, heißt das!« Ich glaube noch, nicht recht gehört zu haben, da ist sie schon wieder vom Sessel gerutscht und hüpft fröhlich in Richtung der pinkfarbenen Plastikteekanne, um Jane »nachzuschenken«.

Als die Nachtschwester schließlich kommt und nur wenig später ankündigt, Jane »kurz entführen« zu müssen, weiß ich, dass es Zeit für ihre Pflege ist, und beschließe, unseren gemeinsamen Abend zu beenden.

Leni und ich sind schon zum Gehen bereit, tragen unsere Jacken und die Spielzeugkiste, als mein Blick noch einmal zu dem riesigen Bücherregal schweift.

»Hör mal, Tante Jane, würdest ...« Ich räuspere mich, weil der

Versuch, meine Bitte nebensächlich klingen zu lassen, schon gescheitert ist. »Würdest du mir diese Romane von M. J. August mal ausleihen? Cassie hat erzählt, sie hätten einen ziemlichen Hype ausgelöst, deshalb ... würde ich sie mir gern mal genauer anschauen.«

Es dauert ein paar Sekunden, in denen Jane mich eingehend anschaut und ich mein Bestes gebe, ihrem Blick so ruhig wie möglich standzuhalten. Aber dann blinzelt sie ihre Bestätigung. Ich bedanke mich hastig, lege die vier Romane betont vorsichtig auf ein paar Plüschtiere in Lenis Spielzeugkiste und verabschiede mich dann von Jane, während sie mich noch immer mit ihren Blicken zu durchleuchten scheint.

Als Leni im Bett ist, sitze ich im Wohnzimmer vor dem laufenden Fernseher, dem ich jedoch keinerlei Beachtung schenke. Stattdessen starre ich reglos auf die vier Bücher, die ich vor mir auf den Couchtisch gelegt habe. Sie haben diese seltsamen Titel, diese blumigen pastellfarbenen Cover und sind auch sonst ganz sicher nicht die Art von Literatur, zu der ich freiwillig greifen würde.

Aber sie stammen aus Mailas Feder und sind somit schriftgewordene Gedanken der Frau, die mein Herz im Sturm erobert und meine Welt binnen einer Nacht auf links gekehrt hat.

Ich beuge mich vor und stelle die Bierflasche ab, die ich mir schon vor einer gefühlten Ewigkeit aus dem Kühlschrank geholt habe und deren letzter, inzwischen lauwarmer Schluck mir nun bitter die Kehle hinabrinnt. Zögerlich nehme ich Mailas ersten Band zur Hand. Ich weiß nicht, warum ich überhaupt beschließe, weiterzulesen. Aber eine innere Eingebung treibt mich dazu.

Rasch blättere ich bis zu der Stelle, an der Maila ihre Lesung begonnen hatte. Ihre Präsenz hatte mich zu sehr von Tonias Geschichte abgelenkt. Aber nun bin ich ja allein.

Wieder einmal.

2. Kapitel

»Hast du Hunger?«, fragte Sebastian auf dem Weg von den Klippen zurück zum Hotel. Er nahm Tonias verschwitzte Hand in seine und strich mit glücklichem Lächeln über ihren Verlobungsring. »Ich hoffe es, denn ich habe schon eine Kleinigkeit arrangiert.«

Nun, »eine Kleinigkeit« traf es nicht so ganz. Vielmehr hatte Sebastian ein üppiges, romantisches Candlelight Dinner auf dem winzigen Balkon ihrer Hotelsuite organisiert.

Es war perfekt – zumindest von außen betrachtet, nach wie vor.

Aber beim Anblick des gigantischen roten Rosenstraußes auf dem edel eingedeckten Tisch war Tonias erster Gedanke, was Sebastian wohl gemacht hätte, wäre ihre Antwort negativ ausgefallen …

Nein, sosehr sie auch versuchte, sich am Riemen zu reißen und wieder die alte Tonia zu sein – es wollte ihr einfach nicht gelingen. Seit dem Heiratsantrag liefen ihre Emotionen Amok, und mit jeder Sekunde hatte Tonia mehr das Bedürfnis, laut aufzuschreien und damit die unsichtbaren Ketten zu sprengen, von denen sie sich plötzlich eingeschnürt fühlte.

Sie hatte keine Ahnung, wie sie auch nur eine Gabel der Meeresfrüchte-Spaghetti herunterkriegen sollte, die Sebastian als ersten Gang zur Feier des besonderen Anlasses bestellt hatte. Am Ende erklärte Tonia die Appetitlosigkeit mit ihrer Aufregung, obwohl ihr eigentlich speiübel war. Ihre Finger zitterten, als sie das Champagnerglas an die Lippen hob und es viel zu hastig leerte.

Sie fühlte sich nicht nur haltlos und sich selbst gegenüber ganz fremd, sondern auch furchtbar schuldig. Denn Sebastian war so stolz. So überglücklich.

Genau so, wie Tonia es sich immer ausgemalt hatte – für Sebastian und sich.

Nach mehreren Toilettengängen, bei denen sie sich eiskaltes

Wasser über die Handgelenke hatte laufen lassen und dabei erfolglos versucht hatte, den Ursprung ihrer Panik auszumachen, stand Tonia schließlich mit ihrem vierten Glas Champagner am Geländer des Balkons. Sie blickte über den tief unter ihr liegenden kleinen Hafen und das glitzernde schwarze Meer, als Sebastian von hinten an sie herantrat und seine Hände an ihre Taille legte. Sein warmer Atem streifte ihren Nacken. In diesem Augenblick wusste Tonia zumindest eine Sache mit absoluter Gewissheit: Sie musste allein sein. Sofort.
»Sebastian, sei mir nicht böse, aber ich möchte ins Bett. Ich fühle mich … irgendwie nicht ganz wohl.«
Das war zumindest nicht gelogen, wenn auch maßlos untertrieben.
Besorgt sah er sie an, doch dann wandelte sich seine Miene, und er warf einen Blick auf das Glas in ihrer Hand. »Ich kann mir denken, warum«, sagte er schmunzelnd und nahm es ihr ab. »Ich weiß nicht, wann du das letzte Mal so viel getrunken hast.«
Tonia riss sich lächelnd zusammen, als er ihre Nasenspitze küsste.
»Also dann, gute Nacht, mein Engel. Du bist nicht böse, wenn ich noch etwas spazieren gehe, oder? Ich bin einfach noch nicht müde.«
Hastig schüttelte sie den Kopf. Sebastian kniff die Augen zusammen, für einen Moment wirkte sein Blick prüfend. »Gut, dann fahre ich noch einmal zum Hafen hinunter. Träum was Schönes!«
Im selben Moment, als er die Tür hinter sich zuzog, fiel das rot-weiß getupfte Sommerkleid bereits von Tonias schlankem Körper, und sie stürzte unter die kalte Dusche.
Wirklich helfen konnte ihr das jedoch auch nicht.
Im Schlafzimmer hüllte sich Tonia so eng in das weiße Laken des Hotelbettes, als suche sie wie ein verängstigtes Kind darin Schutz.
Aber wovor? Vor der Erfüllung ihres Lebenstraums?

Was war nur mit ihr los?
Sie liebte Sebastian doch. Oder?

Am kommenden Morgen wusste Tonia nicht, wie und wann sie in ihren traumzerfetzten Schlaf gefallen war. Sie wusste nur, dass sich ihre Fragen und Zweifel über Nacht nicht verringert hatten. Im Gegenteil.
Sebastian lag hinter ihr, hielt sie, atmete tief und ruhig. Behutsam löste sie sich aus seinen Armen und begann wie automatisiert ihre Sachen zu packen, weil der Tag ihrer Abreise gekommen war.

Sie setzten mit der ersten Fähre auf das Festland über. Tonia stellte sich schlafend, die gesamten zwei Stunden.
In dieser Zeit verabschiedete sie sich heimlich. Nicht nur von Sebastian, sondern auch von all den Wünschen, die sie für ihre Zukunft, für ihr weiteres Leben gehegt hatte. Von dem Mädchen, das sie geglaubt hatte zu sein. Von den Chancen und Möglichkeiten, die sie gehabt hätte, wäre sie tatsächlich dieses Mädchen gewesen. Von ihrem bislang unerschütterlichen Vertrauen, dass sich über kurz oder lang alles genauso fügen würde, wie es das Schicksal für sie vorgesehen hatte. Von dem Glauben, dass es das Leben gut mit ihr meinte.
Als Tonia bei ihrer Ankunft die Lider öffnete und so tat, als riebe sie sich den Schlaf aus den Augen, kam sie sich vollkommen leer vor. Machtlos, der wichtigsten Überzeugung beraubt. Nichtig.
Wie in Trance folgte sie Sebastian von der Fähre hinunter. Doch als er sie auf der Rückbank des Taxis an sich ziehen wollte, erwachte Tonia plötzlich aus ihrer Lethargie und schüttelte den Kopf so heftig, dass die Tränen, die sich unbemerkt in ihren Augen gebildet hatten, überliefen.
»Hey! Was ist denn, mein Schatz?«, erkundigte sich Sebastian besorgt und strich ihr eine zerzauste Haarsträhne aus dem Gesicht.

»Geht es dir nicht gut?«
»Nein«, schluchzte Tonia und drückte seine Hand. Sie wusste, dass sie stark sein und es endlich aussprechen musste. Weil Sebastian zumindest die Wahrheit verdient hatte. Und weil sie sonst den größten Fehler ihres Lebens begehen würde, das spürte sie genau.
Also holte sie noch einmal so tief Luft, wie es der feste Knoten in ihrer Brust zuließ, und stieß dann hervor: »Sebastian, ich kann dich nicht heiraten. Ich weiß nicht, warum, aber ... Ich kann es einfach nicht.«

16

»Jetzt hör mir mal gut zu, mein Lieber!« Mit in die Hüften gestützten Händen steht Cassie drei Wochen später mitten in meinem Zimmer. Schnaubend.

Ich erinnere mich sehr gut an die Zeit, als Leni gerade zu mir gekommen war und meine Schwester mir ähnlich tadelnd gegenübergestanden hatte. Und ich weiß, dass mich eine Standpauke erwartet. Denn wie mir jeder Blick in den Spiegel verdeutlicht, sehe ich zurzeit ziemlich miserabel aus, fühle mich auch so und stehe ständig neben mir. Cassie macht sich einfach Sorgen um mich. Und wie immer äußert sich das darin, dass sie mich verbal bis auf Briefmarkengröße zusammenfaltet.

»Alex, du weißt, ich liebe dich über alles. Aber so geht das nicht weiter, ehrlich nicht. Ich habe lange genug die Klappe gehalten, aber jetzt ist Schluss! Leni muss dich oft fünfmal ansprechen und wie wild an dir herumzerren, bis du überhaupt wahrnimmst, dass sie mit dir spricht. Schon seit Wochen hast du diesen abwesenden Blick! Jetzt mal ernsthaft, die Sache vorhin mit den Spaghetti mag ja im ersten Moment ganz witzig gewesen sein, aber eigentlich ... war sie das nicht.«

In meiner Verlegenheit lasse ich mich auf mein Bett fallen und werfe die Arme in die Luft. »Was willst du von mir, Cass? Ich hatte nur vergessen, das Sieb rauszuholen. Mach doch nicht immer so ein Drama aus allem.«

Cassie schnaubt erneut. »Ach! Und dann hast du nicht einmal bemerkt, dass da *kein* Sieb stand, als du die Nudeln über den schmutzigen Abwasch ins Spülbecken gekippt hast?«

Sie setzt sich neben mich auf die Bettkante und schüttelt den Kopf. »Hand aufs Herz, es ist immer noch ihretwegen, oder?« Mit der Nasenspitze deutet sie auf die vier Bücher, die auf meinem Nachttisch stehen. Ich wusste nicht, dass Cassie sie entdeckt hat, und runzele die Stirn.

»Was denn? Sie liegen da offen herum«, verteidigt sie sich nun.

»Richtig. Offen in *meinem* Zimmer.«

»Ach, komm schon, wir sind doch keine Teenies mehr. Außerdem, was glaubst du eigentlich, wie es hier aussähe, wenn ich nicht zumindest ab und zu mal staubsaugen würde?«

Ich brumme missmutig, wohl wissend, dass sie recht hat.

»Also, Alex, ich will eigentlich nur sagen: Wenn Maila dir schon in nur einer Nacht so sehr unter die Haut gegangen ist, dann ... solltest du vielleicht doch versuchen, um sie zu kämpfen.«

Es ist nicht so, als hätte ich nicht selbst schon mit dem Gedanken gespielt, Maila trotz unserer Abmachung noch einmal anzusprechen. Genau genommen habe ich bereits drei Nachrichten an sie verfasst, von kurz und unverbindlich bis lang und viel zu emotional. Doch am Ende habe ich mich nicht getraut, auch nur eine davon abzuschicken – aus Angst, erneut von ihr zurückgewiesen zu werden.

Weil ich nichts auf Cassies Vorschlag erwidere, erhebt sie sich schließlich und geht zur Tür. »So oder so, was auch immer du tust, ich hätte gern bald meinen großen Bruder zurück. Und Leni ganz sicher auch ihren Daddy. Wir sind jetzt weg. Schlaf schön!« Sie wirft mir noch einen Handkuss zu und verlässt dann mein Zimmer.

Wir, damit meint sie natürlich Ned und sich. Schließlich ist Valentinsabend. Und so stand ihr Freund, der inzwischen auch zu meinem geworden ist, vorhin strahlend, mit einem riesigen Blumenstrauß und einer weiteren Überraschung für Cassie vor unserer Tür. Irgendwie hat er es geschafft, das Wochenendhaus eines Bekannten in Snug Harbor für sich und meine Schwester zu buchen. Jetzt entführt er sie dorthin, wo die beiden die Nacht verbringen und morgen früh zu einer Bootsfahrt aufbrechen werden.

Nachdem wir die Spaghetti aus dem Spülbecken gefischt und uns gemeinsam mit Ned eine große Pizza bestellt hatten, war

Leni auf der Couch vor dem laufenden Fernseher eingeschlafen. Also trug ich sie kurzerhand in ihr Bett und deckte sie dann in voller Montur zu, ohne sie zu waschen oder ihr die Zähne zu putzen. Natürlich war das eine Ausnahme und als solche nicht schlimm. Trotzdem hat meine heutige Nachlässigkeit Cassies inneres Fass endgültig zum Überlaufen gebracht.

Vielleicht muss ich ja an diesem Abend nur deshalb *noch* intensiver an Maila denken als sonst, weil man als Single keine Chance hat, diesen verdammten Valentinstag emotional unbeschadet zu überstehen. Im Radio wird eine Schnulze nach der anderen gespielt, das Fernsehprogramm ist verheerend, und Neds und Cassies ständiges Geturtel war auch nicht gerade Balsam für meine Seele.

Natürlich freue ich mich für die beiden, dass sie sich gefunden haben, aber gerade heute hätte ich nicht unbedingt weitere Beweise für dieses perfekte Match gebraucht.

Ich bleibe noch eine Weile liegen, dann schnappe ich mir meinen Laptop und gebe in der Suchmaschine wieder einmal Mailas Autorennamen ein. Es gibt unzählige Interviews mit ihr, auf diversen Buchblogs und Fanseiten. Sogar etliche Videos konnte ich finden. Jedes habe ich mir angeschaut – mehrfach –, jeden Artikel gelesen und alle Bilder von ihr in den extra angelegten Maila-Ordner abgespeichert. Und das, obwohl ich mir vor einem Monat noch so fest vorgenommen hatte, sie schnellstmöglich zu vergessen.

Unmöglich. Wie könnte man eine Frau wie dich vergessen?

Ich streiche mit der Daumenkuppe über ihr Gesicht im Großformat, das mir vom Bildschirm aus zulächelt. Doch dann reiße ich mich zusammen, schließe das Foto schnell wieder und begebe mich stattdessen erneut auf die Suche nach diesem einen entscheidenden Artikel, den ich noch nicht gefunden habe. Dem, der mir meine Vermutung endlich bestätigen soll. Denn ich habe inzwischen alle vier Bücher über Tonia gelesen. Und ich bin absolut überzeugt davon – ohne allerdings bisher einen handfesten Hinweis darauf gefunden zu haben –, dass zumindest der Einstieg in Mailas Debütroman *Schicksalsschuhe* autobiografisch sein muss.

Wieder einmal erinnere ich mich an ihren eher zu sich selbst gemurmelten Satz: »*Ich meine, wäre alles nur ein kleines bisschen anders gekommen, würde ich jetzt gerade mit Riesenschritten auf meinen sechsten Hochzeitstag zusteuern.*«

Ich hatte diesem Satz zunächst keine große Beachtung geschenkt. Umso lauter hallt er jedoch seit dem Lesen der *Schicksalsschuhe* in mir nach. Denn Maila wird am 9. Mai dieses Jahres sechsundzwanzig Jahre alt, wie mich das Onlinelexikon wissen ließ. Das bedeutet, sie war damals, als sie offenbar fast geheiratet hätte, gerade einmal zwanzig. Und damit genauso alt wie Tonia zu Beginn ihrer Story. Direkt nach dem ersten Lesen war mir schon die Idee gekommen, dass Tonia gar keine rein fiktive Figur ist. Durch Cassies Arbeit habe ich schon oft mitbekommen, dass sich in fast jeder Geschichte die Wünsche, Träume, aber auch schlimme Erlebnisse, Ängste und Geheimnisse derer verbergen, die sie zu Papier gebracht haben. Und sei es nur zwischen den Zeilen. Warum sollte es bei Mailas Büchern also anders sein? Ich bin der Überzeugung, den Punkt erspürt zu haben, an dem sie vom Beschreiben eines realen Erlebnisses ins Fiktive geglitten ist.

Nur wenige Tage nachdem Tonia diesem Sebastian gesagt hat, dass sie ihn nicht heiraten kann, erinnert sie sich an einen Brief, den sie als etwa Zehnjährige geschrieben hat. In diesem Schreiben an ihr späteres Ich listete sie all die Dinge auf, die sie bis zu ihrer Hochzeit und der Gründung einer eigenen Familie – in der sie zweifellos vollkommen aufgehen würde – erlebt haben wollte. Aus Angst, es danach nicht mehr zu tun.

Tonia glaubt, den Grund für ihre Torschlusspanik gefunden zu haben, und begibt sich an die Abarbeitung der Liste …

Das war der Moment, an dem ich innerlich den Kopf schüttelte. Auf den Steilklippen von Capri hatte ich bisher an Tonias Stelle immer Maila vor mir gesehen. Doch nun, als ich von dieser Liste las, löste sich Tonia vor meinem inneren Auge von

Maila und wurde zu einer fiktiven Romanfigur. Meine Intuition, die so stark ist, dass sie schon fast einer Gewissheit gleicht, sagt mir nämlich, dass Mailas eigentlicher Grund, damals als ganz junge Frau doch nicht diese Ehe einzugehen, viel bedeutsamer war als solch eine Liste, deren Erledigung Tonia sowohl durch die *Schicksalsschuhe* als auch sämtliche Folgebände führt.

Um ehrlich zu sein, kann ich die zunehmende Ungeduld von Mailas Fans verstehen. Auf ihren Wegen begegnet Tonia nämlich mehreren Männern, die ihr das Leben und die zu treffenden Entscheidungen nicht gerade erleichtern. Die Bücher sind locker und flüssig geschrieben, enthalten trotzdem Denkanstöße, überraschen durch immer neue Wendungen und ziemlich heiße Liebesszenen, die die Erinnerungen an unsere eigene Nacht wieder schmerzhaft lebendig machten. Aber nach insgesamt gut 1000 Seiten sehnen sich Mailas Leserinnen nun nach einer endgültigen Entscheidung – nach einem wohlverdienten Happy End.

Es ist verrückt, mir vorzustellen, dass Maila nur eine Stunde Fahrtzeit entfernt womöglich gerade jetzt dasitzt und an dem entscheidenden letzten Band schreibt, der noch in diesem Jahr erscheinen soll. Cassie sagt, selbst wenn er erst im Winter veröffentlicht wird, muss bald die Abgabefrist erreicht sein.

Inzwischen habe ich mich zurück auf Mailas Homepage geklickt. Mit dem Cursor fahre ich immer wieder über den Button *Gästebuch*.

Schließlich klicke ich ihn wirklich an – und schreibe, einer spontanen Idee folgend, einfach drauflos.

Hallo M. J.,
ich bin eigentlich eher Krimileserin und nur durch einen Zufall auf Deine Bücher gestoßen. Aber inzwischen habe ich alle vier gelesen und warte nun auf den letzten Band.
Bei den Interviews, die ich gelesen habe, ist mir aufgefallen, dass Dir nie diese eine Frage gestellt wird, mit der doch eigentlich alle Autoren irgendwann konfrontiert werden,

nämlich, ob es einen biografischen Hintergrund zu der Geschichte gibt. Das ließ mich stutzig werden und über verschiedene Möglichkeiten nachdenken:

a) Entweder hat Dir bisher wirklich noch niemand diese Frage gestellt, was ich für sehr unwahrscheinlich halte.
b) Du weichst einer Antwort aus, indem Du bei Interviews von vorneherein festlegst, dass Du diese Frage nicht beantworten wirst.
Diese Überlegungen führten mich natürlich prompt zu
c) Wie würde die Antwort denn lauten? Gibt es Parallelen zwischen Tonia und Dir? Zwischen ihren Erlebnissen und Deinen? ☺

Entschuldige meine Neugierde, aber ich würde mich wirklich sehr über Deine Antwort freuen.
Beste Grüße aus Michigan,
Lexa

Zwar schäme ich mich für einen kurzen Moment, als ich den falschen Namen und den falschen Ort unter meine Nachricht setze, doch als ich sie abschicken will und nach einer E-Mail-Adresse gefragt werde, zögere ich trotzdem nicht, mir schnell noch einen neuen Account anzulegen und den Eintrag in Mailas Gästebuch dann abzusenden.

Ihr Kommentar wird geprüft und wartet auf Freischaltung durch den Admin dieser Seite.

Es ist kurz vor Mitternacht, als ein *Bing* ertönt und ich aus meinem Dämmerzustand schrecke, nach wie vor mit dem inzwischen heiß gelaufenen Laptop auf dem Bauch in meinem Bett liegend.

Ich reibe über die Augen und drehe mich auf die Seite, um Mailas Homepage neu zu laden und nachzusehen, ob mein

Kommentar inzwischen veröffentlicht wurde. Aber nein, er ist noch nicht zu sehen.

Dann muss die E-Mail, die ich bekommen habe, also einen anderen Inhalt haben. Enttäuscht und nur mit wenig Enthusiasmus öffne ich mein Postfach … und halte prompt die Luft an.

Von: Liebesromane – M.J. August
14. Februar 2016, 23:54 p.m.
An: Lexa Bingley
Betreff: Dein Gästebucheintrag

Hallo Lexa!
Zunächst einmal: Ich liebe (!) Deinen Namen.
Zweitens: Wie kommt man denn als Krimileserin dazu, »durch einen Zufall« pastellfarbene Bücher mit Glitzerprägung zu lesen? Nicht, dass ich Dir zu nahe treten oder mich gar beschweren möchte. ☺
Und drittens: Ich habe Deinen Gästebucheintrag abgelehnt. Lass mich kurz erklären, warum, okay?
Also, Du liegst richtig mit der Vermutung, dass ich die Frage nach dem biografischen Hintergrund nicht gern beantworte und in Interviews grundsätzlich ablehne bzw. mehr oder weniger geschickt umgehe, wenn ich bei Lesungen darauf angesprochen werde.
Ich möchte einfach nicht darauf eingehen, welche Parts der Geschichte evtl. (oder auch nicht?) mit meinem eigenen Leben zu tun haben. Sicher könnte ich einfach lügen, aber – na ja, das kann ich eben nicht. Ich konnte noch nie gut lügen, was mir schon des Öfteren zum Verhängnis wurde. Jetzt kennst Du zumindest schon mal eine Parallele zwischen Tonia und mir. ☺
Würde ich Deinen Eintrag veröffentlichen, könnte das eine Fragewelle auslösen, die ich gern vermeiden möchte. Ich hoffe, Du verstehst das und akzeptierst meine ausweichende Antwort.

Aber ich muss gestehen, dass Du mein Interesse geweckt hast. Denn bisher haben sich nur wenige meiner Leserinnen überhaupt über diesen Punkt ernsthaft Gedanken gemacht. Gab es eine bestimmte Szene, die Dich zu diesen Überlegungen verleitet hat, oder war es tatsächlich nur das Ausbleiben der sonst wirklich sehr beliebten Frage in den Interviews?
Liebe Grüße nach Michigan,
M.J.

Das Herz schlägt mir bis zum Hals, während ich ihre Zeilen wieder und wieder lese. Dann springt die Uhr meines Laptops auf 00:00 um und zieht damit meine Aufmerksamkeit auf sich.

So klingt dieser Valentinstag also aus – mit einem klopfenden Herzen und der Aussicht, weiterhin mit Maila schreiben zu können. Wenn auch unter falscher, weiblicher Identität.

Vermutlich sollte ich mich wirklich schämen. Doch stattdessen tippe ich freudig und inzwischen wieder hellwach drauflos.

17

Von: Lexa Bingley
15. Februar 2016, 00:14 a.m.
An: Liebesromane – M.J. August
Betreff: Krimileser-Intuition ;-)

Liebe M.J.,
vielen Dank für Deine schnelle Rückmeldung, mit der ich ehrlich gesagt gar nicht gerechnet hatte. Umso mehr freue ich mich darüber.
Natürlich kann ich Deine Antwort akzeptieren. Es muss schwierig sein, die eigene Privatsphäre zu schützen, wenn man durch einen plötzlichen Erfolg so in die Öffentlichkeit katapultiert wird.
Wie ich auf Deine Bücher kam, hast Du gefragt. Ehrlich gesagt habe ich sie mir einfach aus dem Regal einer lieben Freundin genommen, in dem sie irgendwie fehlplatziert wirkten (nur, weil sie sonst vollkommen andere Bücher liest!) und mir wohl deshalb ins Auge gestochen sind. Ich begann zu lesen – und inzwischen kenne ich alle vier Bände.
Außerdem wolltest Du wissen, wie ich zu der Annahme gekommen bin, dass Deine Romane einen biografischen Hintergrund haben. Ich schätze, das war wirklich nur Intuition.
Du musst darauf nicht antworten, aber ich denke, diese Einstiegsszene auf Capri, als Tonia den Heiratsantrag von Sebastian bekommt, ist eigentlich Dir passiert. Für mich sind Deine Schilderungen dermaßen authentisch, dass es mir fast wie eine logische Konsequenz erscheint, dass Du Dir dieses Erlebnis von der Seele schreiben musstest. Einfach, weil es Dich komplett aus der Bahn geworfen hat. Und dann entstand plötzlich etwas Eigenes daraus – Tonias Geschichte.
Wie gesagt, es war nur ein Gefühl, und ich bin nun einmal

ein schrecklich neugieriger Mensch. Deshalb dachte ich, ich frage einfach mal nach.
Weißt Du denn schon, wann der letzte Band erscheinen wird? Ich bin so gespannt, wo Tonias Reisen sie noch hinführen und ob es am Schluss doch noch ein Happy End für sie geben wird!
Liebe nächtliche Grüße,
Lexa

Von: Liebesromane – M.J. August
15. Februar 2016, 01:23 a.m.
An: Lexa Bingley
Betreff: Ähm …

Liebe Lexa,
um ehrlich zu sein, bin ich ziemlich erstaunt und grübele nun schon seit einer geschlagenen Stunde, wie ich an dieser Stelle NICHT zugeben soll, dass Du richtigliegst.
Also lassen wir das jetzt einfach so stehen, okay?
Und ich hoffe, Du bewahrst dieses kleine Geheimnis zwischen uns.
Ich muss sagen, es ist ziemlich krass, dass jemand, dem ich noch nie begegnet bin, so präzise zwischen meinen Zeilen lesen kann. Und ein wenig gruselig ist es auch. ☺
Hattest Du solche Intuitionen denn schon öfter?
Liebe Grüße von
M.J.

Von: Lexa Bingley
15. Februar 2016, 6:43 a.m.
An: Liebesromane – M.J. August
Betreff: Krimileser-Intuition Vol. 2

Guten Morgen, liebe M.J.,
ich schwöre bei allem, was mir lieb und heilig ist, Dein Geheimnis ist sicher bei mir. Und ich danke Dir für dein Vertrauen.
O Mann! Was muss das für ein Schock gewesen sein, als Du diesen Antrag bekamst und sich plötzlich alles ganz falsch für Dich anfühlte. Was für ein Albtraum – für Euch beide!!!
Für Tonia hast Du eine Erklärung gefunden, warum sie plötzlich so untypisch reagiert und sich kaum noch wiedererkennt: diese Liste, an die sie sich erinnert und die sie vor ihrer Hochzeit noch »abarbeiten« will. Dass Sebastian sich daraufhin noch im ersten Band von ihr trennt, finde ich gut nachvollziehbar, zumal er sich bestimmt sehr vor den Kopf gestoßen fühlte.
Weis mich bitte in meine Schranken, wenn ich zu neugierig werde, aber konntest Du denn bei Dir selbst auch einen konkreten Grund für Deine Torschlusspanik ausmachen? Ich möchte gar nicht wissen, was es war. Ich wüsste bloß gern, ob es so einen Auslöser gab und ob Du herausgefunden hast, was dahintersteckte. Du hast gefragt, ob ich schon öfter solche Intuitionen hatte. Ich gestehe, dass es tatsächlich so ist. Ich habe schon als ganz junger Mensch Romane gelesen und wusste oft gefühlsmäßig, dass sich hinter einzelnen Passagen wahre Begebenheiten versteckten. Dank der Autobiografien der entsprechenden Autoren oder später Wikipedia habe ich mit der Zeit herausgefunden, dass ich mit meinen Vermutungen immer richtiglag.
Hast du jetzt Angst vor mir? ☺
Liebe Grüße,
Lexa

Von: Liebesromane – M.J. August
17. Februar 2016, 00:14 a.m.
An: Lexa Bingley
Betreff: WOW!

Liebe Lexa,
entschuldige, dass ich jetzt erst zum Antworten komme. Ich stecke gerade bis über beide Ohren in dem neuen Manuskript, und irgendwie läuft nichts so wie geplant. Meine Lektorin schlägt schon die Hände über dem Kopf zusammen, weil der Abgabetermin immer näher rückt und ich inzwischen dermaßen von der ursprünglichen Handlung abgewichen bin, dass es wohl auf ein vollkommen anderes Ende hinausläuft.
Aber was soll ich tun, manchmal tauchen eben unverhofft neue Charaktere auf; wie aus dem Nichts sind sie plötzlich da und beißen sich so hartnäckig fest, dass es unmöglich wird, sie wieder abzuschütteln. Und dann wäre es gegen meine Überzeugung und vor allem gegen meine Intuition, mich trotzdem weiterhin stur an dem eingangs entwickelten Plot entlangzuhangeln. Verstehst Du, was ich meine?
Ach, was langweile ich Dich überhaupt damit? Noch ein paar Monate, dann wirst Du das Ergebnis lesen und dabei (hoffentlich!) nichts mehr von meinem derzeitigen Dilemma spüren können. Genauso, wie es sein soll. ☺
Apropos: Nein, Angst habe ich nicht, aber was Du am Ende Deiner letzten E-Mail geschildert hast, ist schon sehr beeindruckend. Du hast doch geschrieben, Du liest am liebsten Krimis. Wie gruselig wäre es, dort auf einen Mord zu stoßen, hinter dem Du ein tatsächliches Ereignis im Leben des Autors erspürst? Allein die Vorstellung – Gänsehaut!
Du wolltest wissen, ob es bei mir einen konkreten Auslöser gab, der mich damals auf Capri so unverhofft aus der Bahn geworfen hat.
O ja, diesen Auslöser gab es, aber ihn zu schildern wäre mir doch zu persönlich. All das liegt ja auch schon fast sechs

Jahre zurück, und seitdem hat sich mein Leben komplett gewandelt.
Alles in allem kann ich mich definitiv nicht beschweren. Denn hätte es diesen äußerst verwirrenden Tag auf Capri nicht gegeben, würde es heute auch keine Bücher von mir geben, keine Tonia und folglich auch keinen Kontakt zu so netten Leserinnen wie Dir. ☺
Eine gute Nacht wünsche ich Dir!
Deine M. J.

Von: Lexa Bingley
17. Februar 2016, 11:17 a. m.
An: Liebesromane – M. J. August
Betreff: R.I.P., Vergangenheit!

Liebe M. J.,
zunächst einmal möchte ich schreiben, wie sehr ich diesen Austausch mit Dir genieße. Ich finde es sehr nett, wie ausgiebig Du mir meine Fragen beantwortest. Und wie vertrauensvoll.
Danke dafür.
Ich weiß gut, wie es sich anfühlt, wenn sämtliche Zukunftspläne von jetzt auf gleich zerplatzen wie schillernde Seifenblasen im hart herabprasselnden Regen.
Etwas ganz Ähnliches ist mir auch schon passiert. Unmittelbar vor (oder eigentlich während) der Erfüllung meines ultimativen Lebenstraums ereignete sich etwas so Einschneidendes in meinem Leben, dass ich gezwungen war, mich komplett umzuorientieren.
Aber nach der ersten, wirklich schwierigen Zeit wurden mir die Augen geöffnet. Inzwischen empfinde ich diese Veränderung als das Beste in meinem heutigen Leben und sehe sie als reinen Segen an.
Es ist tatsächlich so, wie Du geschrieben hast: Immer geht es

um das »Wenn-dann-Prinzip«. Wenn damals nicht dieses und jenes geschehen wäre, wer weiß, wo ich dann heute in meinem Leben stehen würde. Vermutlich ist es ganz normal, von Zeit zu Zeit zu den Weichen zurückzuschauen, die uns das Schicksal gestellt hat, und uns zu fragen, was passiert wäre, wenn wir an irgendeiner dieser Stellen anders abgebogen wären.
Aber ich für meinen Teil bereue nichts und hoffe, dass es Dir ähnlich geht.
Liebe Grüße und bis bald,
Lexa

Von: Liebesromane – M.J. August
19. Februar 2016, 02:14 a.m.
An: Lexa Bingley
Betreff: R.I.P., Vergangenheit? Bin dabei!

Liebe Lexa,
ich bin gerade von einer Lesung in Springfield, Massachusetts, zurückgekehrt und will Dir schnell noch schreiben.
Also, Du hast ganz recht – das Leben wäre im Prinzip schrecklich, würde stets alles nach Plan laufen. Würde immer nur die Sonne scheinen, wüssten wir doch gar nicht, wie unglaublich das Gefühl sein kann, zum ersten Mal nach tagelangem Regen wieder ihre Wärme auf unserer Haut zu spüren und mit einem breiten Lächeln gegen ihr gleißendes Licht anzublinzeln.
Ich bin schon lange der festen Überzeugung, dass wir diese Schattenzeiten wirklich brauchen, um die Schönheit des Lebens erst so richtig wertschätzen zu können.
Vielleicht ist das aber auch nur eine Theorie, die ich mir selbst eingeredet habe, weil ich sonst einigen Menschen, die mir sehr nahestehen, niemals hätte verzeihen können. Und dafür bin ich definitiv zu harmoniebedürftig. ☺

Deshalb, siehe Betreff: R.I.P., Vergangenheit? Bin dabei!
Liebste nächtliche Grüße und süße Träume!
Deine M.J.

18

Alex

*B*ing, ertönt es neben mir. Nur ein leises Geräusch, das die nächtliche Stille für eine Sekunde durchbricht.

Und doch schrecke ich aus dem Schlaf hoch, als hätte mir jemand einen dieser grässlichen alten Metallwecker unmittelbar ans Ohr gehalten. Im nächsten Moment fahre ich schon hektisch mit dem Finger über die Schaltfläche des Laptops, werde von dem grellen Licht des aus dem Stand-by erwachenden Bildschirms geblendet und fluche erst einmal, weil meine Augen zu lange brauchen, um sich darauf einzustellen.

Aber dann sehe ich wieder klar und deutlich … und halte die Luft an. Da ist sie endlich, Mailas Antwort, auf die ich schon seit zwei Tagen gewartet habe.

Ich schlucke hart, als ich lese, dass sie eine Veranstaltung in Springfield hatte. Denn Danbury, die Stadt, in der ich aufgewachsen bin und bis heute lebe, liegt ziemlich genau auf der Hälfte der Strecke zwischen Mailas Wohnort in New Jersey und Springfield.

Ihre Reise muss sie nur wenige Meilen an mir vorbeigeführt haben. Und plötzlich frage ich mich, wie oft das wohl schon so war. Sind wir uns vielleicht als Kinder schon einmal begegnet, haben nichtsahnend nebeneinander vor einem Eiswagen angestanden oder sind hintereinander die Leiter einer Rutsche hinaufgeklettert?

Warum auch immer, aber mit einem Mal macht sich das Gefühl in mir breit, dass es so sein muss. Dass eine Verbindung zwischen uns besteht, die viel tiefer geht und wesentlich weiter zurückreicht, als ich es bisher erfasst habe. So weit, dass ihr Ursprung im Verborgenen liegt und vermutlich nie aufgedeckt werden wird. Vielleicht sogar nur ein Traum, ein Wunschdenken meinerseits.

Ein weiteres *Bing* durchkreuzt meine Gedanken. Am oberen Rand des Laptopbildschirms poppt die Vorschau der neuen Nachricht auf. Verwundert und erfreut zugleich lese ich, dass auch diese von Maila kommt. Schnell rufe ich die neue E-Mail auf und wundere mich zunächst über den etwas befremdlichen Betreff. Doch was darauf folgt, ist nicht weniger ungewöhnlich.

Von: Liebesromane – M.J. August
19. Februar 2016, 02:18 a.m.
An: Lexa Bingley
Betreff: Kopie Tonia/Max

Tonia betrachtete verstohlen Max' Gesicht, während er einen weiteren Cocktail orderte. Er sah gut aus, mit seinem wuscheligen Haar, das selbst im wechselnden Licht der kleinen Bar immer leicht rötlich schimmerte, und mit diesen unendlich tiefen blauen Augen.
Tonia hatte das Gefühl, sich mit aller Kraft gegen etwas zu stemmen, seitdem sie ihm begegnet war. Etwas, von dem sie bis zu diesem Abend geglaubt hatte, es endgültig überwunden zu haben. Aber jetzt, mit Max, fühlte es sich wieder wie ein Kampf an. Als sei ihr alter Gegner plötzlich zu neuem Leben erwacht und habe sich ihr mit funkelnden Augen und einem überlegenen Lächeln zugewandt. Bei diesem Gedanken rieb sich Tonia über die nackten Unterarme und bemerkte es erst, als sie die Gänsehaut ertastete.
Seit der Trennung von Sebastian vor fast sechs Jahren war Tonia der festen Überzeugung, nicht für die Liebe geschaffen zu sein. Und keiner der Männer, denen sie in der Zwischenzeit begegnet war, hatte sie auf Dauer eines Besseren belehren können.

Aber in Max' Augen – sie konnte sich des Eindruckes einfach nicht erwehren – las sie ein beharrliches, eindringliches und doch so ruhiges »Ich beweise dir das Gegenteil. Wenn du mich nur lässt. Und ich schwöre dir, du liegst falsch. Wir beide könnten genau das sein, woran du schon lange nicht mehr glaubst«.
Natürlich war es lachhaft, so viel in seinen Blick hineinzuinterpretieren, schließlich kannten sie einander erst seit wenigen Stunden. Und doch war ein Funke jener Hoffnung, von der seine Augen sprachen, bereits auf Tonia übergesprungen. Es war dieselbe Hoffnung, die sie jahrelang immer wieder niedergekämpft hatte und vor der sie ihre innere Stimme bis heute beständig warnte.
Doch jetzt brannte sich dieser Funke zurück in Tonias Seele, brachte die Stimme ihres Unterbewusstseins für wenige Sekunden zum Schweigen, entflammte ungehindert ihr hilfloses Herz.

Ich habe zwar keine Ahnung, warum Maila mir eine Szene aus ihrem noch unveröffentlichten Manuskript schickt, aber während ich den Text lese, durchrieseln mich unzählige kleine Schauder.

Die Beschreibung passt perfekt auf unseren Abend in der Cocktailbar. Ich erinnere mich genau an ihren Blick, als ich uns gerade den dritten Cocktail bestellt hatte und mich ihr wieder zuwandte. Ihre Augen waren auf mich gerichtet gewesen, der Ausdruck sanft und doch auch fest. Aber er hielt sich nur für einen kurzen Moment, bis Maila plötzlich gezuckt und sich dann hastig über die Unterarme gerieben hatte.

Ein weiteres *Bing* zieht mich zwischen den Zeilen hervor und lässt mich verwirrt blinzeln. Auch diese Nachricht ist von Maila. Sie trägt den Betreff *AHHH!!!*.

Ein Versehen also? Na klar, das muss es wohl sein!

Mein Finger schwebt über der Schaltfläche, ich spiele mit dem Gedanken, die neueste Nachricht direkt aufzurufen – doch dann gleiten meine Augen zurück zu dem Text, den ich vermutlich niemals jetzt schon sehen sollte. Ich kann nicht anders, ich muss das zuerst zu Ende lesen! Und so erfahre ich, dass sich Max und Tonia auf einen One-Night-Stand einigen und Mailas Protagonistin gegen sämtliche ihrer selbst auferlegten Regeln verstößt, indem sie den ihr fremden Mann kurzerhand mit zu sich nach Hause nimmt.

Die beiden lieben sich leidenschaftlich, doch zugleich auch sehr innig. Es ist auffällig, dass Maila in ihren Beschreibungen mit einem Mal auf erotische Details verzichtet und sich stattdessen viel intensiver mit Tonias Emotionen befasst. Bei keiner der bisherigen Liebesszenen war das so.

Und schließlich ist es eine kleine Szene *nach* dem Liebesakt, die für endgültige Gewissheit sorgt und mich nach Luft schnappen lässt.

»Soll ich, ähm ... Ich meine, möchtest du ... dass ich jetzt gehe?«, stammelte Max unsicher. Tonia antwortete nicht direkt. Zunächst lauschte sie in sich hinein, auf die strenge Stimme, die sie aufforderte, nur ja das Richtige zu sagen. Dann öffnete sie den Mund – und tat genau das Gegenteil.
»Ist die Nacht denn schon vorbei?«, hörte sie sich flüstern und küsste ihn sanft auf den Mund.
Max atmete heftig aus. »Nein.« Er klang erleichtert, und als Tonia zurückwich, lächelte er mit geschlossenen Augen. »Der Tag ist ja noch fern«, sagte er versonnen.

»Sie hat wirklich über uns geschrieben«, flüstere ich und bemerke dabei, wie heiß mir während des Lesens geworden ist. Das *muss* etwas bedeuten. Maila konnte mich also auch nicht einfach vergessen und hat mich darum ... tja, tatsächlich in ihrem neuen Buch verarbeitet. Oder plant es zumindest.

»Warum zum Teufel musstest du mich wegschicken, Maila?«, flüstere ich. Wie immer, wenn ich mir ihre Zurückweisung bewusst mache, fühlt sich meine Brust mit einem Mal wesentlich enger an zuvor.

Erst nach einer Weile kommt mir Mailas letzte E-Mail wieder in den Sinn. Natürlich ist es genau so, wie ich es mir schon zusammengereimt hatte.

Von: Liebesromane – M.J. August
19. Februar 2016, 02:20 a.m.
An: Lexa Bingley
Betreff: AHHH!!!

Lexa,
diese letzte Nachricht war nicht für Dich bestimmt, sorry! O Gott! Das ist eine Szene, die ich heute während der Zugfahrt geschrieben habe und von der ich noch nicht genau weiß, ob ich sie in das neue Manuskript einfließen lassen soll oder nicht.
Ich schicke mir Schutzkopien solcher Texte immer an meine eigene E-Mail-Adresse, aber mein Postfach hat Deine Adresse als erste eingesetzt, und ich habe gewohnheitsgemäß einfach auf ENTER gedrückt und das Ding abgesandt.
Mir ist gerade ganz schlecht, ehrlich gesagt. Seit meiner Zeit als Selfpublisherin hat vor den Veröffentlichungen der Bücher immer nur meine Lektorin die Texte zu Gesicht bekommen. Können wir uns vielleicht darauf einigen, dass Du die letzte E-Mail einfach ungelesen löschst?
Unruhige Grüße,
M.J.

Ich überlege gerade, ob ich ihr noch antworten soll – und wenn ja, was? –, als plötzlich die Melodie meines Handys überlaut die Stille durchbricht und mich vor Schreck zusammenfahren lässt.

»Was zum ...« Hektisch ergreife ich mein Smartphone, auf dessen Display Marcus' Name blinkt.

»Na, immer noch Probleme mit der Zeitverschiebung?«, begrüße ich ihn mit unterdrückter Lautstärke. Die Verbindung ist nicht die beste. Ich höre zunächst den Widerhall meiner eigenen

Worte, dann, nach ein, zwei Sekunden, Marcus' verlegenes Lachen.

»Shit, du hast recht, bei dir ist es ja noch mitten in der Nacht. Mann, ich krieg das einfach nicht auf die Kette.«

»Ja, hier ist es kurz vor drei. Und bei dir? Wo seid ihr, schon in England?«

»Yep, in London. Ich bin gerade erst aufgestanden. Beziehungsweise, eigentlich liege ich noch im Bett. Ich muss unbedingt mit dir reden, aber das kann auch noch ein paar Stunden warten, bis du ausgeschlafen hast. Tut mir echt leid.«

»Nein, schieß los, ich hab sowieso noch nicht gepennt.«

»Nicht? Oh, ist mit der Motte alles okay?«

»Leni geht es prima. Es ist eher ...«

»Lass mich raten! Du schreibst an einem Song, oder? Mann, ich vermisse echt die Zeiten, als wir noch zusammen Musik gemacht haben.«

»Nein, ich ... ähm ... habe nur gelesen. Aber jetzt erzähl schon! Was gibt es so Wichtiges?«

»Okay ...« Marcus holt noch einmal tief Luft und bringt die Leitung damit kurzfristig zum Rauschen. »Also, gestern Abend hatten wir hier unseren vorletzten Gig. Direkt danach bin ich auf Sarah Pace gestoßen, die mich quasi noch backstage abgefangen hat.«

»Was denn, *die* Sarah Pace? Die Schauspielerin?«

»Genau die, ja. Sie steht momentan nicht selbst vor der Kamera, weil sie schwanger ist und sich deshalb etwas aus dem Rampenlicht zurückgezogen hat. Aber ihr Mann und sie haben zwei brandaktuelle Filmprojekte, bei denen sie gemeinsam Regie führen. Dafür arbeiten sie mit Randy Stiller zusammen.«

»Sagt mir nichts.«

»Natürlich kennst du den! Das ist der Typ, der diese Schutzengel-Serie produziert hat, auf die Cassie so stand.«

»Ach doch, klar, ich weiß! *Das Leben in meinem Sinn*, meinst du, oder? Cassie war wirklich verrückt danach. Hat Sarah Pace nicht auch in dieser Serie mitgespielt?«

»Richtig. Ihr Mann und sie sind sehr gut mit dem Produzenten befreundet. Und wie gesagt, momentan planen die drei gerade einige neue Filmprojekte.«

»Gut, aber ...«

»Was das Ganze mit uns zu tun hat, willst du wahrscheinlich wissen. Na ja, ein Film ohne Musik wäre vermutlich nicht so der Bringer, oder?«

»Ah, verstehe! Dann sollt ihr also wieder einen Song beisteuern? Wie cool! Für beide Filme?«

»Nein, nur für den einen. Er richtet sich an ein junges, hauptsächlich weibliches Publikum, ähnlich wie *Sunlight* damals. Sie wollen die romantischen Szenen, von denen es wohl einige gibt, mit unkonventionellen Songs abfedern, so hat Sarah es mir erklärt. Es trifft sich gut, dass sie voll auf unsere Musik steht und gerade zu Besuch bei ihrer Familie ist. Sarah ist ja Britin.«

»Ach! Und? Habt ihr schon alles klargemacht?«

»Nein.«

»Wie, nein? Warum nicht?«

»Tja, also Sarah ... Sie hat eigentlich nur mit mir gesprochen. Und ... nun ja, sie trägt ihr Herz echt auf der Zunge. Dementsprechend ist sie ziemlich schnell mit der Sprache herausgerückt, was sie genau von uns will.«

»Und das wäre ...«, sage ich lang gezogen, als Marcus schon eine Weile lang schweigt und ich der Stille förmlich anhöre, wie angespannt er mit einem Mal ist. Ich sehe ihn vor meinem geistigen Auge aufrecht in seinem Hotelbett sitzen und sich das halblange Haar aus der Stirn streichen.

»Hör zu, du Armleuchter«, bricht es aus mir hervor, »was auch immer es ist, du rückst jetzt sofort mit der Sprache raus!«

Brüder könnten sich nicht näher stehen als Marcus und ich. Solange ich mich zurückerinnern kann, ist er mein bester Freund. Wir haben uns zusammen Zähne ausgeschlagen, sogar gegenseitig, haben als ältere Jungs gemeinsam Süßigkeiten vom Kiosk geklaut und uns als Teenager prompt in dasselbe Mädchen verliebt. Mit vierzehn Jahren haben wir beim Zelten im

Garten von Marcus' Elternhaus zum ersten Mal onaniert und dann, nur wenige Monate später, auch zusammen die ersten Frustsongs geschrieben, als die nach wie vor von uns angebetete Meredith Johnson zunächst ihm und im Anschluss auch mir einen Korb verpasste.

Wir grölten diese und alle folgenden Lieder in Marcus' Keller vor uns hin, bis wir uns nicht mehr laut genug waren. Dann gründeten wir kurzerhand unsere Band und teilten uns nach erfolgreich absolviertem Premieren-Gig bei der Mittelstufenparty heimlich eine Zigarette hinter dem Notausgang der Schulaula.

Damals waren Marcus und ich noch keine sechzehn Jahre alt. Zwei egozentrische Narren, zwei winzige Lichter, die sich aber wie ein Feuersturm in finsterster Nacht vorkamen.

Weitere Jahre später, als ich Schwierigkeiten hatte, mir das Rauchen Leni zuliebe wieder abzugewöhnen, hatte Marcus erneut Solidarität bewiesen und zusammen mit mir dem Nikotin abgeschworen.

Durch dick und dünn – der Spruch war quasi für uns erfunden worden, und das galt bis heute. *Also ...*

»Was zum Henker kann es geben, das du mir nicht sagen kannst?«, fahre ich ihn wütend an. Zu meinem Erstaunen antwortet er prompt – und mindestens ebenso aufgebracht.

»Sag du es mir, Penner!«

»W-was?«, stammele ich irritiert.

»Sag du mir, warum ich bis jetzt weder eine Zu- noch eine Absage von dir habe! Auf eine Bitte, die ich vor über einem Vierteljahr an dich gerichtet habe. Was steckt dahinter, Alex?«

»Was hat *das* denn mit deinem jetzigen Anruf zu tun?«, winde ich mich heraus und versuche, mir meine Unsicherheit nicht anmerken zu lassen, indem ich noch etwas lauter werde.

»So ziemlich alles hat das damit zu tun«, hält Marcus dagegen.

Für eine Weile schweigen wir. Dann, endlich, gebe ich mir einen Ruck.

»Verdammt, glaubst du denn nicht, dass ich schon längst wieder mit an Bord wäre, wenn … das nur irgendwie ginge?«

Marcus' Geduld ist am Ende. »Was sollen diese verfluchten Andeutungen? Sprich doch endlich mal Klartext, Mann!«

»Scheiße, das ist nicht so leicht. Es … ist verdammt schwer, zuzugeben, dass …«

»Dass?«

Ich reibe mir mit der Hand übers Gesicht. »Dass ich, seit Leni bei mir ist, keinen einzigen Text mehr geschrieben habe, geschweige denn einen richtigen Song. Irgendetwas in mir ist damals … keine Ahnung! Kaputtgegangen, schätze ich.«

Es fühlt sich falsch an, das auszusprechen, weil ich sofort ein schlechtes Gewissen meiner Tochter gegenüber habe. Wie kann es sein, dass unser Zusammentreffen etwas in mir zerstört hat?

Auch am anderen Ende der Leitung ist es still geworden.

»Du schreibst keine Musik mehr? Keine … Texte?«, wiederholt Marcus erst etliche Sekunden später, als wolle er sicherstellen, sich nicht verhört zu haben.

Ich schweige.

»Also ist es eine Art Blockade?«, hakt er nach.

»Wenn du es so nennen willst. Allerdings hält sie schon verdammt lange an.«

»Warum … hast du mir denn nicht eher davon erzählt?«

»Keine Ahnung! Vielleicht …«

»Vielleicht, was?«

»Vielleicht, weil ich mir ohnehin schon wie ein Loser vorkam. Immerhin habt ihr die Mega-Karriere hingelegt, und ich … stand zur selben Zeit mindestens sechsmal täglich am Wickeltisch, habe meine Finger freiwillig von Leni ansabbern lassen, weil ihr das beim Zahnen geholfen hat, und habe sogar Gemüsebrei selbst eingekocht und eingefroren, weil Cassie und Mom so lange auf mich eingeredet haben, bis ich keinem Gläschen-Hersteller mehr vertraut habe. Klingt weder besonders heldenhaft noch gerade nach einem Rockstar, hm? Diese Scheißblockade war da nur das letzte Zünglein an der Waage, um mein ohnehin schon angeknacktes Selbstbewusstsein vollkommen außer Gefecht zu setzen.«

Marcus schnalzt mit der Zunge. »Ohnehin schon angeknacktes ... Was redest du denn da?«

Ich pruste gefrustet in mein Smartphone. Es passiert äußerst selten, dass nicht einmal er mich versteht. Aber jedes Mal, wenn es so ist, komme ich mir automatisch exorbitant blöd vor.

»Marcus! Ich bin dir echt dankbar für deine Unterstützung in der bisherigen Zeit mit Leni. Aber du hast nur die Spur einer Ahnung, wie sehr mich die ganze Situation damals überfordert hat. Plötzlich diese Verantwortung für ein Kind zu haben – für *mein* Kind, das war ...«

»Verdammt hart«, ergänzt Marcus nüchtern. Sein verständnisvolles Brummen dringt durch die Leitung. Ich weiß genau, wie ernst und konzentriert er nun gerade schaut. »Ja, du warst echt überfordert. Wäre ich auch gewesen, hätte ich mein Leben von heute auf morgen so komplett auf links krempeln müssen. Die Verantwortung für Leni war eine Mega-Umstellung und bestimmt extrem belastend. Schließlich hattest du dich davor immer nur um dich selbst kümmern müssen. Und hast auch so schon kaum etwas auf die Kette gekriegt. Jeden Tag bis mittags gepennt und die Nächte durchgemacht, wie wir alle.« Er lacht kurz auf, bevor sein Tonfall wieder ernst wird. »Dann mussten wir in der Band auch noch so schnell eine Entscheidung treffen. Brad kam und ersetzte dich ...«

Ich seufze. »Ja, ihr habt nur einmal Hallo gerufen und hattet sofort einen neuen Bassisten an der Hand. Mich auszutauschen war nicht gerade schwer.«

»Denkst du!«, protestiert Marcus. »Stell dir doch mal vor, ich wäre damals in deiner Situation gewesen und ihr hättet mich ersetzen müssen! Wie wäre es dir dabei gegangen?«

»Stimmt, das Ganze war wohl für keinen von uns leicht zu verkraften. Und bei mir hat sich dieser emotionale Stress halt voll auf die Kreativität niedergeschlagen.« Ich atme tief durch. »Also, was ich dir eigentlich schon längst hätte sagen sollen, ist:

Es tut wirklich gut zu wissen, wie gern die Jungs und du mich wieder dabeihättet. Und klar würde ich sofort zusagen und wieder mit einsteigen, aber ... ich habe euch leider absolut nichts zu bieten. Weil es so scheiße still in mir geworden ist. Da, wo früher in meinem Kopf dauernd Textzeilen und Melodienschnipsel herumschwirrten, ist jetzt rein gar nichts mehr. *Nada*.«

Marcus' Schnauben lässt die Leitung erneut rauschen. »Das ist echt krass. Seit Lenis Ankunft war alles wie ausgelöscht? Ohne Ausnahme?«

Ich ziehe es vor, Marcus' Frage schweigend zu beantworten, auch wenn mir in den Sekunden, die zwischen uns verstreichen, einfällt, dass es sehr wohl eine Ausnahme gab.

In der Nacht, als ich mit Maila zusammen war.

Doch ich konnte die Melodie nicht wieder abrufen, als ich später allein in meinem Bett lag und die vergangenen Stunden Revue passieren ließ. Wie sehr hatte ich es versucht, aber die kleine Aneinanderreihung von Tönen, die Maila aus ihrem Schlummer gezupft hatte, war mir einfach entglitten. Genauso wie Maila selbst.

»Tja«, seufzt Marcus schließlich, »pass auf, wir haben noch den Abschluss-Gig heute Abend im Palladium, dann ist diese Tournee endlich zu Ende, und wir kommen heim. Danach haben wir einen vollen Monat Auszeit vereinbart, bevor wir uns ans neue Album setzen müssen. Lass uns in dieser Zeit einfach mal wieder ein bisschen Musik zusammen machen. Wir spielen nur für uns, genau wie früher. Ein paar Coversongs oder unsere ältesten eigenen. Die, von denen bis heute nur wir beide wissen. Abgesehen von unseren leidtragenden Familien, versteht sich.«

Ich lasse mir seinen Vorschlag für einige Sekunden durch den Kopf gehen, bis Marcus plötzlich ein amüsiertes Prusten ausstößt. »Hey, weißt du noch, wie stolz wir damals waren, als wir bei uns im Keller gerade die ersten Aufnahmen mit dem alten Kassettenrekorder meines Dads gemacht hatten?«

Auch ich muss bei der Erinnerung schmunzeln. »Wie alt waren wir da? Vierzehn?«

»Wenn überhaupt. Und fühlten uns wie die neuen Rockstars. Ich hab die Kassetten noch. Wenn du also mal Bock auf eine kleine Schamsession hast, sag Bescheid, dann bringe ich sie mit.«

»Aber nicht ohne ein Sixpack Bier.«

Er lacht. »Du meinst, eins reicht?«

»Wohl eher nicht.« Wir schweigen.

»Also, mach's gut. In ein paar Tagen sehen wir uns wieder«, sagt er schließlich.

»Ja, bis bald. ... Oh, Marcus? Was ist das eigentlich für ein Film, für den ihr den Song braucht?«

»Ach, die Verfilmung eines Buchbestsellers und hat einen voll beknackten Titel, den ich mir einfach nicht merken kann. Aber Sarah hat klipp und klar gesagt, dass ihr unsere neue Richtung nicht mehr so gefällt wie die frühere Musik und dass sie sich eher einen Song wie *One Last Time* wünschen würde. Ich kann es ihr nicht verübeln, die Frau hat Geschmack. Daher wollte ich auch so schnell wie möglich mit dir sprechen. Schließlich ist unser größter Hit deine Komposition.«

Es ist viel mehr als eine bloße Vorahnung, die meine Stimme nun so gepresst klingen lässt. »Und du kannst mir den Titel echt nicht nennen?«

»Doch, warte, ich habe eine Zusammenfassung des Drehbuchs hier, nach der wir uns bei der Komposition richten sollen, wenn wir den Auftrag annehmen. Moment! ... So, hier: *Schicksalsschuhe*, nach dem Bestseller von M. J. August.«

»Heilige Scheiße!«, entfährt es mir.

»Sag ich doch. Echt kacke, der Titel, oder?«, ereifert sich Marcus.

»Er ergibt schon Sinn, wenn du die Story kennst«, brumme ich spontan überfordert und lausche dann in die unheilvolle Stille.

»Na schön«, sagt Marcus schließlich. »Jetzt machst du mir wirklich Angst, Alter!«

»Sag Sarah, wir schreiben diesen Song«, platzt es aus mir heraus.

»Wir? Aber ... Hast du mir nicht eben noch von deiner ...«

»Sprich das Wort nicht aus. Wir schreiben den Song für diesen Film und basta. Sag ihr das!«

»O-kay. Und erklärst du mir dafür im Gegenzug auch, was so plötzlich in dich gefahren ist?«

Ich streiche in der Dunkelheit meines Zimmers noch einmal über die Schaltfläche das Laptops. Prompt erscheint Mailas letzte, panische E-Mail auf dem Bildschirm, doch ich ersetze sie mit nur wenigen Klicks durch die versehentlich versandte von zuvor.

»Also, was geht da gerade ab bei dir?«, fragt Marcus drängend.

»Ähm ... Habe ich dir von Tante Janes Weihnachtsgeschenk erzählt? Der Eintrittskarte zu dieser Literaturnacht?«, beginne ich zögerlich, aber mit der wohltuenden Vorahnung auf Erleichterung, aller plötzlichen Aufregung zum Trotz.

Denn Marcus einzuweihen ... Nein, das war noch nie eine schlechte Idee.

19

Leni seufzt im Schlaf. Cassie sitzt neben ihr auf unserer Couch und streicht der Kleinen über die heiße Stirn. Währenddessen bereitet Marcus, der erst gestern von der Tour zurückgekehrt ist, gemeinsam mit mir die kalten Wickel vor.

»Es ist bestimmt nichts Schlimmes, mach dir keine Sorgen«, versucht er mich zu beruhigen und schiebt noch schnell hinterher: »Eine fiese Erkältung, mehr nicht«, als wolle er sich selbst von seinen Worten überzeugen. Ich nicke und lese die Temperatur des Wassers ab. »So ist es richtig. Dann los!«

Leni schläft durch das hohe Fieber viel flacher als sonst und wacht auf, als ich die getränkten Handtücher um ihre Waden schlinge. Sie zuckt zusammen, windet sich und jammert vor sich hin, lässt sich dann aber schnell von Marcus beruhigen, rollt sich auf der Seite zusammen und bleibt still liegen. Als ich fertig bin, hebe ich mir ihren Kopf auf die Oberschenkel und streichele ihr Gesicht, während ich ihr beruhigend zurede, so wie es meine Mom bei Cassie und mir immer gemacht hat, wenn wir als Kinder krank waren.

Die Wirkung bleibt auch bei Leni nicht aus, ihre Atmung wird tiefer und ruhiger, und auch wenn mich das Rasseln ihrer Atemzüge irritiert, ist es doch ein gutes Gefühl, dass sie sich so vertrauensvoll an mich schmiegt und nach einer Weile die Augen schließt. Allerdings kann ich mich nicht lange entspannen, denn Cassie nimmt unser Gespräch wieder auf.

»So, und jetzt noch einmal«, sagt meine Schwester fordernd. »Du hast dich wirklich als eine Frau ausgegeben und M.J. geschrieben?«

Ich verdrehe die Augen. Natürlich habe ich unter Marcus' Einwirkung nicht länger an mich halten können und auch meine Schwester eingeweiht, zumindest weitestgehend. Und jetzt sitzen mir beide, bester Freund und jüngere Schwester, gegenüber und sehen mich vorwurfsvoll an. Als ob ich nicht längst wüsste, dass ich Mist gebaut habe.

Hilflos zucke ich mit den Schultern. »Am Anfang schien es harmlos zu sein, ich wollte einfach wieder ... Kontakt zu ihr haben und vielleicht noch ein paar Fragen klären. Aber seitdem ich weiß, dass sie so eindeutig über uns beide geschrieben hat, habe ich echt keine Ahnung mehr, was ich machen soll.«

»Kein Wunder!«, befindet Marcus. »Spätestens mit dieser letzten E-Mail hast du dich ja auch ganz schön in die Scheiße geritten.«

»Na!«, blaffe ich und deute auf meine Tochter, die jedoch keine Regung zeigt.

Marcus zieht eine Grimasse. »Alex, sie schläft, mach dich mal locker!«

»Mit welcher letzten E-Mail? Was hast du ihr denn noch geschrieben?«, hakt Cassie neugierig nach.

»Nicht mehr viel, nur ...«

»Pff!«, macht Marcus und greift unaufgefordert nach meinem Laptop. »Wie ist denn dein Stand der Dinge, Cass?«

»Na, dass Maila eine ziemlich eindeutige Szene geschrieben hat, auf die Alex aber nicht näher eingehen will, und dass sie ihm diesen Text versehentlich geschickt hat.« Sie verzieht das Gesicht. »Mann, das ist echt ätzend. Da wartet man jahrelang auf das Ende einer Buchreihe, und dann kann man es doch nicht unbeschwert lesen, weil der große Bruder darin plötzlich die Rolle des Verführers spielt.«

»Ich spiele *nicht* ...«, versuche ich mich zu verteidigen, werde aber prompt von Marcus unterbrochen.

»Dann kennst du diese letzten E-Mails noch gar nicht, Cass? Hier, warte, ich lese sie dir vor: ›Liebe M.J., nicht böse sein, aber ich hatte Deine vorangegangene E-Mail mit dem Text schon gelesen, bevor Du mich gebeten hast, das nicht zu tun. Jetzt kann ich Dir nur noch schwören, niemand anderem den Text zu zeigen, und hoffen, dass Du mir vertraust. Liebe Grüße, Lexa.‹ So weit, so gut«, kommentiert Marcus, »und hier Mailas Antwort:

‍›Liebe Lexa, keine Bange, ich bin nicht böse. Schließlich war es ja mein Fehler. Allerdings … Ich würde Dir wirklich gern vertrauen, nur bin ich dafür in meinem Leben schon zu heftig belogen worden. Nichts für ungut, wie gesagt, Du kannst ja nichts dafür – weder für das eine noch für das andere! Aber in Bezug auf Max und Tonia habe ich jetzt keine Ahnung mehr, was ich tun soll. Denn wenn ich die Szene, die Du gelesen hast, eingebunden hätte, wäre sie definitiv eine Schlüsselszene geworden. Liebe, wenn auch etwas verzweifelte Grüße, M.J.‹«

Marcus stupst Cassie in die Seite. »So, und jetzt pass auf! ›Liebe M.J., wäre es etwas anderes, wenn wir uns kennen würden? Könntest Du mir dann unter Umständen mehr vertrauen? Was meinst Du? Lexa.‹«

»Ja, sehr gut!«, feuert mich Cassie an. Marcus schaut verblüfft zu ihr auf, und ich schätze, meine Miene ähnelt seiner.

»Sehr gut?«, wiederholen wir wie aus einem Mund. »Wie kann das gut sein, Cass, geschweige denn *sehr*?«, ereifere ich mich und raufe mir dabei das Haar. »Ich weiß nicht einmal, was mich geritten hat, ihr das zu schreiben! Vermutlich war ich an dem Abend so gefrustet, dass ich einfach alles auf eine Karte gesetzt habe, vollkommen kopflos. Und natürlich hat sie prompt geantwortet, dass es vielleicht tatsächlich etwas ändern würde, und dann direkt gefragt, ob wir uns denn mal treffen könnten.«

»Er hat sich voll reingeritten«, bestätigt Marcus seufzend. »Und keiner von uns könnte für ihn zu diesem Treffen gehen, nicht einmal, wenn wir wollten. Ich bin ein Kerl, und dich kennt sie doch schon von etlichen Interviews.«

Cassie schaut Marcus an, als habe er den Verstand verloren. »Du glaubst ernsthaft, dass ich mich für diese erfundene Lexa ausgeben würde, wenn ich M.J. noch nicht begegnet wäre? Mensch, Jungs, euch ist echt beiden nicht mehr zu helfen!« Sie runzelt die Stirn, bevor sie sich wieder mir zuwendet. »Alex, da beweist du endlich Mut und steuerst ein neues Treffen mit ihr an, bei dem sich alles aufklären würde … und dann willst du doch wieder einen Rückzieher machen. Dabei ist doch klar, dass du jetzt nur noch Schadensbegrenzung betreiben kannst – wenn überhaupt. Aber trotz des Risikos wäre es nur fair, ihr noch einmal gegenüberzutreten, jetzt, wo sie dir ihre Gefühle schon so unbewusst offenbart hat.«

Ich schüttele verzweifelt den Kopf. »Und wie genau soll ich das anstellen? Sie jetzt wirklich zu treffen wäre … ein verdammt heikles Vorgehen, wisst ihr?«

»Ja, so weit konnten wir dem Ganzen bisher folgen«, stellt Marcus sarkastisch fest. »Aber Cass hat wie immer recht. Du solltest das trotzdem durchziehen.« Er nickt in Richtung meiner Schwester. Sie versteht ihn wortlos, erhebt sich und schiebt ihre Hände unter Lenis nach wie vor warmen, wenn auch nicht mehr ganz so glühenden Lockenkopf, damit ich vorsichtig aufstehen kann, während Cassie meine Position einnimmt.

»Da!«, sagt Marcus und drückt mir meinen Laptop in die Hand, kaum dass ich neben ihm Platz genommen habe. »Schreib! Maila wartet schon viel zu lange auf deine Antwort.«

»Und was soll ich ihr schreiben, bitte sehr?«

»Egal was, bleib nur bei der Wahrheit und mach irgendwie ein Treffen aus.« Mit herausfordernd hochgezogenen Brauen schiebt er den Laptop noch näher zu mir.

Und weil das vermutlich genau der Tritt in den Hintern ist, den ich dringend gebraucht habe, drücke ich den Antworten-Button über Mailas letzter E-Mail und beginne zu schreiben, zögerlich und nur wenige Zeilen, bis ich den Laptop an Marcus zurückreiche.

»Wehe, du schickst es ab. Das mache *ich*, kapiert?«

»Ja ja, schon klar!«

»Also?«, fragt Cassie ungeduldig. Ich protestiere gar nicht erst dagegen, dass Marcus wieder laut vorliest, es hätte ja ohnehin keinen Zweck.

»»Sorry für die späte Antwort, aber es gibt vielleicht wirklich eine Möglichkeit, dass wir uns kurzfristig treffen. Während ich diese Zeilen an Dich schreibe, befinde ich mich in Danbury, nur etwa anderthalb Stunden von Deinem Wohnort entfernt. Wenn

Du also Lust auf ein Treffen hast, würde ich mich sehr freuen, Dich zu sehen. Erwartungsvolle Grüße, Lex.‹ – Geschickter Zug, das Lex am Ende!«, lobt er schmunzelnd.

»Du hast gesagt, ich soll bei der Wahrheit bleiben.«

»Bist du.« Cassie nickt zufrieden. »Jetzt abschicken!«

Ich halte die Luft an, drücke auf den entsprechenden Button ... und gerate nur einen Augenblick später schon völlig in Panik.

»Ich kann das nicht! Was glaubt ihr, bitte, wie Maila sich fühlt, wenn wir uns wirklich auf ein Treffen einigen und *ich* sie plötzlich dort erwarte?«, frage ich aufgebracht.

Cassie rührt sich nicht, offenbar vollkommen unbeeindruckt. Marcus hingegen zuckt so lässig mit den Schultern, dass ich ihm dafür am liebsten eine reinhauen würde. »Sie wird wie vom Donner gerührt sein«, prophezeit er nüchtern. »Und dann wird sie entweder toben oder auf dem Absatz kehrtmachen und davonstapfen. So oder so, im selben Moment ist wieder alles offen zwischen euch. Diesmal hast du das Richtige getan, Alex, da stimme ich deiner Schwester zu.«

»Tinken!« Lenis krächzende Stimme erklingt so unverhofft, dass ich erschrecke. Drei Augenpaare richten sich schlagartig auf die Kleine. »Durst«, bekräftigt sie.

Sofort springe ich auf. »Was magst du denn trinken, Süße?«

»Suppe.«

Cassie lacht. »Au ja, wir machen dir eine Hühnerbrühe. So wie Granny und Grandpa es früher immer für deinen Dad und mich gemacht haben!«, ruft sie begeistert, denn es ist das erste Mal seit gestern Morgen, dass Leni nach etwas verlangt.

Während die Kleine zwischen uns auf der Couch sitzt und mit roten Wangen ihre Instantbrühe aus einem Becher schlürft, warten wir Erwachsenen in Wahrheit nur auf Mailas Antwort. Und als das *Bing* endlich ertönt, langen wir alle drei gleichzeitig in Richtung des Laptops.

»Sorry!«, sagt Marcus und zieht seine Hände wieder weg.

»Und?«, fragt Cassie, kaum dass ich mein Postfach geöffnet

habe. »Ist nur 'ne Mail von einem Gitarrenschüler«, sage ich und erkenne sofort an den enttäuschten Gesichtern, dass ich überzeugend genug gelogen habe, um Mailas Antwort zunächst ungestört lesen zu können. Was mir auch deshalb gelingt, weil sie viel kürzer ist als alle bisherigen.

Von: M.J. August
24. Februar 2016, 05:36 p.m.
An: Lexa Bingley
Betreff: Heute Abend noch?

Hallo Lexa,
wie wäre es dann mit einem Treffen heute Abend?
Newburgh liegt ungefähr in der Mitte der Strecke, sollen wir uns gegen neun Uhr dort in dieser kleinen Bar treffen? Oder ist das zu kurzfristig?
M.J.

Ihrer E-Mail hat sie den Link zu der Bar in Newburgh angefügt, den ich sofort öffne und dabei dummerweise von Marcus erwischt werde. »Ach, du verarschst uns doch. Klar war sie das!«, schimpft er.

»Verarscht doch!«, echot Leni postwendend wie ein heiserer Papagei. Zumindest besitzt Marcus den Anstand, sich die Hand vor den Mund zu schlagen. Dass er damit ein gemurmeltes »Ups, Scheiße!« vertuscht, macht die Sache allerdings nicht besser. Und dass er mir im nächsten Moment den Laptop entreißt und Cassie laut Mailas Antwort vorliest, erst recht nicht.

Die Hektik, die daraufhin ausbricht, erlebe ich eher passiv. Marcus, der mich beschwört, Maila auf jeden Fall meine Gefühle zu gestehen, egal, wie schwer es mir fällt. Cassie, die mir ein Outfit zusammenstellt und meine widerspenstigen Haare mit Gel zu bändigen versucht, als sei ich ein kleiner Junge und nicht etwa ihr um fünf Jahre älterer Bruder. Und zu guter Letzt auch noch Leni, die uns argwöhnisch und mit glasigen Augen beobachtet, die Tasse mit der Brühe nach wie vor zwischen beiden Händen.

All das nehme ich wahr, aber irgendwie wie durch Watte.

Erst als ich kurz vor acht Uhr im Mercedes sitze und das alte Navi meines Dads mit der Adresse der Bar programmiere, realisiere ich richtig, was ich im Begriff bin zu tun.

Entscheidungen und Gewissenskonflikte

Vincent

O Alex, mein Junge, wie gut ich deine Nervosität nachvollziehen kann!

Wenn ich dich beobachte, wie du das Lenkrad mit deinen zittrigen Fingern umklammerst und ebenso ängstlich wie hoffnungsvoll den Motor startest, kann ich nicht anders, als dich mit meinem früheren Selbst zu vergleichen. Trotz des schlechten Gewissens deiner fiebernden Tochter gegenüber versuchst du schnellstmöglich zu der bezaubernden jungen Frau zu kommen, die dir den Kopf verdreht hat. Und das, obwohl Maila dir eigentlich klipp und klar gesagt hat, dass sie eine ernsthafte Beziehung mit dir ausschließt.

Das Ganze erscheint mir tatsächlich wie ein Déjà-vu und die Tatsache, dass du nicht mein leiblicher Sohn bist, wie eine lächerliche Täuschung, so sehr ähneln sich unsere Schicksale.

Gerade einmal zwei Jahre warst du alt, als sich das Leben für deine Mom, mich und folglich auch für dich noch einmal komplett veränderte. Jane und ich hatten gemeinsam in Vivians Elternhaus angerufen, um zu deinem Geburtstag zu gratulieren. Doch das Telefonat hatte nicht Vivian entgegengenommen, sondern nur ein Schatten der lebensfrohen jungen Frau, die ich gekannt hatte.

Ihr Tonfall war monoton, ihre Stimme hätte kaum teilnahmsloser und gleichgültiger klingen können.

»Wir haben nicht gefeiert. Wozu auch, Alex kriegt ja doch noch nichts davon mit. Mom hat einen Apfelkuchen gebacken, *den haben wir gerade angeschnitten. Dad möchte auch nicht, dass ich allzu lange telefoniere, weil die Harolds bei uns sind.«*

Es schüttelte mich, als sie den verhassten Nachnamen aussprach.

Die Harolds bewohnten das graue Haus, das aussah, als hätte man einen aufrecht gestellten Schuhkarton über die schmale Seite zwischen unsere deutlich breiteren Elternhäuser geschoben.

Auch der Ziergarten der Harolds war für mich nie mehr als ein störender Abstandhalter zwischen meinem und Vivians elterlichen Grundstücken gewesen – ein Niemandsland, das dummerweise an das wunderbare Spielparadies angrenzte, das meine Eltern für mich angelegt hatten. Denn bei den Harolds handelte es sich um ein älteres kinderloses Paar, dem jegliches Verständnis für unseren ausgeprägten Spiel- und Forschertrieb fehlte.

Dementsprechend oft hatte es während unserer Kindheit auch Streit zwischen den Harolds und meinen Eltern gegeben. Doch während meine Mom und mein Dad keinerlei Sympathie für die beiden Alten hegten, teilten Vivians Eltern viele der strikten und in meinen Augen engstirnigen Ansichten der Harolds.

Dass nun ausgerechnet dieses schreckliche Paar die einzigen Gäste zu deinem zweiten Geburtstag waren, erfüllte mich mit einem Zorn, den ich kaum unterdrücken konnte. Am Ende bat ich Vivian nur noch, später am Nachmittag mit dir spazieren zu gehen und mich dabei von einem öffentlichen Apparat aus anzurufen.

Dieses Telefonat wurde zu dem wichtigsten meines Lebens. Denn nun, da wir offen sprechen konnten, brachen bei deiner Mom sämtliche Dämme.

»Ich kann nicht mehr, Vince!«, stieß sie verzweifelt aus und weinte dabei so herzzerreißend, dass ich die Telefonschnur mit meinen Händen malträtierte.

»Ich halte es einfach nicht mehr aus. Ich müsste so dringend

hier wieder weg, weg von meinen Eltern, aber ... wie denn? Ich habe keinen Cent, keinen Job, kein abgeschlossenes Studium. Einfach nichts! Was zum Teufel soll ich denn nur machen? Gestern ...«

An dieser Stelle schluchzte sie laut auf, und der Laut hallt bis heute in meinen Erinnerungen nach. »Gestern hat Alex die Zündhölzer vom Kamin entdeckt und ausgeschüttet. Mein Dad kam dazu und hat ihm kräftig auf beide Hände gehauen, kannst du dir das vorstellen? Einem zweijährigen Kind! Alex hat so sehr geweint, dass ... Man hat gemerkt, dass er die Welt nicht mehr verstand. Ich ... Ich will nicht, dass mein Sohn auch so streng aufwächst, Vince. Ich meine, was hätte er denn mit den verdammten Zündhölzern anstellen sollen, er konnte die Schachtel ja nicht einmal wieder zusammenstecken.«

»O Gott! Vivi, hör mir zu! Ich komme und hole euch.«

»Und dann? Wo sollen wir denn hin?«

»Na, zu mir. So, wie es von Anfang an hätte sein können.«

»Aber Vince, ich ...«

»Ich weiß, dass du nicht dasselbe für mich empfindest wie ich für dich, Vivian. Aber glaubst du denn nicht, dass ein Leben mit mir zumindest die bessere Alternative wäre?«

»Zweifellos. Nur wäre es so schrecklich unfair dir gegenüber, dein Angebot anzunehmen.« *Sie schniefte.*

»Und wenn du dein schlechtes Gewissen mal für einen Moment zum Schweigen bringst? Wie würdest du dann entscheiden?«

An dieser Stelle war es für mehrere Sekunden in der Leitung still geworden. Für acht Sekunden, um genau zu sein, denn ich zählte sie, um meine Nerven zu beruhigen.

»Dann würde ich dich anflehen, uns zu holen«, *wisperte Vivian endlich.* »Ich würde dir sagen, dass ich dir zwar nichts versprechen kann, dass ich aber hoffe, dich eines Tages vielleicht wirklich genauso lieben zu können wie du mich, Vince. Und glaub mir, das wünsche ich mir sehr.«

Mein Herz machte einen Sprung. Sollte mein größter

Wunsch, seitdem ich von dir erfahren hatte, Alex, doch noch in Erfüllung gehen?

»Wenn du das tatsächlich machen würdest ...«, fuhr Vivian mit zittriger Stimme fort, »wenn du den Kleinen wirklich als deinen Sohn annehmen könntest und wir zusammen ein neues Leben beginnen würden, am besten weit weg von hier, dann ... Oh, Vince, ich weiß, ich würde dich mit jedem Tag mehr lieben. Ich spüre es!«

Sie wurde mit jedem Wort euphorischer.

»Ich würde dich so gern in den Arm nehmen«, gestand ich und unterdrückte meine eigenen Tränen mühevoll.

»Dann komm und hol uns«, sagte sie leise, aber bestimmt.

»Das mache ich. Spätestens übermorgen bin ich bei dir. Bei euch. Also gib Alex noch einen dicken Geburtstagskuss von mir und versprich, dass du deine Meinung, bis ich komme, nicht wieder änderst.«

»Ich verspreche es.« Ich hörte, wie sie in ihrer Telefonzelle noch einmal eine Münze nachwarf. »Mein Geld ist gleich weg, Vince.« Ihre Stimme klang beunruhigt. So, als würde sie sich noch nicht von mir verabschieden wollen. In mir hingegen hielt eine unaufgeregte, tiefgreifende Freude Einzug. Es fühlte sich an, als würde ich endlich dort ankommen, wo ich schon immer hingewollt hatte. Aber dieser Ort war mir nicht fremd. Es war vielmehr ein Zuhause, das ich bisher nur nicht bewohnt hatte, weil der wichtigste Bestandteil dazu gefehlt hatte. Nämlich sie, Vivian.

»Okay. Ich rufe dich von unterwegs an, damit du weißt, wann ich ankomme. Mach's gut, wir sehen uns bald. Und Alex' dritter Geburtstag wird wunderschön, das verspreche ich dir. Ab jetzt wird alles gut.«

Damit legte ich auf und ließ mich zurück auf mein Bett fallen.

Wie lange ich so dalag und mich fühlte, als würde ich schweben, weiß ich nicht mehr. Als ich mich endlich erhob und die Tür zu dem winzigen Balkon öffnete, blies mir der kühle Herbstwind entgegen.

Ich atmete tief durch und blickte die Straße entlang. Die breiten Gehwege, die akkurat beschnittenen Laubbäume, die Autos unserer Nachbarn. Das alles kam mir schon ebenso vertraut vor wie die kleine Wohnung, die ich mir bereits seit einem Jahr mit der Frau teilte, die just in diesem Moment von ihrer Joggingrunde zurückkehrte.

Ahnungslos, dass ich sie beobachtete, bog Jane in unsere Straße ein und wurde langsamer. Dass sie dabei kurz ins Schwanken geriet und sich an einem der Vorgartenzäune festhalten musste, bemerkte ich kaum.

Erst zwei Jahre später, als sie ihrer Geburtstagskarte an Alex auch einen Brief an mich beilegte und mir darin endlich von ihrer Krankheit erzählte, erinnerte ich mich an diesen winzigen Moment.

Doch im Augenblick des Geschehens fuhren ganz andere, schreckliche Gedanken durch meinen Kopf.

»O nein! Was zum Teufel mache ich nur? Wie um alles in der Welt kann ich dir das antun, Jane?«, flüsterte ich und schlüpfte mit eingezogenem Kopf zurück in unser gemeinsames Schlafzimmer, ehe sie mich auf dem Balkon entdecken konnte.

20

Maila

Weil eine der beiden U-Bahnen auf meiner Strecke deutlich Verspätung hatte, biege ich nicht ganz pünktlich um die letzte Straßenecke zu der vereinbarten Bar. Zum Schutz vor dem eisigen Wind vergrabe ich das Gesicht in meinem Schal und kneife die Augen zu schmalen Schlitzen zusammen.

Mir schießt durch den Kopf, dass Lexa und ich keinerlei Erkennungszeichen vereinbart haben und auch nicht, ob wir uns vor dem Eingang treffen oder die Erste von uns schon mal hineingeht, um uns einen Tisch zu sichern.

Aber sie wird mich vermutlich erkennen. Wenn ich nur nicht so aufgeregt wäre! Hoffentlich ist Lexa genauso sympathisch wie in ihren E-Mails. Vielleicht könnten wir uns dann sogar richtig anfreunden. Der Himmel weiß, wie sehr ich mich nach einer echten Freundin sehne, mit der ich über alles sprechen könnte – sogar über die Sache mit Alex. Dadurch, dass ich mich so früh auf die Idee der *einen* großen Liebe versteift hatte, habe ich viele andere Dinge, die im Leben doch ebenfalls so wichtig sind, komplett vernachlässigt. Deshalb habe ich mich zum ersten Mal nach einer Freundin gesehnt, als ich mich von meinem Ex getrennt hatte und es plötzlich gar keinen Menschen mehr gab, dem ich mich hätte anvertrauen können. Nicht einmal meine Eltern kamen dafür noch infrage, sie waren ja Teil des Problems.

Schon bald danach stürzte ich mich ins Schreiben und versuchte auf diese Art und Weise alles aufzuarbeiten. Und ich war mir sicher, Erfolg damit zu haben und weiterhin gut auf die große Liebe und Freunde verzichten zu können, bis … Tja, bis ich vor ein paar Wochen Alex begegnet bin.

Seit der Nacht ist nicht einmal mehr das Schreiben ein zuverlässiges Ventil. Denn Lexa lag mit ihrer Vermutung ganz richtig: Auch wenn ich Tonia nicht einmal einen Bruchteil der Last mit auf den Weg gegeben habe, die ich selbst nun schon seit fast sechs Jahren stumm mit mir herumschleppe, so habe ich doch sehr viel von mir selbst in ihre Geschichte einfließen lassen, viele Zweifel, Ängste, Erlebnisse ... und mich damit selbst therapiert. Zumindest dachte ich das bis vor Kurzem. Bis zu Alex.

Da die Uhr auf meinem Smartphone schon acht Minuten nach neun anzeigt, als ich vor der Bar ankomme, jedoch niemand draußen steht, beschließe ich nach kurzem Zögern, hineinzugehen. Als ich die schwere Eingangstür aufdrücke, dröhnt mir Musik entgegen. Es ist Aretha Franklins *I Will Survive*.
Ich kenne diese Bar nicht, habe sie willkürlich übers Internet herausgepickt. Aber nur ein Blick in die Runde der Anwesenden spricht Bände. So gut wie alle Männer hier sind stämmig, tragen Vollbart und irgendeine Art von grob kariertem Hemd. In kleinen Gruppen sitzen oder stehen sie auffällig dicht beieinander, wobei viele ihren Nebenmann oder ihr Gegenüber berühren – bevorzugt am Hintern oder an den Oberschenkeln.
Von den wenigen Frauen, die sich hier aufhalten, knutschen zwei so heftig miteinander herum, dass ich sie für einige Sekunden angaffe und dann, als mir mein Starren auffällt, schnell den Blick abwende.
O nein, ausgerechnet eine Gay-Bar?
Normalerweise wäre mir das egal, aber im Bezug auf Lexa mache ich mir nun meine Gedanken. Sie wird sich bestimmt fragen, warum ich sie ausgerechnet in dieser Bar treffen will.
Noch bete ich im Stillen, dass ich sie damit nicht in die Flucht geschlagen habe, als mich bereits ein junges, hübsches blondes Mädchen anspricht. »Hey, dich habe ich hier ja noch nie gesehen«, grüßt sie mich lächelnd. »Ich bin Giulia.«
»Maila, hi.«
»Darf ich dir was zu trinken bestellen, Maila, oder bist du nur

auf der Durchreise?«, fragt sie mit einem süßen Augenaufschlag, offenbar darauf bedacht, keine Zeit zu verlieren.

»Ähm ... Nein, sei mir nicht böse, aber ich ... Ich bin schon verabredet.«

»Oh, okay.« Giulia mustert mich von Kopf bis Fuß. »Du bist hetero, oder?«, fragt sie dann geradeheraus.

Ein wenig verdutzt lache ich auf. »Woher ...«

Sie grinst mich an. »Habe so seltsame Schwingungen empfangen. Soll ich dich zu ihm bringen?«

»Zu wem?«

»Na, zu dem Typen, mit dem du verabredet bist. Er wartet dort hinten auf dich. Ist bestimmt schon eine halbe Stunde hier und schrecklich nervös. Mein Kumpel George hat versucht, ihn anzumachen, und war dabei genauso erfolglos wie ich mit dir.« Mit dem Kinn deutet sie auf einen der Bären an der Theke und grinst. »Aber warum verabredet man sich als Heteros denn auch in dieser Bar, Süße?«

»Nein, nein, ich bin nicht diejenige, auf die dieser Mann wartet. Ich bin wirklich mit einer Frau verabredet. Auch wenn die hier ... vermutlich ebenso fehl am Platz ist wie ich.«

Giulia zieht die Stupsnase kraus, lässt ihren Blick über die Gäste schweifen und schüttelt dann entschieden den Kopf. »Also, du bist die einzige Hetero-Frau hier, das kann ich dir versichern. Vielleicht gehst du doch lieber zu dem Kerl nach hinten, bis deine Verabredung kommt. Sonst machen dich vielleicht noch andere an.« Sie zwinkert mir zu, und zu meiner Verwunderung erwidere ich ihr Grinsen ungezwungen.

»Ich bin ja hier vorn«, sagt sie dann. »Und ich kenne jedes Gesicht. Wenn also eine Fremde hereinkommt, schicke ich sie zu dir, in Ordnung?«

»Vielleicht sollte ich doch lieber draußen warten«, protestiere ich schwach, die Blicke einiger anderer Frauen auf mir spürend.

Giulia zuckt mit den Schultern. »Mach ruhig. Wobei sich der arme Typ dahinten bestimmt über deine Gesellschaft freuen würde. Es ist echt lustig zu beobachten, wie deplatziert er sich hier fühlt.« Kichernd nickt sie in die entsprechende Richtung. Mein Blick folgt ihrem ganz automatisch.

Im nächsten Augenblick zucke ich zusammen und stoße einen unkontrollierten Laut aus.

»Hey, alles klar?«, fragt Giulia, doch ich reagiere nicht auf ihre Frage, sondern glotze weiterhin den gut aussehenden Mann an, der in der hintersten, schlecht ausgeleuchteten Ecke des Raums an einem schmalen Tisch sitzt und ebenfalls vollkommen regungslos meinen Blick festhält.

Alex!

Es geschieht nicht oft, dass mein Hirn hinterherhinkt, doch gerade jetzt misslingt es mir gehörig zu realisieren, was hier vor sich geht.

Alex bewegt sich als Erster wieder. Langsam hebt er die Hand und grüßt mich mit einem kurzen Winken und diesem schiefen Lächeln, das mir seit unserer ersten Begegnung nicht mehr aus dem Sinn gehen will.

Meine linke Hand verselbstständigt sich und grüßt zurück, ehe ich bewusst darüber nachdenken kann.

Etwas berührt meinen Arm. »Ha, wusste ich doch, dass ihr zusammengehört«, sagt Giulia. »Es passiert nämlich wirklich *nie*, dass sich ein Hetero hierherverirrt. Und dann direkt zwei an einem Abend? Das konnte einfach nicht sein.«

Ich fahre zu ihr herum. »Aber ... ich bin wirklich ...«

»Mit einer Frau verabredet, meinst du?«, hakt sie nach. »Echt? Und darf ich fragen, ob du diese Frau zuvor schon einmal getroffen hast? Oder kennst du ›sie‹ bisher nur übers Internet?«, ergänzt sie sarkastisch und zieht dabei sogar die Anführungszeichen um das Sie, sodass mir gar nichts anderes übrig bleibt, als diese »Lexa« schlagartig aus einem neuen Blickwinkel zu betrachten.

Was einem Schock gleichkommt, der mich nach Luft schnappen lässt.

Lexa.

Man nehme das A und setze es vor den Rest ihres Namens.

O Mann, ich bin so dumm!
Wie konnte ich nur so unsagbar dämlich sein?
Und was ich ihr alles geschrieben habe!
Ihr? Nein, *ihm!* Gerade ihm!
O. Gott.

Wieder schießt mein Blick zu Alex, und ich starre ihn erneut an, dieses Mal mit noch fassungsloseren Augen.

Alle verbliebenen Zweifel erlöschen, als ich beobachte, wie der hoffnungsvolle Ausdruck aus seinem Gesicht verschwindet und binnen Sekunden nichts als blankes Schuldbewusstsein zurückbleibt.

Ich schüttele den Kopf und wispere ein entsetztes »Nein!«, das er mir von den Lippen abzulesen scheint, denn mit einem Mal gerät er in Bewegung, schiebt sich rasch von der Sitzbank und kommt mit großen, entschlossenen Schritten auf mich zu.

»Ist er dein Ex?«, fragt Giulia. Ich schüttele weiter den Kopf. Dann löse ich meinen Blick von Alex, lenke ihn ein letztes Mal zu den neugierigen Augen der hübschen Frau neben mir … und stürme Hals über Kopf aus der Bar.

»Maila, warte!«, ruft Alex hinter mir. Seine tiefe Stimme erfasst mich. Sie schallt nicht nur über die Musik hinweg, sondern echot durch meinen gesamten Körper, geht mir buchstäblich durch Mark und Bein.

Verflucht, es ist doch nicht normal, wie tief er mich berührt! Sogar in dieser vollkommen skurrilen Situation.

Aber größer als die Sehnsucht in mir ist die Angst, ebenso wie die Scham und das schreckliche Gefühl, von ihm hintergangen worden zu sein. Ausgerechnet von ihm.

Alle diese Emotionen, gemischt mit den bittersüßen Erinnerungen an unsere gemeinsame Nacht, bewirken, dass sich meine Schritte beschleunigen. Als ich die Tür aufgestoßen habe und mir der klirrend kalte Abendwind entgegenschlägt, renne ich ziellos drauflos. Ich flüchte vor Alex, als sei der Versuch, ihm auf diese Weise zu entkommen, nicht vollkommen idiotisch.

Natürlich komme ich nicht weit.

Seine Schritte hallen hinter mir durch die Dunkelheit, kommen immer näher, bis ich auch seinen Atem höre, dann sogar spüre, und sich seine Hand um meinen linken Unterarm schließt. »Warte!«, beschwört er mich im Laufen und versucht, mich zurückzuhalten.

»Nein, lass mich!«, fahre ich ihn an, setze mich aber körperlich nicht gegen ihn zur Wehr. Ich kann es einfach nicht, denn seine Berührung fühlt sich so gut an, dass sich mein Herz blitzschnell über meinen Kopf hinwegsetzt und ich mich am liebsten sofort in Alex' Arme fallen lassen würde, all meiner Wut und Enttäuschung zum Trotz.

Ich spüre die Tränen in meinen Augen erst, als wir uns keuchend gegenüberstehen und ich den Blick zu seinem Gesicht hebe. »Warum?«, stoße ich nach Luft ringend hervor.

Alex ergreift auch meinen anderen Unterarm, als habe er Angst, ich würde jede Sekunde zu einem neuen Sprint ansetzen. Aber die erste Panik ist verflogen. Jetzt will ich nur noch wissen, wie zum Teufel er auf die bescheuerte Idee kam, mir zu schreiben und sich dabei als ein weiblicher Fan auszugeben.

Er beobachtet, wie meine Tränen mit dem nächsten Blinzeln überlaufen und meine Wangen hinabkullern. Behutsam lässt er seine Hände zu meinen hinuntergleiten und umschließt meine eiskalten Finger mit seinen warmen.

»Es tut mir so leid, ich … wusste mir einfach nicht anders zu helfen«, sagt er kleinlaut. Ich schlucke. Und weil ich nicht weiß, was ich erwidern soll, und mir zugleich Zitate des Textes durch den Kopf schießen, den ich ihm versehentlich weitergeleitet habe – einer Szene über *ihn selbst*, um Himmels willen! –, senke ich schnell meinen Blick. Alex kommt noch einen Schritt näher, sodass sich unsere Jacken berühren, und küsst meinen Haaransatz. Einfach so. Und ich lasse ihn und schließe die Augen unter der zarten Berührung seiner Lippen. Auch einfach so.

Warum nur fühlt sich alles dermaßen leicht an, sobald er bei mir ist?

»Maila, bitte!«, flüstert er. »Du hast geschrieben, dass du

noch nicht weißt, ob du diese Szene zwischen Tonia und Max wirklich mit in das neue Buch einfließen lassen sollst. Und ich weiß es auch nicht, weil ich keine Ahnung habe, ob Tonia zulassen könnte, was Max sich so sehr wünscht. Aber was ich weiß, ist, dass er … Nein, dass *ich* ein echter Vollidiot war.«

»Ach!«, stoße ich mit tränenerstickter Stimme hervor. Er sieht mich eindringlich an und wischt mir die Wangen mit seinen Daumen trocken.

»Nein, ich meine nicht wegen dieser blöden E-Mail-Aktion, sondern … weil ich mich davor schon falsch entschieden habe.«

»Was meinst du?«

»Na, als du mich vor die Wahl gestellt hast, ob es ein One-Night-Stand zwischen uns werden soll oder lieber eine platonische Freundschaft. Versteh mich nicht falsch, ich möchte unsere Nacht nicht missen. Aber stünde ich noch einmal vor der Entscheidung, würde ich mit Kusshand die Freundschaft wählen. Einfach weil … Na, weil ich jetzt weiß, dass ich nicht mehr ohne dich sein will. Und wenn das, warum auch immer, die einzige dauerhafte Art und Weise ist, wie du mich in deinem Leben akzeptieren kannst, dann … möchte ich zumindest dein Freund sein, Maila. Bitte!« Seine blauen Augen flehen mich an. Ich verharre noch einen Augenblick, in dem ich wieder einmal realisiere, wie sehr ich mich bereits in ihn verliebt habe. Dann schließe ich die letzte Lücke zwischen uns und lasse meine Stirn gegen seine Brust fallen. Seufzend schlingt Alex seine Arme um mich.

»Aber du … weißt jetzt schon so viel«, wende ich ein, noch immer überrumpelt und ein wenig wütend. Immerhin weiß er sogar, dass er mich alles andere als kaltgelassen hat.

Können wir unter diesen Umständen überhaupt noch Freunde sein?

»Ich weiß ungefähr so viel wie du auch von mir«, sagt Alex ruhig. »Trotzdem kennen wir uns insgesamt noch kaum. Und das würde ich wirklich gern ändern. Dafür bin ich bereit, meine Gefühle zu ignorieren. Weil ich nehmen möchte, was du mir geben kannst, Maila. So einfach ist das. Und wenn ich deine Freundschaft bekommen könnte, wäre ich sehr dankbar dafür.«

Ich wage es nicht, ihn anzusehen, sondern drücke mich nur noch enger an ihn und atme tief seinen Duft ein, nach dem ich mich in den vergangenen Wochen so sehr gesehnt habe.

Keine Ahnung, wie lange wir noch auf dem menschenleeren Bürgersteig mitten in Newburgh stehen. Aber Alex hält mich, und nach einer Weile halte ich auch ihn, und es fühlt sich richtig an, das zu tun, und so gut, dass die Zeit keine Rolle mehr spielt, also lassen wir sie verstreichen. Nur für diese kleine Ewigkeit.

Weil sie unsere ist.

Und weil nach dem Auftauchen alles wieder kompliziert sein wird. Vielleicht nicht sofort, aber bestimmt irgendwann.

Das ahnen wir wohl beide.

21

Alex

Maila blickt sich in dem mexikanischen Lokal um, das wir gefunden haben und dessen Barbereich deutlich größer ist als dieser hintere Teil, in dem wir nun direkt unter einer der Lautsprecherboxen sitzen und gemeinsam aus einer Riesenschale Nacho-Chips mit Guacamole-Dip essen.

Als sie meinen Blick bemerkt, senkt sie ihren. »Bitte rede mit mir«, flehe ich leise.

Sie neigt den Kopf zur Seite. »Ich bin ... so überrumpelt.«

»Und wütend?«

Maila zögert, schüttelt dann jedoch den Kopf. »Erstaunlicherweise kaum.« Unsere Finger berühren sich, als wir gleichzeitig zu den Nachos greifen. Schnell zieht Maila ihre Hand zurück – und versetzt mir damit einen Stich.

»Was ist es dann?«, frage ich betrübt. »Ich weiß, ich hätte dich niemals so täuschen dürfen, Maila. Aber ...«

Zu meiner Verwunderung fällt sie mir nickend ins Wort. »Ich verstehe das schon. Du wolltest, dass wir weiterhin Kontakt haben. Und du wusstest nicht, wie du das anstellen solltest, ohne dein Versprechen zu brechen.«

Beschämt massiere ich meinen Nacken. »Offen gestanden ... Hätte ich gewusst, dass du mir zurückschreiben würdest, hätte ich viel eher auf dieses dämliche Versprechen gepfiffen und dich unter meiner richtigen Identität angeschrieben. Aber dann ... hättest du wohl nicht reagiert, oder?«

»Vermutlich nicht«, gibt Maila nach einer Weile zu, unmittelbar bevor der Kellner unsere Getränke serviert. Sie hebt ihr Cocktailglas an und prostet mir zu. »Schwamm drüber, okay?«, beschließt sie betont lässig. Ihr Lächeln wirkt aufgesetzt, doch ich erwidere es trotzdem, als sie vorschlägt: »Lass uns lieber auf die Freundschaft anstoßen!«

Und genau das tun wir, auch wenn ich den ersten Schluck meiner Coke an dem dicken Kloß in meiner Kehle vorbeischleusen muss.

»Mein Hals kratzt«, bemerkt Maila zwei Stunden später verwundert und tastet mit den Fingerspitzen auf beiden Seiten knapp unter ihren Ohren entlang. Mir fällt prompt wieder ein, wie empfindlich sie an diesen Stellen ist. Schließlich habe ich sie erst vor wenigen Wochen dort geküsst und sanft über ihre Haut geleckt. Sie hatte aufgestöhnt, ihren Kopf in das Kissen gedrückt und den Rücken weit durchgebogen, wobei sich ihre Brüste gegen meinen Oberkörper pressten.

O Gott! Hastig schüttle ich die Gedanken und die damit verbundenen Bilder wieder ab.

»Hast du dich erkältet?«, frage ich, meine kranke Tochter vor Augen. Maila zuckt mit den Schultern. »Vielleicht, ja. Allerdings bin ich es auch nicht gewohnt, mich einen ganzen Abend lang über Musik hinweg zu unterhalten.«

Argwöhnisch runzele ich die Stirn.

»Ja, ich weiß, wie haben uns auch so kennengelernt«, lenkt sie nickend ein, »aber eigentlich bin ich nicht viel unterwegs. Du erinnerst dich, mein Mangel an Freunden …«

»Stimmt.« Es ist eine der unerwarteten Informationen, die sie in den vergangenen Stunden über sich preisgegeben hat. Das und die Tatsache, dass sie bis heute keinen Führerschein hat, dass sie sich vor ihrem Leben als Autorin niemals einen besseren Job als den einer Erzieherin hätte vorstellen können und trotzdem sagt, dass sie wohl nicht zur Mutter tauge. Oh, und auf die Frage, wohin sie gern einmal reisen würde, hat sie ausgerechnet mit »Nach Nordeuropa. Vielleicht Schweden, Irland oder … Finnland« geantwortet, wobei ich fest mit einer Antwort wie »Australien« oder »Neuseeland« gerechnet hatte.

Ich lege den Kopf schief. »Es ist wirklich seltsam, dass du so wenig Freunde hast.«

»Wenig?«, lacht sie. »Ich wechsle hin und wieder ein paar private Worte mit meiner Lektorin oder ... mit meiner Zahnärztin. Und natürlich beantworte ich die Post meiner Leser, wie du ja weißt. Aber ansonsten ...«

»Es ist seltsam«, beharre ich kopfschüttelnd. »Weil du doch so ein offener und lebensfroher Mensch bist. Mein bester Kumpel Marcus ist ähnlich veranlagt und meine Schwester im Prinzip auch. Und die beiden hatten nie Schwierigkeiten damit, Anschluss zu finden. Im Gegensatz zu mir. Ich war immer etwas ... reservierter.« Ich zögere kurz, ehe ich ergänze: »Vermutlich hast du mich auch deshalb von Beginn an so fasziniert.«

Jetzt sieht Maila ein wenig verlegen aus, was mich schmunzeln lässt. Sie ist besonders hübsch, wenn sie unter niedergeschlagenen Wimpern zu mir aufschaut. Und als sie den Kopf zur Seite neigt und dabei eine der kurzen Locken über ihre Augen fällt, zuckt meine Hand, und ich würde nichts lieber tun, als sie ihr aus der Stirn zu streichen. Doch ich halte mich davon ab, und nur einen Augenblick später hat Maila sie bereits selbst zurückgepustet.

»Allerdings sind die beiden, genau wie ich, eher Ein-Typ-Menschen«, bemerke ich.

»Ein-Typ-Menschen?«, wiederholt sie fragend.

»Ja, du weißt schon ... *Ein* bester Freund, *eine* große Leidenschaft, in Cassies und meinem Fall sogar nur noch *ein* Elternteil. Ein-Typ-Menschen eben«, erläutere ich die Bezeichnung, die mir so spontan eingefallen ist.

Tja, und was mich angeht, auch noch eine *große, wenn auch unerfüllte Jugendliebe, ein* richtig erfolgreicher Charthit, *ein* Groupie, *das ich ein*deutig zu nah an mich herangelassen habe, und infolgedessen *eine* kleine Tochter, von der du nach wie vor nichts weißt.

Mailas Hand schiebt sich über den Tisch. Für einen Moment drückt sie tröstend die meine, als Reaktion auf die Anspielung auf meinen verstorbenen Vater. Dann bemerkt sie es und zieht ihre Finger abrupt wieder zurück. Aber diesmal bin ich schneller und fasse nach. »Dürfen sich platonische Freunde denn nicht einmal bei den Händen halten, wenn ihnen danach ist?«

Maila blinzelt. »Doch, sicher«, gibt sie zu, zieht ihre Hand aber dennoch unter meiner hervor und fährt sich durch das kastanienbraune Haar. Dann erstarrt ihre Miene plötzlich.

»Warte mal, Cassie hast du gesagt? Cassandra Blake? Ich kenne eine Literaturjournalistin, die so heißt. Sie arbeitet bei Justlive und hat mich schon einige Male interviewt.«

»Ja, ich weiß«, sage ich mit leicht eingezogenem Kopf.

»Was denn, *sie* ist deine Schwester?«, entfährt es Maila. Auf mein Nicken hin schlägt sie sich die Hände vors Gesicht. »Und du hast ihr von uns erzählt, oder?«

»Um ehrlich zu sein, ist Cassie sogar ein Grund dafür, dass wir uns jetzt gegenübersitzen. Sie und Marcus haben nämlich darauf bestanden, dass ich dir endlich reinen Wein einschenke. Also, nicht, dass ich das nicht selbst gewollt hätte, aber … sie haben quasi mit Nachdruck dafür gesorgt, dass ich mich traue.«

»O Gott, deine Schwester muss mich für einen schrecklichen Menschen halten«, jammert Maila.

Ich umfasse ihre Unterarme und ziehe behutsam daran, bis sie ihr Gesicht wieder freigibt. »Dich? Weil *du* so feige warst, mir unter falschem Namen zu schreiben, um weiterhin mit mir in Kontakt zu bleiben?« Ich ziehe die Augenbrauen hoch. Zu meiner Erleichterung glüht wirklich nicht einmal mehr ein Funken Wut in Mailas Blick. Ich kann mein Glück kaum fassen, sie scheint mir tatsächlich vergeben zu haben.

»Nein. Eher weil … ich mit ihrem Bruder geschlafen und dann dichtgemacht habe«, sagt sie zögerlich.

»Nein, überhaupt nicht. Im Gegenteil, Cassie mag dich sehr gern. Sie hat mir immer wieder vorgehalten, dass du schließlich von Anfang an ehrlich zu mir warst und klargestellt hast, dass du keine Beziehung möchtest. Und hab keine Angst, dass sie darüber irgendetwas öffentlich macht. Denn das wird sie ganz sicher nicht tun, dafür lege ich meine Hand ins Feuer.«

»Ich kann nicht fassen, dass sie wirklich deine Schwester ist. Ihr seht euch kein bisschen ähnlich«, bemerkt Maila, nach wie vor ungläubig.

Ich lache laut auf. »Da hast du recht, das tun wir wirklich nicht. Cassie ähnelt voll und ganz unserem Dad, während ich angeblich Moms Abziehbild bin. Und abgesehen davon ... sind wir nur Halbgeschwister.«

»Ach! Wieso?«

Ich zucke mit den Schultern. »Na ja, ich kenne meinen richtigen Vater gar nicht. Meine Mom hatte eine wilde Studienzeit, und ich bin der einzige nachweisbare Abschluss, der dabei herausgekommen ist.«

»Oh! Dann hat dich dein Dad also ...«

»Adoptiert, ja. Als ich zwei Jahre alt war, hat er meine Mom geheiratet und mich als seinen Sohn angenommen. Ich kann mich an keine Zeit ohne ihn erinnern.« Meine Stimme wird ein wenig wackelig, weil mir wieder bewusst wird, dass er tatsächlich tot ist. Dass ich ihn nicht einfach anrufen kann, wenn mir danach ist. Morgen hätte ich ihn sicher nicht nur angerufen, sondern auch besucht. Denn ...

»Morgen wäre er vierundfünfzig Jahre alt geworden«, höre ich mich sagen. Dabei fällt mir der große Karton ein, den ich aus seiner Wohnung mitgenommen habe und der seitdem in meinem Wandschrank steht. Als es mir gelingt, mich aus diesen Gedanken zu lösen, blicke ich in Mailas grübelnde Miene.

»Was?«, frage ich amüsiert. »Worüber denkst du nach? Man hört es nämlich rattern, weißt du?«

Sie lächelt. »Ich habe mich nur gefragt, warum dir deine Mom als Zweitnamen den Vornamen deines Dads verpasst hat, wenn er dich doch erst zwei Jahre später adoptiert hat.«

»Wow, du bist ja wirklich sehr aufmerksam«, necke ich sie, woraufhin sie mir die Zunge herausstreckt.

»Also?«

»Meine Eltern waren schon seit ihrer Kindheit beste Freunde.«

»Freunde?«, wiederholt Maila. »Und dann haben sie sich irgendwann ineinander verliebt?«

»Zumindest hoffe ich für sie, dass es so war«, bestätige ich betont locker, erwähne aber mit keinem Wort die Scheidung.

Maila lässt sich das eine Weile durch den Kopf gehen. »Und du hattest nie Probleme damit, dass er dich adoptiert hat? Oder eher damit, dass du deinen leiblichen Vater nicht kennst?«

»Nein. Vermutlich, weil meine Eltern so offen mit dem Thema umgegangen sind. Ich wusste, dass er nicht mein Erzeuger war, aber das hat keine Rolle gespielt, weil er mich trotzdem immer wie seinen Sohn behandelt hat. Ich hatte ja den direkten Vergleich zu Cassie, und Dad hat überhaupt keinen Unterschied zwischen ihr und mir gemacht. Er war einfach … ein toller Vater.«

Maila erwidert nichts darauf. Stattdessen senkt sie den Blick auf ihre Hände, mit denen sie den Sockel ihres Cocktailglases betastet. Für einige Sekunden wirkt sie ganz in ihrer eigenen Gedankenwelt versunken.

Doch dann wird ein neuer Song gespielt, und schon bei den ersten Klängen des Intros fahre ich zusammen und starre die Box über Mailas Kopf an.

»Oh, ich liebe dieses Lied«, stößt sie mit einem Seufzer aus. »Ich verbinde so unglaublich viele Erinnerungen damit.«

»Ach ja?«, frage ich nur.

Sie nickt eifrig. »Der Song kam raus, als die *Schicksalsschuhe* gerade erschienen waren und ich schon an *Herzenshut* schrieb. Ich glaube, das war der Höhepunkt meiner Karriere.«

»Bis jetzt«, falle ich ihr ins Wort, doch sie zuckt mit den Schultern. Keine Spur von Wehmut, geschweige denn von Trübsal. »Oder insgesamt, auch das wäre okay. Das war jedenfalls eine ziemlich verrückte Zeit. *Herzenshut* ist bestimmt zu neunzig Prozent in Hotelzimmern entstanden. Ich war ständig unterwegs, hatte Lesungen oder Signierstunden und Fernsehinterviews, sodass ich kaum zum Schreiben kam. Es war extrem hektisch, aber auch genau das Richtige, um zu funktionieren und sich nicht allzu lange mit lästigen Grübeleien über sich selbst aufzuhalten. Und wenn es mir doch zu viel wurde, dann habe ich gern diesen Song gehört. Irgendwie hat er mich immer wieder runtergeholt.«

»So, so«, sage ich mit einem Schmunzeln, dessen ich mir jedoch erst bewusst werde, als sich Mailas Augen verengen und sie mich prüfend mustert.

»Was ist so lustig? Lachst du mich etwa aus?«

»Quatsch. Es ist nur so, dass ... Ach, warte kurz!« Damit ziehe ich mein Smartphone hervor, öffne den Internetbrowser und gebe den Songtitel als Suchbegriff ein. Nur einen Moment später halte ich Maila das Display unter die Nase. Zu dicht, wie sich zeigt, als sie mein Handy selbst in die Hand nimmt und es mit ausgestrecktem Arm in die richtige Entfernung bringt.

»Du bist ja weitsichtig«, stelle ich fest.

»Lass mich!«, knurrt sie, doch ihre Mundwinkel zucken.

»Zu eitel für eine Sehhilfe, Frau Autorin?«, spöttele ich.

»Dem Klischee der Brille tragenden Schriftstellerin abgeneigt«, korrigiert sie gespielt würdevoll. »Und jetzt lass mich endlich lesen, was hier steht.«

Es dauert nur ein paar Sekunden, bis Mailas Blick über mein Smartphone in ihren Händen hinwegschießt und sie mich perplex anschaut. »Du verarschst mich doch!«, entfährt es ihr.

Ich pruste los. »Okay, ich sehe ein, dass ich dein Misstrauen verdient habe«, gebe ich dann zu. »Aber so gewieft, dass ich innerhalb von Sekunden falsche Einträge in das bekannteste Online-Lexikon schmuggeln kann, nur um dich vielleicht zu beeindrucken ... Nein, das bin ich nun doch nicht.«

»*One Last Time* ist doch nicht wirklich von dir?«, ruft Maila ungläubig aus. »Doch, es ist mein Song. Gott sei Dank, denn sonst hätte ich heute ein ernsthaftes Problem damit, meine Rechnungen zu bezahlen. Nur mit dem Unterricht, den ich gebe, würde das schwierig werden. Da kommen mir die Gelder, die aus den Verkäufen und Verwertungen meiner Songs fließen, ganz recht.«

Maila gafft mich mit offenem Mund an. »Aber das ... Wirklich, das ist einer meiner absoluten Lieblingssongs.«

Mein Stolz lässt sich nicht in Worte fassen, also strahle ich sie nur breit an und sage: »Ich habe dir doch erzählt, dass ich mal in einer Band gespielt habe.«

»In *einer* Band? Ja, aber Alex, das ist Sidestream, nicht irgendeine Band!«

»Stimmt. Zumindest für Marcus und mich ist es nicht *irgendeine* Band. Wir haben sie nämlich schon zu Schulzeiten gegründet.«

»Das heißt, du bist irgendwann ausgestiegen? Aber warum? ... Oh, Moment!« Ihre Brauen ziehen sich zusammen, und ich frage mich, wo ihre Gedanken sie ausgerechnet bei dieser Frage hingeführt haben. Denn den wahren Grund für meinen Ausstieg kann Maila unmöglich kennen. Oder?

»Moment!«, wiederholt sie und zeigt mit dem Finger auf mich. »Als du vorhin von deinem besten Kumpel Marcus gesprochen hast, da meintest du doch nicht etwa ...«

Ich atme erleichtert durch. »Marcus Fellow, doch. Wir sind schon seit der Grundschule die besten Freunde.«

Maila wirft die Hände in die Luft. »Ich fasse es nicht, dass du mir das alles jetzt erst erzählst!«, stößt sie aus. Ich lange über den Tisch und nehme ihre Hände erneut in meine. Und dieses Mal zieht sie ihre Finger nicht fort, sondern starrt mich nur weiterhin fassungslos an.

»Warum? Du hast mir doch auch nicht erzählt, dass du eigentlich Millionärin bist und deine Bücher jetzt sogar verfilmt werden. Das weiß ich nur durch Cassie, beziehungsweise weil Marcus das Angebot bekommen hat, den Titelsong für den *Schicksalsschuhe*-Film zu schreiben.«

»Wie bitte?«

»Was, davon weißt du noch gar nichts?«

»Na ja, ich hatte der Regisseurin gegenüber erwähnt, dass ich Sidestream sehr gut finde, und Sarah teilte meine Meinung, dass ein ähnlicher Song wie *One Last Time* optimal zur Story passen würde, aber ... seitdem habe ich nichts mehr davon gehört.«

»Jetzt flipp nicht aus, wir werden dir schon einen schönen Song schreiben.«

»Wir?«, japst sie.

Ich warte einen Moment, bis der Groschen fällt.

»Oh, richtig. *One Last Time* ist ja von dir. Das heißt, *du* schreibst bis jetzt die Lieder für die Band?«

»Nein, aber Marcus hätte mich gern wieder mit an Bord. Und ich habe ihm zugesagt. Zumindest für dieses eine Projekt. Aus ... gewissen Gründen, sozusagen.« Ich schmunzele, doch Maila ist noch nicht so weit. Sie schaut mich nach wie vor an, als hätte sie mit einem Mal einen vollkommen anderen Mann vor sich.

»Alex?«, haucht sie schließlich. Nie zuvor habe ich meinen Namen so gern gehört wie aus ihrem Mund.

»Hm?«

»Hast du deshalb wieder Kontakt zu mir aufgenommen? Über Lexa, meine ich?«

»Nein, das Angebot von Sarah an Marcus ist erst ein paar Tage alt.«

»Ich meinte eher wegen der Sache, dass ich ... Millionärin bin«, stellt Maila klar.

Zwei, drei Sekunden verstreichen, dann lehne ich mich zurück und leere den Rest meiner Coke mit nur wenigen großen Schlucken.

»Entschuldige!«, sagt Maila, die offenbar merkt, dass *sie* diesmal einen Fehler gemacht hat. Aber es ist zu spät, der Zorn hat mich schon zu heftig gepackt, und ich poltere los: »Wenn du das wirklich von mir denkst, dann ...«

»Sag es nicht!«, unterbricht sie mich, bevor ich ihr entgegenschmettern kann, dass ich dann besser gehen sollte. Beschwichtigend ergreift sie wieder meine Hand. »Ich denke das ja gar nicht von dir.«

»Warum sagst du es dann? Weshalb sollte ich dir unter falscher Identität schreiben, wenn es einzig und allein mein Ziel wäre, von deinem Geld zu profitieren? Was ergäbe das denn für einen Sinn?«

»Keinen, das war einfach nur dumm von mir. Eigentlich ... suche ich doch nur nach einer Erklärung.«

»Einer Erklärung wofür? Dass ich dich mag? Sieh dich doch mal an, Maila. Du bist intelligent, witzig, talentiert und ... sehr schön. Wie könnte ich dich denn nicht mögen? Es sei denn, du gibst so einen gequirlten Müll von dir wie eben.«

»Und was ist deine Erklärung für all diese Verstrickungen, die uns betreffen?«, fragt sie.

»Verstrickungen? Du meinst, dass meine Schwester dich schon etliche Male interviewt hat, mein bester Freund den Song für die Verfilmung deines Buches beisteuern soll und ich schon vor Jahren ein Lied komponiert habe, das zufällig zu deinen Lieblingsstücken gehört und mit dem du schöne Erinnerungen verbindest?« Sie nickt.

Meine kurzfristige Wut löst sich binnen eines tiefen Atemzuges auf – so rückstandslos wie Wolken, die unter der Mittagssonne verdampfen. »Ich könnte dir eine Erklärung dafür geben, aber ich bezweifle, dass du sie hören willst«, sage ich schließlich leise.

Es ist das Schicksal, das uns mit aller Gewalt zusammenbringen will. Es versucht wirklich sein Äußerstes. Nur leider wehrst du dich dennoch mit Händen und Füßen.

Obwohl ich meine Gedanken nicht in Worte fasse, schaut Maila drein, als hätte ich es getan. »Ich stehe zu dem, was ich gesagt habe«, beharre ich und stupse unter dem Tisch mit meinem gegen ihr Knie. »Lass uns einfach nur Freunde sein. Aber wenn du doch irgendwann zu mehr bereit sein solltest, dann ... sag es mir bitte sofort, okay?«

»In Ordnung«, sagt sie und dreht ihre Hand unter meiner. Weil das wie eine Aufforderung wirkt und ich mich nicht beherrschen kann, fahre ich mit dem Mittelfinger leicht über das Zentrum ihrer Handinnenfläche, über diesen kleinen Stern ihrer Handlinien, und schaue Maila dabei tief in die Augen. Sie hält meinem Blick stand, wenn auch mit flatternden Lidern, und saugt dabei ihre Unterlippe zwischen die Zähne.

»O Mann, wir tun es schon wieder«, seufze ich und ziehe meine Finger zurück.

»Ja, wir sind unmöglich«, stimmt sie lachend und mit geröteten Wangen zu. »Hör zu, bestimmt kann ich dir irgendwann alles über mich erzählen. Zumindest wünsche ich mir, dass es so kommt. Aber dafür musst du vermutlich noch ein bisschen Geduld aufbringen. Und abgesehen davon gibt es doch sicher auch einiges, was ich über dich noch nicht weiß, oder?«

Lenis Gesicht flackert vor meinem geistigen Auge auf und lässt mich nicken. »Ja, ein paar Dinge gibt es noch.«

»Freundschaft braucht eben auch ihre Zeit«, gibt Maila zu bedenken.

»Natürlich«, bestätige ich. Und plötzlich beugt sie sich zu mir vor und drückt mir einen zarten Kuss auf die Wange. »Ich bin froh, dass du es warst. Lexa Bingley, meine ich. Was hat es mit dem Nachnamen eigentlich auf sich? Lexa ist mir inzwischen klar, aber Bingley?«

»Na, heißt der beste Freund von Mr Darcy aus *Stolz und Vorurteil* nicht Bingley mit Nachnamen?«

Ihr Lachen hallt in meinem Ohr. Es fällt zwar ein wenig heiser aus, trotzdem liebe ich den Klang. »Oh, und ob du das Buch gelesen hast«, schnaubt sie und stößt mit der Nase gegen meine Schläfe.

»Verrat es aber niemandem, okay?«

»Dein Geheimnis ist sicher bei mir, Alexander Vincent Blake. Ich habe dich vermisst«, gesteht sie und streift meine Wange dabei noch einmal mit ihren Lippen.

»Ich dich auch«, sage ich und lege meine flache Hand an ihre Stirn. »Du bist so heiß. Und das soll keine dumme Anmache sein. Deine Haut glüht wirklich.«

Maila drückt die Rückseiten ihrer Finger gegen die Wangen. »Ehrlich gesagt fühle ich mich tatsächlich nicht gut«, sagt sie. »Aber du hast auch ganz glasige Augen, Alex.«

»Ja? Nun, mein Kopf schmerzt auch ein wenig«, stelle ich verwundert fest.

»Vielleicht sollten wir diesen Abend dann besser beenden?«

»Nicht, bevor wir nicht ein neues Treffen vereinbart haben«, protestiere ich. Maila lächelt sanft und zu meiner Freude ohne den geringsten Anflug von Panik. »Wie wäre es mit kommendem Samstag?«, schlägt sie vor. »Und da du nicht wirklich in Michigan wohnst, könnte ich dieses Mal vielleicht zu dir kommen?«

Ich spüre mich nicken, obwohl ich natürlich sofort wieder an Leni denken muss. Warum ich Maila nicht einfach von ihr erzähle, weiß ich nicht.

22

»Daddy kiegt ein Spitze!«, eröffnet Leni mir drei Tage später und rammt mir schon im nächsten Augenblick mit höchst geschäftiger Miene die stumpfe Plastikspritze aus ihrem Spielzeugarztkoffer zwischen die Rippen.

Endgültig aus meinem ohnehin unruhigen Dämmerschlaf gerissen, schaffe ich es gerade noch rechtzeitig, mich abzuwenden und mein Gesicht in die Armbeuge zu drücken, ehe mich der nächste Hustenanfall durchschüttelt.

»Oh, Alexander, das klingt alles andere als gut«, befindet meine Mom, die just in diesem Moment mein Schlafzimmer betritt. Und sie hat recht, das rasselnde und pfeifende Keuchen, das ich von mir gebe, hört sich genauso schmerzhaft an, wie es ist. Ob nun bei Leni oder bei Maila – bei einer von beiden habe ich mich angesteckt.

Die Geräusche, die aus Cassies Zimmer kommen, klingen ähnlich wie meine. Vieles an dieser Situation erinnert mich an damals, als ich ungefähr zwölf Jahre alt war und sie sieben und wir beide gleichzeitig mit Mumps flachlagen.

»Leni-Schatz, geh und hol deinen Teddy!«, fordert Mom meine Tochter auf, während sie ein Tablett auf meinem Nachttisch abstellt. Aus dem Suppenteller, der darauf steht, duftet es nach Hühnerbrühe. Allerdings wird mein Appetit sofort wieder gemindert, als mir der Dampf des Erkältungstees in die Nase steigt, den Mom mir in einer riesigen Tasse hinhält. Ihr strenger Blick sagt: Erst der Tee, dann die Suppe. Keine Widerrede!

»Ich gebe dir gleich einen echten Verband und ein paar Pflaster, dann kannst du mit deinem Teddy Arzt spielen«, redet sie derweil weiter auf Leni ein. »Und nachher darfst du mir helfen, Daddys Brust einzureiben, in Ordnung? Aber jetzt braucht er erst einmal viel Ruhe, damit er schnell wieder gesund wird.«

»Otay«, sagt Leni verständig und trottet aus dem Zimmer.

»Lass sie ruhig hier spielen, das geht schon«, krächze ich, aber Mom schüttelt entschieden den Kopf. »Nein, das geht *nicht*, Alex!«

Ihre strenge Miene wandelt sich, sobald ich endlich nach der Teetasse greife und ein paar Schlucke des widerwärtigen Gebräus trinke, auf das sie so schwört. »Sehr gut, mein Schatz«, lobt sie und streicht mir das Haar aus der schweißbedeckten Stirn.

»Ich bin eklig«, maule ich. Lächelnd nimmt sie mir die Tasse wieder ab und fährt mit den Fingerspitzen über meine Wange und die stoppelige Kinnpartie. »Nein, Alex, das bist du nicht. Nur krank. Und dein Dilemma mit Leni kenne ich genau. Man hat seinen Kindern gegenüber immer ein schlechtes Gewissen, wenn man mal nicht mit ihnen spielen und sie rund um die Uhr versorgen kann, nicht wahr? Das ging mir damals mit deiner Schwester und dir auch nicht anders. Aber du hast ja gehört, was der Arzt gesagt hat. Cassie und du, ihr sollt diese Bronchitis nicht auf die leichte Schulter nehmen. Erwachsene können manches nicht mehr so leicht wegstecken wie Kinder. Sieh dir Leni an: Der kleine Floh hüpft schon wieder munter herum. Und wenn ihr euch jetzt nicht schont, kann daraus schnell eine Lungenentzündung werden.«

Ich fahre mit beiden Händen durch mein strähniges Haar. Und ob ich eklig bin. Eklig krank. Und ganz und gar nicht in der Verfassung, in wenigen Stunden Maila unter die Augen zu treten. Was mich an meiner momentanen Situation ehrlich gesagt am meisten nervt.

»Warst du heute Abend wieder mit dieser Autorin verabredet?«, erkundigt sich Mom, die nicht zum ersten Mal meine Gedanken zu lesen scheint. Allerdings habe ich Maila ihr gegenüber noch mit keinem Sterbenswörtchen erwähnt, was die Sache ziemlich gruselig macht – zumindest für den ersten Moment, in dem ich meine Mom entgeistert angaffe. Dann macht es *Klick*, und ich schlage mir die Hände vors Gesicht. »Ich bringe dich um, Cassie!«, kündige ich an, leider mit zu kraftloser Stimme, als dass sie es durch ihre geschlossene Zimmertür hören könnte.

Mom betrachtet mich halb tadelnd, halb genervt. »Alex, bitte! Wie alt bist du, zehn?«

»Nein, aber warum muss sie dir immer alles brühwarm weitererzählen, wie damals, als wir wirklich noch Kinder waren?« Sie zieht an meiner rechten Hand, damit ich mich zum Essen aufrecht hinsetze. »Es gibt halt Dinge, die ändern sich nie. Und irgendwie ist das ja auch beruhigend, nicht wahr?«

Ich grummele vor mich hin.

»Also?«

»Ja, ich war mit ›dieser Autorin‹, wie du sie nennst, verabredet.«

»Ich kann sie nicht anders nennen. Da du mir aus freien Stücken schon nichts mehr erzählst, seitdem du in den Stimmbruch gekommen bist, kenne ich ihren Namen nicht.«

»Oh, den hat Cassie dir also nicht verraten?«

»Doch. Sie sagte M.J., aber das ist ja wohl kein Name, sondern nur eine Abkürzung.« Ich verdrehe die Augen und resigniere endgültig. »Sie heißt Maila. Maila August. Ich habe ihr schon geschrieben, dass ich krank bin. Scheinbar geht es ihr auch nicht gut. Sie hätte wohl ohnehin absagen müssen.«

Was es nicht besser macht. Ich hatte mich so sehr auf unser Wiedersehen gefreut.

»Und bist du in diese Frau verliebt?«

»Mom!«

»Was denn? Bist du?«

»Ich ... Na ja, vielleicht. Ich denke schon.«

»So, so. Und erwidert sie deine Gefühle denn inzwischen? Cassie erwähnte, dass ...«

»Oh, und ob ich dieses geschwätzige Monster umbringe! Nur dass ich ihr Plappermaul dann vermutlich noch mal extra totschlagen muss.«

»Alex!«

»Ach, verdammt! Es ist ein bisschen verzwickt mit Maila. Ich weiß aus ... ähm, aus sicherer Quelle, dass sie mich auch mag. Nur möchte sie aus irgendwelchen Gründen, die sie aber niemandem anvertraut, momentan keine Beziehung. Deshalb haben wir uns darauf geeinigt, einfach nur Freunde zu sein.«

Jetzt schaut Mom eindeutig mitleidig drein. Und mein miserabler Zustand ist wohl nicht der Grund dafür. »Aha, der Klassiker also. Oder sollte ich besser sagen: der zum Scheitern verurteilte Klassiker?«

»Was soll das, Mom?«

»Ich meine ja nur, das funktioniert doch eigentlich nie. Zumindest nicht auf Dauer, wenn einer von beiden mehr empfindet. Aber es kann mitunter auch sehr schwierig sein, echte Gefühle von sexueller Anziehungskraft zu unterscheiden, vergiss das nicht.«

»Oh, Herr im Himmel, hilf mir!« Verzweifelt raufe ich mir das Haar. »Also, nur um das klarzustellen: Ich *weiß*, dass Maila auch etwas für mich empfindet, Mom. Und dabei spreche ich nicht nur von ... *Lust*.«

Mom greift zu dem Tablett mit dem Suppenteller und einer Dessertschale voll Obstsalat, die ich jetzt erst entdecke, und stellt es auf meinen Oberschenkeln ab.

»Hier, Junge, iss! Es wird dir guttun.«

Ich schiebe mir den ersten Löffel Suppe in den Mund. Mom nickt zufrieden.

»Ich wünsche dir jedenfalls sehr, dass es mit dieser Frau anders läuft als damals bei ... Lenis Mutter«, sagt sie nach einer Weile. Erstaunt halte ich in meinen Bewegungen inne, denn Tara war bisher nie ein Thema zwischen uns. Tara hatte mich vor vollendete Tatsachen gestellt und jegliche Verantwortung Leni gegenüber auf mich übertragen. Also lautete Moms Divise, wie so oft: Augen zu und durch! Und nur ja nicht zurückschauen.

Erst jetzt, fast zweieinhalb Jahre später, wagt sie den Blick zurück scheinbar doch, denn sie beißt sich an dem Thema fest.

»Es fällt mir schwer zu verstehen, was in einer Frau vorgeht, die ihr eigenes Kind aus den Händen gibt. Zumindest unter diesen Umständen, wenn keinerlei sichtbare Notsituation besteht.« Gedankenverloren schüttelt sie den Kopf. »Du weißt das nicht, Alex, weil ich nie mit dir darüber gesprochen habe, aber ... als ich mit dir schwanger war, habe ich eine Zeit lang wirklich mit dem Gedanken an eine Abtreibung gespielt. Dein Großvater hat mich damals sehr unter Druck gesetzt, und es gab Tage, an denen ich den Eingriff am liebsten einfach schnell hinter mich gebracht und dann mit meinem Leben weitergemacht hätte wie zuvor.« Nervös knetet sie ihre Finger und glättet ihren Rock. »Ich meine, dann hätte ich nach Princeton zurückgehen und einfach so tun können, als wäre nichts geschehen.«

Sie schweigt für einen Moment, dann schmunzelt sie wehmütig, den verklärten Blick nach wie vor in die Vergangenheit gerichtet. »Aber irgendwie siegte immer wieder der Trotz in mir. Meine Eltern hatten bis dahin mein komplettes Leben kontrolliert, doch bei meinem schwangeren Körper, bei *dir*, sollte damit Schluss sein, das hatte ich mir geschworen.«

Sie schluckt so hart, dass ich es hören kann. »Du musst wissen, dass ich als Kind nur einigermaßen frei war, solange ich in der Schule war oder mit deinem Vater spielen durfte. Zu Hause wurde mein Verhalten genau beobachtet – jeder Schritt, jede kleinste Regung –, und ständig hat jemand an mir herumgegängelt.«

Mit einem Kopfschütteln versucht sie den Erinnerungen zu entkommen, was jedoch nicht gelingt, wie ich der verkrampften Haltung ihrer Hände entnehme. Ich verhalte mich ganz still, wage nicht einmal mehr weiterzuessen, weil es das erste Mal überhaupt ist, dass meine Mom aus freien Stücken von früher spricht.

»Die Leute sagen immer, Einzelkinder werden verwöhnt und oft bewusst klein gehalten, wodurch man sie zur Unselbstständigkeit erzieht. Aber bei mir war das nicht das vorrangige Problem. Zwar hat es mir materiell nie an etwas gemangelt, ganz im Gegenteil, aber ... Ich glaube, dadurch, dass ich allein war und meine Eltern mit mir nur diese eine Chance bekommen hatten, waren sie so überehrgeizig mit mir.« Mom verzieht den Mund. »Zumindest habe ich mir das oft eingeredet, denn diese Theorie ist die *netteste* Erklärung – sowohl für den Perfektionismus meines Vaters als auch für den goldenen Käfig, in dem ich aufgewachsen bin und aus dem uns erst dein Dad befreit hat.«

»Sie haben dir keine Luft zum Atmen gelassen«, fasse ich das Kontrollverhalten meiner Großeltern mit denselben Worten zusammen, die Dad immer benutzt hat, wenn er mir von den beiden erzählte.

An meinen Großvater mütterlicherseits habe ich keine Erinnerung. Er starb an einem Gehirntumor, noch vor Cassies Geburt. Meine Mom und er hatten zu diesem Zeitpunkt schon lange keinen Kontakt mehr, denn seitdem sie Hals über Kopf mit mir ausgezogen war und meinen Dad geheiratet hatte, herrschte Funkstille zwischen ihr und den Eltern. Dementsprechend erfuhr sie nur durch ein Telegramm von Großvaters Tod, ohne je gewusst zu haben, wie krank er in seinen letzten Lebensmonaten gewesen war.

Ich glaube, das nagt bis heute sehr an ihr.

Damals hatte sie mit einem Mal seltsam gerötete Augen und verreiste dann plötzlich für ein paar Tage, daran erinnere ich mich noch. Dass sie zu der Beerdigung ihres Vaters geflogen war, erklärte mir mein Dad erst, als wir beide allein zurückgeblieben waren.

»Jedenfalls bin ich sehr streng erzogen worden«, sagt Mom nun. »Es gab unfassbar viele Regeln zu beachten. Und obwohl ich mir wirklich Mühe gegeben habe, wurde ich doch ständig korrigiert und zurechtgewiesen. Ich weiß, dass ich Cassie und dir auch oft genug auf die Nerven gegangen bin, Alex, aber ich hoffe, ihr beide habt keine psychischen Schäden davongetragen«, sagt sie leicht spöttisch, wirkt dabei aber in Wahrheit so unsicher, dass ich am liebsten meine Hand ausstrecken und ihre berühren würde. Aber ich tue es nicht, weil ich ahne, dass sie, sobald sie mein Mitleid spürt, aufhören würde zu sprechen.

Weil sie sich dann schwach vorkäme, was in ihren Augen nicht sein darf.

»Hast *du* denn psychische Schäden davongetragen?«, frage ich darum geradeheraus. Mom zieht die Schultern hoch. »Jedenfalls fällt es mir bis heute nicht leicht, über meine Kindheit zu sprechen.« Sie kneift die Augen zusammen und mustert mich. Dabei wirkt sie beinahe verwundert. »Das konnte ich eigentlich immer nur mit deinem Vater.« Ihr liebevolles Lächeln streift mich, bevor sie in Richtung des Suppentellers nickt und mich damit stumm auffordert, weiterzuessen. Ich tue es – hauptsächlich, damit sie weiterspricht, und wohl ahnend, was in ihrem Kopf vorgeht. Schließlich hat sie mir schon einmal gesagt, dass es ihr beinahe unwirklich vorkommt, wie sehr ich meinem Dad in Art und Weise ähnele, obwohl wir nicht miteinander verwandt sind.

»Es muss an eurer besonderen Verbindung liegen«, sagte sie damals. »Daran, dass du ihn so bewundert hast und er dich vom ersten Moment an vergötterte. Ihr wart immer offen füreinander und habt beide voneinander gelernt. Vermutlich seid ihr euch deshalb heute so ähnlich.«

Und auf meine Frage hin, wieso mein Dad etwas von *mir* gelernt haben sollte, lautete ihre Antwort: »Glaubst du etwa, man kann nur von Erwachsenen lernen? Na, dann warte mal ab! Dieses kleine Wesen hier wird dich eines Besseren belehren.« Und dabei hatte sie auf das schlafende Bündel in ihren Armen geschaut, auf ihre winzige Enkeltochter, die sie damals zum ersten Mal hielt.

Dieses Gespräch zwischen uns hatte nämlich an dem Tag stattgefunden, als Cassie mir in ihrer Verzweiflung androhte, das Jugendamt einzuschalten, wenn ich Leni und mir nicht endlich Hilfe organisieren würde. Mom war damals als Erste zu mir in die Wohnung gekommen, etwa eine halbe Stunde vor Dad. Ohne viele Worte hatte sie mir Leni abgenommen und dann eingehend betrachtet.

»Kein Zweifel, sie ist deine Tochter, Alex«, murmelte sie

schon nach wenigen Sekunden. Und mehr brauchte es für Mom nicht, um die Kleine auf Lebenszeit ins Herz zu schließen.

Nach ein paar Minuten, in denen sie das Baby schweigend und ungewöhnlich verzückt ansah, kam mir in den Sinn, dass ihre Zuneigung womöglich nur von dem Zufall bestimmt wurde, dass sich ihre und meine Gene auch bei Leni eindeutig durchgesetzt hatten. Bei diesem Gedanken wurde ich beinahe wütend und fragte sie, was denn gewesen wäre, hätte sie nicht so eindeutig erkennen können, dass Leni wirklich zu mir gehörte?

Zu meinem Erstaunen blieb Mom ganz ruhig und wollte nur wissen, warum ausgerechnet *ich* glaubte, dass sie biologische Verbindungen für so wichtig hielt – nachdem sie doch unmittelbare Zeugin geworden war, wie sehr mein Vater mich geliebt und wie fürsorglich er mich aufgezogen hatte.

»Gene sind bei Weitem nicht alles, Alex«, sagte sie. »Und überleg doch mal, was Äußerlichkeiten zu bedeuten haben. Ähnelst du deinem Vater von der Art und deinen Interessen her nicht viel mehr als mir? Wüsste ich es nicht besser, würde ich zum Beispiel denken, du hättest die Liebe zu Texten, zu Worten von ihm geerbt. Aber das hat wohl nichts mit Veranlagung zu tun, sondern vielmehr damit, was man vorgelebt bekommt, und dem daraus entstehenden Interesse und Verständnis für gewisse Dinge. Dein Vater hat dich für so viele Dinge geöffnet, zu denen ich niemals Zugang gefunden habe. Also, selbst wenn dieses kleine Mädchen hier nicht deine leibliche Tochter wäre, würde es für mich keinen Unterschied machen. Denn offenbar hast du dich dazu entschieden, Leni als dein Kind anzunehmen und großzuziehen. Und mehr benötige ich nicht, um zu wissen, dass du der Kleinen ein großartiger Vater sein wirst, Alex.«

In diesem Moment räuspert Mom sich verlegen und zieht mich damit aus meinen Gedanken.

»Also habe ich es einzig und allein deinem Sturkopf zu verdanken, dass ich auf der Welt bin?«, frage ich absichtlich flapsig nach, um sie wieder aufzuheitern.

Es gelingt, sie schmunzelt postwendend. »Anfangs ganz bestimmt, ja. Aber dann … habe ich dich zum ersten Mal gefühlt. Ich lag damals auf dem Bett in meinem ehemaligen Kinderzimmer, ganz allein, weil ich mich wieder einmal mit meinem Vater angelegt hatte. Ich war völlig verzweifelt, und es war einer dieser Momente, von denen ich dir eben erzählt habe. Einer dieser schwachen Momente, in denen ich mir wie das Produkt meiner damaligen Lebensumstände vorkam, in die ich mich hineinmanövriert hatte und die mich inzwischen so fest im Griff hatten, dass ich das Gefühl hatte, sie würden zunehmend jemanden aus mir formen, der ich eigentlich nie hatte sein wollen. Aber genau in dem Augenblick, als ich darüber nachdachte, wie es sein würde, aus der Vollnarkose zu erwachen und wieder frei zu sein, wieder ganz bei mir selbst, spürte ich plötzlich dieses seltsame Flattern in meinem Bauch. Ich wusste zuerst gar nicht, was es war, aber es ließ mich trotzdem innehalten und tief in mich hineinhorchen. Und dann kam es noch einmal, deutlicher als zuvor. Da wurde mir plötzlich klar, dass du es warst.«

Tränen sammeln sich in ihren blauen Augen. Hilflos und fast ein wenig fremd kommt mir meine Mom vor, während ihr die ersten über die Wangen hinabkullern.

»Ich habe mir beide Hände auf den Bauch gelegt und ihn gestreichelt, zum ersten Mal«, fährt sie mit zittriger Stimme fort, den Blick dennoch fest auf mich gerichtet. »Und dabei habe ich geweint, genau wie jetzt. Weil ich mich so schuldig fühlte, überhaupt jemals mit dem Gedanken an eine Abtreibung gespielt zu haben. Weil ich dich mit einem Mal nur noch beschützen und halten wollte, dein Gesicht sehen, deine Zehen und Finger zählen und dir einen Namen geben. Du warst mit einem Schlag von einem undefinierbaren Etwas zu meinem Kind geworden. Aufgrund nur einer spürbaren Bewegung.« Sie lacht unter Tränen, während ich sie überrumpelt anstarre und kaum erfassen kann, was hier gerade geschieht.

Mom fährt fort: »Ehrlich gesagt glaube ich bis jetzt, dass ich auch aus Angst geweint habe. Nicht nur, weil ich mich vor der

Zukunft und der Verantwortung fürchtete, sondern weil mir in diesen Minuten wohl schon dämmerte, welche Macht du über mich haben würdest. Ich wagte gar nicht daran zu denken, zu welchen Gefühlsregungen du mich noch bringen könntest. Aber zumindest war ich von diesem Augenblick an nicht länger ein trotziges Kind. Ich war eine Mutter, die ihr eigenes Kind verteidigte. Und mein Vater muss das gespürt haben, denn kurz darauf beendete er seine Bemühungen, mich zu einer Abtreibung zu bewegen, und fand sich damit ab, dass ich dich mit oder ohne sein Gutheißen zur Welt bringen würde.«

Ich lächle verlegen in meiner Überforderung, Mom so offen über diese schwere Zeit in ihrem Leben sprechen zu hören. Dann fällt mir Tara wieder ein. »Lenis Mom scheint solch ein alles veränderndes Erlebnis wohl leider nie gehabt zu haben.«

Mom schüttelt traurig den Kopf. »Oder sie war nicht fähig, sich darauf einzulassen. Wer weiß, was ihr widerfahren ist, Alex. Du hast angedeutet, dass ihr Stiefvater gewalttätig war, aber was genau er ihr angetan hat, weißt du doch auch nicht, oder?«

»Nein«, gebe ich zu. »Und ich halte es ihr zugute, dass sie die kleine Motte schließlich zu mir gebracht hat. Auch wenn Tara sich seitdem kein einziges Mal mehr gemeldet hat.«

»Vielleicht ist es ja gut so, auch für Leni. Und wenn du jetzt mit dieser Autorin …« Mom lässt ihren Satz fallen, führt den Gedanken jedoch fort. »Ein Kind braucht Mutter und Vater, Alex. Und du und Cassie werdet ja vermutlich nicht auf Dauer zusammenwohnen, zumal die Sache mit ihr und Ned sehr ernst zu sein scheint.«

Meinen Ohren kaum trauend, gehe ich nicht auf ihre Idee, Maila könnte Lenis Ersatzmutter werden, ein, weil so etwas für mich noch meilenweit entfernt ist. Eine andere Frage drängt sich hingegen sofort in den Vordergrund: »Hast du Dad damals nur deswegen geheiratet? Meinetwegen?«

Für einen Moment sieht sie mich fast ein wenig erschrocken an, doch gleich darauf wirkt ihr Gesichtsausdruck wieder gelassen. Mom streicht erneut den Rock über ihren Oberschenkeln glatt und tupft ihre feuchten Wangen mit den Rückseiten der Hände ab. »Ich gebe zu, dass das durchaus ein Grund für meine damalige Entscheidung war«, gesteht sie. »Aber bei Weitem nicht der einzige. Dein Vater war immer, bis zu seinem Tod, mein bester Freund und engster Vertrauter. Und ich habe ihn durchaus geliebt, wenn auch …« – sie schluckt hart –, »wenn auch nicht so wie er mich. Ich weiß genau, was er all die Jahre lang für uns getan hat, Alex. Und ich vermisse ihn an jedem einzelnen Tag. Aber versuch einmal deine Gefühle in eine Richtung zu drängen, in die sie partout nicht wollen. Ich dachte, ich könnte es. Aber es funktionierte nicht. Irgendwann kam ich mir Vince gegenüber wie eine schreckliche Lügnerin vor. Mein schlechtes Gewissen hat mich fast zernagt. Und das, obwohl ich niemals fremdgegangen bin. Das schwöre ich, so wahr ich hier sitze!«

»Also hast du ihn deswegen irgendwann um die Scheidung gebeten?« Sie nickt betroffen. »Ich war ein paarmal während unserer Ehe in einen anderen Mann verliebt«, gibt sie dann ohne Umschweife zu. »Und ich weiß, dass dich das eigentlich nichts angeht, aber ich möchte, dass du mich verstehst und nicht heimlich denkst, deine Mutter sei eine unsagbare Egoistin.«

»Das tue ich nicht.«

Sie ringt sich ein Lächeln ab, doch es wirkt wie eine Maske. »Diese Phasen waren die absolute Hölle. Ich war irrational sauer auf Vince, obwohl er immer nur sein Bestes gegeben hat. Wie es in diesen Zeiten in mir aussah, wusste nicht einmal er. Immer dann, wenn ich ihm das leckerste Essen vorgesetzt habe und seine Hemden am akkuratesten gebügelt waren, waren das eigentlich erstickte Hilfeschreie, Alex.«

Dieses Mal zögere ich nicht, ich lege meine warme Hand einfach auf ihre kühle und drücke sanft zu.

»Mom, keiner von uns hat gewusst …«

»Ich weiß. So sollte es ja auch sein. Aber irgendwann ist mir bewusst geworden, dass ich es damit nicht besser mache. Im Gegenteil. Auf diese Art und Weise habe ich deinem Dad kein

Glück geschenkt, sondern ihm die Chance auf echtes Glück verwehrt. Und als diese Erkenntnis wirklich durchgesickert war, musste ich einfach handeln.«

Nun senkt sie den Blick. Ich schweige und lasse ihr Zeit. »Aber er hatte nie eine andere Frau nach mir«, sagt sie schließlich.

Ich stoße ein humorloses Lachen aus. »Er hat dich halt geliebt.«

»Ja. Aber verstehst du nicht, dass seine … Abstinenz so sinnlos war? Und was es für eine Erleichterung für mich gewesen wäre, wenn er sich irgendwann wieder verliebt hätte? Glücklich dieses Mal, in eine Frau, die ihn so zurückgeliebt hätte, wie er es immer verdient hatte?«

»Tja, so war es aber nicht, Mom. Du konntest dich nicht in ihn verlieben, und er … konnte sich nun einmal nicht entlieben.«

»Das ist es ja, was mir so ein schlechtes Gewissen macht. Wenn ich damals schon gewusst hätte, dass er die ganzen Jahre allein bleiben würde, hätte ich uns allen diese Scheidung ersparen können. Vor allem euch Kindern.«

Ich streichele ihre Hand. »Du hast das Richtige getan, Mom. Auch wenn Cassie und ich das nicht immer so gesehen haben und am Anfang echt wütend auf euch waren. Und enttäuscht. Aber es war das Richtige. Ich bin mir sicher, dass auch Dad das wusste, tief in seinem Inneren.«

Mom lächelt mich an, zunächst noch sehr leicht, doch dann wird ihr Schmunzeln immer befreiter und dehnt sich schließlich über ihr ganzes Gesicht aus. »Zum Teufel mit den Genen«, sagt sie. »Kein leiblicher Sohn könnte seinem Vater ähnlicher sein, als du es bist.«

23

»Tante Jane mehr Tee!« Leni ist ganz aus dem Häuschen, als sie zwei Wochen später mit Janes echtem Kaffee-Porzellangeschirr spielen darf. Sie hampelt so sehr auf dem samtgepolsterten Stuhl an Janes Esstisch herum, dass ich schon seit geraumer Zeit befürchte, er könne jeden Moment umkippen.

»Leni, ich habe gesagt, nicht so wild!«, ermahne ich sie zum wohl zwanzigsten Mal, aber sie schenkt mir nicht einmal einen kurzen Blick über den Deckel der sehr alten Kaffeekanne. Edel weiß ist sie, mit einem schmalen Goldrand. Ein schlichtes klassisches Design, das ich noch von meinen Großeltern väterlicherseits kenne. Ganz und gar kein Kinderspielzeug und in Lenis kleinen tollpatschigen Fingern extrem gefährdet. Trotzdem wirkt Jane zufrieden, während sie die Kleine in ihrer Geschäftigkeit beobachtet. Lenis Anblick befördert Jane offensichtlich in eine längst vergangene Zeit zurück, wie ich ihrem Blick entnehme.

Für einen Moment frage ich mich, ob sie an ihre Kindheit zurückdenkt. Und wie die wohl gewesen ist. Ich weiß nur, dass meine Patentante, genauso wie meine Mom, ein Einzelkind ist. Außerdem hat Jane mir erzählt, dass ihr Vater, ein gebürtiger Finne, bei einem Autounfall ums Leben kam, als sie gerade erst fünf Jahre alt war. Sie glaubt deshalb, dass sie sich so sehr für die europäische Geschichte und Literatur interessiert, weil sie zwar um ihre Wurzeln wusste, sie jedoch nie richtig erforschen konnte.

Ihre Mutter ist im vergangenen Sommer mit einundachtzig Jahren in Texas gestorben, wo Jane auch aufgewachsen ist. Nach einem schweren Reitunfall, der sich vor dreißig Jahren ereignete und den sie nur knapp überlebte, war Janes Mom in einer Einrichtung für geistig Schwerbehinderte in Houston untergekommen und ist auch dort gestorben. Seit dem Unfall hatte Jane sie nur hin und wieder besucht, denn die alte Mrs Maddox war nicht mehr in der Lage, ihre Tochter zu erkennen, und das hat Jane schwer zugesetzt.

Das letzte Scheppern ist noch nicht lange her, aber Leni hat den Dreh mit dem zerbrechlichen Geschirr einfach nicht raus, und so klirren die grazilen Tassen schon wieder unsanft auf den Untertellern.

»Bist du sicher, dass es dir nichts ausmacht, sollte doch etwas kaputtgehen?«, hake ich bei Jane nach, nachdem ich den Sturz einer der Tassen im letzten Moment verhindert habe. Sie spart sich eine geschriebene Antwort, verzieht nur leicht den Mund und rollt mit den Augen. Ihre abfällige Miene ist eindeutig: Zerbrochenes Geschirr könnte sie nicht weniger kümmern.

Eigentlich logisch, in ihrem Zustand. Die einzige Tasse, aus der Jane noch trinken kann, ohne Flüssigkeit in die Luftröhre zu bekommen und womöglich daran zu ersticken, ist eine Schnabeltasse aus Kunststoff, ähnlich wie die, aus der Leni bis vor einem Jahr ihren Kakao getrunken hat.

Gerade heute fällt mir auf, dass Jane deutlich schmaler und gebrechlicher aussieht als noch vor fünf Monaten, bei unserem Kennenlernen. So zusammengekauert, wie sie in ihrem Rollstuhl sitzt, frage ich mich oft, ob sie wohl große Schmerzen hat. Sie antwortet nie auf diese Frage, sondern schenkt mir höchstens den Ansatz eines Lächelns und hinterlässt damit bei mir das Gefühl, dass sie nur allzu gern lässig mit den Schultern zucken würde. Was sie natürlich schon längst nicht mehr kann. Nicht einmal ihren Kopf kann sie noch selbstständig aufrecht halten. Inzwischen wird er dauerhaft mit einer speziellen Haltevorrichtung, die wie ein Stirnband um ihren Kopf liegt, gegen die Lehne ihres Rollstuhls gestützt.

Plötzlich frage ich mich, wie viel Zeit Jane wohl noch bleibt.

Um mich von diesem trüben Gedanken abzulenken, lasse ich meinen Blick wandern, und wie schon öfter fällt er auf ihre Kette. Das gegliederte Band ist sehr dünn, bronzefarben und unauffällig. Doch der zu groß wirkende Anhänger, den ich auch jetzt wieder betrachte, hat schon oft nicht nur Lenis, sondern auch meine Neugierde geweckt.

»Was ist das eigentlich für ein Schlüssel?«, höre ich mich fragen. Nach einem etwas längeren Moment, in dem sie mich eindringlich angesehen hat, fixiert Jane ihren Bildschirm. Mir fällt auf, dass ihr das Schreiben heute schwerfällt. Etliche Fehler schleichen sich ein, die sie akribisch korrigiert, bis ihr Satz einwandfrei ist.

Über diesen Schlüssel wollte ich ohnehin mit dir sprechen.

»So? Und warum?«

Seitdem du das erste Mal hier bei mir warst, wusste ich, dass du ihn bekommen sollst.

»Oh, okay. Und … wozu gehört er?«
Sie schmunzelt. Zwar ganz schwach, aber ich erkenne es doch.

Das wirst du dann schon herausfinden.

Ich lache auf. »Du bist eine Geheimniskrämerin, Tante Jane. Mein Vater konnte auch so gut geheimtun. Es ist wirklich kein Wunder, dass ihr damals eng befreundet wart.«

Von einer auf die andere Sekunde erlischt der schelmische Funke in ihren grünen Augen und weicht tiefster Traurigkeit. Sofort bereue ich, das Thema der einstigen Freundschaft zwischen ihr und meinem Dad angeschnitten zu haben. Schließlich weiß ich, dass sie mehr für ihn empfand, er ihre Liebe aber nie erwiderte.

Verrückt eigentlich. Genau umgekehrt wie bei Mom und Dad.

Ich frage mich bis jetzt, warum er wollte, dass ich zu seiner Beerdigung komme.

… schreibt Jane.

Ich stutze. »Wie meinst du das? Dad wollte, dass du zu seiner Beerdigung kommst?«

Zumindest hat Rick Nelson mir das kurz nach seinem Tod geschrieben. Vince und ich haben früher gemeinsam mit Rick gearbeitet, daher kannte er mich. Er war doch mit deinem Dad auf dem Golfplatz, als er den Herzinfarkt erlitt. Und er schrieb mir, Vince habe ihn gebeten, mir auszurichten, dass ich zu seiner Beisetzung kommen soll.

Ich verstehe nur bis jetzt nicht, warum das sein Wunsch war.

Überrascht von dieser neuen Information, lasse ich nach dem Lesen noch einige Sekunden verstreichen. »Vielleicht wollte er Mom und dich wieder zusammenführen«, mutmaße ich dann.

Oder auch uns, Alex.

Janes Mundwinkel zucken. Ich lächele für uns beide. »Ein schöner Gedanke, ja.«

Nur ein paar Sekunden Unachtsamkeit, schon fällt Leni beim Eingießen ihres imaginären Tees der Deckel der Kanne auf die Tischplatte. Ich nehme ihn hastig zur Hand und untersuche ihn. Glücklicherweise ist er heil geblieben.

Jane schaut derweil wieder auf ihren Bildschirm, auf dem Buchstabe für Buchstabe eine neue Botschaft an mich entsteht.

Erzähl mir doch von deinem Date, das du heute Abend noch hast.

Verwundert und ein wenig schockiert sehe ich Jane an, doch sie fährt stoisch fort:

Cassie sagte, du triffst dich mit M.J. August? Dann war die LitNight wohl doch ein wenig inspirierend?

»So ein Plappermaul«, entfährt es mir.

»Plappermaul, Plappermaul!«, ruft Leni freudig. Janes Mundwinkel zucken erneut. Himmel, wie soll ich nur gegen diese geballte Frauenfront ankommen, der ich Tag für Tag ausgeliefert bin? Zumindest nehme ich mir vor, Cassie endgültig zusammenzustauchen, sobald sie von ihrer Shoppingtour mit Ned zurückkehrt. Auch wenn der Zeitpunkt echt ungünstig ist. Schließlich wollen die zwei die Nacht hier bei Ned verbringen, und Leni soll ausnahmsweise einmal bei ihnen schlafen, damit Maila und ich in Ruhe essen gehen können. Ich habe mir fest vorgenommen, Maila heute endlich von meiner Tochter zu erzählen. Sie soll sich nicht noch einmal von mir hintergangen fühlen.

Ich seufze resigniert. »Es stimmt, ich treffe mich mit ihr. Sie ist toll, aber es ... also, wir ... Ach, es ist kompliziert.« Jane lächelt mühevoll, aber sanft.

Wie auch immer diese höchst komplizierte Episode in deinem Leben ausgehen mag, ich bin sehr gespannt darauf und fände es toll, wenn du mich ab und zu auf den Stand der Dinge bringen würdest.

»Versprochen!«, sage ich schnell, erleichtert, für den Moment vom Haken zu sein. Nur eine Sekunde später fange ich schon wieder den Deckel der antiken Kaffeekanne auf. Gott sei Dank, denn dieses Mal wäre er mit Sicherheit auf dem Boden zerschellt.

Fragen über Fragen

Vincent

Rick hat Jane also geschrieben und ihr vermittelt, es sei mein Wunsch gewesen – mein wortwörtlich letzter Wille –, dass sie zu meiner Beerdigung kommt. Sie ist nicht aus eigenem Antrieb erschienen, sondern weil er sie unter Vortäuschung falscher Tatsachen dazu gebracht hat.

Nur … Warum zum Henker hat er das getan? Ausgerechnet Rick, der zu meinen langjährigen Freunden gehört und als einer von wenigen wusste, wie sehr ich mich Jane gegenüber schämte, sie damals so Hals über Kopf verlassen zu haben. Zu jener Zeit, vor über sechsundzwanzig Jahren, war Rick noch Janes und mein Kollege und hatte die ganze Misere hautnah miterlebt. Also, welche Absicht hatte er damit verfolgt, Jane mit einer Lüge zu meiner Beerdigung zu locken?

Und warum muss ich mich auch Monate nach meinem Tod noch immer mit Fragen dieser Art herumquälen?

Mit jedem Tag an Alex' Seite gesellen sich neue Ungereimtheiten zu den alten, und langsam, aber sicher verliere ich die Geduld. Und die Kraft. Ein paar Ausrufe- anstatt Fragezeichen wären zur Abwechslung mal ganz nett. Oder zumindest die Aussicht auf Aufklärung.

Es ist einfach ermattend, so in der Luft hängen gelassen zu werden. Buchstäblich. Und in letzter Zeit erwische ich mich immer häufiger bei dem Gedanken, wie erlösend es hingegen sein könnte, all das endgültig hinter mir zu lassen.

24

Alex

An der vereinbarten Haltestelle wartend, trete ich in der Kälte des fortgeschrittenen Abends voller Ungeduld von einem Fuß auf den anderen. Immer wieder schweift mein Blick dabei zu den Straßenlaternen, in deren Schein der schwache Regen sichtbar wird. Seine Tropfen sind so fein, dass man sie auf Haut und Haar kaum spürt.

Endlich biegt der Bus um die Straßenecke und hält quietschend ein paar Meter vor mir. Ich sehe Maila schon, ehe sich die Türen öffnen, um sie zu mir in die anbrechende Nacht zu entlassen. Und auch sie winkt mir bereits durch die verdunkelten Scheiben zu. Nur dieser kurze Moment, ein kleines freudiges Zeichen von ihr, und alles in mir rückt an seinen rechten Platz. Die Nervosität schmilzt dahin, und mein Herz tut einen Hüpfer, als habe man es über die vergangenen Stunden hinweg immer tiefer auf eine Sprungfeder in meiner Brust gedrückt und nun endlich losgelassen.

Befreit gehe ich Maila ein paar Schritte entgegen und genieße das Gefühl, sie zur Begrüßung fest in meine Arme schließen zu können. Mit geschlossenen Augen inhaliere ich den Duft ihrer Haare, die von dem feuchten Wetter viel stärker als sonst gekringelt sind.

»Hi!«, sage ich und drücke ihr einen Kuss auf die Wange, wobei mir wieder einmal auffällt, wie zierlich Maila ist. Sie schmiegt sich kurz gegen meine Lippen und schaut dann verschmitzt zu mir auf, wie schon so oft. »Hey du. Na, wieder gesund?«

»Ja, mir geht es gut. Der Husten nervt zwar noch etwas, aber ansteckend bin ich nicht mehr. Und bei dir?«

»So ziemlich dasselbe.«

Wie auf Kommando räuspern wir uns gleichzeitig und grinsen uns danach breit an.

»Hunger?«, frage ich.

Maila nickt mit großen Augen. »Wie ein Wolf. Oder sogar zwei.«

»Na, dann komm!« Der klirrenden Kälte zum Trotz wird mir ganz warm, als sie sich bei mir unterhakt und bereitwillig führen lässt. »Es ist nicht weit von hier, nur um die Ecke«, verspreche ich, während wir mit eingezogenen Köpfen durch den nun stärkeren Regen laufen.

»Okay. Ich hoffe nur, dass du ein besseres Händchen bei der Wahl eines geeigneten Lokals gehabt hast als ich beim letzten Mal«, sagt sie und legt dabei ihren Kopf an meinen Oberarm. Auch wenn ich ihr Gesicht nicht ansehen kann, weil ihr Blick auf unsere Schuhe gerichtet ist, die im Gleichschritt über das nasse Pflaster marschieren, höre ich doch, wie mühevoll Maila ihr Lachen unterdrückt. »Ein Wunder eigentlich, dass du überhaupt noch in dieser Bar warst, als ich dort ankam. Bei all den hübschen *Bären*, die da herumlungerten und dich so sehnsüchtig angeschmachtet haben. Wirklich seltsam, dass dich keiner von denen in seine Höhle verschleppt hat.«

»Oh, glaub mir, ich habe mich ganz dicht an der Wand entlanggeschoben, bis in die hinterste Ecke, wie du weißt. Und als ich mich dort endlich setzen konnte, war ich wirklich erleichtert. Ich glaube, auf dem Weg dahin haben mich mindestens drei der Kerle ganz *zufällig* irgendwo betatscht.« Bei der Erinnerung erschaudere ich, was Maila nun doch auflachen lässt. Aber immerhin drückt sie meinen Arm dabei.

»Das war *nicht* lustig«, halte ich mit Nachdruck fest. »Aber keine Bange, ich habe nicht vor, mich an dir zu rächen. Im Gegenteil, mich plagt immer noch ein schlechtes Gewissen wegen dieser Lexa-Geschichte. Also bringe ich dich zu unserem Lieblingsitaliener und entschuldige mich mit der weltbesten Pasta bei dir. Du hast doch gesagt, du magst Nudelgerichte, oder?«

»Und wie! Zu *eurem* Lieblingsitaliener?«, hakt Maila nach.

»Ja, zu Marcus' und meinem. Wir sind schon zu Schulzeiten immer dort hingegangen.«

»Also vor einem halben Jahrhundert«, neckt sie, was ich mit einem Knuff in ihre Seite ahnde. Nur wenige Schritte vor der Eingangstür des Restaurants bleibt sie noch einmal stehen und sieht mich an. »Es ist immer noch total seltsam für mich, dass du wirklich von *dem* Marcus Fellow sprichst. Dass ihr beide die besten Freunde seid und eines meiner Lieblingslieder tatsächlich aus deiner Feder stammt. Verrückt!«

»Tja, was soll ich dazu sagen? Du hast ein paar der Bücher geschrieben, die im Regal meiner Patentante stehen und bald verfilmt werden. Ich würde sagen, wir sind mehr als quitt. Hätte ich *One Last Time* nicht geschrieben, käme ich mir neben dir vollkommen mickrig vor.«

Maila zieht eine Grimasse, während ich ihr die Tür zum Restaurant aufhalte und sie mit einer altertümlichen Verbeugung über die Schwelle winke. »Spinner!«, zischt sie im Vorbeigehen.

Kaum habe ich das Lokal hinter ihr betreten, werden wir schon freudig von Luigi begrüßt, dem Kellner, der bereits seit Jahren im Stella Nera arbeitet.

Heute schaffe ich etwas, das mir zuletzt gelungen ist, als ich Leni – damals noch in ihrer Babyschale – zum ersten Mal hierhergebracht habe: Ich versetze den guten alten Luigi ins Staunen. Verständlich, habe ich doch noch nie eine Frau außer Cassie oder meiner Mom in mein Stammrestaurant ausgeführt.

Immer wieder gleitet Luigis Blick kurz von mir zu Maila, während er sich mit seinem liebenswerten Akzent erkundigt, wie es mir geht. Plötzlich schiebe ich Panik, dass er sich auch nach Leni erkundigen wird, denn der Gute ist ziemlich vernarrt in meine kleine Tochter. Jeden Augenblick könnte etwas wie »Unde die Bambina? Iste alles gut mit die suße kleine Wirbelwinde?« aus seinem Mund schlüpfen. Also komme ich ihm schnell zuvor, indem ich ihn bitte, uns einen ruhigen Tisch zu geben. Sofort wendet er sich mit einem »*Certo, certo! Venite!*« ab und fordert uns mit wedelnder Hand auf, ihm zu folgen.

Vermutlich um zu zeigen, wie ernst er meine Bitte nimmt, rückt er den entlegensten Zweiertisch noch ein wenig weiter von den anderen, ohnehin noch unbesetzten ab und zündet dann feierlich die Kerze an. Als ich Luigi zuvorkomme, indem ich Mailas Mantel entgegennehme und ihn mit meiner eigenen Jacke zur Garderobe bringe, gelingt es mir, meinen Lieblingskellner kurz abzufangen und ihm zuzuflüstern, dass er Leni bitte nicht erwähnen soll. Sofort nickt er verständnisvoll. »*Certo, amico*. Iste schwer so mit Kinde eine Frau zu finden, rischtig?«

»Ich will ihr heute Abend von der Kleinen erzählen, weiß aber noch nicht, wann sich die Gelegenheit ergibt«, lasse ich ihn wissen. Er zwinkert mir verschwörerisch zu und verspricht, uns einen seiner besten Rotweine zu bringen. »Mit diese Wein klappte garantierte mit die ubsche junge Frau, die du da geangelt«, prophezeit er euphorisch.

»Schön hier!«, befindet Maila, als ich an unseren Tisch zurückkomme. Ich schaue mich um und versuche, den mir so vertrauten Raum durch ihre Augen zu sehen. Und es stimmt, das Stella Nera ist mit seinen Natursteinsäulen, den Mahagonimöbeln und geschmackvollen Accessoires durchaus gemütlich eingerichtet, auch wenn das Ambiente nie der ausschlaggebende Punkt für Marcus' und meine Wahl war.

»Warte erst einmal ab, bis du das Essen probierst. Und dabei ist es völlig egal, für welches Gericht du dich entscheidest. Glaub mir, ich habe sie schon alle durch.«

Maila lacht. »Okay. Aber welche Pasta ist denn deine liebste?«

»Arrabiata. Ich mag es einfach scharf.«

Zu spät bemerke ich, was ich gesagt habe, schon ist Mailas linke Augenbraue in die Höhe geschnellt. »So, so!«

Ich spüre mich in Rekordzeit erröten, als hätte ich mein Leibgericht bereits vor mir und einen Bissen mit zu großem Chilistück erwischt. »Das ... kam völlig falsch heraus. Ich meinte natürlich, beim Essen.«

»Natürlich. Wobei auch sonst?« Ihrer amüsierten Miene nach zu urteilen, findet Maila meine Verlegenheit ganz fantastisch. »Aber lass uns lieber schnell das Thema wechseln, bevor dein Kopf noch explodiert«, schlägt sie erst nach einer Weile vor, in der ich sie mit vermutlich vernebeltem Blick angeschaut und dabei in Erinnerungen geschwelgt habe, die rein gar nichts mit scharfer Nudelsoße zu tun hatten.

Ich nicke hastig, weil sich ihr flapsiger Vorschlag tatsächlich wie das Ziehen einer Notbremse anfühlt.

»Also, wie läuft es denn so zwischen Marcus und dir?«, erkundigt sie sich übergangslos.

»Bitte was?« Ich bin mir nicht sicher, ob ich eher belustigt oder empört klingen soll. Maila schlägt sich die Hand vor den Mund und gluckst: »Na, das kam jetzt aber auch ganz falsch heraus. Ich meinte, beim Komponieren. Steht der Song für die *Schicksalsschuhe* schon? Oder habt ihr noch gar nicht damit angefangen? Ich bin so neugierig!«

»Doch, wir ... haben schon angefangen«, stammele ich, an Marcus' und meine bisher einzige Session zurückdenkend, bei der wir der kranken Leni eigentlich nur alte Lieder aus unserer Kindheit vorgespielt und im Anschluss darüber gesprochen hatten, wie der neue Song überhaupt werden soll. Wir waren schnell übereingekommen, dass er zwar romantisch, aber nicht kitschig werden muss und ruhig, aber auf keinen Fall lahm. Doch bis jetzt ist das alles nur blanke Theorie, denn noch steht keine einzige Note und keine Silbe der Komposition, die schon in absehbarer Zeit zum Titelsong für Mailas Buchverfilmung werden soll.

Zum wohl tausendsten Mal verdamme ich diese ätzende Blockade, die mich nach wie vor künstlerisch lähmt. Wenn es früher darum ging, einen neuen Song zu schreiben, konnte ich gar nicht schnell genug alle meine Ideen notieren. Überhaupt waren es oft nur die Texte, die ich zunächst aufschrieb, denn die

Melodien kamen mit den Worten, und wenn ich den Song dann sang und mich selbst dazu auf der Gitarre begleitete, stimmten die anderen schon bald mit ein, ohne Noten zu benötigen.

Ein Song ist immer ein Austausch zwischen dem Sänger und seinem Zuhörer. Deshalb berührt Musik dermaßen tief, darum fühlt es sich so intim an, für jemanden zu singen. Weil es immer eine Offenbarung ist. Also, was zum Teufel hat es zu bedeuten, dass ich jetzt schon so lange nicht mehr komponieren kann und somit künstlerisch verstummt bin? Ich bin doch nicht emotionsloser als noch vor ein paar Jahren, bevor ich Lenis Vater war! Ich habe doch nicht weniger zu vermitteln! Ganz im Gegenteil. Gerade jetzt, den Blick nach wie vor auf Mailas jadegrüne Augen gerichtet, fühle ich mich so lebendig und innerlich überschäumend vor lauter Gefühlen wie selten zuvor in meinem Leben.

»Zehn Dollar für deine Gedanken«, flüstert sie und berührt dabei meine Hand. Doch gerade als ich die Innenfläche nach oben drehen und ihre Finger ergreifen möchte, bemerkt sie es und zieht sie wieder zurück.

»Heißt das nicht eigentlich zehn *Cent* für deine Gedanken?«, frage ich schnell und fasse nach, denn schließlich hatten wir uns schon beim letzten Mal darauf geeinigt, dass sich auch gute Freunde bei den Händen halten dürfen. Sanft drücke ich ihre schlanken Finger, wie zur Erinnerung. »Aber ich verstehe schon, ab und zu musst du die Millionärin wohl doch mal raushängen lassen, was?«

Sie streckt mir die Zunge heraus. »Würdest du ihn mir vorspielen?«

»Den Song zu deinem Buch, meinst du?«

Maila nickt. Ich ziehe die Schultern hoch und fühle mich schlagartig unwohl, weil es momentan noch rein gar nichts gibt, was ich ihr vorspielen könnte. »Zurzeit haben wir noch nicht viel, aber wenn du möchtest, singe ich ihn dir vor, sobald er fertig ist.«

Wieder nickt sie, dieses Mal noch euphorischer. »Auf jeden

Fall! Ich liebe deine Stimme, Alex. Sie ist so tief und rau und warm. Ziemlich besonders, in meinen Ohren.«

Ich grinse verlegen – unfähig, mit ihren Komplimenten umzugehen.

»Du hast noch was vergessen.«

»Hm?«, macht Maila.

»Na, bei der Beschreibung meiner Stimme. Tief und rau lässt sich nicht abstreiten. Ich schätze, das sind immer noch die Nachwirkungen von dem kleinen OP-Unfall, den ich als Vierjähriger hatte. Aber du hast *einschläfernd* vergessen«, erinnere ich sie, da ich sie schließlich schon einmal in den Schlaf gesungen habe. Eine Erinnerung, die vermutlich auf Lebenszeit zu meinen absoluten Favoriten gehören wird.

»Was für einen OP-Unfall hattest du denn?«, erkundigt sie sich, ohne auf meine andere Bemerkung einzugehen. Allerdings haben sich ihre Wangen leicht gerötet, was mich erkennen lässt, dass auch sie zumindest kurz an unsere intimen Stunden zurückdenken musste.

»Oh, damals wurden mir die Mandeln und einige Polypen entfernt. Dabei ist irgendetwas nicht ganz planmäßig verlaufen, und ich konnte zwei Wochen lang nicht sprechen. Nach der OP war meine Stimme vollkommen weg, ich war echt stumm. Erst danach kam sie langsam zurück, wenn auch in dieser Reibeisenversion, die sich nie wieder gelegt hat.«

»O Gott, was für eine schlimme Vorstellung. Was, wenn der Schaden dauerhaft gewesen wäre? Da hattest du wirklich noch Glück im Unglück. Und deine Stimme ist toll.«

»Das haben meine Eltern vermutlich etwas anders gesehen. Jedenfalls musste mir das Krankenhaus damals etliche Tausend Dollar zahlen, weil mein Dad den Arzt verklagt hat und damit auch durchgekommen ist. Ich glaube, mit dem Geld haben mir meine Eltern den Klavierunterricht bezahlt. Jedenfalls hatte ich kurz nach dem gewonnenen Prozess meine erste Stunde.«

»Womit der Grundstein deiner Karriere gelegt wurde«, sinniert Maila. »Schon erstaunlich, oder?«

»Ja, wenn du es so siehst, ist es wirklich ziemlich erstaunlich.«

»Kismet«, sagt Maila schulterzuckend. »Schicksal. Oder sogar Bestimmung, wer weiß!«

»Was denn, an so etwas glaubst du?«

Wieder zieht sie ihre Augenbraue hoch. »Hallo? Erde an Alex! Mein erster Roman heißt *Schicksalsschuhe*. Meinst du etwa, das ist Zufall?«

»Und glaubst du auch, dass unsere Begegnung eine vom Schicksal gelenkte war?«, hake ich herausfordernd nach.

Sie schürzt die Lippen und grübelt eine Weile vor sich hin. »Ich weiß es nicht«, sagt sie dann. Und gerade, als ich über ihre ausweichende Antwort enttäuscht sein will, fügt sie leise hinzu: »Aber es fühlt sich sehr danach an, findest du nicht?«

Über Stunden hinweg plaudern wir weiter und bewegen uns dabei ständig auf diesem hauchdünnen Grat zwischen Flirten und freundschaftlichem Gespräch. Jedes Mal, wenn unsere Haut in Kontakt kommt, verliert mein Herzschlag kurz seinen Rhythmus, nur um danach in einen deutlich schnelleren zurückzufinden. Mir ist klar, dass mein Vorhaben, nur mit Maila befreundet zu sein, zum Scheitern verurteilt ist. Ich bin bis über beide Ohren in sie verliebt und könnte wetten, dass meine Blicke nicht den geringsten Hehl daraus machen – sosehr ich mich auch bemühe, Maila mit meinen Gefühlen nicht in Verlegenheit oder gar in Bedrängnis zu bringen.

Aber verdammt noch mal, in Wahrheit will ich alles von ihr, was ein Mann von einer Frau wollen kann. Ihre Freundschaft, ihre Liebe, ihr Vertrauen, ihre Verletzlichkeit und Stärke, ihren Körper ... einfach alles.

Unter den gegebenen Umständen ist es eine bittersüße Qual, Maila so nahe zu sein, dieselbe Luft wie sie zu atmen, mit ihr zu lachen und ihr dabei zuzusehen, wie geschickt sie die Spaghetti auf ihrer Gabel eindreht und Bissen für Bissen in ihrem Mund verschwinden lässt.

Ich versinke in dem Anblick, wie zufrieden und genüsslich sie kaut, sich hin und wieder die Mundwinkel mit ihrer Serviette abtupft ... und dabei trotzdem jedes Mal diesen winzigen Tropfen Soße an ihrem Kinn übergeht.

Und zugleich kostet es mich unglaubliche Kraft, mich nicht einfach über die schmale Tischplatte zu ihr hinüberzubeugen und diesen Soßenspritzer wegzuküssen. Der Drang wird immer stärker, bis ich es schließlich nicht mehr aushalte und den Tropfen kurzerhand mit einer flinken Bewegung meines Zeigefingers von ihrem Kinn wische. »Danke«, sagt sie lächelnd.

»Gern, kleiner Schmutzfink«, erwidere ich, alles andere als charmant, um nur ja zu übertünchen, wie es eigentlich um mich steht. Und weil ich Maila nicht einfach in die Arme schließen und küssen kann, begnüge ich mich damit, ihr Löcher in den Bauch zu fragen, um sie zumindest noch besser kennenzulernen.

»Hast du eigentlich Geschwister?«

Sie schluckt und schüttelt den Kopf. »Nein, leider nicht. Ich habe mir immer eine Schwester gewünscht, aber das sollte wohl nicht sein, und so bin ich ein verwöhntes Einzelkind geblieben.«

»Hm. Einzelkind mag ja sein, aber verwöhnt bist du ganz sicher nicht.«

»Meinst du?«

»Ja. Sonst würdest du anders mit deiner Berühmtheit umgehen und sie exzessiver ausleben.«

»Na ja, das ist der Vorteil daran, Autorin zu sein. Selbst wenn viele Menschen deine Romane und somit sogar einige deiner intimsten Gedanken kennen, können trotzdem nur die wenigsten dein Gesicht mit deinen Büchern in Verbindung bringen. Das beugt Höhenflügen sehr effektiv vor. Anders als bei einem bekannten Musiker, fürchte ich.« Mit einem mehr als nur schelmischen Blick leckt sie ihre Gabel ab.

»Definitiv ... ja«, stammele ich, für einen Moment vom Anblick ihrer Zungenspitze abgelenkt, bevor es mir wieder gelingt, mich zu sammeln. »Aber dabei rede ich bestimmt nicht von mir, falls du darauf angespielt hast. Schließlich war ich schon außen vor, als die Sache mit Sidestream so richtig an Fahrt aufgenommen hat. Die Gefahr, abzuheben und ein arrogantes Arschloch zu werden, hat sich bei mir nie ergeben. Abgesehen davon, dass Marcus und Cassie mir dann auch ordentlich den Kopf gewaschen hätten. Marcus selbst hat sich durch den Erfolg kein bisschen verändert. Er ist immer noch derselbe gutmütige und loyale Chaot, der er schon ganz früher war. Aber das, was ich von ihm und den anderen Jungs heute so mitkriege, ist nicht immer nur schön. Besonders Tobey hat einige Hardcore-Fans, die ihm ständig überall auflauern. Das ist mitunter ziemlich beängstigend.«

»Ja, das glaube ich. Aber sag mal, warum bist du eigentlich ausgestiegen?« Mailas Frage kommt so direkt, dass ich erst mal einen Schluck von Luigis wirklich gutem Rotwein nehmen muss. Jetzt ist er da, der perfekte Moment, von Leni zu berichten, das spüre ich genau. »Nun, vor ein paar Jahren … passierte etwas Unvorhergesehenes in meinem Leben und stellte es vollkommen auf den Kopf.«

»Kenne ich«, befindet Maila mit entschiedenem Nicken, nachdem sie eine Weile vergeblich darauf gewartet hat, dass ich genauer auf dieses geheimnisvolle Etwas eingehe. Warum ich es nicht tue – wieder einmal –, kann ich beim besten Willen nicht sagen. Aber eine innere Stimme rät mir, Leni weiterhin zu verschweigen. Ich habe das unterschwellige und trotzdem sehr deutliche Gefühl, dass der Zeitpunkt doch noch nicht der richtige ist.

»Kannst du dir eigentlich vorstellen, irgendwann wieder als Erzieherin zu arbeiten?«, frage ich Maila also, anstatt sie endlich über meine kleine Tochter in Kenntnis zu setzen.

Maila nagt an ihrer Unterlippe und lässt sich Zeit mit ihrer Antwort. »Eigentlich dachte ich, das Kapitel läge längst hinter mir und wäre für alle Zeiten abgeschlossen«, sagt sie schließlich. »Aber die Wahrheit ist, dass ich mir nie zuvor unsicherer in Bezug auf mich selbst und meine Entscheidungen war als in diesen vergangenen Wochen.«

»Seitdem wir uns begegnet sind, meinst du?«, erkundige ich mich mit einem Gefühl, das zu gleichen Teilen aus Hoffen und Bangen besteht.

»Ja«, erwidert sie schlicht. »So wie es aussieht, bist du jetzt *mein* unvorhergesehenes Lebensereignis, das bei mir wieder einmal alles auf den Kopf gestellt hat. Alle meine Überlegungen und Pläne.« Sie senkt den Blick und hebt zugleich in einer hilflos wirkenden Geste die Schultern. »Es wäre albern, das zu leugnen, zumal du es ja ohnehin schon weißt. Du hast gelesen, was du in mir ausgelöst hast, ich selbst habe es dir anhand von Tonia und Max präsentiert. Aber abgesehen davon …« Sie blinzelt zu mir auf, und ich fürchte, ihrem fast scheu wirkenden Blick mit tellergroßen Augen zu begegnen, so erstaunt bin ich über ihre plötzliche Offenheit.

»Du hast doch schon in unserer Nacht gespürt, wie tief du mir unter die Haut geschlüpft bist, oder?«, beendet sie ihren Satz so leise, dass es die Worte nur knapp über den schmalen Tisch bis zu mir schaffen. Ich blinzele einige Male schnell hintereinander, während sie mich weiterhin verlegen anschaut.

Erst nach einer ganzen Weile schüttelt sie den Kopf und fährt fort: »Aber leider stehe ich nicht zum ersten Mal an genau diesem Punkt, Alex. Es ist eher wie ein finsteres Déjà-vu. Denn ich war schon einmal sehr verliebt, ich hatte einen Job, in dem ich aufging, den ich für meine Berufung hielt. Kurzum, ich war glücklich und scheinbar auf dem richtigen Weg. Nur dann … war plötzlich nichts mehr von alldem da, die ganze Sicherheit und das gute Gefühl waren passé, und alles, was ich selbst von mir wusste, brach über mir zusammen, stürzte einfach ein, wie durch ein simples Fingerschnipsen.« Sie unterlegt ihre Worte mit der passenden Geste, während das Gesagte in mir widerhallt.

»Ich war schon einmal sehr verliebt …«

Kurz verspüre ich einen winzigen Eifersuchtsstich bei dem Gedanken an diesen fremden Mann, den sie damals so geliebt hat. Doch das bittere Gefühl wird sogleich von einer enormen

Lawine Glück überrollt und spurlos weggerissen. Denn Maila hat, wenn auch nur indirekt, schließlich gerade gestanden, momentan in *mich* verliebt zu sein. *Sehr* verliebt.

Als ich das realisiere, könnte ich laut aufjubeln. Doch ihr Anblick bremst mich sofort wieder. Denn Maila ist keineswegs euphorisch, ganz im Gegenteil, sie wirkt eher verzweifelt, weshalb ich mich besinne, möglichst ruhig zu bleiben und ihr bis zum Schluss zuzuhören.

»Mit einem Mal hatte ich die größte Angst davor, mein Leben weiterhin an der Seite des Mannes verbringen zu sollen, den ich bis zu diesem Zeitpunkt als meinen absoluten Traumpartner bezeichnet und auch empfunden hatte«, erzählt sie weiter. »Ich wollte nie wieder mit Kindern zusammenarbeiten, obwohl ich sie eigentlich von Herzen liebe. Und ich … habe mich mit meinen Eltern überworfen, mit denen ich bis dahin das beste Verhältnis hatte. Innerhalb kürzester Zeit habe ich sämtliche Säulen meines damaligen Lebens eingerissen. Und seitdem befinde ich mich auf der Suche nach mir selbst. So, als hätte es mein altes Ich nie gegeben.« Mailas Blick und ihre stockende Stimme zeugen davon, wie haltlos sie sich fühlt, wenn sie sich diese einschneidenden Erlebnisse ins Bewusstsein ruft.

Für einen Moment schweigt sie nun, wobei ihre Augen diesen ganz bestimmten, leicht verschleierten Ausdruck bekommen, der darauf hindeutet, dass die Gedanken in die Vergangenheit schweifen.

»Tonia war meine einzige Hilfe. Bis vor Kurzem war ich sogar überzeugt davon, dass sich sämtliche Missstände meines Lebens auflösen würden, wenn es mir nur gelänge, einen Weg zu finden, wie Tonia wieder glücklich werden und vollends mit sich ins Reine kommen kann. Aber dann … kamst du.«

Das klingt ziemlich vorwurfsvoll und lässt mich die Stirn runzeln. Doch Maila, die mich nun wieder ansieht, fährt unbeirrt fort: »Und seitdem weiß ich gar nichts mehr. Alles, was ich überlege, und ganz egal, in welche Richtung meine Ideen dabei schweifen, es fühlt sich immer falsch an. Vor dem einen Weg habe ich furchtbare Angst … und der andere hat jeglichen Reiz für mich verloren.«

Es gibt unzählige Dinge, die ich an Mailas kleinem Ausbruch nicht verstehe. Allen voran, woher er so plötzlich und unverhofft kommt und was der Auslöser für ihre schonungslose Reflexion und Offenheit war. Aber dann bleiben nur ihre wichtigsten Aussagen hängen. Und die haben es in sich.

Sie liebt mich.

Und sie liebt Kinder. Aber sie will nichts mehr mit ihnen zu tun haben. Zumindest dachte sie das bis vor Kurzem.

Sie hat sich mit ihren Eltern zerstritten. Womöglich besteht bis heute kein Kontakt mehr zu ihnen.

Sie versucht, mit ihrem alten Ich abzuschließen, was ihr jedoch nicht recht gelingt. Meinetwegen.

Obwohl ich mir noch keinen Reim auf alle diese Aspekte machen kann, ergreife ich ihre Hände und schaue ihr so tief in die Augen, dass sie ein wenig zurückweicht. Ja, sie sieht tatsächlich erschrocken aus, und ich weiß nicht, ob das so ist, weil die Intensität meines Blickes sie erschreckt oder weil sie gerade realisiert, wie viel sie mir in den letzten paar Minuten preisgegeben hat.

»Maila, welcher Weg hat seinen Reiz verloren?«, höre ich mich fragen. Sie weicht mir nicht aus, sitzt einfach starr da, wie eine Schaufensterpuppe. Lediglich zwischen ihren Augen, direkt über der Nasenwurzel, bildet sich eine kleine steile Falte.

»Sag mir, was du vorhattest, bis wir uns kennengelernt haben«, fordere ich.

»Ich …« Sie blinzelt einige Male hintereinander, wirkt irritiert. Und weil sie vermutlich gern die Tischdecke mit ihren Fingern bearbeiten würde, ich ihre Hände jedoch immer noch in meinen halte, senkt sie den Blick und sagt leise: »Alex, ich … glaube nicht, dass du das verstehen kannst.«

»Versuch es. Ich besitze mindestens zwanzig Zeugnisse, die mir bescheinigen, dass es nie an meiner Intelligenz gehapert hat, sondern immer nur am Fleiß.« Mein Lächeln fällt vermutlich so unbeholfen aus, wie es sich anfühlt. Zumindest würde das erklären, warum Maila den Druck meiner Finger mit einem Mal so liebevoll erwidert.

»Also schön!«, seufzt sie. »Versuch dir vorzustellen, dass du dein ganzes Leben nur auf die Erfüllung eines einzigen Traums ausgerichtet hast, okay?«

Ich nicke prompt, denn wirklich schwer fällt mir das nicht. Schließlich habe ich mich gut ein Jahrzehnt danach gesehnt, Erfolg und Anerkennung mit Sidestream zu erfahren. Mailas Lebenstraum hingegen hatte niemals etwas mit ihrer Karriere als Schriftstellerin zu tun.

»Mein größter Wunsch war es, einen Mann zu finden, der mich von ganzem Herzen liebt. Ich wusste nie, wo dieser ausgeprägte Wunsch nach Harmonie und Familienidylle herkam, aber ich wollte unbedingt heiraten und Kinder bekommen. Viele haben mich belächelt, weil ich so altmodisch gedacht habe, aber ... Erst seit diesem Fiasko auf Capri versuche ich mehr oder weniger krampfhaft, eine andere Erfüllung für mein Leben zu finden.«

»Okay, das habe ich schon durch die *Schicksalsschuhe* verstanden. Einzig und allein das *Warum* erschließt sich mir nicht. Ich meine, nur weil dieser Mann damals offenbar nicht der Richtige für dich war, muss das doch nicht bedeuten, dass es nie einen anderen geben wird. Warum hat ein einziger unerwarteter Tiefschlag dazu geführt, dass du dein Leben völlig verändert hast?«

Der Blick, den sie mir nun zuwirft, ist so mild und nachsichtig, wie man ihn sonst eher Kindern oder kleinen niedlichen Tieren schenkt. Sofort komme ich mir reichlich dumm vor und reagiere auch entsprechend angespannt. »Was denn? Sprich doch endlich offen mit mir!«

Ihre sonst so glatte Stirn legt sich in Falten. »Das versuche ich ja. Aber ... verstehst du denn nicht, dass meine plötzliche Panik damals natürlich nicht einfach daherkam? Dass sie sehr wohl einen Ursprung hatte, einen ziemlich tiefen sogar?«

»Doch. Aber was war das, Maila? Sag es mir bitte, denn ich tappe wirklich vollkommen im Dunkeln.«

Sie atmet ein paarmal tief durch, und für einige Sekunden habe ich das Gefühl, dass sie versucht, sich zu überwinden, mir ihr Geheimnis endlich anzuvertrauen. Doch dann schüttelt sie plötzlich den Kopf und flüstert: »Tut mir leid, ich kann es nicht. Ich ... habe bisher noch nie mit jemandem darüber gesprochen.«

»Vielleicht wird es Zeit, dass du das änderst?«, schlage ich viel weniger geduldig vor, als ich vielleicht sein sollte.

Im selben Moment vibriert mein Smartphone. Sofort schnellen meine Gedanken zu Leni, und schon packt mich das schlechte Gewissen, weil ich eine Offenheit von Maila fordere, die ich ihr selbst nicht entgegenbringe.

Cassies Name blinkt auf dem Display auf und lässt mich den Atem anhalten. Sie weiß genau, wie wichtig mir dieses Treffen mit Maila ist, und würde mich nie stören, wenn nicht etwas Wichtiges passiert wäre. Blitzartig tragen mich meine Gedanken zurück zu ihrem Anruf, der mich im Oktober des vergangenen Jahres im Zoo erreicht hatte – an dem Tag, als unser Vater gestorben war.

Mit einem mulmigen Gefühl in der Magengegend und einer entschuldigenden Geste in Mailas Richtung nehme ich das Telefonat an. »Monster, was gibt's?«

Sie klingt kurzatmig, als sei sie gerannt oder sehr aufgebracht. »Alex, sorry, aber du musst zurückkommen! Tante Jane ist gerade fast erstickt. Die Nachtschwester ist im Rettungswagen mitgefahren, und Ned möchte auch ins Krankenhaus, aber er ist so nervös, dass ich ihn nicht selbst fahren lassen will. Leni schläft, sie hat bis jetzt nichts mitbekommen, aber ...«

»Schon gut, Cass, ich bin in ein paar Minuten da. Bis gleich!« Damit lege ich auf.

»Was ist passiert?«, fragt Maila sichtbar erschrocken.

»Ich muss fahren, es tut mir leid. Meine Patentante ist zusammengebrochen. Ich weiß nichts Genaues, aber offenbar schwebt sie in akuter Gefahr.«

»O Gott! Worauf wartest du dann? Fahr!«

Schon bin ich aufgesprungen und spähe in Richtung meiner Jacke an der Garderobe, bevor ich noch einmal auf die leeren Teller und noch halb gefüllten Weingläser auf unserem Tisch schaue. Maila erfasst die Situation und schüttelt in aller Entschiedenheit den Kopf. »Ich mache das mit der Rechnung. Na los, sieh schon zu, dass du wegkommst. Und ruf mich an, sobald du kannst, hörst du?«

Mit einem letzten Nicken beuge ich mich zu ihr hinab und küsse sie. Und weil ich in diesem Moment vor lauter Schock nicht klar denken kann, drücken sich meine Lippen nicht etwa auf ihre Wange, sondern direkt auf ihren Mund. Zu meiner Verwunderung weicht Maila nicht zurück, sondern erwidert den Kuss und legt dabei sogar kurz die flache Hand an meine Wange.

»Bitte fahr vorsichtig!«

Ich stürme an dem erstaunten Luigi vorbei, hinaus in die Kälte, wo ich mein Tempo nur noch beschleunige. Ich renne und bremse erst ab, als ich bei meinem Wagen angekommen bin.

Meine Knie zittern, und auch meine Finger beben leicht, während ich den Wagen starte und rückwärts aus der Parklücke setze. Wie gut, dass ich bisher nur ein kleines Glas Wein getrunken habe!

»Nicht sterben, Tante Jane«, murmle ich vor mich hin, während ich ungeachtet jeglicher Geschwindigkeitsbeschränkungen durch die nächtlichen Straßen Danburys rase.

Tod auf Raten

Vincent

Jane!

Alex verhält sich ebenso kopflos, wie auch ich mich fühle … und im Gegensatz zu ihm auch bin. Scheinbar hat er Mailas letzten Appell, bitte vorsichtig zu fahren, vollkommen ausgeblendet, so, wie er nun durch die Straßen braust.

Nur etwa fünfzehn Minuten, nachdem er sein Lieblingsrestaurant verlassen hat, biegt er schon in die Auffahrt zu Janes Villa ein.

Cassie und Ned erwarten ihn bereits vor der offenen Haustür und rufen ihm nur noch zu, in welches Krankenhaus Jane gebracht wurde, bevor auch sie sich auf den Weg dorthin machen.

Tiefer Stolz legt sich über meine Unruhe und erfüllt mich für ein paar Sekunden, als ich sehe, wie meine Tochter ihrem aufgebrachten Freund über den Arm streicht und Ned auf ihren eindringlichen Blick hin anstandslos zur Beifahrerseite seines Wagens geht, während Cassie hinter dem Lenkrad Platz nimmt und mit wenigen geschickten Handgriffen Sitz und Spiegel in die richtigen Positionen rückt.

Cassie ist in den vergangenen Monaten seit meinem Tod endgültig erwachsen geworden, sie ist mit ihren dreiundzwanzig Jahren eine tolle und wunderschöne junge Frau. Längst nicht mehr mein kleines Mädchen – und doch wird sie das wohl immer bleiben, wenn auch nur in meinen Gedanken.

Ein leises Drängen lässt mich kurz wünschen, ich könnte mir Ned vorknöpfen und ihm mit allem Nachdruck einschärfen, dass er sie nur ja immer gut behandeln soll. Mein Gefühl sagt mir jedoch, dass ich diesem Mann überhaupt nichts einbläuen muss. Dass er meine Tochter von Herzen liebt und sich nichts mehr wünscht, als sie glücklich zu machen. Ebenso, wie ich Vivian immer nur zufrieden sehen wollte.

Betrübt denke ich daran, dass ich, um dieses Ziel zu erreichen, einige große Fehler begangen habe. Vor allem Jane gegenüber.

Sie hingegen hat in den vergangenen Wochen nur erneut bewiesen, welch wunderbarer Mensch sie ist, indem sie Alex nichts von meiner damaligen Schande erzählt hat.

Und jetzt geht es ihr so schlecht.

Alex betritt das riesige verlassene Haus auf leisen Sohlen. Er steigt die Stufen zur oberen Etage empor und schaut sich ziemlich zaghaft in Neds Wohnung um, bis er die schlafende Leni in einem kleinen Raum findet. Beim Anblick seiner Tochter tut er das, was auch ich immer gemacht habe, wenn ich ihm oder später auch Cassie beim Schlafen zugeschaut habe: Er lächelt mit einer Mischung aus Zärtlichkeit und milder Sorge. Schon nach kurzer Zeit kann er sich nicht mehr beherrschen und steuert auf das Gästebett zu, in dem Leni schläft. Er streicht ihr die dichten Locken aus dem Gesicht und küsst ihren Wuschelkopf.

»Daddy?«

Nicht nur Alex ist verwundert, dass Leni so plötzlich ihre Ärmchen ausstreckt und die Augen aufschlägt. Auch ich staune.

»Hey, seit wann wirst du denn wach, wenn ich nach dir sehe?«, fragt Alex leise, setzt sich zu ihr und zieht die Kleine auf seinen Schoß. »Tatütata«, macht Leni, kuschelt sich dabei an ihn und reibt sich über die Augen.

»Oh, du hast den Krankenwagen gehört? Ja, weißt du, Tante Jane ging es leider nicht gut. Da musste ganz schnell ein Arzt kommen und sie untersuchen.«

»Tante Jane Kankenhaus?«, erkundigt sich die Kleine. Ich sehe meinen Sohn schlucken. »Ja, Tante Jane bleibt heute Nacht im Krankenhaus, damit es ihr schnell wieder besser geht.«

»Spitze?«

»Vielleicht bekommt sie auch eine Spritze. Aber Tante Jane ist sehr tapfer, das weißt du doch. Und jetzt komm, Süße, schlaf weiter. Daddy ist da. Wir müssen sowieso abwarten, bis Cassie anruft und uns sagt, was jetzt mit Tante Jane passiert. Also, wollen wir uns so lange zusammen hier hinlegen?«

»Kuscheln.«

»Und kuscheln, klar doch. Na dann...« Ohne seine Hände zu benutzen, streift sich Alex die Schuhe von den Füßen und streckt sich auf dem knarzenden Klappbett aus. Leni presst er dabei zärtlich an seine Brust. »Komm her, du kleine Kuschelmaus. Alles wird gut, ganz bestimmt. Schau, bald fängt schon der neue Tag an. Und neue Tage machen...«

»... alles dut«, vervollständigt Leni den Satz, den ich schon meinen Kindern vor jedem »Gute Nacht« gesagt habe und den Alex auch für seine Kleine übernommen hat. Eines der vielen scheinbar unbedeutenden Dinge, die ich erst nach meinem Tod erfahren habe und die in ihrer Summe sehr wohl bedeutend für mich sind. Denn bis zu meinem letzten Lebenstag wusste ich wirklich nicht, welch große Rolle Vivian und ich noch immer im Leben unserer erwachsenen Kinder spielen.

Natürlich ist es nicht mehr dieselbe Rolle wie damals, als sie noch so klein und auf uns angewiesen waren. Aber wir und das, was wir ihnen vorgelebt haben, was sie von und durch uns gelernt haben, das ist alles noch da, lebt in ihren Herzen weiter und spiegelt sich in ihren Gedanken, Handlungen und in jedem ihrer Tage wider. Es besteht kein Zweifel: Vivian und ich haben unsere Kinder viel mehr geprägt, als wir es lange für möglich hielten.

Es ist erfüllend, das endlich in vollem Umfang zu realisieren. Allerdings führt mich diese Erkenntnis auch wieder zurück zu Jane und zu der Frage, wie sie wohl auf ihr Leben und auf das, was sie erreicht hat, zurückblicken würde, müsste sie wirklich in dieser Nacht sterben.

Und überhaupt, würde es ihr dann genauso ergehen wie mir

nach meinem Tod? Gäbe es vielleicht sogar die Möglichkeit, ihr noch einmal zu begegnen?

Leni schläft erstaunlich schnell wieder ein. Eine Weile klopft sie noch den Herzschlag ihres Vaters auf dessen Brustkorb mit, bis ihre kleine Hand mit einem Mal erschlafft. Instinktiv zupft Alex die Bettdecke über ihr zurecht. Ihm fällt es wesentlich schwerer, zur Ruhe zu kommen, die Sorgen um Jane lassen das für eine lange Zeit nicht zu. Doch dann wird auch sein Atem langsam ruhiger, und obwohl er von Zeit zu Zeit zusammenschrickt und die Augen wieder aufreißt, findet er doch in einen zumindest oberflächigen Schlaf.
Ich hingegen harre aus. Logisch, bin ich seit meinem Tod doch ständig wach. Allerdings sind diese ruhigen Stunden für gewöhnlich seltsam zeitlos, zumindest was meine Empfindung angeht. Meine Gedanken schweifen frei umher, und ehe ich mich's versehe, erwacht Alex schon wieder und zieht mich mit sich durch seinen neuen Tag.
Hoffen wir für den nächsten Morgen nur, dass ich ihn und Cassie damals nicht angelogen habe. Dass neue Tage wirklich stets die Kraft besitzen, positive Wendungen mit sich zu bringen.
Dass Jane noch lebt, wenn die Sonne aufgeht.

Plötzlich sehe ich sie wieder vor mir, mit ihren offenen schulterlangen Haaren, die wild um ihren Kopf wehen, während sie, einen Bowle-Becher in der erhobenen Hand, durch das Zimmer unseres gemeinsamen Studienfreundes Bert tanzt. Zu diesem Zeitpunkt lag Vivians Auszug aus dem Studentenheim schon ein paar Wochen zurück, und es war die erste Party ohne sie, zu der Jane mich hatte überreden können.
»*Ich glaube, du hast genug getrunken*«, *sagte ich und nahm Jane den Becher ab, nur, um ihn schnell selbst zu leeren.*
»*So, glaubst du das, ja?*«, *erwiderte sie kess.*
»*Allerdings.*«

Lächelnd legte sie ihre Arme um meinen Hals und ließ sich von mir hin und her wiegen, weil die Musik gerade zu einem deutlich ruhigeren Song gewechselt hatte. Ich betrachtete sie ausgiebig, während wir miteinander tanzten. Jane sah hübsch aus in ihrem selbst gestrickten Kleid und den hohen Stiefeln. Hübsch und frech. So, wie ich sie kannte. Und mochte.
»Komm, lass uns gehen!«, hörte ich mich plötzlich sagen. Und schon hatte ich Janes Hand erfasst und zog sie aus Berts Wohnung, in Richtung meiner eigenen WG.

»Jane«, hauchte ich nur wenig später nach unserem ersten Kuss und stützte mich dabei vorsichtig von ihr ab – wohl wissend, dass meine Zurückweisung sie kränken würde. Doch Jane schüttelte nur den Kopf und zog mich wieder an sich. »Ich weiß es doch, Vince. Ich weiß, dass du nach wie vor in Vivian verliebt bist.«
Ich sah sie erschrocken an und wunderte mich zugleich über ihr nachsichtiges Lächeln. »Wie …?«
»Na, glaubst du denn, dass ich nicht merke, wie oft du immer noch an Vivi denkst? Nur weil du versuchst, nicht mehr von ihr zu sprechen, seitdem sie zu ihren Eltern gezogen ist, und weil du weißt, wie ich für dich fühle? Wirklich, Vince?«
»Aber ich … Ich will sie vergessen, Jane. Glaub mir! Sie hat mir klargemacht, dass sie das Kind nicht mit mir großziehen will. Es war ihr egal, dass ich dazu bereit gewesen wäre. Und beim letzten Mal, als wir miteinander telefoniert haben, hat sie sogar noch davon gesprochen, das Kind direkt nach der Geburt zur Adoption freizugeben. Es will mir einfach nicht in den Kopf, wie sie überhaupt mit dem Gedanken spielen kann.«
»Es muss dir auch nicht in den Kopf gehen, Vince. Es ist ihr Baby. Und darum ist es auch allein ihre Entscheidung, was sie mit dem Kind macht. Nicht die ihrer Eltern und auch nicht deine.«
Die schonungslose Wahrheit ihrer Worte entwaffnete mich, auch wenn ich zunächst noch voller Empörung nach Luft schnappte.

Doch Jane verschloss meine Lippen kurzerhand mit ihren und sah mich danach wieder ebenso selbstbewusst an wie schon zuvor.

Zweifellos strahlte Jane eine gewisse Faszination auf mich aus, das war schon seit unserer ersten Begegnung so gewesen. Nur dummerweise war diese Faszination keinesfalls mit Liebe zu verwechseln. Zumindest nicht mit der Art von Liebe, die sie sich wohl von mir wünschte.

An jenem Abend hatten wir beide zu viel getrunken. Und nun, nach diesem zweiten Kuss, bot sie mir mit einem verschwörerischen Wispern an: »*Wenn du Vivi wirklich vergessen willst, helfe ich dir dabei. Wenn du mich lässt.*«

»*Du meinst das wirklich ernst*«*, stellte ich verblüfft fest. Jane lachte auf.* »*Na klar! Auf diese Weise kommst du vielleicht mal wieder auf andere Gedanken. Gott weiß, wie nervig deine ständige Trübsal ist.*«

»*Schon, aber … Nein, das wäre falsch, Jane. Vor allem dir gegenüber*«*, beharrte ich und unternahm dabei einen weiteren Versuch, mich von ihr zu lösen. Wie zum Teufel waren wir überhaupt auf meinem Bett gelandet?*

»*Es wäre nur falsch, wenn ich nicht genau wüsste, worauf ich mich einlasse*«*, protestierte sie.* »*Aber meinst du wirklich, wir sind die ersten Freunde, die so eine Vereinbarung treffen?*«

»*Eine Vereinbarung?*«*, wiederholte ich, denn ich fand, das klang sehr bürokratisch.* »*Also, dann würden wir weiterhin Freunde bleiben? Auch nach dieser Nacht, sollten wir wirklich … miteinander schlafen?*«

»*Na klar bleiben wir Freunde. Ab jetzt halt nur … mit gewissen Vorzügen, wenn du es so nennen willst.*«

Wollte ich es so nennen? Wollte ich es überhaupt irgendwie nennen? Ich kann mich nicht mehr daran erinnern, was ich in jenem Moment dachte oder was in mir vorging. Ich weiß nur noch, wie gut Jane roch und wie unglaublich süß sie aussah. Und ich erinnere mich, dass unser nächster Kuss der erste war, den ich begann, während ich mich an sie presste und sie somit spüren ließ, wie ich mich entschieden hatte.

Und so begann alles. Das gesamte Fiasko zwischen ihr und mir, dem ich mich erst viele, viele Monate später, an Alex' zweitem Geburtstag, so feige entzog.

Jetzt – beinahe dreißig Jahre nach der ersten von vielen gemeinsamen Nächten, die wir unter dem Deckmantel dieser zum Scheitern verurteilten Vereinbarung miteinander verbracht hatten – schwebe ich hier, an die Seite meines ahnungslosen Sohnes gekettet. Selbst bereits tot und völlig ratlos, warum ich überhaupt noch Zeuge all dessen werde, bete ich im Stillen dafür, dass Jane in dieser Nacht nicht auch stirbt.
Und das, obwohl ich natürlich weiß, dass sie eigentlich schon stirbt, seitdem ich sie damals verlassen habe.
Jeden Tag ein wenig mehr.

25

Alex

»Psst, Alex. Hey!«

Etwas rüttelt an meinem Fuß und lässt mich erwachen. Ich schlage die Augen auf und spüre sofort, warum ich dieses Mal nicht – wie sonst so oft – aus dem Schlaf geschreckt bin.

Denn Leni liegt nach wie vor an meiner Seite, halb auf meinem Bauch, und ihre Locken kitzeln mein Kinn.

Ich blinzele zu dem Lichtspalt, der durch die leicht geöffnete Tür fällt. Die davor gestikulierende Silhouette meiner Schwester bedeutet mir, aufzustehen. Also schiebe ich mich vorsichtig unter Leni hervor, bette ihren kleinen Körper auf der warmen Matratze und decke sie wieder zu, bevor ich den Raum verlasse.

»Wie geht es Jane?«, frage ich, kaum, dass ich die Tür zugezogen habe.

»Sie lebt«, erwidert Ned knapp, sieht dabei jedoch aus, als würde er seine Verzweiflung am liebsten laut herausschreien.

Cassie zieht ihn sanft in Richtung der Küche, wo sie auf einem der hohen Stühle am Tresen Platz nimmt. Ned begibt sich wortlos daran, Kaffee zu kochen. Mein Blick fällt auf die digitale Uhr am Backofen, es ist 06:14 Uhr.

»Sie haben ihr schon im Krankenwagen die Atemwege abgesaugt und, als das nicht ausreichend geholfen hat, einen kleinen Luftröhrenschnitt gemacht«, klärt Cassie mich derweil auf.

»Inzwischen hängt sie an einem Sauerstoffgerät und bekommt Unterstützung beim Atmen. Die akuteste Problematik war damit schnell behoben. Allerdings haben die Krankenhausärzte Jane noch einmal komplett durchgecheckt. Und die Ergebnisse …« Meine Schwester seufzt schwermütig.

»Sie sind verheerend«, beendet Ned ihren Satz. Er sucht meinen Blick mit unsagbar traurigen Augen. »Um es kurz zu machen: Janes Lunge ist kollabiert. Sie ist komplett verschleimt, und Janes Kraft reicht schon lange nicht mehr aus, um das Zeug ordentlich abzuhusten.«

»Aber dafür hat sie doch dieses Gerät«, wende ich ein, an den kastenförmigen Apparat mit der Mund- und Nasenmaske denkend, der in ihrem Wohnzimmer steht.

»Ja. Aber scheinbar war das in letzter Zeit nicht mehr ausreichend«, erklärt Ned. »Jedenfalls ist sie jetzt extrem schwach und hat eine ausgereifte Lungenentzündung. Ich möchte mir gar nicht vorstellen, wie sehr sie sich in den letzten Tagen gequält hat. Was ich nur nicht verstehe, ist, warum sie uns nicht gesagt hat, dass es ihr so schlecht ging.«

Wir schweigen ein paar Sekunden, jeder mit seinen eigenen Gedanken beschäftigt.

»Kann ich denn zu ihr fahren?«, frage ich schließlich.

Cassie nickt. »Ja, sie möchte dich sogar sehen.«

»Dann hat sie also mit euch kommuniziert?«

»Auf dem üblichen Weg, ja«, bestätigt Ned. »Wenn auch sehr viel langsamer als sonst. Es ist nicht leicht, den Bildschirm gut auf sie auszurichten, jetzt, wo sie im Bett liegt. Deshalb lief das meiste über Ja- oder Nein-Fragen unsererseits.«

Ich danke Ned für den Kaffee, den er mir inzwischen hingestellt hat. Allerdings trinke ich den letzten Schluck schon vor dem Spülbecken, in das ich hastig die leere Tasse stelle, ehe ich in Richtung Bad eile.

Cassie bringt mir ihre noch eingeschweißte Notfallzahnbürste sowie den Kamm aus ihrer Handtasche, sodass ich zumindest ein wenig Morgenhygiene betreiben kann, ehe ich Leni bei meiner Schwester und ihrem Freund lasse und mich auf den Weg ins Krankenhaus begebe.

Erstaunlicherweise wird mir auf der Intensivstation Zugang zu Janes Zimmer gewährt, kaum dass ich meinen Namen genannt habe. Ich muss mir nur gründlich die Hände waschen und desinfizieren und dann einen Mundschutz anlegen, danach darf ich zu ihr.

Die Schwester, die mich bis zur Zimmertür begleitet, raunt mir zu, dass ich Jane bitte auf keinen Fall aufregen und auch nicht zu lange bleiben soll.

Jane ist unsagbar blass. Genauer gesagt hat ihr Gesicht einen eher grauen Farbton angenommen, und unter ihren Augen liegen dunkle Ringe, die bei näherer Betrachtung auf verästelte lilafarbene Äderchen zurückzuführen sind, die blass durch ihre Haut hindurchschimmern.

Sie schläft, und so wandert mein Blick immer wieder über die bedrohlich wirkenden Schläuche, die aus dem Turm von Apparaten neben ihrem Bett ragen. Die zwei dünnsten dieser Schläuche führen zu Janes Nase, und der dickere verschwindet unter einem breiten weißen Pflaster, das unterhalb ihres rechten Schlüsselbeins klebt. Natürlich weiß ich, dass er nicht wirklich dort endet, sondern in ihren Brustkorb führt, wo er eine lebensnotwendige Aufgabe erfüllt.

Überhaupt besteht kein Zweifel daran, dass Janes Leben an diesen piepsenden und blinkenden Geräten hängt. Schon bald frage ich mich, wie es wohl für sie ist. Fürchtet sie sich vor dem Sterben? Hätte ich an ihrer Stelle noch Angst, oder käme mir der Tod schon längst wie eine Erlösung vor, nach der ich mich sehnen würde?

Ich versuche es mir vorzustellen, was natürlich unmöglich ist. Dennoch komme ich zu dem Schluss, dass die Vorstellung vom Sterben nur deshalb so angsteinflößend ist, weil man sie unweigerlich mit den Menschen in Verbindung bringt, die man am meisten liebt … und die man dann gezwungenermaßen zurücklassen muss. Der Gedanke treibt mir Tränen in die Augen, die ich nur mit Mühe zurückhalten kann.

Jane lebt schon seit Jahrzehnten so einsam, so zurückgezogen. Wenn ich mir überlege, wie groß meine anfängliche Scheu war, als wir uns bei der Beerdigung meines Vaters zum ersten Mal persönlich begegneten, komme ich mir noch im Nachhinein wie ein Idiot vor. Warum habe ich mit meiner Mutter diskutiert, nur weil ich mich während des Essens nicht neben Jane setzen wollte? Wovor habe ich mich denn damals so gefürchtet?

Ohne Zweifel hat mich Janes Bekanntschaft bereichert. Intuitiv habe ich ihr Dinge anvertraut, über die ich mit niemandem zuvor so offen gesprochen habe. Weil sie nicht nur schlau und belesen ist, sondern auch besonders empathisch und … Ach, Scheiße! Das Leben ist verdammt noch mal nicht fair!

Janes linke Hand liegt schlaff über der schneeweißen Bettdecke. Sie sieht irgendwie fremd aus. Wie die Hand einer magersüchtigen Frau. Von Ned habe ich erfahren, dass Jane in den letzten Tagen nur noch Flüssigkeit und ein paar Schlucke eines hochdosierten Proteinshakes zu sich genommen hat. Und da der Arzt in der vergangenen Nacht entschieden hat, dass ihr Allgemeinzustand zu schlecht ist, als dass man ihr eine Magensonde legen könnte, wird diese Art von Ernährung zunächst auch fortgeführt werden.

Wenn sie dazu überhaupt noch imstande ist.

Und was, wenn nicht?

Zaghaft berühre ich Janes Zeigefinger. Keine Reaktion. Ich streiche über ihren kühlen Handrücken, umschließe ihre Finger mit meinen … und spüre dabei, wie steif ihre Gelenke sind. Für einen Moment erschrecke ich sehr darüber. Doch dann rückt das Piepen ihres Herzschlags in den Vordergrund, und mein Blick fällt auf ihren Brustkorb, der sich minimal hebt und senkt. Nein, sie lebt. Ihre Finger fühlen sich vermutlich nur durch den Mangel an Bewegung so steif an. Unter diesen Gedanken beginne ich automatisch, jeden einzelnen Finger sanft zu massieren, um die Gelenke zu lockern. Es dauert nicht lange, bis sich Janes Hand ein wenig öffnet. Mein Blick fällt auf die Innenseite, in deren Mitte sich etliche kürzere Linien kreuzen und somit eine Art Stern bilden. Erstaunt stoße ich einen Laut aus. Im selben Moment schlägt Jane ihre Augen auf.

»Hey du, wie geht es dir? Was machst du nur für Sachen, Tante Jane?«, begrüße ich sie, begleitet von dem Versuch, sie anzulächeln. Aber Herr im Himmel, wie schwach sie wirkt!

Momentan schafft sie es kaum, die Lider richtig zu öffnen ... geschweige denn, sie offen zu halten.

»Möchtest du weiterschlafen?«

Kein Blinzeln. Was beides bedeuten könnte: dass sie nicht schlafen möchte oder dass sie inzwischen sogar zum Blinzeln zu schwach ist. Allerdings reißt sie nun krampfhaft die Augen auf, was eher auf die erste Möglichkeit schließen lässt.

»Oder möchtest du dich lieber etwas weiter aufsetzen?«, versuche ich daher. Nun blinzelt sie. Lange und deutlich.

»Oh, gut!« Ich springe auf und ergreife die Bedienung des elektronischen Bettes, um das Kopfteil ein wenig aufzurichten. Ihr Blick gleitet suchend zu dem Nachtschränkchen, auf dem ihr Tablet liegt. Ich verstehe sofort, manövriere die aufgeklappte Tischplatte etwas umständlich über Janes Bauch. Dann lege ich die Steuerung ihres kleinen Sprachcomputers unter ihre rechte Hand und positioniere ihre Finger auf der Schaltfläche, die sie nur leicht antippen muss, um eine Auswahl zu treffen. Zuletzt richte ich die Kamera über dem Bildschirm auf ihre Augen aus.

Sie braucht lange, um einen kurzen Satz zu verfassen. Dass sie es nicht mehr schafft, die Worte korrekt zu trennen, facht meine Sorge um sie nur noch weiter an.

Sorry, ich habe dein Dategestört.

Ich lächele ungläubig. »Mach dir bloß keine Gedanken darüber, Tante Jane. Es war hoffentlich nicht das letzte Mal, dass ich mich mit Maila getroffen habe. Außerdem war es ja gar kein richtiges Date. ... Sag mir lieber, wie es dir geht. Hast du Schmerzen?« Sie geht nicht auf meine Frage ein.

Der Schlüssel

Nach etlichen Anläufen, die sie immer wieder löschen musste, bleiben diese zwei Wörter auf dem Tablet stehen.

Mit gerunzelter Stirn überlege ich, was sie damit meint. Dann fällt es mir ein. Jane trägt ihre Kette nicht mehr. Dort, wo sonst der Schlüssel hing, klebt nun das breite Pflaster ihres Luftröhrenschnittes.

»Soll ich die Schwester fragen, wo deine Kette ist?«

Schublade

»Was, hier drin, meinst du?« Ich ziehe das Schubfach des schmalen Rolltisches auf und finde Janes feingliedrige Kette mit dem Schlüsselanhänger tatsächlich darin. Als ich ihn Jane hinhalte, sehe ich allerdings, dass sie wieder im Begriff ist zu schreiben, und lenke meinen Blick zurück zum Bildschirm.

Nimm ihn!

Nur diese zwei Wörter – und prompt rutscht mein Herz ein Stockwerk tiefer und drückt nun schmerzhaft auf meinen Magen.

Erst am Vortag hatte sie mir gesagt, dass ich diesen Schlüssel eines Tages an mich nehmen soll. Irgendwann einmal, wenn es wirklich mit ihr zu Ende geht.

»Tante Jane, ich …«, stammele ich hilflos.

Doch in ihrem Blick liegt ein Flehen, dem ich mich unmöglich entziehen kann. »Okay, ich nehme ihn«, stimme ich deshalb zu und umschließe die Kette mitsamt dem Anhänger. »Sag mir nur, wozu der Schlüssel gehört.«

Kaum habe ich eingewilligt, hat Jane die Augen wieder geschlossen. Nun öffnet sie sie noch einmal schwerfällig und schaut auf den Bildschirm. Sehr langsam erscheinen zwei neue Wörter darauf, und als der letzte Buchstabe geschrieben ist, driftet Jane sofort zurück in ihren Erschöpfungsschlaf.

Ich hingegen starre noch Sekunden später wie erstarrt auf das Tablet.

Mailas Bücher

Ahnungen

Vincent

Eiligen Schrittes verlässt Alex das Krankenhaus, Janes geheimnisvollen Schlüssel fest in der Hand. Er legt die Kette nicht einmal beim Fahren beiseite, sondern betastet ständig die feinen Glieder und murmelt dabei leise in einer Endlosschleife das Rätsel, das Jane ihm aufgegeben hat. »Mailas Bücher, Mailas Bücher ...« Irgendwann erhellt sich seine Miene. »Die Box«, sagt er zu sich selbst. »Sie meint bestimmt diese Box neben den Büchern.«

In Janes Haus ist es ganz still. Leni schläft offenbar noch, und auch Cassie und Ned scheinen sich in der Zwischenzeit hingelegt zu haben. Alex geht geradewegs ins Wohnzimmer, steuert auf Janes riesiges Bücherregal zu und entnimmt ihm die hölzerne Truhe. Prompt kippen die vier Bücher um. Alex stößt einen unterdrückten Fluch aus. Dann schiebt er prüfend den Schlüssel in das Schloss der Box.

Er passt!

Mit angehaltenem Atem öffnet Alex den Deckel. Sekundenlang starrt er auf eine Sammlung scheinbar wahllos zusammengewürfelter Gegenstände. Ratlos geht er zu dem ovalen Esstisch und entnimmt dort Stück für Stück den Inhalt der kleinen Truhe.

Ehe er begreifen kann, was es damit auf sich hat, heulen in mir mit einem Mal sämtliche Sirenen los. Plötzlich ahne ich, warum ich noch hier bin.

Und warum ich ausgerechnet Alex begleite. Denn ...

Um Gottes willen, kann das denn wirklich wahr sein?

26

Maila

Ich halte es kaum noch aus. Warum meldet Alex sich denn nicht, verflixt noch mal?

Mit dem Smartphone neben dem Laptop sitze ich an meinem Schreibtisch und starre schon seit dem frühesten Morgen Löcher in die Luft, anstatt zu schreiben. Dabei hinke ich meinem eigenen Zeitplan inzwischen fast schon sträflich hinterher. Kein Wunder, dass meine Lektorin langsam ungeduldig wird. Der Abgabetermin, den ich mit ihr festgelegt habe, ist schon vor Wochen verstrichen.

Aber wie zum Teufel soll ich denn an Tonias Geschichte weiterschreiben, wenn ich mit meinen Gedanken voll und ganz bei Alex und seiner Patentante bin?

Der Signalton einer eingehenden Nachricht erklingt. Schon habe ich das Handy in der Hand – und wirklich, die Mitteilung ist von ihm. Um 10:52 Uhr schreibt er mir endlich, was los ist.

Das heißt … Nein, tut er nicht.

Maila,
Du musst, so schnell Du kannst, zu mir kommen. Bitte, es ist wirklich wichtig! Wir treffen uns im Haus meiner Patentante, komm zu dieser Station: …

Das und der Link einer Bahnverbindung ist alles, was er mir mitteilt. Einen Moment lang schaue ich noch verdutzt auf das Display, dann springe ich auf, eile zur Garderobe, streife mir meinen Mantel über und reiße die Handtasche vom Haken. Als ich die Wohnungstür bereits hinter mir abgeschlossen habe und aus dem Haus stürme, fällt mir ein, dass ich bisher nicht einmal den Versuch unternommen habe, meine Haare in eine einigermaßen ausgehfähige Form zu bringen, geschweige denn Make-up, Wimperntusche oder Lippenstift aufgelegt habe.

Aber das ist egal. Denn was auch immer Alex zu seiner Nachricht getrieben hat, es scheint wirklich dringend zu sein, dass wir uns sehen.

Ich muss rennen, um den ersten der beiden Züge, die Alex herausgesucht hat, noch zu kriegen. Aber ich schaffe es und plumpse vollkommen außer Atem auf den erstbesten freien Sitz. Endlich habe ich die Zeit, ihm zu antworten.

Alex,
ich bin im Zug, auf dem Weg zu Dir. Kannst Du mir bitte kurz schreiben, worum es geht? Ich mache mir furchtbare Sorgen.

Es dauert nur ein paar Minuten, die sich allerdings wie Kaugummi ziehen, bis seine Antwort eingeht.

Maila,
glaub mir, ich wünschte, ich könnte Dir mehr schreiben. Nur so viel: Meine Patentante hat die Nacht überstanden, aber ihr Zustand ist sehr kritisch. Alles Weitere ist echt zu viel für eine Textnachricht. Ich brauche Dich jetzt hier. Wir sehen uns gleich, ich hole Dich ab.

Und das tut er.

Mit blassem Gesicht und Händen, die sich trotz der recht milden Temperaturen eiskalt anfühlen, empfängt er mich an der Bahnstation in Danbury. Auch, dass er mich nur kurz umarmt und danach mustert, als würde er mich zum ersten Mal sehen, obwohl wir uns erst gestern noch mit einem Kuss verabschiedet haben, wirkt nicht gerade beruhigend auf mich.

»Alex, was ist los?«

»Ich … Komm, lass uns erst einmal zu Janes Haus gehen. Das ist wirklich nichts, was wir hier am Bahnhof erörtern sollten.«

»Erörtern?«, wiederhole ich perplex, erhalte jedoch keine weitere Antwort. Still trotte ich neben Alex her. Im Vergleich zu gestern Abend ist er ein anderer Mann. Sein Gang ist hastig und steif, und er spricht nicht, an unsere übliche Art, miteinander zu scherzen, gar nicht zu denken.

Glücklicherweise ist die Bahnstation nur etwa fünf Gehminuten vom Haus seiner Patentante entfernt. Endlich schließt Alex die Eingangstür der eindrucksvollen Villa auf. Ich betrete das Entree dicht hinter ihm … und bleibe wie angewurzelt stehen.

Dieser Geruch!

»Was ist?«, fragt Alex, dem mein plötzliches Innehalten nicht entgangen ist.

»Nichts … schon gut«, stammele ich. Denn wie sollte ich ihm auch erklären, was gerade mit mir geschieht? Ich verstehe es ja selbst nicht.

Fremd müsste sie mir eigentlich sein, diese Duftmischung aus Druckerschwärze, Lavendel und noch etwas Würzigem, das ich nicht definieren kann. Schließlich könnte ich schwören, dieses Haus noch nie zuvor betreten zu haben. Und doch ist mir der Geruch so vertraut, scheint so tief in mir verankert zu sein, dass sich die feinen Härchen auf meinen Unterarmen abrupt aufgerichtet haben. Es ist wie dieses Lied, das ich offenbar einst kannte und das in meinen Träumen ab und zu noch leise gesummt wird, ohne dass ich mich nach dem Erwachen jemals an die Melodie erinnern kann. Wie oft habe ich es schon versucht, immer ohne Erfolg.

»Komm!«, fordert Alex, der mich für ein paar Sekunden eingehend beobachtet hat. Warum nur sieht er mich heute so anders an?

Jetzt geht er voraus in ein riesiges Wohn- und Esszimmer. Während ich ihm folge, umhüllt mich der vertraute Geruch wie ein Schleier und lässt mich nicht mehr los.

Alex steuert geradewegs an der großen Couchlandschaft und dem enormen Bücherregal vorbei, das sich deckenhoch dahinter erstreckt. Er geht in Richtung eines ovalen Esstisches, auf dem inmitten diverser Papiere ein großer Karton steht und eine kleinere hölzerne Kiste, auf die sich mein Blick heftet.

»Magst du etwas trinken?«, erkundigt sich Alex. Ich schüttele nur den Kopf und halte seinem Blick dann unruhig stand, weil er mich wieder so ungewohnt ernst ansieht.

»Du machst mir Angst«, höre ich mich schließlich leise sagen. Und als würde ihn dieses Geständnis endlich aus seiner seltsamen Starre reißen, kommt er zu mir und zieht mich endlich in seine Arme.

»Entschuldige«, flüstert er in mein Haar. »Ich bin nur selbst vollkommen durch den Wind. ... Hier!« Er zieht einen der acht Stühle vom Tisch weg und bedeutet mir, Platz zu nehmen. Dann setzt er sich neben mich und ergreift meine beiden Hände. Behutsam hält er sie eine Weile lang fest, den Blick auf den Punkt in meiner rechten Handinnenfläche gerichtet, über den sein Daumen so sanft streichelt. Ich frage mich noch, ob ihm wohl gerade der kleine Stern zum ersten Mal auffällt, den meine Handlinien dort bilden, als er endlich tief einatmet und zum Sprechen ansetzt. »Maila, ich ... Ich habe mir tausend Einstiege für dieses Gespräch überlegt, seitdem ich wusste, dass du hierhin unterwegs bist. Aber jetzt sind sie alle weg. Mein Kopf fühlt sich total leer an und ist gleichzeitig zum Bersten voll.«

»Was ist denn nur los?«

Er schaut mich entschuldigend an. »Ich weiß, dass ich deine Geduld gerade überstrapaziere, aber ... Ach, Herrgott noch mal! Wie soll ich das denn nur angehen, verdammt?«

»Alex, nun sag es doch einfach!«

»So leicht ist das nicht, glaub mir. Vor allem ... musst *du* anfangen.«

»Ich? Womit denn anfangen?«

»Maila, eine Frage: Gestern, als wir im Stella Nera saßen und meine Schwester anrief, da ... warst du doch kurz davor, dich mir anzuvertrauen, oder? Du wolltest mir erzählen, was du damals nach deiner geplatzten Verlobung erfahren hast. Warum du dein Leben von heute auf morgen auf links gedreht und dich mit deinen Eltern zerstritten hast. Und glaub mir, unter anderen Umständen würde ich dich ganz sicher nicht drängen, aber ... uns läuft die Zeit davon. Und du hältst das letzte Puzzlestück, das mir noch fehlt, in deinen Händen. Ich brauche deine Offenheit, damit ich die komplette Geschichte zusammenfügen und dir erzählen kann. Also musst du beginnen.«

Ich hoffe nicht, dass ich ihn ganz so konsterniert ansehe, wie es sich anfühlt, aber ... *Hä?*

»Ich verstehe kein Wort.«

Er zieht seine Hände zurück und rauft sich die Haare. »Ich bin heute Morgen auf unglaubliche Zusammenhänge gestoßen, die uns beide betreffen. Aber so ganz erschließen sie sich mir noch nicht. Deshalb musst du mir alles erzählen, Maila.«

»Alex, ich verstehe immer noch nicht, was ...« Wieder ergreift er meine Hände, fester dieses Mal. Entschlossener. Und auch sein Blick ist noch eindringlicher als zuvor.

»Vertraust du mir?«, fragt er.

»Ja.«

»Gut. Dann fang da an zu erzählen, wo wir gestern unterbrochen wurden. Denk nicht länger darüber nach, mach es einfach, Maila. Bitte!«

»Okay ...«, stammele ich, überrumpelt von seiner fordernden Art. Wie zum Dank drückt er meine Finger. Ich wende den Blick von seinen schönen blauen Augen ab und versuche mich zu konzentrieren. Das ist er nun also, der Moment, den ich seit fast sechs Jahren vor mir herschiebe: Ich werde diesem Mann, in den ich mich ebenso ungeplant wie hoffnungslos verliebt habe, erzählen, was ich noch niemandem vor ihm anvertraut habe.

»Also, im Prinzip ...«, beginne ich unsicher, mit dünner Stimme, »im Prinzip ... war es erst einmal so, wie du es in den *Schicksalsschuhen* gelesen hast. Nach dem Antrag meines Exfreundes, er hieß übrigens Benedict, hatte ich nur noch Panik.

Es war eine irrationale Angst, die ich mir selbst nicht erklären konnte. Und ich wollte nichts mehr, als endlich allein sein, um mit mir wieder ins Reine zu kommen. Also bin ich zu meinen Eltern geflüchtet, kaum, dass wir wieder amerikanischen Boden unter den Füßen hatten. Anders als im Buch hatte ich Benedict damals noch keinen reinen Wein eingeschenkt. Im Gegenteil, ich hatte ihm gesagt, dass ich meinem Dad die ›freudigen Neuigkeiten‹ erst einmal allein überbringen wolle. Und Benedict war mir sogar dankbar dafür, denn schließlich war ich noch sehr jung, gerade einmal zwanzig Jahre alt, und ihm schlotterten ein bisschen die Knie, wenn er an die Reaktion meines überfürsorglichen Vaters dachte.« Ich lächele Alex schmerzlich an, doch er nickt nur und murmelt: »Ich kann deinen Dad verstehen. Und, ist er ausgeflippt?«

Ich erinnere mich an das schlimmste Gespräch meines Lebens und schüttele betrübt den Kopf. »Nein. Als ich meiner Mom und ihm von Benedicts Heiratsantrag erzählte, müssen sie sofort gespürt haben, dass etwas nicht stimmte. Ich erinnere mich, dass ich gar nicht still sitzen konnte, sondern die ganze Zeit in der Küche meiner Eltern auf und ab getigert bin und mir dabei die Haare gerauft habe, weil ich so verzweifelt nach einer Erklärung suchte. Gerade als ich das Ganze vor meinen Eltern noch einmal Revue passieren ließ, wurde mir klar, wie perfekt Benedicts Planung gewesen war. Natürlich verstand ich mich dadurch nur noch weniger und redete mich richtig in Rage. Als ich dann endlich realisierte, wie ungewöhnlich still meine Eltern geworden waren, da ... weinte meine Mutter bereits, und mein Dad war so blass wie die Wand hinter ihm.«

»Warum? Was hatten sie denn?«

»Na ja, vor allem ... hatten sie eine entscheidende Information, die mir noch fehlte. Mein Dad sah mich mit so einem komischen, fassungslosen Blick an und murmelte meiner Mutter zu: ›Heiraten? Jetzt schon? ... Dann ist es so weit, Amanda. Oder? Dann ist es nun wohl doch schon so weit.‹

Es war, als hätte er mich und das eigentliche Problem, von

dem ich ihnen gerade berichtete, komplett ausgeblendet. Meine Mom sagte gar nichts. Sie stand einfach nur auf und weinte leise vor sich hin. Es fiel ihr plötzlich sehr schwer, mich weiterhin anzusehen.«

Alex anzuschauen fällt mir hingegen zunehmend leichter, je mehr ich ihm offenbare. »Lange Rede, kurzer Sinn: Sie erzählten mir an diesem Nachmittag, dass sie mich adoptiert hatten, als ich zwei Jahre alt war – ist das nicht verrückt? Genau wie bei dir.«

»Okay«, sagt Alex und wirkt dabei viel weniger erstaunt, als ich es erwartet habe. Im Gegenteil, er nickt vor sich hin und macht nun einen viel gefassteren Eindruck als noch zu Beginn dieses für mich so aufwühlenden Gesprächs.

»Okay?«, wiederhole ich fast schon ein wenig pikiert. »Also, ganz ehrlich, an dieser Situation damals war so ziemlich gar nichts okay.«

Alex winkt ab. »Nein, entschuldige, so meinte ich das nicht. Ich bin nur … Na ja, ich bin erleichtert, weil ich jetzt weiß, wo ich ansetzen kann.«

»Wo du … was?«

Er lässt meine Hände los und greift zögerlich nach der hölzernen Box, die vor uns auf dem Tisch steht. Grübelnd streift er über das gusseiserne Schloss und den darin steckenden Schlüssel. »Hast du jemals mit dem Gedanken gespielt, deine leibliche Mom ausfindig zu machen?«, fragt er.

Ich schlucke hart. »Das könnte ich gar nicht. Sie ist schon lange tot.«

Nun schießt Alex' Blick erschrocken zurück zu mir. »Woher weißt du das?«

Ich zucke mit den Schultern. »Meine Eltern haben es mir gesagt. Sie … war schwer krank und ist schon als junge Frau gestorben. Nur wenige Monate, nachdem sie mich zur Adoption freigegeben hatte.«

Alex wirkt verdutzt. Mit geschürzten Lippen trommelt er auf dem Holzkasten herum, und zwischen seinen Brauen vertieft sich die steile Falte mit jeder verstreichenden Sekunde ein wenig mehr. »Woher hatten sie diese Informationen?«, fragt er schließlich.

»Das weiß ich nicht. Vermutlich aus dem Heim, aus dem sie mich damals geholt haben.«

»Hm.« Er stellt die Box wieder auf den Tisch, als habe er es sich anders überlegt. »Was ich nicht verstehe, ist, warum dir deine Eltern ausgerechnet an dem Tag alles erzählt haben, als du ihnen von deiner Verlobung berichtet hast.«

Ich seufze. Natürlich wäre es zu viel verlangt, die Zusammenhänge ohne weitere Erläuterung zu verstehen. Aber Alex hat wirklich keine Ahnung, wie schwer mir die folgenden Worte über die Lippen kommen. »Na ja, meine leibliche Mutter war in etwa so alt wie ich heute, als sie gestorben ist. Und … ihre Krankheit war vererbbar.« Erwartungsgemäß hat sich ein dicker Kloß in meiner Kehle gebildet und hindert mich nun am Weitersprechen.

Alex beobachtet die Veränderungen in meiner Mimik. Er sieht genau, wie sehr ich plötzlich gegen die aufsteigenden Tränen ankämpfe, und erfasst schnell wieder meine Hände.

»Jetzt verstehe ich endlich«, flüstert er. »Deine Eltern hatten Angst, dass Benedict dich schwängern könnte, richtig? Dass sich die Krankheit deiner Mutter über dich weitervererben würde. Sie befürchten, dass du sie selbst in dir trägst, richtig?«

»Ganz bestimmt trage ich sie in mir«, erwidere ich in aller Vehemenz, denn er muss endlich erfahren, woran er ist. Er muss verstehen, warum ich ihn nicht tiefer in mein Leben holen kann, selbst wenn ich mich im Grunde meines Herzens danach sehne, mit ihm zusammen zu sein. Denn wozu sollte das gut sein? Dafür, dass er vielleicht schon bald Zeuge des Ausbruchs dieser heimtückischen Erbkrankheit wird und mir von diesem Moment an beim Sterben zusehen darf?

»Auch wenn keiner weiß, wann es so weit ist, wird sie doch irgendwann ausbrechen«, erkläre ich ihm schonungslos. »Und seitdem ich das weiß, komme ich mir vor wie eine tickende Zeitbombe.«

Alex legt seine Stirn gegen meine und schlingt die Arme um mich. »Nicht doch«, versucht er mich zu trösten. »Also darum willst du keine feste Beziehung mehr eingehen? Und deshalb hast du auch deinen Job als Kindergärtnerin aufgegeben? Weil ...«

»Weil ich es nicht mehr ertragen konnte, jeden Tag mit Kindern zusammen zu sein, die ich liebte, dabei aber selbst nie eigene haben konnte. Und das, obwohl ich mich so sehr nach einer Familie sehnte.« Zu meinem Entsetzen schluchze ich laut auf, vergrabe das Gesicht an seiner Schulter und beiße mir auf die Lippe, um die Fassung zurückzuerlangen.

»Tief in meinem Unterbewusstsein muss die Zeit mit meiner leiblichen Mutter wohl noch abgespeichert gewesen sein«, sage ich schließlich, nachdem Alex eine ganze Zeit lang still meinen Rücken gestreichelt hat. »Ich muss damals mitbekommen haben, wie krank sie war, und vielleicht auch, wie sie mit sich gerungen hat, mich wegzugeben. Natürlich kann ich mich nicht bewusst daran erinnern. Aber die Trennungsängste von damals wurden wohl wieder hochgeschwemmt, als die Vorstellung, eine eigene Familie zu haben, durch Benedicts Antrag plötzlich so greifbar wurde. Zumindest kann ich mir nur so meine Panikattacke auf Capri erklären.«

Alex nickt und drückt mich sanft an sich. »Aber deine Eltern haben es auf jeden Fall gut mit dir gemeint, Maila. Auch wenn sie dabei falsch entschieden haben und es dir nicht so lange hätten vorenthalten dürfen, wollten sie dir eigentlich nur ein unbeschwertes Leben schenken. Und das so lange wie möglich. Deshalb haben sie dich nicht über die Adoption aufgeklärt und dir auch verschwiegen, dass deine leibliche Mutter so krank ist.«

»Krank *war*«, korrigiere ich.

Alex sieht mich lange und prüfend an. »Nein, *ist*«, beharrt er dann leise.

»Sie ist tot«, erinnere ich ihn, doch er schüttelt den Kopf.

»Frag mich nicht, wie das alles möglich ist, Maila, aber ... Ich denke, für das, was ich dir jetzt zeige, ist es gut, dass du an Dinge wie Schicksal und Bestimmung glaubst. Spätestens seit heute tue ich das übrigens auch.« Und damit greift er gezielt nach ein paar handbeschriebenen Papierbogen.

»Lies das!«, fordert er und reicht mir einen Brief.

New Jersey, 31. Dezember 1989

Vince,
an den vergangenen vier Silvesterabenden haben wir immer gemeinsam darüber nachgedacht, welche neuen Erkenntnisse wir im Laufe des jeweils ausklingenden Jahres erlangt hatten.
Meine diesjährige, zugegebenermaßen ziemlich bittere Erkenntnis lautet wie folgt:
Du musst keine hundert Fehler begehen, damit sich der Kokon, den du so lapidar und oft nur wenig wertschätzend als »dein Leben« bezeichnest, einfach auflöst, Vince. Ein einziger Fehler genügt.
Kennst Du sie auch, diese unsichtbare Hülle der Geborgenheit, die nicht nur Dich, sondern gemeinsam mit Dir auch alles Bekannte, Vertraute, Geliebte umschließt und in deren Schutz Du Dich rundum sicher fühlst?
Stell Dir vor, plötzlich ist nichts mehr davon da.
Das Erschreckende daran ist, dass tatsächlich nur ein einziges dummes Risiko oder ein falsches Vertrauen ausreicht, um all das zu zerstören, was dir am Herzen liegt.
Das Leben ist so leicht zu erschüttern. So zerbrechlich, Vince. Das lernen wir schon im Kleinkindalter, kaum dass wir aus eigener Kraft laufen können. Wir fallen hin, verletzen uns an Knien und Händen, rappeln uns heulend wieder auf, laufen bedachter weiter. Wir lernen unsere körperlichen Grenzen ebenso kennen wie die äußeren Gefahren, die es zu umschiffen gilt.
Man lehrt uns, Vorsicht, oft sogar Misstrauen walten zu lassen, um uns zu schützen. Angst gehört zu unseren wichtigsten Instinkten, ist tief in uns verankert.

Nur wozu das Ganze, frage ich mich, wenn man trotz aller Furcht und Vorsicht nicht vor Schicksalsschlägen gefeit ist? Denn neben den Fehlern, die man selbst begehen kann, lauert doch auch immer noch das Leben selbst, mitsamt seinen Tücken.
Eine Kombination aus beidem aber, persönliche Fehleinschätzung und herber Schicksalsschlag – ich sage Dir, Vince, niemals hätte ich gedacht, dass es ausgerechnet mich so heftig treffen könnte. Und am allerwenigsten hätte ich zu einem Zeitpunkt damit gerechnet, an dem ich durch und durch glücklich war und mich so geborgen fühlte wie noch nie zuvor.
Ach, verdammtes Leben! Nein, Mehrzahl.
Verdammte Leben! Und das ist das eigentlich Tragische daran.

Jane

PS: Denkst Du mit Vivian auch über Deine Erkenntnisse des vergangenen Jahres nach? Wenn ja, lass mich Eure Gedanken bloß nicht wissen.
Zahl dem kleinen Alex das beigelegte Geld auf sein Konto ein und schau, dass Du dem Jungen die richtigen Dinge mit auf den Weg gibst. Ich weiß, dass Du keine Schwierigkeiten hast, ihn als Deinen Sohn anzunehmen. Und das freut mich für den Kleinen, wirklich. Aber es zerreißt mir auch das Herz.

27

Alex

Maila liest konzentriert, das ist ihr deutlich anzusehen. Einige Sätze scheint sie mehrmals hintereinander zu lesen, ab und zu beißt sie sich dabei auf die Unterlippe, bei anderen Zeilen bewegt sie den Mund stumm mit.

Dann, endlich, faltet sie den Brief in ihrem Schoß zusammen und blickt wieder zu mir auf. »Ich weiß nicht, was mir dieser Brief sagen soll, Alex«, gesteht sie, »abgesehen davon, dass er voller Andeutungen steckt und offenbar sehr privat ist. Ich komme mir vor, als würde ich meine Nase in Angelegenheiten stecken, die mich nichts angehen. Warum hast du ihn mir gegeben?«

»Das alles geht dich und auch mich sehr wohl etwas an«, widerspreche ich. »Vince, das ist mein Vater«, fahre ich schnell fort, spürend, dass ich Mailas Geduld nicht weiter strapazieren darf.

Sie nickt. »Das weiß ich doch.«

»Er, meine Mom und meine Patentante Jane waren früher, zu ihrer Studienzeit, sehr eng miteinander befreundet. Ich musste mir alles, was ich dir jetzt erzähle, über die vergangenen Jahrzehnte mühsam zusammenreimen, weil keiner von ihnen gern über diese Zeit gesprochen hat, aber ... Na ja, ich weiß, dass Jane damals sehr in meinen Dad verliebt war, während er meine Mutter angehimmelt hat, die seine Gefühle wiederum nicht ernsthaft erwiderte.«

»Das klingt kompliziert. Und ... ziemlich unglücklich«, bemerkt Maila.

»Stimmt. Meine Eltern waren schon in ihrer Kindheit die

besten Freunde. Aber inzwischen weiß ich, dass Mom meinen Dad nie auf die gleiche Art und Weise geliebt hat wie er sie. Das hat sie mir erst kürzlich gestanden. Als ich zur Welt kam, haben Mom und ich zunächst noch bei meinen Großeltern gelebt. Das muss ziemlich hart gewesen sein, denn mein Großvater war wohl ein sehr dominanter und äußerst konservativer Mensch, um es mal milde auszudrücken. Jedenfalls hat mein Dad uns irgendwann, als ich gerade zwei Jahre alt war, da weggeholt.« Ich lächele. »Als kleiner Junge habe ich ihn mir immer wie den edlen Ritter aus meinem Märchenbuch vorgestellt: wie er damals kam – in glänzender Rüstung, versteht sich –, um meine Mom und mich aus den Klauen meines Großvaters zu befreien, an den ich übrigens keine Erinnerung mehr habe.«

Maila schmunzelt, doch dabei schaut sie auch ein wenig mitleidig drein. Schnell fahre ich fort: »Dad heiratete meine Mutter, adoptierte mich, und irgendwie schafften es meine Eltern in den kommenden Jahren, sich so zu arrangieren, dass wir zumindest die perfekte kleine Familie mimen konnten.«

Ups, das kam jetzt viel verbitterter heraus als geplant. Schon beugt sich Maila zu mir vor und drückt meine Hand. »Ach, komm schon, Alex, deine Eltern müssen sich sehr gemocht haben. Immerhin hat es noch für Cassie gereicht.«

Ihr Lächeln ist so süß und verschmitzt, dass ich gar nicht anders kann, als es zu erwidern. »Wie dem auch sei, es waren *ihre* Entscheidungen, und es steht mir überhaupt nicht zu, das zu bewerten«, sage ich schnell. »Allerdings muss es wohl so gewesen sein, dass sich mein Dad vor der Hochzeit mit meiner Mom nicht ganz so heldenhaft verhalten hat, wie ich es mir immer ausgemalt habe. Jedenfalls nicht Jane gegenüber.«

»Warum? Meinst du, die zwei hatten etwas miteinander, obwohl er eigentlich in deine Mom verliebt war?«, schlussfolgert Maila.

»Ja, ich schätze, das war wohl das ›falsche Vertrauen‹, von dem Jane in ihrem Brief geschrieben hat und das sie zweifellos in meinen Dad gesetzt hatte«, erläutere ich.

Maila schürzt die Lippen und neigt den Kopf zur Seite. Sie denkt noch über meine Theorie nach, doch ich weiß, dass ich damit richtigliege. »Ich habe keinen Schimmer, ob Jane und Dad jemals in einer richtigen Beziehung waren oder wirklich nur was miteinander hatten, wie du sagst. Fakt ist, dass Dad sie im Stich gelassen hat.«

»Woher weißt du das?«, erkundigt sich Maila mit gerunzelter Stirn. Ich sehe sie ernst an. »Wie gesagt, es sind unzählige kleine Fragmente, die ich über die Jahre zusammengefügt habe. Du kannst dir also ausmalen, wie verworren das Ganze ist. Aber nur so ergibt es einen Sinn.«

»Hm«, brummt Maila nachdenklich, doch sie scheint meine Schlussfolgerungen nicht infrage zu stellen.

»Jane muss kurz nach dem Weggang meines Vaters auch von ihrer Krankheit erfahren haben«, füge ich das nächste Puzzlestück hinzu. »Ich denke, das meinte sie mit dem ›herben Schicksalsschlag‹, der sie zur selben Zeit ereilte, als sie auch unter den Folgen ihrer ›persönlichen Fehleinschätzung‹ zu leiden hatte.«

»Dann saß sie also plötzlich nicht nur allein da, sondern müsste dazu noch erfahren, dass sie schwer erkrankt war? Tödlich sogar, wenn auch auf lange Sicht?«

»Ja. Vorausgesetzt, ihr war damals überhaupt schon bewusst, dass sich ihre Krankheit über eine so lange Zeit hinziehen könnte. Denn der Großteil der ALS-Erkrankten verstirbt innerhalb von zwei bis vier Jahren nach den ersten Anzeichen.«

Das weiß ich von Jane selbst.

»O Gott, die arme Frau!«, sagt Maila. »Aber warum hat sie dann in dem Brief nicht offen von ihrer Krankheit geschrieben, sondern alles nur angedeutet und so schleierhaft geschildert?«

Ich zucke mit den Schultern. »Es ist nur eine Vermutung, aber ich denke, Jane befand sich damals in einer emotionalen Zwickmühle. Einerseits wollte sie sich jemandem anvertrauen. Sie war einsam, überfordert und vermisste meinen Dad wahrscheinlich sehr. Immerhin waren die beiden nach ihrem Abschluss in Princeton sogar zusammen nach New Jersey gezogen.

Jane arbeitete dort als Literaturübersetzerin für alte keltische Schriften, Dad als Archivar, und die beiden teilten sich eine WG. Wie gesagt, ich weiß nicht, ob sie zu dieser Zeit wirklich ein Paar waren, aber selbst wenn nicht …«

»Selbst dann muss es ein harter Schlag für Jane gewesen sein, als er sich für deine Mom und dich entschied«, stellt Maila nickend fest.

»Genau. Und vermutlich musste sie sich den ganzen Frust an diesem Tag einfach von der Seele schreiben. Ihr Brief wirkt für mich wie ein Hilferuf«, mutmaße ich schulterzuckend.

Wir schweigen für eine Weile, in der ich Maila genau beobachte. Erstaunlich, dass sie überhaupt nicht mehr nachfragt, was das denn nun alles mit ihr zu tun haben soll und wofür ich sie so dringend brauche. Sie ist dermaßen von Janes Schicksal erfasst, dass ihr diese Fragen offenbar nicht in den Sinn kommen.

»Ich weiß jedenfalls, dass mein Dad die kryptischen Andeutungen in diesem Brief nicht verstand. Ich erinnere mich genau, dass er mir erzählte, erst sehr spät von Janes Krankheit erfahren zu haben – als ich bereits vier Jahre alt war. Zwischendurch war Jane für einige Zeit wie verschollen, und ihre knappen Briefe an mich hatten uns ohne Absender erreicht. Erst seitdem sie in diesem Haus hier lebte, schrieb sie wieder etwas ausführlicher.«

»Na schön«, sagt Maila schließlich mit ernster Miene. »Du sagtest vorhin, *einerseits* wollte oder musste Jane diesen Brief einfach schreiben. Und was war *andererseits*? Warum hat sie ihre Probleme und die Krankheit denn nur so vage angerissen?«

Ich betrachte Maila weiterhin eingehend, entdecke mit einem Mal Wesenszüge an ihr, Ähnlichkeiten, die mir bisher nicht aufgefallen sind: ihre Hartnäckigkeit, ihr scharfer Sinn, ihre Empathie …

Jetzt, wo ich es weiß, ist es so eindeutig. So klar.

»Ich glaube, andererseits wollte Jane damals noch gar nicht, dass Dad hinter ihr Geheimnis kommt«, sage ich und wundere mich im selben Moment über meine innere Ruhe. Mailas Brauen heben sich.

»Die Krankheit, meinst du?«
»Auch, ja. Aber nicht nur.«
»Wie, nicht nur? Hatte sie denn noch ein anderes Geheimnis?«

Ich schlucke hart und denke an den für mich entscheidenden Absatz in Janes Brief. Plötzlich ist mir, als hätten ihre Worte einen eigenen Herzschlag. Als wären sie lebendig und würden frei zu mir sprechen, losgelöst von den Zeilen, die Jane ihnen zugewiesen hatte.

Ach, verdammtes Leben! Nein, Mehrzahl.
Verdammte *Leben!* Und das ist das eigentlich Tragische daran.

Ich greife erneut nach der Holzbox. »Ja«, bestätige ich mit belegter Stimme. »Ja, Jane hatte noch ein weiteres Geheimnis. Sie ... war schwanger.«

Mailas Mund öffnet sich zu einem tonlosen O. Die absolute Stille empfinde ich als nervenzehrend, aber sie wird erst von dem Quietschen des sich öffnenden Holzdeckels durchbrochen.

»Sie war schwanger mit dir, Maila«, sage ich, während sich ihr Blick auf den Inhalt der Kiste senkt.

Den Inhalt *ihrer* Kiste.

Meine Tochter

Vincent

Könnte ich es noch, würde ich die Luft anhalten und die Zähne fest aufeinanderpressen.

Vielleicht würde ich auch auf Maila zugehen und vorsichtig ihren Arm oder ihre Hand berühren, um besser begreifen zu können – im wahrsten Sinne des Wortes –, was ich durch Alex endlich erfahren habe.

Und würde Maila ruhig bleiben oder sich mir sogar zuwenden, könnte ich sie in meine Arme nehmen und ihr erklären, dass ich niemals etwas von ihrer Existenz wusste.

Aber ehrlich gesagt habe ich keine Ahnung, ob ich das wirklich alles tun oder einfach nur wie versteinert dastehen und sie beobachten würde, trotz meines Wissensvorsprungs von ein paar Stunden.

Sicher bin ich mir nur, dass ich weinen würde – so, wie auch sie jetzt zu weinen beginnt, während sie der Box mit zittrigen Fingern einen alten Schnuller, die Baby- und Kleinkindfotos, das finnische Buch, ihre eigene Haarlocke und zu guter Letzt den noch verschlossenen Brief mit der Aufschrift »An meine geliebte Tochter Maila« entnimmt.

Ich weiß überhaupt nicht, wonach mir gerade ist. Alles in mir dreht sich schon seit Stunden nur noch um den einen Gedanken:

Jane hat mir anfangs nicht nur verschwiegen, wie krank sie war, sie hat mir auch Maila vorenthalten.

Obwohl sie meine Tochter ist.

Meine Tochter!

Aber nein, Jane hat Maila lieber in die Obhut fremder Menschen gegeben, als sich – und damit auch unser Kind – mir anzuvertrauen.

Unvermittelt muss ich an Tara denken, die mit Leni anders entschieden hatte. Richtig.

Warum zum Teufel hat Jane mich so hintergangen?

Reichte ihre Kränkung damals wirklich so tief? Hat sie mich dermaßen gehasst, nachdem ich sie verließ und Vivian heiratete?

Nun, um ehrlich zu sein, wäre das wohl verständlich. Denn wenn ich mir unsere damalige Situation noch einmal bewusst ins Gedächtnis rufe …

Janes und mein gemeinsames Leben in New Jersey war durchaus harmonisch. Ich mochte sie wirklich sehr, und über die Zeit seit Vivians Rückkehr in ihr Elternhaus und Alex' Geburt waren wir uns langsam immer näher gekommen.

Auf der Basis unseres »Abkommens« schliefen wir regelmäßig miteinander, und ich gaukelte mir erfolgreich vor, damit nichts Falsches zu tun, weil Jane selbst ja den Vorschlag gemacht hatte und absolut zufrieden damit zu sein schien, wie es seit dieser ersten Nacht zwischen uns lief.

Außerhalb des Bettes waren wir sehr gute Freunde, die sich inzwischen blind verstanden. Und der Sex mit Jane befriedigte meine körperlichen Bedürfnisse so vollkommen, dass ich ihr … ja, absolut treu war und in den knapp zweieinhalb Jahren mit ihr keine andere Frau hatte.

Mit der Zeit begann ich mich mehr und mehr der Vorstellung zu öffnen, vielleicht doch richtig mit Jane zusammenzukommen. Denn im Prinzip lebten wir schon lange wie ein Paar, teilten uns eine Wohnung und – weil wir unbedingt ein Arbeitszimmer brauchten, uns jedoch nur eine Drei-Zimmer-Wohnung leisten konnten – sogar das Bett.

Ob wir nun miteinander schliefen oder nicht, wir wachten an jedem Morgen nebeneinander auf. Nicht selten hatte ich dabei meinen Arm um Jane geschlungen oder sie ihren von hinten um meinen Bauch gelegt. Und das war schön.

Kurzum, sie bedeutete mir viel, und die einzige Frau, die ich wirklich noch mehr und vor allem auf die Art liebte, wie ich

Jane eigentlich hätte lieben wollen, hatte mir schon vor Jahren einen Korb verpasst.

Also, warum sollten wir nicht endlich Nägel mit Köpfen machen, dachte ich? Immer wieder streifte mich der Gedanke, immer häufiger hatte ich das Bedürfnis, sie zu fragen. Und doch tat ich es nie.

Es war im Spätsommer 1989, in einer Augustnacht, die so klar war, dass wir während unseres ausgedehnten Spaziergangs nicht nur eine, sondern gleich mehrere Sternschnuppen gesehen hatten. Nun schlenderten wir Seite an Seite durch den Park zurück zu unseren Fahrrädern, um nach Hause zu radeln. Doch irgendwie war mir nicht danach, den schönen Abend schon enden zu lassen.

Ich weiß noch, wie hübsch Jane damals aussah, in ihrem geblümten Sommerkleid und mit der roten Ballonmütze, die ich ihr alle paar Schritte in die Stirn zog, weil sie sich so herrlich darüber aufregte. Dass sie sich die Mütze schließlich vom Kopf riss, um damit nach mir zu schlagen, fand ich lustig. Ebenso wie die Tatsache, dass sie dabei ins Straucheln geriet und ihr Gleichgewicht nur schwer wiederzufinden schien. Es sah tapsig aus, und wir lachten beide so sehr, dass Jane sogar Schluckauf bekam.

Dass dies vermutlich die ersten Boten ihrer Krankheit waren, erkannte ich erst im Rückblick, viele Jahre später.

Auf jeden Fall haftete dieser Nacht etwas Besonderes an, und so ergriff ich mit einem Mal Janes Hand, zog sie zu mir heran und küsste sie. Einfach so, mitten auf den Mund.

Natürlich war es nicht das erste Mal, dass wir uns so küssten. Aber nüchtern und außerhalb des Bettes schon.

Als wir den Kuss, der zärtlicher kaum hätte sein können, schließlich beendeten, schauten wir einander lange an, sprachen jedoch kein Wort. Ich bemerkte nur, dass Janes Schluckauf vorbei war, und schmunzelte in mich hinein. Dann ergriff ich ihre Hand und rannte los, bis wir unsere Räder erreichten.

In jener Nacht schliefen wir wieder miteinander, und zum

ersten Mal fühlte es sich anders an als sonst, irgendwie ... ja, bedeutungsvoller.

Jetzt, so viele Jahre später und mit Maila unmittelbar vor Augen, frage ich mich, ob jene Nacht wohl die entscheidende war. War es die, in der wir unsere Tochter gezeugt hatten?

Es ist seltsam, mir Jane mit einem Baby vorzustellen. Alex, dessen Patentante sie ja ist, war der einzige Säugling, mit dem ich sie jemals gesehen habe. Damals, bei seiner Taufe, während der Priester mit angefeuchtetem Daumen das Kreuz auf seine kleine Stirn zeichnete, hatte Jane ihn gehalten und beruhigend auf ihn eingeredet, obwohl er tief und fest schlief und seine eigene Zeremonie somit komplett verpasste. Damals hatte ich neben Vivians Eltern in der ersten Reihe unserer Heimatkirche gesessen und beiden, Jane und Alex, nur ein Mindestmaß an Aufmerksamkeit geschenkt. Denn wie immer hatten mein Blick und mein sehnsüchtiges Herz an Vivian gehangen, die ebenfalls am Taufbecken stand, direkt hinter Jane, und das Prozedere andächtig verfolgte.

Umso mehr wundert es mich, wie deutlich ich das Bild von Jane mit dem kleinen Alex im Arm nun abrufen kann. Ich wette, sie wäre eine wunderbare Mutter gewesen. Bestimmt war sie das auch, obwohl nur kurz, weil ihr Körper es ihr versagte, Maila länger als während der ersten beiden Lebensjahre eigenständig zu versorgen.

Wie schwer muss es Jane gefallen sein, die Kleine aus den Händen zu geben? Und wie groß müssen die Wut und Schmach gewesen sein, die ich bei ihr ausgelöst hatte, dass sie es selbst zweieinhalb Jahre nach meinem überstürzten Auszug aus unserer WG noch nicht fertiggebracht hatte, mich zu kontaktieren und über alles aufzuklären?

Vor allem jedoch: Wie groß ist meine Schuld an diesem Dilemma? Ist das denn nicht die einzige Frage, die ich mir stellen sollte?

Die Antwort darauf zerreißt mich fast. Denn es ist ausschließlich meine Schuld, dass ich Jane alleingelassen habe. Und dass ich Maila niemals kennenlernen durfte. Dass ich ihr nicht der Vater sein konnte, der ich für Alex und Cassie war.

Und jetzt bin ich hier, ohne jede Chance, die Zeit zurückzudrehen und meine Fehler von damals zu korrigieren. Ohne die Möglichkeit, meiner Tochter unter die Augen zu treten.

Denn Maila ist dort, bei Alex, überfordert von den neuen Erkenntnissen, die er ihr so einfühlsam eröffnet hat.

Und Jane ...

Ja, Jane liegt im Sterben.

28

Alex

Maila sitzt neben mir, sämtliche Schätze aus der hölzernen Box vor sich ausgebreitet, und wischt sich immer wieder über die laufende Nase. Ich hätte daran denken und ein Taschentuch parat legen müssen, doch jetzt will ich Maila nicht allein lassen, um eines zu holen. Nicht mal für eine Sekunde.

Sie hält ein großes Foto in der Hand, das sie als etwa einjähriges Mädchen auf Janes Schoß zeigt. Das Bild sieht aus, als sei es im Sommer bei einem Picknick entstanden. Die Farbe ist an den Rändern etwas kräftiger, was mich darauf schließen lässt, dass es wohl mal eingerahmt war. Auf der Rückseite steht in kleiner, ziemlich krakeliger Handschrift:

04. Juli 1991, am See bei Lathi
Unser zweiter gemeinsamer Unabhängigkeitstag auf finnischem Boden. Noch nie hatte Unabhängigkeit einen größeren persönlichen Stellenwert für mich, noch nie erschien sie mir kostbarer als jetzt, da ich Dich habe. Unabhängigkeit, das bedeutet, weiterhin eigenständig leben und für Dich da sein zu können. In diesen Tagen ist sie mein höchstes Gut.
Ich habe Dich so lieb, kleine Maila.
Deine Mom

Als Maila das liest, wird sie erneut von Schluchzern geschüttelt, die sie vergeblich zu unterdrücken versucht.

»Wein doch ruhig«, ermutige ich sie leise. Sie schaut zu mir auf, sieht, dass mir selbst auch Tränen in den Augen stehen, und nickt. »Sie ist so hübsch.« Flüsternd streichelt sie Janes Gesicht auf dem Foto. »Ich dachte, sie wäre tot. Warum haben sie mir das erzählt?« Sie legt das Foto beiseite und umklammert stattdessen mit beiden Händen das Buch aus der Kiste, als könne es ihr Halt geben.

»Ich weiß es nicht«, gestehe ich. Und weil das eine schreckliche Antwort auf eine sehr wichtige Frage ist, versuche ich schnell, sie abzulenken. »Aber schau mal, fällt dir etwas an diesem Buch auf?«

Wieder streicht Maila sich die Tränen aus den Augenwinkeln, es wirkt fast schon unwirsch. Zu meinem Erstaunen klingt ihre Stimme hingegen ganz ruhig. »Nein, was denn?«

Ich lege einen Finger auf das Cover.

»Ach, die Autorin heißt auch Maila. So wie ich.«

»Ja, und ich wette, das ist kein Zufall. Hier«, sage ich und reiche ihr den Briefumschlag. »Der lag in diesem Buch, er ist ja an dich adressiert.«

Wortlos nimmt sie ihn zur Hand und streicht mehrmals mit beiden Daumen über die Aufschrift »An meine geliebte Tochter Maila«, bis eine ihrer Tränen auf den Umschlag tropft und Maila sie schnell mit dem Ärmel ihres Pullovers wegtupft, ehe die Tinte zerläuft.

Ich schiebe ihr einen Brieföffner zu. »Soll ich lieber rausgehen? Möchtest du allein sein, während du ihn liest?«

Sie schüttelt den Kopf und schaut mich flehend an. »Bleib jetzt bloß bei mir!«

Damit nimmt sie mir den Öffner ab und ritzt den Umschlag in einem Zug auf. Zu meiner großen Verwunderung räuspert sie sich, während sie etliche beschriebene Blätter hervorzieht, und beginnt dann, vorzulesen – wenn auch mit dünner Stimme.

Lathi, 15. Januar 1991

Meine süße Maila,
eines Tages wirst Du das Buch, in dem dieser Brief lag, in den Händen halten und Dich fragen, was es damit auf sich hat.

Der Roman hat mich tief beeindruckt. Er wurde von einer sehr klugen Frau geschrieben, mit der ich mich während meines Studiums ausgiebig beschäftigt habe. Ich musste ein finnisches Buch übersetzen, das zuvor noch nicht übersetzt worden war, und wählte Maila Talvios »Kurjet« dafür aus. Für Dich ließ ich meine Übersetzung drucken und binden, nur ein einziges Exemplar. Es ist also genauso einzigartig wie Du selbst – und wie die tiefe Liebe, die ich für Dich empfinde.
Gerade jetzt betrachte ich Dich wieder – friedlich schlafend liegst Du in Deinem Gitterbettchen neben mir, vollkommen ahnungslos, dass ich diese Zeilen an Dich schreibe. Mein Herz quillt über, wenn ich Dich so ansehe. Und dann zieht es sich plötzlich wieder vor Schmerz zusammen, weil ich – wie jedes Mal in einem solchen Glücksmoment – auch an den Kummer denken muss, der uns bevorsteht.

O Gott, ich weiß gar nicht, wo ich beginnen soll. Und natürlich ist ein einziger Brief längst nicht genug. Wie könnte er auch den Verlust der Zeit, die wir eigentlich miteinander haben sollten, ausgleichen? Ich fühle mich chancenlos, wie so oft, und doch möchte ich mich Dir so gern mitteilen, meine kleine Maila.
Ich denke, das ist ein tiefgreifendes Bedürfnis aller Eltern. Wir wollen unseren Kindern so viel wie möglich von uns selbst mit auf den Weg geben. Durch dieses Buch zum Beispiel versuche ich Dir zu zeigen, womit ich mich vor Deiner Geburt beschäftigt habe, welche Art von Literatur mich begeisterte, und natürlich, nach wem Du benannt wurdest.
Maila Talvio war Finnin, genau wie Du es zu einem Viertel bist, denn auch mein Vater war gebürtiger Finne. Er starb, als ich noch ein kleines Mädchen war. Geschwister habe ich leider nicht, und meine Mom ist seit einem Reitunfall vor fast fünf Jahren selbst schwer krank und rund um die Uhr pflegebedürftig, genauso wie ich es schon bald sein werde – wenn auch aus anderen Gründen. Deine Grandma hat damals schwere

Kopfverletzungen erlitten, seitdem funktionieren große Teile ihres Gehirns nicht mehr. Sie würde also niemals wissen, wer Du bist. Sie erinnert sich nicht einmal mehr an mich.
Deine Großmutter ist übrigens Mrs Janet Maddox Senior. Ich selbst wurde zwar von allen immer nur Jane gerufen, aber auch mein richtiger Vorname lautet Janet. Für Dich habe ich ihn als Zweitnamen gewählt, denn einerseits finde ich Janet zu gewöhnlich und unspektakulär für Dich (Du bist so unfassbar hübsch, meine Kleine!), aber andererseits hatte ich auch schon immer etwas für Traditionen übrig. Noch heißt Du auch Maddox mit Nachnamen, doch das wird sich in den kommenden Jahren ändern.
Inzwischen bist Du schon acht Monate alt, und ich muss mich beeilen, Dir alle Fragen, die Du später einmal haben könntest, jetzt schon zu beantworten, bevor es zu spät ist und ich meine Hände gar nicht mehr benutzen kann. Auch jetzt gestaltet sich das Schreiben schon mühsam genug, denn die Krankheit, unter der ich leide und die mich zunehmend lähmt, schreitet jeden Tag erbarmungslos fort. Manchmal stelle ich innerhalb von Stunden den Verlust einer motorischen Fähigkeit fest – es ist wie ein Sterben auf Raten. Die Ärzte haben mir prophezeit, dass ich das Jahr 1993 nicht mehr erleben werde, was bedeutet, dass mir im besten Fall noch knapp zwei Jahre bleiben.

Ich leide an ALS. Die Diagnose erhielt ich, als ich mit Dir im vierten Monat schwanger war, im November 1989. Plötzlich funktionierte mein Körper nicht mehr wie gewohnt, ich bekam starke Schmerzen im rechten Daumen, die ich mir nicht erklären konnte, und stolperte ständig über meine eigenen Füße.
Also suchte ich einen Arzt auf, der einige Tests mit mir durchführte, die allesamt gleichermaßen verheerend ausfielen. Als er mich schließlich röntgen wollte, sollte ich bestätigen, dass eine Schwangerschaft ausgeschlossen sei.

Ich überlegte lange und reichte ihm das entsprechende Formular schließlich mit pochendem Herzen zurück, ohne meine Unterschrift daruntergesetzt zu haben. Der Frauenarzt, den ich daraufhin fast schon panisch aufsuchte, bestätigte meine Befürchtung einer Schwangerschaft noch am selben Tag.
Warum Befürchtung, fragst Du Dich vielleicht. Ich möchte Dich nicht anlügen, meine Maila. Glaub mir bitte, Du bist mit Abstand das Beste, das mir je im Leben passiert ist, aber damals war ich zunächst tief geschockt.
Mit den beiden Diagnosen – ALS und Schwangerschaft – verkroch ich mich erst einmal, nahm keine Arzttermine mehr wahr, schottete mich vollkommen ab und ging einsam ins Jahr 1990, in dem Du zur Welt kommen solltest.
Ich möchte auch weiterhin ehrlich zu Dir sein: In jener düsteren Zeit habe ich nicht nur einmal mit dem Gedanken gespielt, meinem verkorksten Leben ein Ende zu setzen. Nur weil ich Dich in mir trug, verwarf ich die Idee immer wieder. Du hast mir also damals schon das Leben gerettet. Und auch heute habe ich noch täglich das Gefühl, dass Du wie ein Rettungsring im reißenden Strom des Lebens für mich bist. Du gibst allem, was ohne Dich vollkommen belanglos wäre, eine Bedeutung, einen Sinn. Du lässt mich kämpfen und machst, dass ich mir nicht nutzlos vorkomme. Kurzum: Du gestattest mir nicht, mich einfach abzuschreiben.
Aber zurück zum Anfang.
Nachdem ich Dich zum ersten Mal in mir gespürt hatte, entschied ich, mein Leben in New Jersey – oder besser, das, was von meinem Leben noch übrig geblieben war – aufzugeben und nach Finnland zu reisen. Dort besaß ich eine Immobilie, nämlich das Elternhaus meines Vaters, das ich geerbt hatte und das schon seit geraumer Zeit leer stand.

Und hier sind wir nun, in einem kleinen weinroten Holzhaus mit grünen Fensterläden, direkt am See bei Lathi, etwa an-

derthalb Fahrstunden nordöstlich von Helsinki. Oder auch: mitten im Nichts.
Dies ist mit Sicherheit die letzte große Reise meines Lebens, aber so beginnt Deines zumindest mit einem von hoffentlich vielen tollen Abenteuern.
Ich hätte nicht sterben wollen, ohne das wunderbare Heimatland meines Vaters kennenzulernen. Die Winter hier sind lang, hart und bezaubernd schön. Ein Teil ihrer Magie findet sich in den vielen finnischen Märchen wieder, die sich die Menschen früher vor dem Feuer erzählt haben, wenn die Tage zu kurz und die Nächte lang und einsam waren.
Schau doch, ob Du ein paar dieser Märchen finden kannst, Du wirst sie sicher mögen. Aber vergiss alles, was Du jemals über die Schönheit der Nordlichter liest oder hörst. Setz Dich einfach in ein Flugzeug, Maila, reise in das Land, in dem Du das Licht der Welt erblickt hast, und finde sie!

Ich weiß nicht, wie lange ich Dich noch versorgen kann, meine Kleine, aber sei Dir sicher, dass ich mir nichts sehnlicher wünschen würde, als unsere gemeinsame Zeit zu verlängern. Allerdings möchte ich das nicht unter allen Umständen. Denn wenn ich merke, dass meine Kraft nicht mehr ausreicht, mich um Dich zu kümmern, ist der Tag gekommen, an dem ich mich von Dir verabschieden muss. Dann reisen wir zurück in die USA, und ich gebe Dich frei. Mir blutet jetzt schon das Herz, wenn ich an diesen schrecklichen Tag denke. Aber ich darf nicht egoistisch sein, Deine Sicherheit und Dein Wohlergehen haben oberste Priorität.
Nur eines möchte ich unbedingt noch tun: Ich möchte Dich um Verzeihung bitten. Denn ich weiß genau, dass es besser und richtiger für Dich gewesen wäre, Dich schon direkt nach der Geburt zur Adoption freizugeben. Und ich hatte es auch vor, wirklich, aber dann habe ich es schlichtweg nicht fertiggebracht. Ich war einfach zu schwach, mich von Dir zu trennen.

Du wurdest am 09. Mai 1990 um 9:09 Uhr per Kaiserschnitt in Helsinki geboren. Falls Du also mal eine persönliche Glückszahl suchst, ich finde, die 9 bietet sich an.
Ich war bei Bewusstsein, als sie Dich holten, darauf hatte ich bestanden. Das Erste, was ich von Dir hörte, war ein seltsames Gurgeln, das mich so sehr erschreckte wie nichts anderes zuvor in meinem Leben – nicht einmal die Nachricht vom Unfall meiner Mutter oder die Diagnose meiner Krankheit.
»Was ist mit ihr?«, fragte ich, denn ich wusste bereits, dass Du ein kleines Mädchen warst.
»Nichts, es ist alles in bester Ordnung. Wir haben sie nur kurz abgesaugt, das ist Routine nach einem Kaiserschnitt«, erwiderte die Schwester und hielt Dich mir hin, damit ich Dich betrachten konnte. Du warst ein kleines Menschlein mit schwarzem Haar, viel weniger runzelig, als ich es mir ausgemalt hatte, aber mehr nahm ich in diesen ersten Sekunden nicht wahr. Doch kurz danach legte man Dich endlich in meine Arme.
Jetzt war ich also Mutter, besorgt und verängstigt bis auf die Knochen ob dieser neuen Rolle, dieser enormen Verantwortung, der ich mich nicht gewachsen sah – aber auch so unsagbar dankbar und glücklich, dass die Emotionen überschwappten und ich zu weinen begann.
Du hast übrigens gebrüllt wie am Spieß, mit einem fast quadratischen Mund – bis ich Dich an meine Brust legte und Du sofort zu saugen begannst.
Wir gehörten zusammen, Du und ich. Das war so klar, so eindeutig und unabwendbar, dass es mir nicht gelang, meinem überschäumenden Herzen etwas anderes weiszumachen. Wie denn auch, wenn meinem Verstand für die Dauer Deines Anblicks sämtliche Argumente ausgingen?

Bestimmt fragst Du Dich, wo denn Dein Vater zur Zeit Deiner Geburt war und warum ich ihn bisher mit keiner Silbe erwähnt habe.

Die Wahrheit ist, dass mich Dein Dad verließ, ohne je von Dir gewusst zu haben, Maila. Ich habe ihm nie von Dir erzählt und werde das auch nicht nachholen. Mein Schweigen geschieht also sehr bewusst, und auch dafür muss ich Dich – oder eher, Euch beide – um Vergebung bitten.

Dein Vater hat mich nie wirklich geliebt, und er hat auch nie behauptet, es zu tun. Dennoch habe ich mir lange vorgegaukelt, wir hätten eine Chance zusammen. Diese Fehleinschätzung schreibe ich allein mir zu, denn ich wollte das Unleugbare schlichtweg nicht wahrhaben.

Doch dann ging er fort, von einem Tag auf den anderen, heiratete seine Kindheitsfreundin und adoptierte ihren kleinen Sohn, der von einem anderen Mann stammt.

Unmittelbar vor ihrer Hochzeit erfuhr ich, dass ich mit Dir schwanger war.

Würde ich Dich also zu Deinem Dad geben oder würde ich ihm auch nur eröffnen, dass Du existierst, müsste ich Dich zugleich der Frau anvertrauen, die ich vor ein paar Jahren noch als meine beste Studienfreundin bezeichnet hätte. Ich müsste Dich ihr in die Arme legen – wenn auch nur in meiner Vorstellung –, in dem Wissen, dass sie sich bereits mit ihrem eigenen Sohn überfordert gefühlt hat und dass sie nur deswegen Deinen Dad geheiratet hat, ohne ihn jedoch zu lieben.

Dabei wusste sie genau, wie tief ich für ihn empfand.

Den Gedanken, dass ausgerechnet sie Dich nun mit ihm großziehen würde, kann ich nicht ertragen, auch wenn ich ihr keinen Vorwurf mehr machen kann, was die Hochzeit mit Deinem Vater angeht. Ganz im Gegenteil, ich verstehe sie heute besser als je zuvor. So skurril das auch erscheinen und so verbittert ich deswegen auch sein mag, die Wahrheit ist, dass ich voll und ganz nachvollziehen kann, was sie getan hat – und vor allem, warum.

Denn sie hat so entschieden und so gehandelt, wie es eine Mutter nun einmal tut: im Sinne ihres Kindes. Sie hat nach der besten Möglichkeit für ihren kleinen Jungen gesucht, ebenso, wie ich nun Ausschau nach den besten Chancen für Dich halte.

Dennoch ist es nicht meine Absicht, Dich auf ewig von Deinem Vater fernzuhalten. Diesen Brief werde ich Dir erst zukommen lassen, wenn du erwachsen bist, viele Jahre nach meinem Tod. Du wirst also in der Lage sein, Dich eigenständig auf die Suche nach Deinem Dad zu begeben.
Sollte Dir das Geld dazu fehlen, dann nutze das Guthaben aus den Fonds, die ich für Dich angelegt habe. Ich werde die Unterlagen mit allen notwendigen Informationen für Dich aufbewahren, sodass Du sie zusammen mit dem Buch und diesem Brief erhältst.
Unsere Familie mag zerklüftet und schicksalsgebeutelt sein, aber zumindest sind wir so wohlhabend, dass ich mir in dieser Hinsicht keine Sorgen um Dich machen muss. Mein Vater hat in Amerika sehr viel Geld mit diversen Börsengeschäften verdient, bevor er verstarb, und auch meine Mutter kommt aus einer sehr gut betuchten Familie.
Alles, was ich besitze, wird nach meinem Tod an Dich übergehen, Du erhältst es, sobald Du erwachsen bist. Du wirst also, kurz nachdem Du diesen Brief gelesen hast, auch Post von einem Notar bekommen.
Was Dir nun noch fehlt, sind die Angaben zu Deinem Dad, die Du brauchst, um ihn zu finden:
Sein Name ist Vincent Joshua Blake, er wurde am 25. Februar 1962 in Yellow Springs bei Dayton, Ohio geboren. Seine Eltern leben bis heute dort in der Marshall Street. Leider kenne ich die Hausnummer nicht, aber diese Angaben müssten für eine erfolgreiche Suche ausreichen.
Dein Vater ist ein gut aussehender und extrem kluger Mann mit einem großen Herzen, das nur leider nicht für mich bestimmt war. Hier lege ich Dir ein Bild von ihm dazu.

Maila schaut hastig noch einmal in den Umschlag und zieht tatsächlich ein Foto hervor. Ich beuge mich zu ihr, und wir blicken gemeinsam auf ein altes Foto meines Vaters, das ihn als etwa fünfundzwanzigjährigen Studenten zeigt, wie er mit seinem typischen, stets leicht verlegen wirkenden Lächeln in die Kamera schaut.

»Ist er das wirklich?«, fragt Maila, die mit nach wie vor bebenden Fingern über das ihr fremde und mir so vertraute Gesicht auf dem Bild streicht. »Ist das dein Dad, Alex?«

Ich nicke kurz, doch dann neige ich den Kopf zur Seite. »Und es ist deiner«, ergänze ich leise.

Ob meine Augen wohl auch diesen unsicheren Ausdruck haben wie ihre?

Denn natürlich sind wir nicht blutsverwandt. Aber die Tatsache, dass mich ihr leiblicher Vater als seinen Sohn angenommen und aufgezogen hat, steht nun zwischen uns. Und ich müsste lügen, sollte ich behaupten, dass das nicht befremdlich ist.

Wir verharren für einige stumme Sekunden, bevor Maila kaum merklich den Kopf schüttelt und wieder auf die Briefbögen in ihren Händen schaut. Sie räuspert sich leise – scheinbar macht sie das immer, bevor sie zu lesen beginnt – und fährt dann fort.

Er ist wirklich ein schöner Mann, nicht wahr? Was ihn charakterlich auszeichnet, sind seine Ehrlichkeit, seine Treue und Loyalität. Ich ahne, dass Du vermutlich nicht verstehst, warum ich ausgerechnet diese Eigenschaften aufzähle, wo er mich doch verlassen hat. Aber bedenke, dass wir niemals ein richtiges Paar waren und Dein Vater immer mit offenen Karten gespielt hat. Mir war klar, dass er diese andere Frau liebte, auch wenn er mit Rücksicht auf mich nicht mehr viel von ihr gesprochen hat, seitdem er um meine Gefühle für ihn Bescheid wusste.

Aber wenn Du einen Menschen liebst, Maila, dann kannst Du auch in seinen Augen lesen und sogar den Kummer hö-

ren, der in seinem Schweigen liegt. Worte werden dann oft überflüssig.
Vince hat gelitten, während er von ihr getrennt war. Das wusste ich immer. Ich hätte ihm nie geben können, wonach er gesucht hat. Weil ich nicht sie war.
Dennoch weiß ich, dass er bedingungslos für Dich da wäre, würde ich ihm auch nur ein Wort von Dir erzählen. Dich würde er ganz gewiss nicht im Stich lassen. Ich bin mir nur nicht sicher, wie es diesbezüglich um die Frau stünde, die er geheiratet hat. Deshalb habe ich mich letztlich dagegen entschieden, Deinem Vater von Dir zu erzählen.

Was Dich angeht, hoffe ich sehr, dass Du noch wesentlich mehr von ihm geerbt hast als Dein dunkles Haar. Die Augenfarbe Deines Dads ist übrigens braun, die grünen Augen hast Du also von mir.
Ansonsten bist Du bisher das Ebenbild meiner Mutter.
Dein Vater und ich interessieren uns beide sehr für Literatur und Geschichte, wir haben in Princeton europäische Geschichte und mehrere Sprachen studiert. Also wundere Dich nicht, wenn Du sprachlich begabt bist und gern zwischen zwei Buchdeckeln abtauchst.

Oh, meine süße Maila, wie gern würde ich Deinen Lebensweg noch lange begleiten! Doch selbst wenn mich meine Krankheit nicht in den kommenden sechzehn Monaten dahinrafft, werde ich Dich dennoch spätestens zu Deinem zweiten Geburtstag freigeben und den Kontakt zu Dir dann vollständig abbrechen.
Denn ich selbst habe schon als Kind ein Elternteil verloren – wenn auch sehr plötzlich, durch einen Autounfall. Ich war damals zwar erst fünf Jahre alt, aber alt genug, um mich bis heute an dieses einschneidende und alles verändernde Erlebnis zu erinnern. Du sollst diese schmerzhafte Erfahrung nicht auch machen müssen. Ich möchte nicht, dass Du Zeu-

gin meines Sterbens wirst und sich mein Leiden in Deinen frühesten bewussten Erinnerungen festsetzt. Ich würde es nicht ertragen, wenn Du mich bis zum Ende dabei begleiten müsstest, wie ich von Tag zu Tag mehr und mehr versteinere. Seit der niederschmetternden Diagnose bin ich damit beschäftigt, mich von den Vorstellungen zu verabschieden, die ich einst von meiner Zukunft hatte und die nun niemals Wahrheit werden können.
Du warst nicht geplant, hast Dich einfach auf den Weg zu mir gemacht und bist doch das Wunderbarste, das ich je haben durfte. Danke dafür!
Jetzt hoffe ich nur noch, dass Du die liebsten und fürsorglichsten Adoptiveltern bekommst, die Dir eine unbeschwerte Kindheit ermöglichen, mit allem, was dazugehört.

Ich habe keine Angst vor dem Tod, Maila, und ich habe trotz all der Verbitterung, die ich anfangs empfand, bis jetzt noch keine einzige Träne um mich selbst geweint. Aber ich weine, wann immer ich daran denke, Dich zurücklassen zu müssen. Also tu mir den Gefallen und lebe! Lebe, was das Zeug hält, meine Kleine. Und sei Dir bei allem, was Du tust, immer sicher, dass kein Mensch je mehr geliebt wurde, als Du von mir.

In ewiger Liebe, Deine Mom

Sprachlos sitzen wir nebeneinander, starren auf Janes letzte Worte und versuchen, alle Informationen aus ihrem Brief zu verarbeiten. Natürlich fällt mir das leichter als Maila, die – offenbar überfordert und hoffnungslos überwältigt – mit einem Mal laut aufschluchzt und sich schon im nächsten Moment in meine Arme ziehen lässt.

Ich halte sie ganz fest, spüre ihre zuckenden Schultern.

»Ich habe das Gefühl, etwas in mir zerreißt«, gesteht sie weinend.

»Das kann ich mir vorstellen«, sage ich und küsse ihre Schläfe, ihr Haar. »Aber du verstehst, was das bedeutet, oder, Maila? Und du weißt, dass wir keine Zeit haben, uns zu beruhigen und erst einmal alles sacken zu lassen. Jane hat mir den Schlüssel zu dieser Box erst heute Morgen gegeben. Sie wollte, dass ich die Zusammenhänge des Inhalts begreife. Rechtzeitig.«

Ich nehme eines der Fotos, die lose in der Box lagen. Es zeigt Jane und meinen Dad, vermutlich noch in einer ihrer Studenten-WGs in Princeton. Jane sitzt seitlich auf seinem Schoß und küsst ihn auf die Wange, während er so unbeschwert lacht, wie ich es selten erlebt habe. »Sie wusste, dass ich es begreifen würde, selbst ohne diesen Brief zu öffnen. Dass ich zumindest genug verstehen würde, um dir alles zu zeigen.«

Maila weicht ein wenig zurück und sieht mich an.

»Jane hat uns zwei überhaupt erst zusammengebracht«, resümiere ich. »Sie hat mir die Karte zur LitNight geschenkt. Also wollte sie, dass wir uns begegnen, warum auch immer. Vielleicht war sie nur gespannt, ob überhaupt etwas passiert, wenn wir uns über den Weg laufen. Immerhin hatte ich deine Bücher schon bei ihr entdeckt, also war die Wahrscheinlichkeit groß, dass ich neugieriger auf dich reagieren würde, als wenn du mir als Autorin noch vollkommen fremd gewesen wärst. Vielleicht hat Jane sich durch unsere Bekanntschaft Neuigkeiten von dir erhofft, die sie nicht über das Internet erfahren konnte. Ich habe keine Ahnung, was ihr vorschwebte.« Ich streiche Maila eine kurze Locke aus der Stirn und lächele, als sie, einer Sprungfeder gleich, sofort wieder an dieselbe Stelle zurückschnellt. »Überhaupt gibt es noch tausend Dinge, die ich nicht verstehe, genau wie du.«

Ich wische ihr die letzten Tränen von den Wangen. Der erste Schock ist offenbar überstanden.

»Fest steht nur, dass sie dich nie aus den Augen verloren hat, Maila. Und … dass sie lebt«, sage ich behutsam. »Und ich glaube, sie würde alles dafür geben, dich noch einmal zu sehen.«

29

Maila

»Warte!«, rufe ich, kaum, dass wir den ersten Fuß in die Eingangshalle des Krankenhauses gesetzt haben. Alex' Griff festigt sich prompt, er hält meine Hand schon, seitdem er mich vom Beifahrersitz seines Wagens gezogen hat und wir im Laufschritt auf den Eingang zugeeilt sind.

Nun dreht er sich zu mir um, ebenso außer Atem wie ich, doch sein Blick ist ruhig. »Hab keine Angst«, sagt er leise.

»Ich kann das nicht«, presse ich hervor. Und wirklich, ich weiß nicht, ob ich es schaffe, dieses Zimmer, das sich irgendwo in dem riesigen, nach Desinfektionsmittel riechenden Gebäude befindet und in dem meine leibliche Mutter liegt, zu betreten. Allein die Vorstellung, dass es so sein soll, schnürt mir schon die Kehle zu.

Alex ergreift auch meine zweite Hand. Sein Blick ist eindringlich und das Blau seiner Augen so klar wie ein Bergsee. Unter anderen Umständen würde ich mich darin verlieren.

»Niemand zwingt dich«, sagt er lediglich, doch die stumme Ergänzung: »Aber du weißt, dass uns die Zeit davonläuft«, hallt dennoch in mir nach.

»Alex?«, japse ich, ohne den leisesten Schimmer, wie ich das Gefühlschaos in meinem Inneren verbalisieren, geschweige denn in den Griff bekommen soll. Sein Name klingt wie ein Stoßgebet, und genauso fühlt es sich auch an.

Alex scheint zu begreifen, zieht mich langsam zu sich heran, nimmt mein Gesicht zwischen seine schlanken Musikerhände und küsst mich lange und unendlich sanft, bis die Berührungen seiner Lippen die Panik in mir ausgelöscht haben.

... wenn Du einen Menschen liebst, Maila, dann kannst Du auch in seinen Augen lesen und sogar den Kummer hören, der in seinem Schweigen liegt. Worte werden dann oft überflüssig.

»Besser?«, fragt Alex, nachdem sich unsere Lippen voneinander gelöst haben. Ich nicke und küsse ihn noch einmal, weil ich plötzlich nichts anderes mehr will als das. Doch seine weichen Lippen schmiegen sich nur kurz gegen meinen Mund, ehe er sich mit geschlossenen Augen und offenbar größter Disziplin besinnt.

»Dann komm!« Sein Flüstern klingt entschlossen, und er ergreift wieder meine Hand, als ob er wüsste, wie sehr ich seinen Halt gerade brauche.

Wir betreten einen der Fahrstühle, fahren in die vierte Etage hinauf, betätigen die Klingel der Intensivstation. Das alles erscheint mir so unwirklich! Als würde es jemand anderem passieren und nicht mir. Als steckte ich in einem Drehbuch fest, in einer Rolle, und jemand müsste nur »Schnitt« rufen, und alles wäre wieder wie zuvor.

Keinesfalls perfekt, aber zumindest vertraut.

Doch dann steht plötzlich eine Schwester vor uns, deren Blick sich so alarmiert auf Alex heftet, dass sich der Nebel über meiner Wahrnehmung lichtet.

»Oh, Mr Blake, wie gut, dass Sie hier sind«, sagt sie.

Ich lese ihr Namensschild. Schwester Clarice.

»Mrs Maddox geht es leider sehr schlecht. Wir haben gerade schon mit Mr Stevenson telefoniert. Er und ... Ihre Schwester ist es, nicht wahr? Sie wollten sich auch auf den Weg machen.«

»Was bedeutet ›sehr schlecht‹? Ist sie noch ansprechbar?«, fragt Alex schnell. Schwester Clarice nickt. »Ja. Aber ihre Lunge ist einfach zu schwach, und der Körper wird schon seit Längerem nicht mehr ausreichend mit Sauerstoff versorgt. Das hat zur Folge, dass sie immer müder wird und ...« Die Schwester schaut ihn mit einem bedauernden Kopfschütteln an. »Es gibt nichts, was wir noch für Mrs Maddox tun dürfen, Mr Blake.«

Ich hätte die kleine Nuance in ihrer Wortwahl beinahe überhört, würde Alex nicht so abrupt die Augen aufreißen. »*Dürfen?* Das heißt ...«

»Es ist ihr eigener Wille, dass wir sie nicht an weitere lebenserhaltende Apparaturen anschließen, ja«, bestätigt die Schwester.

»Verflucht noch mal!«, schimpft Alex, und ich höre die Verzweiflung, die von ihm Besitz ergreift. Er fährt sich mit beiden Händen durch die wirren Haare und ringt um Fassung. Dann sieht er die Schwester wieder an. Angsterfüllt, mit zuckendem Kinn. »Wir dürfen doch zu ihr?«

Ihre Stirn legt sich in Falten. »Nun, Sie schon, Mr Blake, natürlich. Sie stehen ja auf der Liste.«

»Der Liste?«, wiederholt er verdutzt.

»Auf der Besucherliste, die Mrs Maddox bei uns hinterlegt hat.«

»Oh, ja klar!« Sein Lachen klingt humorlos. »Sie hat wirklich an alles gedacht«, murmelt er, wohl mehr zu sich selbst, bevor sein banger Blick zu mir gleitet.

»Und ich darf auch zu ihr«, höre ich mich im selben Moment mit einer Festigkeit in der Stimme sagen, die mich erstaunt. »Ich bin Mrs Maddox' Tochter, Maila August.«

Alex' Augen weiten sich, während er zunächst langsam und dann immer schneller und kräftiger nickt. »Aber ja, du hast recht! Wenn sie wirklich an alles gedacht hat, dann ... Checken Sie die Liste bitte, Schwester. Schnell!«

Clarice wendet sich ab, entsichert die Tür mit ihrem Ausweis und lässt sie hinter sich zufallen. Nur etwa dreißig Sekunden später ist sie jedoch schon wieder zurück und winkt uns über die Schwelle. »Bitte, kommen Sie beide!«

Wir müssen uns ausgiebig die Hände und Unterarme desinfizieren, bis Clarice unsere Bemühungen mit einem Nicken absegnet. Alex zieht mich mit großen Schritten neben sich her. Ich würde gern noch etwas sagen, um den Moment hinauszuzögern oder meiner Anspannung zumindest die Spitze zu nehmen.

Doch weil ich meine Stimme nicht einmal für ein leises Krächzen aktivieren kann, ist es plötzlich zu spät, und Alex kommt vor einer der letzten Türen im Gang zum Stehen.

Er sieht mich noch einmal ermutigend an und erspart mir die Frage, ob ich bereit sei, oder einen ähnlichen Quatsch. Denn, ganz ehrlich, wie zum Teufel sollte man sich für das, was mir jetzt bevorsteht, jemals bereit fühlen?

Ich soll meine leibliche Mutter, die ich schon seit fast sechs Jahren für tot hielt, kennenlernen. Um sie dann sterben zu lassen. Weil das ihr Wunsch ist.

Alex schiebt mit der freien Hand die Tür auf.

Wie in Zeitlupe folge ich seinem Blick in Richtung des Bettes. Es wirkt viel zu groß für diese kleine Frau, die unter der schneeweißen Bettdecke liegt.

Ich halte die Luft an und betrachte sie, ohne mich auch nur einen Zentimeter auf sie zuzubewegen. Die Zeit dafür bleibt mir, weil sie tief schläft. Aber immerhin …

»Sie lebt«, hatte Alex gesagt. Die piepsenden Geräusche der Geräte bestätigen das.

»Sie lebt«, flüstere nun auch ich und gehe endlich einen zaghaften Schritt auf sie zu. Alex folgt mir wie mein eigener Schatten und legt seine Hände von hinten an meine Oberarme.

Doch mein Blick ruht auf ihr. Auf Mrs Maddox. Jane.

Meiner Mutter.

Sie ist so schmächtig und dünn. Ihre Gesichtszüge wirken entspannt, doch die Schmerzen, die sie während der vergangenen Jahrzehnte erlitten hat, haben deutliche Spuren hinterlassen. Besonders um die Mundwinkel und Augen erkenne ich tiefe Falten, die von großem Leid zeugen.

Eingehend betrachte ich das Gesicht dieser Frau, die ich einst kannte und liebte, die mir der wichtigste Mensch gewesen war, an die ich mich aber jetzt nicht mehr bewusst erinnern kann. Weil sie mich um fast fünfundzwanzig Jahre Lebenszeit mit ihr betrogen hat.

Ein Vierteljahrhundert.
Und warum?

Nur um dich zu schützen, wispert eine leise Stimme in meinem Kopf, und ich frage mich, ob es wirklich die meines Unterbewusstseins ist oder doch die vage Erinnerung an ihre.

Gefangen zwischen Mitleid und Wut, Erleichterung und Panik, Verständnis und Fassungslosigkeit, Zuneigung und Ablehnung, starre ich sie an. Nur eines bin ich in diesem Moment ganz gewiss nicht: gleichgültig. Und das ist wohl das Beste und Aufrichtigste, was ich ihr bieten kann.

Alex streichelt meine Arme. Offenbar deutet er meine Regungslosigkeit als schockierte Reaktion auf ihr Aussehen.

»Jane hat eine Art, sich leise einen Weg in dein Herz zu bahnen, weißt du? Und ehe du es bemerkst, hat sie sich schon häuslich darin eingerichtet.« Er lächelt, ich höre es an seiner Stimme, die mit einem Mal samtweich ist. »Ich schätze, diese Gabe hat sie erfolgreich weitervererbt.«

Ich schlucke hart, denn während er sprach, hat sie plötzlich die Lider aufgeschlagen und schaut uns jetzt aus halb geöffneten Augen an. Nur eine Sekunde später bemerkt Alex es auch.

»Tante Jane!«

Er löst sich von mir und geht einen Schritt auf sie zu, nur um im nächsten Augenblick wieder nach meiner Hand zu fassen und sie zärtlich zu drücken.

Sie hingegen versucht offenbar unter größter Anstrengung, die Augen weiter zu öffnen. Kaum ist es ihr gelungen, erstarrt ihre Miene völlig.

Ich weiß, sie hat mich erkannt. Und ich spüre, dass dies der Moment ist, in dem ich mich auf sie zubewegen sollte.

Wenn ich nur könnte. Denn plötzlich ist es, als sei mein Körper ebenfalls gelähmt.

Alex lässt meine Hand los, um nahe an Jane heranzutreten und dabei beruhigend auf sie einzureden, während sie mich weiterhin so starr und unverwandt anschaut, dass mir ein Schauder über den Rücken läuft.

Und da setzen sich meine Beine endlich in Bewegung, gehen auf das Bett zu. Mein Herz schlägt mir bis zum Hals. Es ist, als würde ich einem Geist begegnen. Einem Geist, der einst der Dreh- und Angelpunkt meiner Welt war. Bevor er mich in einer vollkommen anderen Welt absetzte und mich zwang, ihn zu vergessen.

»Hallo«, flüstere ich, meiner Stimme nicht trauend.

Sie blinzelt. Alex hat mir diese Art der Verständigung auf der Fahrt erklärt, aber ich weiß nicht, ob ihr Zwinkern nicht doch nur Zufall war.

»Du ... du hast wirklich gehofft, dass ich hierherkomme und wir uns endlich wiedersehen?«, höre ich mich sagen, ohne die geringste Ahnung, woher ich die Kraft für meine Worte nehme. »Die Besucherliste ...«

Dieses Mal fällt ihr Blinzeln deutlich länger aus. Sie schließt ihre Augen, die tatsächlich dieselbe hellgrüne Farbe wie meine haben. Und als sie die Lider wieder aufschlägt, ruht ihr Blick nicht länger auf mir, sondern auf Alex. Unendliche Dankbarkeit spricht aus ihren Augen, und unendlicher Stolz.

Es ist offensichtlich, wie viel Alex ihr bedeutet. Er drückt ihre Hand, presst die Lippen zusammen, von Emotionen überwältigt. »Es gab so viele Gelegenheiten, bei denen du es mir hättest sagen können. Warum ...«

Natürlich kann sie ihm nicht antworten. Aber ihre Augen bewegen sich, noch während er spricht. Ohne den Kopf auch nur einen Millimeter rühren zu können, schaut sie so weit nach links wie nur möglich. Alex versteht sofort und beugt sich über sie hinweg zum Nachttisch. Ihr Blick bleibt unverwandt auf das Tablet gerichtet, das Alex von dem Tisch nimmt und ihr über die Brust hält. »Maila, möchtest du das kurz so halten, damit sich die Kamera einstellen kann? Dann richte ich das Kopfteil des Bettes etwas weiter auf.«

Um seiner Bitte zu folgen, komme ich ihr so nah, dass ich ihre flachen, leicht schleifenden Atemzüge höre. Doch es ist etwas anderes, das mich eiskalt erwischt.

Ihr Geruch. Es ist derselbe, der mir auch schon im Eingang ihres Hauses entgegenschlug, doch dort war er mit anderen Duftnuancen vermischt gewesen. Jetzt hingegen atme ich ihn pur ein. Er bahnt sich einen Weg in meinen Körper, immer tiefer, entwickelt dabei eine Kraft, die weit über die eines einzigen Atemzuges hinausgeht, und reicht schließlich bis auf den Grund meiner Seele.

Unzählige Erinnerungsfetzen blitzen in der Dunkelheit meines Unterbewusstseins auf, so kurz und vage, dass ich keinen davon zu fassen bekomme. Wieder einmal. Und doch reicht es aus, um meine Befangenheit zu lösen und jeglichen verbliebenen Zweifel in mir auszulöschen.

»Oh, Mom!«, rufe ich schluchzend und greife nach ihrer Hand. Schon im nächsten Moment habe ich meinen Kopf sanft auf ihren Bauch gelegt. Ich weiß, dass meine Mutter von sich aus nicht die Fähigkeit besäße, den Arm zu heben und ihre Hand auf meinen Kopf zu legen. Und doch spüre ich das Gewicht ihrer Hand, ihres Unterarms, die kaum wahrnehmbaren Bewegungen ihrer Fingerspitzen. Alex hat ihr offenbar geholfen, wie ein guter Engel, der ihren innigsten Wunsch erahnen konnte.

Ich schließe meine Augen, während ich leise vor mich hin weine. Natürlich fühle ich mich traurig und verzweifelt, mehr als je zuvor in meinem Leben, aber doch auch getröstet und auf seltsame Weise geborgen.

Nichts auf der Welt könnte verwirrender sein als dieser Moment. Nichts drückender als die Schwere, die ihn beherrscht. Nichts schöner als ihre Nähe, ihre Wärme. Und nichts tröstlicher als der leise Herzschlag, den ich zwar schwach, aber dennoch deutlich unter meinem linken Ohr höre. Jeder einzelne wird von einem elektronischen Piepsen begleitet, das durch den kahlen Raum hallt.

Endlich habe ich mich ausreichend beruhigt, um meine Mutter wieder ansehen zu können. Ihr Blick ruht auf mir. Gefasst und ... *glücklich*, wie es scheint. Zumindest erkenne ich nicht das leiseste Anzeichen von Kummer in ihren Augen, die den meinen so sehr ähneln. Und mit einem Mal sehe ich nur noch diese Augen, alles andere habe ich ausgeblendet.

»Du wolltest uns etwas sagen?«, fragt Alex irgendwann. Als ich zu ihm aufsehe, rinnen ihm Tränen über die Wangen, denen er jedoch keinerlei Beachtung schenkt.

Mom blinzelt einmal lange. Es fällt mir schwer, so weit zurückzuweichen, dass Alex das Tablet erneut platzieren und ausrichten kann. Doch natürlich tue ich es, weil ich mich danach sehne, mit ihr zu kommunizieren.

Sie löst ihren Blick nur sehr schwerfällig von mir.

»Danke!«, liest Alex schließlich vor.

Ich denke zuerst, dass sie den Moment meint, den wir gerade miteinander geteilt haben. Allerdings könnte sich das Wort auch auf die Tatsache beziehen, dass Alex alle ihre Hinweise richtig gedeutet und entsprechend reagiert hat. Dass er mich zu ihr gebracht hat.

So oder so ... »Ich danke dir für die Chance«, wispere ich.

In diesem Moment dringt ein ächzendes Geräusch aus ihrem Brustkorb, sodass ich erschrocken zurückweiche.

»Alles klar?«, fragt auch Alex alarmiert. Sie schließt die Augen für ein extralanges Blinzeln. Als sie uns wieder ansieht, fleht sie im Blick um etwas, das wir beide verstehen, wie mir Alex' Worte prompt beweisen: »Keine Angst, wir holen niemanden, Tante Jane. Dieser Moment gehört euch beiden.«

»Aber warum lässt du dir nicht helfen?«, bricht es aus mir heraus. »Dann könnten wir ... zumindest noch mehr Zeit miteinander verbringen.«

Ich glaube, ein winziges Zucken ihres rechten Mundwinkels wahrzunehmen. Dann schaut sie wieder zu dem Bildschirm und zieht dieses Mal auch meinen Blick mit sich. Langsam, Buchstabe für Buchstabe, entsteht dort ein Satz, der mir für den Rest meines Lebens in Erinnerung bleiben wird.

Wir hätten ja doch nie genug Zeit miteinander, meine Maila.

»Das stimmt«, sage ich leise, todunglücklich, und hebe ihre Hand an meine Lippen. Die Haut ist so dünn wie Pergamentpapier. Neue Tränen kullern über meine Wangen, bis ich zu Alex aufschaue und er erneut auf den Bildschirm weist.

Verzeihst du mir?

Ich schlucke und küsse ihre Fingerknöchel. »Es gibt nichts zu verzeihen. Du hast mir das Leben geschenkt und dafür gesorgt, dass ich unbeschwert aufwachsen konnte. Ich wünschte nur, meine Eltern ...«

Ich stocke, denn es ist seltsam, die beiden zu erwähnen. Doch ihre Augen lächeln mir zu, ermutigen mich, fortzufahren.

»Ich wünschte, sie hätten es mir von Anfang an gesagt. Weil das Wissen um die Adoption niemals so schlimm gewesen wäre wie die Erkenntnis, ein ganzes Leben lang belogen worden zu sein. Und das von den Menschen, die man am meisten ...« Ich stocke wieder, bevor ich mir einen weiteren Ruck gebe. »... die man am meisten geliebt hat. Auch wenn ich verstehe, warum sie es getan haben.«

Nun wandelt sich Moms Blick, und ich ahne, dass sie fragend die Stirn runzeln würde, wenn ihr das möglich wäre.

»Na, weil die Krankheit doch vererbbar ist«, helfe ich ihr auf die Sprünge, aber ihr Blick bleibt derselbe. »Deine Krankheit. Sie ... wollten mich nicht schon als junger Mensch damit belasten. Denn genauso ist es, seitdem ich es weiß. Und das wollten sie mir so lange wie möglich ersparen. Sie haben es nicht übers Herz gebracht, mir zu vermitteln, dass ich niemals ein Kind bekommen darf. Denn wie sollte ich, mit diesem Wissen?«

Jetzt blinzelt sie, aber nicht so, als wolle sie meine Worte bestätigen. Ihr Blick bleibt weiterhin verständnislos, verwirrt sogar, doch nun mischt sich auch noch ein Ausdruck von Unruhe dazu. Sie nimmt das Tablet erneut ins Visier, aber die Worte entstehen nervenzehrend langsam. Auch Mom selbst dauert es wohl zu lange, denn ihre Augen wandern erneut zu dem Nachttisch. Und wieder weiß Alex sofort, was sie will.

»Wirklich, die Steuerung?«

Ein langes Blinzeln. Nur ich verstehe nicht. »Welche Steuerung?« Alex kramt eine Art Schalter aus der Schublade und schließt ihn per USB-Kabel an den Laptop an. »Damit kann Jane quasi per Fingerdruck schreiben.« Er ergreift ihre rechte Hand und legt sie um den Schalter, positioniert den Zeigefinger über der einen Taste und legt seine eigenen Finger locker darüber, um sie zu stützen. »Es geht auf jeden Fall deutlich schneller«, behauptet er, dem trostlosen Bild zum Trotz.

Mit seiner freien Hand ergreift er nun wieder das Tablet und bittet mich, die Bettdecke unter seinen Arm zu schieben, damit der Bildschirm in eine bessere Position kommt.

»Wenn sie ihre Auswahl über die Augen steuert, muss sie jeden Buchstaben oder die vorgegebenen Worte immer für zweieinhalb Sekunden fixieren«, erklärt er derweil. »Darum hat es bisher so lange gedauert. Mit dem Klicken entfällt diese Wartezeit.«

Und wirklich, obwohl ich überhaupt nicht erkennen kann, dass sie die Buchstaben jetzt per Tastendruck anwählt, bewegt sich der Cursor auf dem Bildschirm emsig hin und her, und die Wörter bilden sich flüssig vor meinen Augen. Es ist kaum vorstellbar, dass diese minimalen Berührungen für sie eine Kraftanstrengung darstellen, aber so muss es wohl sein, denn sie verfasst ihre Botschaft nur stichwortartig.

Nichtsdestotrotz haut mich der Inhalt um.

Ich habe die sporadische ALS, also nicht vererbbar. Kaum Gefahr für dich! Bist zu 95 Prozent nicht betroffen. Lebe!!! Bekomme Kinder. Kein größeres Risiko für sie.

Ungläubig schüttele ich den Kopf. Kann das wirklich sein?

»O Gott! Maila, das ist ja fantastisch«, wispert Alex und schaut mich ebenso fassungslos an.

»Aber … aber sie haben gesagt, es sei eine genetisch bedingte Krankheit«, stammele ich, überfordert von der alles verändernden Neuigkeit.

»Das macht sie doch nicht zwingend vererbbar«, stellt Alex

fest. »Und außerdem lautete die Prognose, dass Jane schon vor vielen Jahren sterben würde.«

Das ist wahr, das haben sie behauptet.

Warum haben sie mich selbst dann noch angelogen, als ich dachte, sie würden mir nun endlich die Wahrheit erzählen?

Hilfesuchend schaue ich zu meiner Mutter. Unsere Blicke treffen sich, halten einander fest, bis sie es nicht länger schafft und die Augen wie in Zeitlupe schließt.

Ein verzweifelter Schluchzer entfährt mir, bevor ich meinen Kopf erneut auf ihren Bauch lege, vorsichtig darauf bedacht, ihr nicht zu viel meines Gewichts zuzumuten. Stumm weine ich und lausche dabei ihrem schwachen Herzschlag. Ihr Brustkorb hebt und senkt sich kaum noch.

In meinem Inneren müssten sich Panik und Rebellion breitmachen, doch ich habe längst begriffen, dass jeglicher Widerstand in diesem Kampf zwecklos wäre. Weil es ja gar nicht mein Kampf ist, sondern ihrer. Und weil sie ihn schon längst verloren hat. Deshalb wandelt sich die Auflehnung in Resignation, und meine Verzweiflung weicht einer Ergebenheit, die man auch Demut nennen könnte.

»Maila«, flüstert Alex nach einer kleinen Ewigkeit, in der ich einfach nur dagelegen und blind vor mich hin gestarrt habe. Ich hebe den Kopf und sehe zunächst ihn an, bevor ich seinem Blick zum Bildschirm des Tablets folge.

Ich habe mir schon lange nichts anderes mehr gewünscht, als dich glücklich zu wissen. Also bitte, lebe, mein Schatz! LEBE!

»Ich verspreche es, Mom«, flüstere ich mit rauer Kehle. Ihr fehlt die Fähigkeit zu lächeln, doch ich weiß, sie würde es tun, wenn sie nur könnte. Die Milde ihrer Augen verrät es mir, das helle Grün wirkt wie angestrahlte Jade. Das Glimmen verstärkt sich, als ich mir ihre Hand an die Wange lege und die Innenseite küsse.

»Ich verspreche es«, wiederhole ich eindringlich.

Für einen kleinen Moment schaut sie noch einmal zu Alex, ohne dass der Ausdruck ihrer Augen auch nur einen Hauch seiner Innigkeit einbüßt. Ich weiß, sie nimmt in diesen Sekunden Abschied von ihm. Und er weiß es auch, denn er legt ihr die Hand auf die Schulter und schluckt so hart, dass ich es hören kann.

Mom sieht wieder zu mir, streichelt mich mit ihrem Blick.

Und dann erlischt das Glimmen ihrer Augen wie das eines Kohlestücks, das die gesamte Nacht hindurch tapfer für Wärme und Licht gesorgt hat.

Es erlischt, und ihre Lider schließen sich.

Zum letzten Mal.

Jane

Vincent

Jane stirbt.

Und ich kann absolut gar nichts dagegen tun. Hunderte Emotionen wühlen mich auf, widersprechen sich, durchwirbeln mich regelrecht, bis sich alles in mir dreht und ich am liebsten laut aufschreien würde. Doch sosehr ich auch versuche, meiner Verzweiflung Ausdruck zu verleihen, laut zu werden, mich loszureißen, auszubrechen ... so still bleibe ich doch nach außen hin, so fremdbestimmt und gefangen.

Jane war vielleicht die einzige Frau in meinem Leben, die mich wirklich geliebt hat. Zumindest auf diese Art, nach der ich mich bei Vivian immer sehnte.

Aber Jane war auch die einzige Frau, die mich furchtbar hin-

tergangen hat. Wie konnte sie mir verheimlichen, dass wir eine Tochter haben? Dass sie gekränkt war und Vivian nicht mehr vertraute, verstehe ich ja. Aber ...

Wie konnte sie nur?

Immer wieder werde ich zwischen Trauer, Verzweiflung und Wut hin- und hergerissen. Doch plötzlich durchbricht ein Schluchzen diesen Teufelskreis.

Der herzzerreißende Laut hat sich aus Mailas Kehle gelöst. Sie hält Janes erschlaffte Hand, weint an der Brust ihrer Mutter. Alex steht hinter ihr, beide Hände auf ihre zierlichen Schultern gelegt, als wolle er Maila auf diese Weise davor bewahren, auseinanderzubrechen.

Auch Cassie und Ned sind inzwischen gekommen. Sie weinen ebenfalls, trauern stiller, aber ebenso erschüttert.

Alle Kinder in einem Raum.

Jane ist tot.

Und mit einem Mal ist keine Wut mehr in mir, sondern nur noch tiefste Traurigkeit. Es fühlt sich an, als habe man mir ein Stück meines Herzens herausgerissen. Was natürlich lächerlich ist, denn mein Herz ...

»Wozu der Kummer?«, fragt eine altbekannte Stimme.

Nicht unter mir, sondern ... ja, hier!

Sie klingt weder schwach noch gebrechlich oder angestrengt. Vielmehr klingt sie genauso wie damals, als wir uns kennenlernten.

»Gerade du müsstest doch wissen, dass wir nicht gehen, wenn sie glauben, dass wir gehen«, tadelt sie.

Doch dann, als ich in meinem Schock nicht einmal einen klaren Gedanken fassen kann, lässt Jane ein wesentlich sanfteres »Hallo Vince!« folgen ... und ich höre das Lächeln in ihrer Stimme.

30

Alex

»Also ist sie ruhig entschlafen?«, fragt Marcus zwei Tage später leise.

Auf seinem gewohnt verwüsteten Kingsize-Wasserbett sitzend, blicke ich zu ihm auf und spüre dabei überdeutlich das Stechen, das sich während meiner Schilderung von Janes Tod hinter meinen Augen gebildet hat. Marcus ist ebenfalls sichtlich mitgenommen. Er setzt sich zu mir.

»Wir sind doch bescheuert«, murmele ich.

»Hm?«

»Na, jedes Mal wenn ich zu dir komme, schmeißen wir uns automatisch auf dein Bett, als wären wir noch immer Teenies und müssten uns in unsere Zimmer verziehen, wenn wir allein sein wollen. Nicht, dass du inzwischen in einer Traumwohnung leben würdest und wir auch die restlichen dreihundert Quadratmeter dieses scheißnoblen Penthouses nutzen könnten.«

Er schaut sich in seinem gigantischen Schlafzimmer um, als würde ihm jetzt erst auffallen, dass wir wieder einmal hier gelandet sind. Dann stößt er ein trockenes Lachen aus. »Verdammt, du hast recht. Wir sind halt immer noch dieselben wie damals. Ist doch auch schön, oder nicht?«

»Na klar!«

»Für mich ist das zumindest sehr beruhigend«, ergänzt er. »Dieser ganze Hype um die Band macht mich manchmal ganz kirre, da bin ich immer dankbar, nach so einem Trip wieder nach Hause zu kommen.« Er klopft mir auf die Schulter. »Aber jetzt erzähl erst mal weiter. Das ist ja echt krass, dass Jane wirklich Mailas Mom ist. Wie heftig für Maila, das zu erfahren, Jane kurz zu sehen und dann … direkt wieder zu verlieren.« Er reibt sich über die Stirn. »Aber du hast am Telefon angedeutet, dass es neue Schwierigkeiten zwischen euch beiden gibt?«

»Pfff!« Ich raufe mir die Haare und lasse mich rücklings auf die Matratze fallen. »Das ist die Untertreibung des Jahrhunderts. Ich bin so ein Idiot, Marcus! Wenn ich mir überlege, was sie vorgestern alles verarbeiten musste! Das allein war ja schon der blanke Horror.« Ich seufze und setze mich wieder auf. »Um deine erste Frage zu beantworten: Ja, Jane ist friedlich eingeschlafen. Als Cassie und Ned nur ein paar Minuten später ankamen, schlug ihr Herz schon so langsam, dass die Schwester schließlich hereinkam und die Alarmtöne der Überwachungsgeräte abgeschaltet hat, weil die allesamt wie verrückt piepten. Aber es hat dann noch fast eine halbe Stunde gedauert, bis … ihr Herz endgültig aufgehört hat zu schlagen.«

Wir schweigen für ein paar Sekunden, in denen ein Kinderlachen aus Marcus' Wohnzimmer dringt. Es kommt aus dem Fernseher, denn Leni ist im Kindergarten, aber es erinnert uns offenbar beide sofort an meine Kleine.

»Wo war die Motte in der Zeit eigentlich?«, fragt Marcus.

»Bei meiner Mom. In der Nacht zuvor hatte sie ja mit Cassie bei Ned geschlafen. Als das mit Jane passierte, bin ich zur Villa gefahren, die Nacht über dort geblieben und erst frühmorgens zum Krankenhaus aufgebrochen, als Cassie und Ned zurückkamen. Leni schlief da noch. Aber als ich mit Janes Schlüssel zurückkam und gerade Janes Kiste mit den alten Erinnerungsstücken geöffnet hatte, wachte Leni auf. Cassie und Ned schliefen natürlich noch, sie hatten ja die ganze Nacht durchgemacht.

Ich war mega überrumpelt von meinem Fund. Also rief ich meine Mom an und bat sie, auf Leni aufzupassen. Ich habe ihr die Kleine dann gebracht und bin direkt danach in unsere Wohnung gefahren, um den Karton mit Dads alten Erinnerungen zu durchstöbern.«

»Und da hast du dann Janes Brief gefunden?« Marcus deutet auf ebendiesen Brief, den sie meinem Dad in der Silvesternacht

1989/1990 geschrieben hatte und den ich mit zu Marcus genommen habe. Er liegt noch offen neben mir, also nehme ich ihn erneut zur Hand und falte ihn vorsichtig zusammen. »Genau. Und dank Janes Kiste konnte ich ganz anders zwischen ihren Zeilen lesen als mein Dad damals.«

»Alter!«, stößt Marcus aus. »Zu kapieren, dass Maila seine leibliche Tochter ist ... Schließlich liebst du sie doch.«

»Ja.« Es ist seltsam, das so nüchtern zuzugeben. Aber es ist auch eine Erlösung. Ich liebe Maila.

»Natürlich hat mich das Ganze komplett umgehauen. Aber immerhin sind wir nicht blutsverwandt. Sicher ist es eine seltsame Vorstellung, dass mich ihr leiblicher Vater adoptiert und großgezogen hat, während er von Maila überhaupt nichts wusste. Und anfangs war ich auch ziemlich sauer auf Jane, weil sie Dad nie von Maila erzählt hatte. Aber ... ganz ehrlich, Marcus, mir steht es nicht zu, ein Urteil zu fällen. Ich kann mich nicht im Entferntesten in Janes damalige Situation versetzen. Ich kann mir höchstens ausmalen, wie hart diese Zeit für sie gewesen sein muss.«

»Das steht außer Frage. Trotzdem ist es doch irgendwie schade, dass dein Dad Maila nie kennengelernt hat.«

»Einerseits ja«, gebe ich zu. »Andererseits ... Du kennst ihn. Kanntest ihn«, korrigiere ich mich. »Stell dir mal vor, was die Nachricht von Mailas Existenz in ihm ausgelöst hätte. Wie zerrissen er sich gefühlt und welche Vorwürfe er sich gemacht hätte. Weißt du, mein Dad hat in seinem Leben bestimmt nicht alles richtig entschieden, aber er war so ziemlich der loyalste Mensch, den ich kenne.«

»Hey!« Marcus' empörte Miene entlockt mir ein Lachen. »Außer Cassie und dir, natürlich.«

»Was ist mit Maila?«

»Keine Ahnung. Ich weiß nicht, ob ich sie endgültig vergrault habe oder ob sie einfach nur Zeit braucht.«

»Wie meinst du das, endgültig vergrault? Es war doch richtig von dir, ihr das alles zu sagen. Sie hatte ein Recht darauf, es zu erfahren. Auch wenn sie jetzt bestimmt daran zu knabbern hat, gerade nach Janes Tod.«

»Ja. Und ich wünschte, ich könnte bei ihr sein und ihr beistehen, aber ... sie will mich nicht sehen.«

Marcus verdreht die Augen, seine Geduld ist wohl am Ende. »Und sagst du mir in diesem Leben auch noch, warum das so ist?«

Ich schaue ihn zerknirscht an.

»Oh, heilige Scheiße, was hast du jetzt schon wieder verbockt?«, entfährt es Marcus.

»Ich Idiot habe ... Ich hab ihr verschwiegen, dass es Leni gibt.«

»Du hast ... *was?*« Marcus springt auf und fährt sich mit beiden Händen durch die Haare. »Aber warum denn das, du Vollpfosten?«, schießt er mir dann entgegen.

Marcus ist ernsthaft ratlos. Und wütend. Und beweist mir damit ein weiteres Mal, dass er der weltbeste Kumpel ist.

»Keine Ahnung. Es gab etliche Situationen, in denen ich sie hätte erwähnen können, aber ... jedes Mal hatte ich das Gefühl, es sei besser, das nicht zu tun.«

»Das Gefühl? Du bist ein Idiot.«

»Ich weiß.«

Kopfschüttelnd kommt er zurück und fläzt sich in seinen Drehsessel. »Also, wie hat sie es rausgekriegt?«

»Es war ... noch im Krankenhaus. Maila saß bei Jane am Bett und hat ihre Hand gehalten, selbst als Jane schon lange tot war. Ned und Cassie wussten aber noch gar nicht, was ich in der Zwischenzeit herausgefunden hatte und warum Maila überhaupt da war.«

Marcus' Augen weiten sich. »O ja, stimmt!«

»Ned hat mich am meisten erstaunt«, fahre ich fort. »Ich bin mit ihm und Cassie kurz in den Flur gegangen und hab sie darüber aufgeklärt, dass Maila Janes Tochter ist. Cassie hat den Mund nicht mehr zubekommen, also habe ich ihr erst einmal nicht mehr erzählt.«

»Nicht, dass euer Dad auch Mailas Vater ist, meinst du? Oh, warte mal, das heißt ja, die beiden sind Halbschwestern, richtig? Krass.«

»Ziemlich krass. Aber richtig, die Sache mit unserem Dad habe ich erst einmal nicht erwähnt. Und zumindest Ned war viel weniger erstaunt, als ich es erwartet hatte. Er erzählte mir, dass Jane früher oft von einem Mann besucht worden war, der ihr meistens größere Briefumschläge mitgebracht hatte und mit dem sie sich immer allein unterhielt. Im Anschluss hatte sie Ned, der damals noch ein Junge war, dann oft zu sich gerufen und ihn gebeten, die Briefumschläge in eine bestimmte Schublade zu legen. Einmal hat er heimlich in so einen Umschlag hineingespäht und Fotos von einem jungen Mädchen darin gefunden.«

Marcus' Stirn liegt in tiefen Falten, aber er begreift sofort. »Also war dieser fremde Typ ein Privatdetektiv?«

»Das ist zumindest unsere Vermutung. Dass Jane Maila zwar zur Adoption freigegeben hat, es jedoch nicht über sich brachte, den Kontakt zu ihr komplett zu kappen. Daher hat sie den Detektiv auf Maila angesetzt. Das würde übrigens auch erklären, warum dieser Typ Jane in den vergangenen fünf Jahren nicht mehr besucht hat.«

»Jetzt kann ich dir nicht mehr folgen«, gesteht Marcus.

»Na, seitdem ist Maila Autorin mit einer eigenen Homepage und darüber hinaus auch bestens über die sozialen Netzwerke verknüpft. Alle Neuigkeiten rund um ihre Person ließen sich seitdem hervorragend über Google und Co. in Erfahrung bringen.«

»Richtig.«

»Auf jeden Fall hat Ned, als wir wieder im Zimmer waren, stumm Abschied von Jane genommen und Maila alle Zeit der Welt gelassen. Irgendwann, als Jane schon … also, als sie aus dem Zimmer gebracht werden sollte, habe ich Maila an mich gezogen. Erst da hat sie wieder angefangen zu weinen. Etwas später bat sie mich, sie noch einmal zu Janes Haus zu fahren.

Wir gingen also hinaus, zum Mercedes. Maila hatte sich bei mir untergehakt und ich trug Janes Tablet. Ned hatte mich gebeten, es Maila zu überlassen. Er sagte, Jane habe wohl viele ihrer Gedanken aufgeschrieben und in einem privaten Ordner abgespeichert, auf dessen Zugriff jetzt, nach ihrem Tod, eigentlich nur Maila Anspruch habe.«

»Dieser Ned scheint echt ein toller Kerl zu sein.«

»Ja, er ist in Ordnung. Und er tut Cassie wirklich gut.«

Marcus grinst. »Auch wenn es dir fast körperliche Schmerzen bereitet, das zuzugeben, richtig?« Mir bleibt nur Zeit für ein kurzes Augenverdrehen. »Und dann?«, drängt er schon weiter.

Ja, dann ...

»Nun, ich Trottel öffnete den Kofferraum, um unsere Jacken und das Tablet hineinzulegen.«

»Na und?«

Ich gebe ein frustriertes Schnauben von mir. »Lenis Kindersitz und Spielzeug lagen darin. Maila hat mich natürlich fragend angeschaut. Und ich muss so entsetzt und überrumpelt ausgesehen haben, dass sie prompt den richtigen Schluss gezogen hat.«

»O Mann, du Idiot!«

»Ich weiß. Bestimmt kriege ich ihr ›Du hast ein Kind, Alex?‹ mein ganzes Leben lang nicht mehr aus dem Kopf. Du hättest ihren Blick sehen sollen, Mann! Sie war so ... verletzt. Ich meine, ihr gesamtes Dilemma dreht sich darum, dass sie ein kleines Mädchen war, dessen wahre Herkunft verschwiegen wurde und das man über Jahre hinweg belogen hat. Und dann komme ich und ... verfluchte Scheiße!«

Marcus sieht mich lange an. Dann rauft er sich erneut das Haar. »Ganz ehrlich, ich würde dir ja gern sagen, dass sich das wieder geradebiegen lässt, aber ich bin mir nicht sicher.«

»Das ist doch das Problem! Besonders nach dieser Lexa-Sache, die sie mir ja auch schon verzeihen musste. Aber was soll ich denn jetzt machen? Ich habe versucht, sie anzurufen. Hunderte Male. Sie nimmt nicht ab. Also bin ich gestern zu ihr nach

Hause gefahren und habe geklingelt, aber sie hat nicht aufgemacht. Ich habe keinen Schimmer, was ich noch tun könnte.«

Marcus wäre nicht Marcus, würde er seine Antwort nicht erst überdenken. »Nichts«, sagt er dann. »Lass ihr einfach ein wenig Zeit. Denn du hast recht, es ist fast unmenschlich, was sie derzeit alles verdauen muss. Da ist die Tatsache, dass du ihr Leni verschwiegen hast, nur einer von vielen richtig dicken Happen.«

»Na toll!«

»Hey, es ist nicht meine Aufgabe, dafür zu sorgen, dass du dich besser fühlst. Ich bin dein Kumpel und muss vor allem ehrlich zu dir sein, oder nicht? Denn falls dich mal jemand fragt: Freunde sind normalerweise ehrlich zueinander.«

»Grmpf.«

»Ich weiß, meine Antwort gefällt dir nicht. Aber Maila jetzt etwas Zeit zu lassen ist nun mal das Beste, das ich dir in dieser verfahrenen Situation raten kann, sorry.«

»Schon gut.«

»Also hast du sie nicht mehr zu Janes Haus gebracht?«

Ich pruste verächtlich. »Sie hat mich nicht einmal mehr angesehen. Ich bin wie der Volltrottel, der ich war, mit heruntergekurbeltem Fenster neben ihr hergefahren und habe auf sie eingeredet, sie angefleht, dass sie bitte einsteigen und mich ihr alles erklären lassen soll. Aber sie hat mich komplett ignoriert und ist schließlich die Stufen zur U-Bahn-Station hinabgelaufen, während ich auf der Hauptstraße stand und nirgendwo parken konnte. Ich hab den Mercedes dann einfach stehen lassen und bin ihr nachgerannt, aber als ich an die Gleise kam, war weit und breit schon keine Spur mehr von ihr.«

»Klingt filmreif.«

»Dann sag mir nur, ob es ein Film mit Happy End ist.«

Marcus' Lächeln erreicht nur ansatzweise seine mitleidigen Augen. »Seit wann stehst du denn auf Kitschfilme?«

»In diesem Fall wäre mir kitschig ganz recht.«

Er brummt wie so oft vor sich hin, bevor er sich auf die Oberschenkel klopft und ruckartig aufsteht. Mit wenigen großen

Schritten ist er bei seiner alten Lieblingsgitarre, die seinem Bett gegenüber an der Wand hängt. Er nimmt sie von der Halterung und überprüft ihren Klang.

»Komm schon, schnapp dir eine dieser alten Ladys hier ...« – er nickt in Richtung der anderen Gitarren, die ebenfalls an der Wand hängen – »... und spiel dir den ganzen Scheiß von der Seele, Alter. Was anderes bleibt dir eh nicht übrig, und das ist immer noch besser, als nur rumzuhängen und Trübsal zu blasen, meinst du nicht?«

31

Das Wetter scheint sich dem traurigen Anlass anzupassen. Es ist windig, kalt und regnet in Bindfäden, die von vereinzelten Schneeflocken durchkreuzt werden.

Die Anzahl der schwarzen Regenschirme, die sich wenige Tage nach Janes Tod um das frisch ausgehobene Grab versammelt haben, ist sehr übersichtlich. Niedergeschlagen stemme ich meinen eigenen Regenschirm gegen den Wind und schiebe Lenis Buggy einhändig über das moosdurchzogene Gras, um mich zu den anderen Trauernden zu gesellen.

»Alles klar bei dir?«, erkundige ich mich bei meiner Kleinen, von der kaum mehr als die hellblauen Augen sichtbar sind, so tief steckt sie in ihrem Thermosack. »Ja, dut«, versichert sie mir durch das Sichtfenster im Dach des Buggys, wobei sie ihren Nuckel ein Stück aus dem Mund schiebt und ihn nur noch mit den Schneidezähnen festhält. Direkt danach saugt sie ihn wieder ein und verdreht genüsslich die Augen. Irgendetwas scheint sie auszubrüten, denn sonst ist sie vormittags deutlich aufgedrehter.

Ich erreiche die anderen – Janes Pflegerinnen, Cassie, Ned und einen älteren Mann, von dem ich auf den ersten Blick sagen kann, dass er Neds Vater ist, noch bevor er mir vorgestellt wird. Ned hat Tränen in den Augen, als er mich zur Begrüßung an sich zieht und mir auf die Schulter klopft. Meine Schwester ist gefasst, weiß aber, wie nahe mir Janes Verlust geht, und streichelt mir lange über den Rücken, als wir uns umarmen. Sie war in den vergangenen Tagen bei Ned, sodass wir uns jetzt erst wiedersehen.

Allen anderen Anwesenden reiche ich nur die Hand und begrüße sie halblaut. Natürlich schaue ich mich nach Maila um, doch sie ist nicht da, obwohl ich ihr alle Daten bezüglich Janes Beisetzung schon vor Tagen in einer E-Mail mitgeteilt habe. Weil Marcus mir beim Schreiben dieser Nachricht im Nacken hing, fiel sie sehr kurz und für mein Empfinden viel zu nüchtern aus.

Apropos Marcus …

Auch er ist noch nicht da, obwohl er eigentlich kommen wollte.

Der Pfarrer erscheint gemeinsam mit einer Violinistin, in Begleitung von Herren, die ihnen extragroße Regenschirme über die Köpfe halten.

Jane war nicht besonders gläubig. Sie wollte keine große Beerdigung mit Trauermesse, nur eine einfache, traditionelle Beisetzung, die mit den jahrhundertealten Worten endet, welche in meinen Ohren nicht endgültiger klingen könnten: »Erde zu Erde, Asche zu Asche, Staub zu Staub.«

Jane glaubte fest, dass mit dem Tod alles erlischt, Körper und Geist. Nun stehe ich hier, vor ihrem Sarg, versuche mir vorzustellen, dass sie so friedlich und entspannt, ja, regelrecht erlöst darin liegt, wie sie gestorben ist – und hoffe, dass sie sich zeit ihres Lebens geirrt hat. Dass es doch noch etwas nach dem Tod gibt, das ihrem Leben und vor allem ihrem Leiden im Nachhinein einen Sinn verleiht.

Ein Wagen biegt mit hoher Geschwindigkeit um die Straßenecke und braust heran, nur um direkt vor dem Friedhof stark abzubremsen. Ich erkenne das prägnante Motorengeräusch des Cadillacs schon, bevor ich mich danach umdrehe und Marcus ihn abschaltet. Wie so oft kommt er auf die letzte Sekunde, aber nicht zu spät. Ich beobachte, wie er aus dem Wagen springt und sich gewohnheitsgemäß die Sonnenbrille aufsetzt.

Gerade will ich mich wieder abwenden – denn Leni hat derweil begonnen, *Itsy Bitsy Spider* zu singen, und ich weiß, wie schnell sie dabei in Lautstärken verfallen kann, die jetzt wirklich unangemessen wären –, da sehe ich, dass Marcus auch die hintere Tür auf seiner Seite öffnet und die Hand ausstreckt, als wolle er jemandem beim Aussteigen helfen. Im nächsten Moment taucht eine mir fremde Frau auf, deren Alter ich über die Entfernung auf etwa sechzig Jahre schätzen würde. Unsicher schaut sie sich um, während Marcus seinen Schirm aufspannt und ihn ihr über den Kopf hält.

Gleichzeitig wird die Beifahrertür des Cadillacs aufgestoßen. Ich schnappe nach Luft und traue meinen Augen kaum, aber es ist tatsächlich Maila, die dort aussteigt und ihren Mantel zuschnürt. Als sich auch der letzte Wageninsasse, ein untersetzter Mann mit Halbglatze, von der Rückbank schiebt und Maila in einer vertrauensvoll wirkenden Geste die Hand an den Oberarm legt, zieht Cassie zu meiner Linken scharf die Luft ein. Natürlich ist sie inzwischen auf dem Stand der Dinge und weiß, dass Maila ihre Halbschwester ist. »Jetzt habe ich genug Stoff für ein eigenes Buch«, hatte sie am Ende meiner Schilderung gewispert und dabei so blass ausgesehen wie selten zuvor. Seitdem fiebert sie einem Wiedersehen mit Maila fast ebenso entgegen wie ich.

»Das sind bestimmt ihre Adoptiveltern«, raunt Cassie mir jetzt zu.

Ich ahne, dass sie mit ihrer Vermutung richtigliegt, doch ich stehe regungslos da, nicht einmal fähig zu nicken und absolut ratlos, was ich nun tun soll.

»Jetzt geh schon!«, zischt Cassie und nimmt meinen Platz am Buggy ein. »Sie könnten gut noch einen Regenschirm gebrauchen.«

Langsam setze ich mich in Bewegung, bevor meine Schwester noch auf die Idee kommt, mich zu schubsen.

Maila spricht mit dem Mann, den wir für ihren Adoptivvater halten, doch dann sieht sie mich. Unsere Blicke treffen sich, und sie weicht meinem nicht aus, sieht mich unverwandt an, während wir aufeinander zugehen und der Wind um unsere Ohren bläst. Ihre Locken hat sie ein wenig gebändigt und zurückgesteckt. Sie trägt einen schwarzen Wollmantel sowie blickdichte Strumpfhosen und Stiefeletten. Traurig und verletzlich sieht sie aus ... und wunderschön.

Schließlich stehen wir einander gegenüber. Wir sagen beide kein Wort, bis Marcus und das mir fremde Paar, das sich einen

Regenschirm teilt, zu Maila aufgeschlossen haben. Marcus bleibt hinter ihr stehen und begrüßt mich demonstrativ laut. »Guten Morgen!«

»Hi!«, erwidere ich, den Blick nach wie vor auf Maila geheftet. Dann fallen mir Cassies Worte und mein Regenschirm wieder ein. In einer unbeholfenen Geste strecke ich ihn Marcus und Maila entgegen. »Hier, für … für euch.«

Maila betrachtet ihn zwar, nimmt ihn aber nicht. Endlich, als meine angespannten Nerven schon zu reißen drohen, sagt sie leise: »Der ist bestimmt groß genug für uns drei. Sonst wirst du doch pitschnass, Alex.« Binnen eines Herzschlags fasse ich den Entschluss, keine weitere Aufforderung zu benötigen, und schließe die Distanz zu ihr mit nur einem großen Schritt. »Hi!«, wiederhole ich, etwas überrumpelt von ihrer plötzlichen Nähe und der Röte, die sich der Kälte zum Trotz auf ihren Wangen ausgebreitet hat. Der Regen prasselt auf den Schirm. Maila lächelt, wenn auch nur kurz. Dann wendet sie sich dem Paar hinter ihr zu. »Alex, das sind meine Eltern, Abe und Amanda August.«

»Freut mich sehr!«, versichere ich und schüttele beiden die Hand.

»Es sind seltsame Umstände«, befindet Mr August, dem Maila optisch nicht weniger ähneln könnte, zusammenhanglos. Sein Blick flattert unsicher zu den anderen Trauergästen, bevor er mich wieder anschaut. »Ich meine, wir … Meine Frau und ich kannten die … Verstorbene ja gar nicht persönlich.«

»Trotzdem haben wir das Bedürfnis, ihr die letzte Ehre zu erweisen. Wegen allem, was sie für unsere Tochter getan hat. Und für uns«, fügt seine Frau hinzu und bedenkt Maila dabei mit einem kurzen, liebevollen Blick.

Ich lächle sie an. »Jane wüsste es sehr zu schätzen, dass Sie gekommen sind, da bin ich mir sicher. Schließlich verbindet Sie etwas Besonderes miteinander, selbst wenn Sie sich nie persönlich kennengelernt haben.« Ich sehe Maila an. »Ist es nicht so?«

Sie schluckt. »So etwas in der Art habe ich ihnen auch schon gesagt.«

»Dann lasst uns gehen!«, sagt Marcus leise und nickt in Richtung des Grabes. Im selben Moment, als wir uns in Bewegung setzen, beginnt die Violinistin zu spielen und jagt mir mit den ersten Klängen von *Amazing Grace*, das eines von Janes Lieblingsliedern war, eine Gänsehaut über die Unterarme.

Als wir die restliche Trauergemeinde erreichen und ich nach vorn gehen möchte, wo Cassie, Ned und Leni warten, zupft Maila am Ärmel meiner Jacke und gibt mir zu verstehen, dass sie hier bei ihren Eltern stehen bleibt. Schon wechselt sie unter den anderen Regenschirm und lässt Marcus und mich allein weitergehen.

Ein seltsames Gefühl der Leere macht sich in mir breit, das nur zum Teil auf die Worte des Pfarrers zurückzuführen ist, der jetzt beginnt, darüber zu sprechen, was für ein großartiger und selbstloser Mensch Jane trotz ihrer Krankheit war.

Ich hingegen komme nicht umhin zu denken, dass der Pfarrer von Janes größtem Akt reiner Selbstlosigkeit nicht einmal weiß. Denn wie schwer es einer Mutter fallen muss, ihr eigenes Kind aus den Händen zu geben, um ihm ein besseres und sorgenfreies Leben zu ermöglichen, kann ich mir nicht einmal annähernd vorstellen. Auch in Bezug auf Lenis Mom haben mir die Erkenntnisse der vergangenen Wochen endgültig die Augen geöffnet. Ich halte Tara nicht länger für eine Versagerin, sondern danke ihr innerlich für ihre Offenheit und ihren Mut. Denn nichts davon war selbstverständlich.

Das weiß ich nun.

Ich sehe nach Leni, die inzwischen eingeschlafen ist. Vorsichtig stelle ich die Lehne des Buggys zurück. Frische Tränen sammeln sich in meinen Augen, als mir mit einem Schlag bewusst wird, dass Maila damals, bei ihrer Adoption, nur wenige Monate jünger war als Leni jetzt. Nein, ich kann mir beim besten Willen nicht ausmalen, wie schwer es Jane gefallen sein muss, sich von ihrer Tochter zu trennen.

Die Rede des Pfarrers dauert erwartungsgemäß nicht allzu lange. Anschließend spielt die Violinistin ein weiteres Stück, das ich nicht kenne. Ich male mir aus, dass es ein finnisches Lied ist.

Hinter mir ertönt ein unterdrücktes Schluchzen, und als ich mich umdrehe, sehe ich, dass Maila mit qualvoll verzerrter Miene weint. Ob Jane ihr dieses Lied wohl früher vorgesungen hat, als die beiden noch in Finnland lebten?

Es gibt so viele Fragen, auf die wir keine Antwort mehr bekommen werden. Das ist wohl das Schlimmste daran, wenn man von jemandem endgültig Abschied nehmen muss. Das und die Sehnsucht nach den Erlebnissen, zu denen es nun nicht mehr kommen wird.

Wenig später drehe ich mich erneut verstohlen zu Maila um, die meinen Blick nicht bemerkt. Sie hat sich gefasst, steht nun wieder still und blass zwischen ihren Eltern und starrt gedankenverloren ins Leere. Wie gern würde ich ihre Hand halten! Doch weil ich das nicht kann und weil ich Marcus' Blick auf mir spüre, schaue ich stattdessen ihn an und flüstere: »Wie zum Teufel bist du auf die Idee gekommen, Maila …«

»Psst!«, zischt er nur und sieht wieder nach vorn, doch ich registriere das kleine, selbstzufriedene Zucken um seinen Mund trotzdem.

Langsam wird Janes Sarg in die Erde hinabgelassen, und der Pfarrer beendet seine Trauerandacht mit den Worten, vor denen es mir so gegraut hat.

Der alten Tradition folgend, soll nun jeder von uns vortreten und diese Worte bekräftigen, indem er etwas Erde auf den Sargdeckel schaufelt und im Stillen von Jane Abschied nimmt.

Ned setzt sich als Erster in Bewegung. Mit gesenktem Kopf ergreift er die bereitstehende Schaufel. Doch zu meinem Erstaunen schaut er dann auf und geht nach kurzem Zögern und unter den verblüfften Blicken aller Anwesenden auf Maila zu.

Sie selbst scheint noch so in ihre Gedanken vertieft zu sein, dass sie Ned erst wahrnimmt, als er mit der Schaufel dicht vor ihr steht. Er sagt etwas, das nur sie und ihre Eltern hören können. Ein trauriges Schmunzeln huscht über alle drei Gesichter. Dann nimmt Maila die Schaufel und tritt neben Ned zum offenen Grab vor.

Es ist seltsam für mich, diese beiden, deren erstes Treffen nur eine Woche zurückliegt, nun in so trauter Einigkeit zu sehen. Dennoch ergibt es einen Sinn, der mich tief ergreift. Und auch Cassie drückt sich an meine Seite, sodass ich schnell meinen Arm um sie schlinge, während wir weiterhin die Menschen beobachten, die Jane wohl beide als *ihre Kinder* bezeichnet hätte.

Maila stößt die Schaufel in den locker aufgeworfenen Hügel und schließt ihre Augen, während sie die Erde auf den Sargdeckel fallen lässt. Dann reicht sie die Schaufel an Ned weiter und bleibt stumm an seiner Seite stehen, bis er es ihr gleichgetan hat. Gemeinsam gehen sie zurück, die verwirrten Blicke des Pflegepersonals ignorierend.

Als Ned uns erreicht, tritt meine Schwester zu Maila vor und ergreift, ganz Cassie-like, einfach ihre Hände.

Es schnürt mir den Hals zu, die Halbschwestern so eng beieinander zu sehen, beide weinend, beide von unzähligen, teils widersprüchlichen Emotionen erfasst, die sich in ihren Augen widerspiegeln. Endlich, nach etlichen Sekunden, legt sich die Anspannung zwischen ihnen und entlädt sich in einer überschwänglichen Umarmung.

»Wir hatten keine Ahnung …«, schluchzt Cassie. Maila schüttelt den Kopf an ihrer Schulter. »Ich doch auch nicht.«

Weil es sich anfühlt, als würde mein Herz gleich zerreißen, und weil alle anderen außer Cassie inzwischen schon an der Reihe waren, trete schließlich auch ich zu Janes Grab vor.

Mit zittrigen Händen schippe ich die Erde in den ausgehobenen Schacht. Dann schließe auch ich meine Augen und verharre für einen Moment. Selten zuvor habe ich Gedanken klarer und bewusster formuliert. Es ist, als würde ich mich ein letztes Mal direkt an Jane wenden.

Ich weiß nicht, wo du jetzt bist, Tante Jane. Aber ich hoffe, dort geht es dir gut. Ich hoffe, du hast keine Schmerzen mehr und bist frei von allem, was dich hier gefangen gehalten hat, emotional und körperlich. Ich möchte dir noch sagen, wie viel mir unsere Bekanntschaft bedeutet hat. Du hast mir neue Wege gezeigt und mir beigebracht, dass man sein Leben niemals einfach nur hinnehmen darf, sondern immer kritisch hinterfragen muss, ob man auch wirklich das Beste daraus macht. Weil man das sich selbst und den Menschen, die einen lieben, schuldig ist. Und für diese Erkenntnis danke ich dir.

Außerdem möchte ich, dass du weißt, dass ich sie liebe. Maila, meine ich. Ich liebe deine Tochter so sehr, dass ich mir nicht mehr vorstellen kann, ohne sie zu sein. Und obwohl ich in den paar Monaten mit ihr schon so viel Mist gebaut habe, möchte ich dich um deinen Segen bitten. Wenn Maila mir eine Chance gibt, schwöre ich, alles daranzusetzen, sie glücklich zu machen.

Und in diesem Moment, gerade als ich die Augen wieder öffne, reißt der Himmel über uns auf. Die graue Wolkendecke bricht auseinander, und ein Bündel Sonnenstrahlen fällt direkt auf Janes Grab. Und auf mich.

Ich schaue empor, lasse mich bereitwillig blenden, spüre die unverhoffte Wärme auf meinem Gesicht und mein zunächst noch zaghaftes Lächeln, das aber schnell breiter wird. Ich atme tief durch, spüre jede Faser meines Körpers und tanke dabei die Energie, die mir dieser magische Moment bietet.

Und dann ist er vorbei. Die Wolken verschmelzen wieder miteinander, schlucken das gleißende Licht und die Wärme. Nur das warme und helle Gefühl in meiner Brust bleibt ungetrübt zurück. »Danke«, flüstere ich so leise, dass nicht einmal Cassie es hört, die im selben Augenblick meinen Arm berührt und die Schaufel an sich nimmt.

Als wäre ich gerade aus einem schönen Traum erwacht, schaue ich mich um. Kleine Gruppen haben sich gebildet. Mailas Eltern unterhalten sich mit Marcus, der Lenis Buggy mit größter Selbstverständlichkeit leicht vor- und zurückschiebt. Ned bedankt sich bei dem Pfarrer und der jungen Violinistin. Er schenkt Cassie ein Lächeln, als sie zu ihm zurückkommt, und verschränkt seine Finger fest mit ihren. Es ist ein sehr tröstliches Bild, das nur durch die Tuschelei der dicht beieinanderstehenden Pflegerinnen gestört wird, die meine Aufmerksamkeit damit auf sich lenken. Eine der Frauen dreht sich kurz um. Ich folge ihrem Blick und entdecke Maila, die am entgegengesetzten Ende des Grabes steht und mich mustert.

Mein Herz stolpert prompt, und ich erkenne an ihrer Miene, dass sie Zeugin meines besonderen Moments geworden ist.

»Was war das eben?«, fragt sie – gerade so laut, dass der Wind ihre Worte noch zu mir trägt.

»Ich weiß es nicht genau, aber … es tat sehr gut. Und es war wie ein Zeichen.« Wir gehen langsam aufeinander zu. Woher ich den Mut nehme, weiß ich nicht, doch sobald ich sie erreichen kann, erfasse ich Mailas Hände und ziehe sie näher an mich heran. Wie durch ein Wunder setzt sie sich nicht zur Wehr.

»Ein Zeichen wofür? Und … von wem?«, fragt sie lediglich tonlos.

»Ein Zeichen dafür, dass vielleicht doch noch alles gut werden kann. Mit uns, meine ich.« Vorsichtig versuche ich mich an einem Lächeln. »Ich glaube, deine Mom … also, Jane … hätte nichts dagegen.«

Ihrer Trauer zum Trotz zieht Maila die linke Augenbraue hoch und sieht mich herausfordernd an. »So?«

Ich nicke nachdrücklich. »Ich wollte dir schon lange von Leni erzählt haben, Maila«, versichere ich ihr dann. Sie hebt meine Hand und schmiegt ihre Wange hinein. »Marcus hat schon versucht, es mir zu erklären. Es war dein Bauchgefühl, das dich daran gehindert hat, richtig?«

Ich spare mir die Bestätigung und schüttele stattdessen den Kopf. »Es ist unfassbar, dass er dich wirklich kontaktiert hat.«

»Das fand ich auch, als er zum ersten Mal angerufen und

mich um ein Gespräch unter vier Augen gebeten hat. Aber er war ... echt hartnäckig.«

Sie lässt ihren Kopf gegen meine Brust sinken und seufzt, als ich meine Arme um sie schließe.

»Es war gut, dass du mir nichts von deiner Tochter erzählt hast«, gesteht sie leise, vom Stoff meiner Jacke gedämpft.

»Warum?«, frage ich erstaunt.

»Weil ich sonst vermutlich endgültig dichtgemacht hätte. Es hätte mich überfordert. Hat es ja so schon.«

Für einen Moment verwirrt mich ihre Aussage, doch dann verstehe ich, was sie meint. »Weil du dir selbst auch Kinder wünschst und dachtest, du würdest nie welche bekommen können?«

Maila nickt stumm. Dann kuschelt sie sich eng an mich, und ich schließe die Augen.

»Wie kommt es, dass du mir so schnell vergeben konntest?«, frage ich, denn ich kann mir beim besten Willen nicht vorstellen, dass allein Marcus' Einsatz zu diesem Wandel geführt hat.

»Ich habe Moms Tablet nach den Dokumenten durchforstet, die Ned erwähnt hat«, beginnt Maila zögerlich. »Es gibt einen ganzen Ordner mit sehr persönlichen Gedanken. Einen davon ...« Sie löst sich aus meiner Umarmung und zieht einen Zettel aus ihrer Manteltasche. »Einen davon habe ich aufgeschrieben, weil er für mich eine sehr wichtige Botschaft enthält.«

Wieder schaut sie so offen und vertrauend zu mir empor, dass mir das Herz zugleich aufgeht und sich vor Rührung zusammenzieht.

»Darf ich lesen, was Jane geschrieben hat?«

Maila reicht mir einfach den Zettel, auf dem in ihrer Handschrift Janes Gedanken stehen.

Mit jedem Schritt, den wir tun, und mit jeder Entscheidung, die wir treffen, bahnen wir uns den Weg zu unseren Erinnerungen von morgen. Wir schaffen sie uns selbst, bewusst oder unbewusst. Jeder, der den Kinderschuhen entwachsen

ist, weiß, wie viel Zeit wir damit verbringen, in Gedanken an die guten alten Zeiten zu schwelgen. Und mit dieser Erkenntnis sollten wir die paar Jahre, die uns hier gegeben sind – diesen Bruchteil eines Wimpernschlags inmitten des Großen Ganzen –, gut nutzen, um unser Leben so bewusst und wertschätzend zu gestalten wie nur irgend möglich.
Jeden Tag.

Darunter hat Maila noch vier Worte geschrieben, die mir beim Lesen die Kehle zuschnüren.

Ich verspreche es, Mom!

Das hatte sie auch gesagt, unmittelbar bevor Jane ihre Augen endgültig schloss.

Ich reiche Maila den Zettel zurück. Sie faltet ihn sorgfältig zusammen, tritt einen Schritt vor und wirft ihn in das offene Grab. Danach schmiegt sie sich wieder so eng an mich wie zuvor. Regungslos bleiben wir stehen, ich weiß nicht, wie lange.

»Mir ist kalt, und ich bin vollkommen durchnässt. Aber ich möchte mich nicht wegbewegen«, brummt Maila schließlich in meine Jacke. Ich weiß, warum das so ist. Auch ich bringe es nicht übers Herz, mich abzuwenden. Bei Dads Beerdigung ging es mir schon ähnlich. Seinem Grab zum ersten Mal den Rücken zu kehren, ihn endgültig zurückzulassen – bis zu diesem Zeitpunkt meines Lebens war mir noch nie etwas schwerer gefallen.

Als könne Maila meine Gedanken lesen, sagt sie plötzlich: »Jetzt sind sie beide tot. Beide leiblichen Elternteile.«

Ich schlucke und hebe ihr Kinn mit meinem Zeigefinger an. »Cassie und ich werden dir alles über ihn erzählen. Ich bin mir sicher, hätte er von dir gewusst, dann ...«

»Dann wären wir womöglich wie Geschwister aufgewachsen, und das hier ...« – sie wedelt mit der Hand zwischen uns hin und her – »... wäre absolut undenkbar gewesen. *Obwohl* wir nicht miteinander verwandt sind.«

»Stimmt, das ist mir auch schon durch den Kopf gegangen«, gestehe ich leise. »Überhaupt, und das habe ich bereits zu Marcus gesagt, steht es uns meiner Meinung nach nicht zu, über die Entscheidungen unserer Eltern zu urteilen. Selbst wenn manche davon vielleicht falsch waren und wir glauben, dass wir sie anders getroffen hätten. Jeder Mensch macht Fehler, ich habe allein in den Monaten mit dir schon so viel dummes Zeug angestellt, dass ich am liebsten die Zeit zurückdrehen und vieles davon ganz anders machen würde. Aber wer weiß, vielleicht haben uns gerade meine Dummheiten dorthin geführt, wo wir jetzt stehen. Ich denke, wir sollten das nehmen, was aus den Entscheidungen unserer Eltern entstanden ist, und … für uns das Beste daraus machen.«

Maila lächelt mich an, und ich erkenne erleichtert, dass sich der Schleier ihrer tiefsten Traurigkeit für den Moment gelichtet hat. »Das klingt sehr gut. Und weise. Könntest du glattweg in einen Song einfließen lassen«, antwortet sie in dieser frechen Art, die ich so an ihr liebe.

»Ja. Vielleicht mache ich das sogar irgendwann. Aber jetzt komm! Es wird Zeit, dass wir gehen, bevor wir hier noch festfrieren.«

Damit ergreife ich ihre Hand und wende mich ab, wobei mir plötzlich die Worte meiner Mom in den Sinn kommen. »Augen zu und durch!«

Ja, manchmal muss man sich tatsächlich einen Ruck geben und sich zu dem ersten Schritt in eine neue Richtung zwingen.

Aber wer hätte gedacht, dass ich diesen ungeliebten Rat jemals aus freien Stücken beherzigen würde?

32

Ich liege auf meinem Bett und beobachte, wie Maila immer wieder die Augen zufallen und ihre Lider jedes Mal länger geschlossen bleiben.

Den Arm zärtlich um das kleine Mädchen geschlungen, das eigentlich zu mir gehört, momentan jedoch aussieht, als würde es sich nirgendwo wohler fühlen als zwischen uns liegend, versinkt Mailas Kopf immer tiefer in meinem Kissen, und die dunklen Locken liegen um ihr Gesicht verteilt.

Wohl wissend, dass ich an diesem Punkt Pflichtbewusstsein beweisen, sie wecken und fragen sollte, ob sie wirklich hierbleiben oder doch lieber nach Hause fahren möchte, verhalte ich mich so still wie möglich. Denn alles in mir hofft, dass sie bleibt – am liebsten nicht nur für diese Nacht.

Mein Blick fällt von ihrem Gesicht auf das meiner Tochter. Lenis Wange glüht zwar immer noch, doch sie scheint sich rundum wohl und geborgen zu fühlen und keinerlei Schmerzen zu haben.

»Maila, das ist Leni«, hatte ich die beiden einander vorgestellt, als wir nach der Beisetzung an Janes Villa angekommen waren und Leni bei meinem Versuch, sie wieder in ihren Buggy zu heben, aufgewacht war.

»Hallo Leni«, sagte Maila und ging vor der Kleinen in die Hocke. Leni, vom Schlaf noch ganz durcheinander und auch ein wenig fiebrig, wie wir kurz danach feststellten, schaute Maila nur mit großen Augen an, den linken Daumen in den Mund geschoben, und begann, mit den Fingern ihrer rechten Hand ihr Ohrläppchen zu massieren, wie sie es oft macht, wenn sie müde ist.

»Du siehst ja genauso aus wie dein Daddy«, stellte Maila fest und pikste Leni spielerisch in den Bauch. Dann schaute sie zu mir auf, und ich konnte die Zuneigung aus ihrem Blick ablesen. Nie habe ich eine Frau mehr geliebt als Maila in diesem Moment.

Ned und Cassie hatten für etwas zu essen und für Getränke gesorgt. Da die Anzahl der Trauergäste überschaubar war und sich alle, bis auf Maila und ihre Eltern in Janes Villa auskannten, musste keiner von uns die Bewirtung übernehmen, und es entstand schnell eine entspannte Atmosphäre.

So lernte ich auch Mailas Eltern besser kennen, die Cassie, Ned und mir schon bald anboten, sie bei den Vornamen zu nennen, was Marcus ohnehin schon tat.

Weil Leni untypischerweise regelrecht an meinem Hosenbein hing und ständig einen neuen Grund zum Weinen fand, hob ich sie schließlich auf meinen Arm und setzte mich mit ihr auf die Couch.

»Wo Tante Jane?«, fragte sie, eng an mich gekuschelt.

»Tante Jane ist jetzt bei deinem Grandpa im Himmel«, erklärte ich mit belegter Stimme. Da spürte ich eine Hand, die sich von hinten auf meine Schulter legte, und als ich mich umdrehte, war es nicht Cassie, wie vermutet, sondern Maila, die mit einem traurigen Lächeln auf uns herabschaute. »Setz dich doch zu uns«, forderte ich sie auf, was sie auch tat. Und es dauerte nicht lange, da gesellten sich auch Marcus, Ned, Cassie und Mailas Eltern dazu.

»Erzählt ihr mir, wie es dazu kam, dass ihr vier zusammen bei Janes Beerdigung erschienen seid?«, fragte ich mit einem Stupser in Mailas Seite.

»Ich hab sie abgeholt«, vermeldete Marcus und wackelte breit grinsend mit den Augenbrauen, weil ihm natürlich klar war, dass ich nicht um diese simple Erklärung gebeten hatte, sondern schon etwas genauer wissen wollte, was sich während der vergangenen Tage zwischen Maila und ihren Eltern abgespielt hatte.

Abe und Amanda August warfen sich einen vielsagenden

Blick zu und atmeten beide tief durch. Maila hingegen schaute von mir zu Leni und wandte sich dann auch Cassie zu, die in dem großen Ohrensessel auf Neds Schoß saß.

»Ihr habt keine Ahnung, was für eine Woche hinter uns liegt«, seufzte sie schließlich. »Als ich aus dem Krankenhaus nach Hause kam und irgendwann mein E-Mail-Postfach öffnete, erwartete mich eine Nachricht, die mich ziemlich verwunderte.«

»Von Mr Harrison?«, mutmaßte Ned, und auf Mailas erstaunte Bestätigung hin erklärte er uns: »Mr Harrison war Janes Notar. Sie hatte mir aufgetragen und immer wieder eingeschärft, dass ich ihn unmittelbar nach ihrem Tod kontaktieren und über ihr Ableben in Kenntnis setzen müsse. Dafür hatte ich sogar seine private Handynummer, ansonsten hätte ich ihn vergangenen Sonntag wohl kaum erreicht.«

Maila schmunzelte. »Also warst du das, okay. Und meine E-Mail-Adresse hatte er von meiner Homepage, das war ja nicht schwer. Na, jedenfalls bat mich Mr Harrison zu sich. Den Termin legten wir direkt auf den kommenden Morgen fest.« Sie sieht mich an. »Im Prinzip erzählte er mir all die Dinge, die du schon herausgefunden hattest. Dann händigte er mir die Unterlagen zu den Geldanlagen aus, die Jane für mich getätigt hatte. Nur ihr Testament las er mir noch nicht vor, denn ihr sollt auch dabei sein, Jungs.«

»Wir?«, fragten Ned und ich wie aus einem Mund.

Maila zuckte mit den Schultern. »Wundert euch das wirklich? ... Jedenfalls hakte der Notar Punkt für Punkt seine Liste ab, während er mit mir sprach. Am Ende blieb nur noch ein To-do offen, und Mr Harrison murmelte etwas von einer Kiste mit persönlichen Erinnerungsstücken, die er eigentlich hätte erhalten müssen, jedoch nicht bekommen hatte. Ich sagte ihm, dass sich diese Kiste bereits in meinem Besitz befinde. Auf dem Heimweg in der Bahn sah ich mir die Dokumente an. Unter all den Finanzsachen fand ich auch die Kopie des Briefes, mit dem ich damals im Heim abgegeben worden war.«

»Von einem Mann abgegeben, nicht durch Jane Maddox selbst«, ergänzte Amanda August an dieser Stelle.

Maila nickte. »Genau. Ich las also ihre schriftliche Stellungnahme, die vollkommen anders war als das, was meine Eltern mir erzählt hatten. Denn in diesem Brief war Moms Krankheit, die ALS, sehr detailliert beschrieben. Vor allem auch, dass ihre Vererbbarkeit absolut unwahrscheinlich ist.« Mailas Lippen pressten sich kurz zu einer schmalen zornigen Linie zusammen. »Ich war so wütend, dass ich noch am selben Tag nach Danielsville zu meinen Eltern fuhr.«

»Ja«, bestätigte Abe August, »und wir fielen aus allen Wolken, als Maila plötzlich an der Tür klingelte, uns von ihrer leiblichen Mutter erzählte und uns dabei die Kopie dieses Briefes hinhielt. Sie musste ja denken, dass wir ihr bewusst etwas Falsches erzählt hatten, aber natürlich war dem nicht so.«

Amanda warf Maila einen hilfesuchenden Blick zu. »Wir waren doch selbst unglaublich erleichtert, dass dir offenbar nichts fehlt.« Damit schaute sie in die Runde. »Schon während Mailas frühester Kindheit hatten Abe und ich uns immer wieder an verschiedene Ärzte gewandt. Aber dadurch, dass wir keine genauen Angaben zu ihrer angeblichen Krankheit machen konnten, tappten alle im Dunkeln und konnten uns nicht helfen.«

Mit einem hilflos wirkenden Schulterzucken beendete Amanda ihren letzten Satz.

»Gott sei Dank konnten sie mir schnell beweisen, dass sie selbst keine Informationen zu der Krankheit erhalten hatten«, sagte Maila, bevor ihre Adoptivmutter wieder übernahm. »Wir zeigten ihr die Mappe, die uns das Heim damals mitgegeben hatte. Darin steht nur, dass ihre leibliche Mutter an einer schweren Krankheit litt, die unweigerlich zum Tod führt, und dass Maila selbst diese Krankheit mit an Sicherheit grenzender Wahrscheinlichkeit geerbt hat. Das war alles, was wir wussten.«

»Und trotzdem habt ihr mich zu euch genommen«, sagte Maila an dieser Stelle leise. Zu meinem Erstaunen schüttelte

Abe den Kopf. »Ich will ehrlich zu dir sein, Kleines: Es war deine Mom, die darauf bestand, dich trotz allem zu adoptieren. Ich war alles andere als überzeugt und willigte anfangs nur ein, weil Amanda schon so viel durchgemacht hatte und ich es einfach nicht fertigbrachte, ihr diesen Herzenswunsch abzuschlagen.«

Maila schaute in unsere fragenden Gesichter und erklärte kurz, dass Amanda vor ihrer Adoption etliche Fehlgeburten erlitten hatte.

Ein Lächeln huschte über Abes pausbäckiges Gesicht, während er Maila einen liebevollen Blick zuwarf. »Natürlich hast du mich in Rekordzeit um den kleinen Finger gewickelt, als du erst einmal bei uns warst. Aber frei von Sorgen waren wir nie. Auch wenn wir alles versucht haben, dir eine unbeschwerte Kindheit zu bescheren. Darum haben wir auch entschieden, dir nichts von der Adoption und der Krankheit zu erzählen, bis es sich nicht länger hinauszögern ließe.« Er senkte den Kopf, wirkte plötzlich beschämt. »Was bestimmt nicht richtig war, aber ... Ich weiß beim besten Willen nicht, ob es anders tatsächlich besser gewesen wäre.«

»Dad, es ist okay«, versicherte Maila ihm, und nicht nur ich hatte das Gefühl, dass sie es ernst meinte.

»Inzwischen wissen wir zumindest, woher diese lückenhaften und falschen Aussagen kamen. Und das war bestimmt nicht Janes Schuld.« Entschieden schüttelte er den Kopf.

»Wir sind zu dem Heim in Hempstead gefahren, aus dem sie mich damals geholt haben«, berichtete Maila. »Dort haben wir ihnen beides vorgelegt, sowohl den Auszug aus meiner Akte als auch die Kopie des Briefes, mit dem ich abgegeben worden war. Die Heimleiterin, die natürlich nicht mehr dieselbe wie damals war, redete sich heraus und sagte, wenn ihnen dieser Brief ausgehändigt worden wäre, hätte er sich definitiv in meiner Akte befunden. Es war ziemlich enttäuschend, aber man merkte ihr auch eine gewisse Unsicherheit an.«

»Ja, und dann hat uns das Schicksal einen entscheidenden Ball zugespielt«, sagte Amanda August. »Denn es war noch eine andere Frau im Raum, während wir das Gespräch mit der Leiterin führten. Sie tat so, als würde sie kaum zuhören, aber als wir das Heim wieder verließen, kam sie uns hinterher. Wie sich herausstellte, arbeitete sie seit 1995 in dem Haus, unmittelbar nachdem dort ein Skandal aufgedeckt worden war, welcher die damalige Heimleiterin den Job gekostet hatte.«

»Was war passiert?«, fragte Cassie und rutschte gespannt auf Neds Knien hin und her. Und auch Amanda wirkte plötzlich sehr aufgeregt. »Die Dame erzählte uns, dass die frühere Heimleiterin einen vermeintlich schwer kranken Waisenjungen privat bei sich aufgenommen hatte. Im Nachhinein war dann herausgekommen, dass sie die Akte des Jungen dafür gefälscht hatte. Der Kleine war eigentlich kerngesund. Aber die Frau sah für sich scheinbar keine andere Möglichkeit, an ein Kind zu kommen, denn wie sich herausstellte, lebte sie in einer Beziehung mit einer Frau.«

»Das kann doch nicht wahr sein!«, empörte sich Ned. »Dann hatte sie also dieselbe Masche auch schon bei dir versucht, Maila? Und war damit nur nicht durchgekommen, weil …«

»Weil wir sie trotzdem adoptiert haben«, bestätigte Amanda.

Wir sprachen noch eine ganze Weile über diese unglaublichen Umstände. Als Marcus später mit den beiden wegfuhr, um sie zu ihrem Hotel zu bringen, winkte Maila, die eingewilligt hatte, noch mit zu mir zu kommen, ihren Eltern nach. Kaum war der Cadillac um die erste Straßenecke gebogen, zog ich sie an mich und küsste ihre Schläfe.

»Alex …«, hauchte sie.

»Ja?«

»Küss mich endlich richtig!«

Natürlich ließ ich mich nicht zweimal bitten. Mailas Gesicht zwischen meinen Händen, küsste ich zuerst ihre Nasenspitze und schmiegte meine Lippen dann gegen ihren weichen Mund. Ich weiß nicht, ob sie überhaupt bemerkte, dass sie seufzte, doch der kleine Laut durchrieselte mich wie warmer Sommerregen.

Schon bald legte sie den Kopf zur Seite und vertiefte unseren Kuss, sodass meine Knie zu zittern begannen.

»Aua macht«, verkündete Leni plötzlich hinter uns, was Maila und mich dazu brachte, uns rasch voneinander zu lösen.

»Sorry!«, sagte Ned, der Leni auf dem Arm hielt, mit entschuldigender Miene. Ich verdrehte die Augen und nahm ihm meine Kleine ab, die von einem Stuhl gefallen war und sich den Kopf gestoßen hatte.

»Alex, sie ist so warm«, stellte Maila fest, als wir wieder im Wohnzimmer bei den verbliebenen Gästen saßen und sie Lenis Stirn abtastete.

»Kalt! Gar nich warm«, widersprach Leni maulend.

»Frierst du etwa?«, erkundigte sich Maila besorgt. Leni nickte und streckte die Arme nach der Frau aus, die sie so gut verstand. Ich hielt die Luft an, doch nach einem kurzen Moment des Zögerns zog Maila Leni von meinem Schoß auf ihren und wiegte sie summend, während ich Ned und Cassie half, die Küche aufzuräumen, und dann schnell unsere Jacken holte.

»Sie fiebert, Alex, wenn auch nicht sehr hoch. Bist du sicher, dass ich noch mit zu dir kommen soll?«, fragte Maila.

Ich konnte meinen Blick nicht von ihr abwenden, wie sie so dasaß und mit sorgenvoller Miene meine Tochter hielt. So vieles an diesem Bild fühlte sich richtig und gut für mich an, und Lenis knallrote linke Wange deutete darauf hin, dass ihr vermutlich nur der letzte Backenzahn zu schaffen machte, der jetzt wohl vor dem Durchbruch stand. Also nickte ich entschieden.

»Es ist deine Entscheidung, aber wenn du mich fragst: Ich war mir noch nie sicherer, etwas wirklich zu wollen.«

»Maila mitkommen«, jammerte auch Leni in diesem Moment, kuschelte sich noch enger an sie und besiegelte damit die Entscheidung.

»Ich wusste, sie würde mich im Sturm erobern«, seufzte Maila resigniert, während ich nur glücklich lächelte.

»Na, wie gut, dass ihr Frauen mit euren Ahnungen meistens recht behaltet.«

Und da ist sie nun. Maila Janet August, in meinem Bett, mit meiner kleinen Tochter im Arm. Ich habe keine Ahnung, wie lange ich die beiden schon so verzückt betrachte, doch plötzlich wird mir bewusst, dass dabei Musik in meinem Kopf spielt.

Erstaunt lausche ich der Melodie, die ich im Geiste vor mich hin summe. Ich kenne sie, es ist dieselbe, die ich ebenso gedankenverloren auch schon damals bei Maila auf ihrer Gitarre gespielt hatte. Danach war sie mir entfallen, obwohl ich seitdem oft ebenso verzweifelt wie vergeblich nach ihr gesucht hatte.

Doch jetzt ist sie wieder da.

Ich traue dem Ganzen nicht. Obwohl ich dieses Phänomen noch von früher kenne, liege ich mit angehaltenem Atem da, den Blick unverwandt auf Maila gerichtet, und horche tief in mich hinein.

Schon bald stelle ich mir Geigen- und Pianoklänge dazu vor, und das Summen verwandelt sich in Gesang in meinem Kopf. Gänsehaut überzieht meinen Körper, als ich begreife, was hier gerade geschieht.

Ich komponiere wieder.

Einfach so, genauso mühelos wie früher.

Als ob dieser Song zu mir gefunden hätte und nicht ich zu ihm.

Worte, die nicht nur perfekt auf Mailas und meine momentane Situation zugeschnitten sind, sondern sich auch noch an den richtigen Stellen reimen und in die Melodie einfügen, als seien sie ein untrennbarer Bestandteil von ihr, lassen mich vor Erregung innerlich beben.

Schon bald hält mich nichts mehr in meinem Bett. Ich muss dem Drang folgen, muss Blatt und Stift hervorkramen und alles aufschreiben, bevor es wieder weg ist, bevor ich es womöglich erneut verliere.

So leise wie möglich nehme ich an meinem Schreibtisch Platz, während ich weiterhin von Musik und einem unbändigen Glücksgefühl erfüllt bin.

In krakeliger Schrift, die meiner Nervosität geschuldet ist, schreibe ich zunächst den Text auf. Dann lasse ich die Noten folgen, notiere nach meinem inneren Gehör die Grundmelodie. Natürlich hätte ich die Möglichkeit, das Zimmer zu verlassen, um die Töne auf der Gitarre zu spielen, aber nichts und niemand auf der Welt könnte mich jetzt, da Maila und Leni so friedlich schlafen, dazu bringen, mich von ihnen fortzubewegen.

Also schreibe ich nur. Ich schreibe und schreibe. Die Begleitmelodien, eine Bridge, den mehrstimmigen Refrain, sogar die Einsätze für die Backgroundstimmen. Hier und da feile ich noch ein wenig an dem Text, aber nicht viel, denn er ist bereits komplett ... und gut, wie ich finde. Einfach, schnörkellos, aber ehrlich.

Ich weiß nicht, wie lange ich an dem Song gearbeitet habe, doch als ich schließlich aus meinen Klamotten steige und kurz im Badezimmer verschwinde, spielt ein ganzes Orchester in mir.

Und zwar nicht nur dieses eine Lied.

Unzählige andere lauern bereits, sind in Auszügen schon hörbar, wenn auch noch nicht so ausgereift wie Mailas Song.

Mailas Song.

Ich grinse meinem müden, aber sichtlich zufriedenen Spiegelbild zu und knipse das Licht im Badezimmer wieder aus.

Mein Versuch, mich unbemerkt neben die beiden zu legen, gelingt nur halbwegs. Leni grunzt und drückt mir ihren Po gegen die Brust, schläft aber weiter.

Maila hingegen schlägt die Augen auf und sieht sich für einen Moment orientierungslos um. Dann schaut sie mich an, spürt Leni ... und zupft sofort die Decke über dem kleinen Körper zurecht.

»Sie ist schon nicht mehr so warm«, lässt sie mich flüsternd wissen. Ich lächele nur. »Ich weiß! Diese homöopathischen Kügelchen wirken Wunder bei ihr.«

Maila streichelt Lenis Kopf. »Soll ich gehen?«, fragt sie dann.

Mein Lächeln entgleist. »Sag du es mir. Sollst du?«

Sie schaut mich lange an. Schließlich legt sie ihre Hand an meine Wange und streichelt mich so zärtlich, dass ich meine Frage an ihrer Stelle beantworte. »Also, wenn du mich fragst, bist du genau da, wo du hingehörst.«

»In deinem Bett?«, fragt sie herausfordernd.

»Bei mir«, stelle ich klar. »Bei uns.« Ich beuge mich über Leni hinweg und küsse Maila sehr lange und innig, damit sie auch wirklich spürt, wie ernst ich das meine, was ich nun endlich sagen werde.

»Ich liebe dich, Maila Janet August.«

»Das trifft sich gut, ich liebe dich nämlich auch, Alexander Vincent Blake«, erwidert sie leise und mit dem süßesten Augenaufschlag. Ihre Worte sind noch zärtlicher als die Melodie in meinem Kopf.

Es ist wie ein Wunder, dass Maila wirklich hier liegt und mir ihre Liebe gesteht.

»Eine Sache muss ich dir aber noch beichten«, sage ich und zwirbele eine ihrer Locken zwischen meinen Fingern. »Ich nehme an, Marcus hat dir von Tara erzählt und wie es damals dazu kam, dass ich die Band verlassen musste?«

Sie nickt, also fahre ich fort: »Leni und ich, wir hatten … einige Anfangsschwierigkeiten, um es mal vorsichtig auszudrücken. Zu unserem Glück hat Cassie damals dafür gesorgt, dass ich mich wieder in den Griff bekam, aber … seitdem hatte ich eine Art künstlerische Blockade.«

Im gelblichen Licht meiner Nachttischlampe schimmern Mailas Augen beinahe bernsteinfarben. »Was das Komponieren angeht, meinst du?«

»Ja. Deshalb konnte ich auch noch keinen Song für die Verfilmung der *Schicksalsschuhe* schreiben.« Ich unterbreche mein Flüstern für einen Moment, forsche in ihrem Gesicht nach Anzeichen von Unverständnis oder Enttäuschung, doch sie ist ganz ruhig. »Aber ich denke, das Problem hat sich vorhin gelöst«, sage ich deshalb lächelnd.

»So? Hast du etwa einen Song geschrieben?«

»Nicht irgendeinen. Deinen. Und ich glaube zwar nicht, dass er zu Tonia und den *Schicksalsschuhen* passt, aber ...« – ich tippe mir gegen die Schläfe – »da, wo er herkam, sind jetzt auch wieder andere. Es ist nicht mehr so still in mir. Die Musik ist zurück.«

Mailas Lächeln ist zunächst noch verhalten, doch dann gerät es immer breiter, bis ich zum zweiten Mal an diesem Tag das Gefühl habe, gebündeltes Sonnenlicht würde direkt auf mich treffen.

»Mein eigenes Lied?«, wiederholt sie tonlos und sichtlich gerührt. »Wie heißt es?«

Ich schürze die Lippen, grübelnd. »Also bisher heißt es *Mailas Song*, aber ich denke, ich nenne es *Der Herzschlag deiner Worte*.«

Sie hebt die Augenbrauen, bittet stumm um eine Erklärung.

»Die Textzeile kommt zwar nur in der Bridge des Liedes vor, aber ... Es war nun mal das Erste, was zu mir gesprochen hat, bevor wir uns wirklich kennenlernten. Deine Worte. Sie waren sofort lebendig für mich, haben mich neugierig gemacht und mir von dir erzählt, bevor du es konntest.«

Maila sieht mich so innig an, dass mir ganz warm wird.

»Ich möchte es hören.«

»Wenn du bleibst, spiele ich es dir morgen früh vor«, locke ich. Sie fasst wieder über Leni hinweg, doch dieses Mal packt sie die Haare in meinem Nacken und zieht mich noch einmal zu sich heran. »Du hattest mich doch schon längst, auch ohne eigenen Song«, wispert sie gegen meine Lippen, bevor sie ihre zärtlich dagegenschmiegt.

»Aber weißt du, ich muss dir auch noch etwas beichten, Alex.«

»Hm?« Maila streicht mit ihrer Nase über meine Wange, meine Schläfe, das Ohr. Dann küsst sie meinen Hals und grinst, als sie dabei die empfindliche Stelle trifft, die mich zugleich zucken und unterdrückt aufstöhnen lässt.

»Ich hatte auch lange eine Art Schreibblockade«, flüstert sie mir ins Ohr.

»Du? Du hast doch fünf Bücher in fünf Jahren geschrieben. Wie geht *das* denn mit einer Schreibblockade zusammen?«

»Indem ich nicht von der Menge spreche, sondern vom Inhalt.«

Ich überlege kurz, was sie damit andeuten könnte. Dann fällt es mir wie Schuppen von den Augen, und ich weiche zurück, um sie anzusehen. »Du meinst das Happy End von Tonias Geschichte, auf das deine Leserinnen bisher vergeblich warten, oder?«

Maila enthält sich einer Antwort, doch ihre triumphierende Miene spricht Bände.

»Was denn, bist du etwa mit dem letzten Buch fertig geworden?«, hake ich nach. Sie nickt freudig und auch ein wenig stolz, wenn ich es richtig deute. »Gestern Abend habe ich das finale Kapitel geschrieben.«

»Hey, herzlichen Glückwunsch! Und, was ist aus Tonia und Max geworden?« Maila dreht den Kopf weg, um ihr Lachen zu dämpfen. Noch kann sie nicht wissen, dass Leni für gewöhnlich wie ein Stein schläft. »Du bist doch wohl nicht parteiisch, was Tonias Liebhaber angeht?«, fragt sie liebevoll spöttelnd.

»Oh, und ob. Ich bin so was von Team Max!«, erwidere ich entschieden. »Also, schafft er es ins letzte Buch?«

Sie lässt mich noch eine ganze Weile zappeln, bis sie endlich mit den Schultern zuckt und sich große Mühe gibt, ihre Worte möglichst lässig klingen zu lassen. »Ich glaube, selbst wenn ich mich weiter gegen Max gesträubt hätte, wäre ich am Ende chancenlos gewesen. Tonias gesamte Geschichte wäre nicht authentisch geworden, hätte ich diese beiden nicht zusammenkommen lassen. Sie waren wohl ... von Beginn an füreinander bestimmt.«

Das Orchester in meinem Inneren spielt erneut auf, denn, o ja, manche Momente verlangen definitiv nach Musik.

»Ja, das glaube ich allerdings auch«, flüstere ich.

Und nun ist es plötzlich an mir, so breit zu strahlen wie die Sonne selbst.

Das Ende vom Anfang

Vincent

»*Jetzt sieh sie dir nur an, Vince. Sie haben uns etwas voraus, denn sie schweben definitiv im siebten Himmel*«, sagt Jane, und ich höre, dass sie lächelt.

»*Du bist wieder da?*«, frage ich erstaunt, den Blick weiterhin auf Alex und Maila gerichtet. Die beiden haben sämtlichen Kummer und alle Aufregung der vergangenen Tage für den Moment ausgeblendet.

Mit Leni zwischen sich liegen sie da und bestaunen sich gegenseitig ebenso wie die Entscheidung, die sie erst vor wenigen Sekunden getroffen haben: zusammenzubleiben, sich auf ihre Liebe einzulassen.

Es ist ein mutiger Schritt, aber auch ein wunderschöner. Würde die Welt genau jetzt untergehen und nur noch dieses Bett übrig bleiben – ich glaube, die drei würden es nicht einmal bemerken.

»*Dann wissen wir also endlich, wofür all unser Kummer gut war*«, sagt Jane zufrieden, ohne auf meine Frage einzugehen. Seitdem ich ihre Stimme das erste Mal hörte, sind einige Tage vergangen. Unmittelbar nach ihrem Tod war sie nur kurz erklungen und dann wieder verstummt. Da glaubte ich mich noch zu irren, dachte, mein Unterbewusstsein würde mir einen Streich spielen, so wie einem Schiffbrüchigen, der langsam, aber sicher vor lauter Isolation und Einsamkeit durchdreht.

Doch jetzt hege ich keine Zweifel mehr.

»*Und ob du es bist*«, stelle ich ruhig fest. »*Du hast schon früher immer nur das Gute in allem gesehen.*«

Nun lacht sie, und der helle Klang geht mir durch und durch. »*Natürlich bin ich es. Soweit ich weiß, sind wir bislang die Ein-*

zigen hier, Vince.« Es ist ein so großer Trost, sie zu hören. *»Wie geht es dir, Jane?«*

»Es geht mir gut. Dir etwa nicht?«

Ich schweige für eine Weile, doch dann beschließe ich, ehrlich zu sein, auch wenn ich das Gefühl habe, eigentlich nicht wütend sein zu dürfen. Schon gar nicht auf sie.

»Du hast mir Maila vorenthalten«, werfe ich ihr trotzdem vor.

Sie seufzt. »Vince, du weißt bereits, dass ich das nicht wollte. Zumindest nicht dauerhaft. Ich hatte alle Vorkehrungen getroffen, um unsere Tochter später zu dir zu führen. Und wir beide wissen, Maila hätte definitiv nach dir gesucht, hätte sie nur von ihrer Adoption erfahren. Immerhin fließt das Blut zweier Historiker in ihren Adern. Nach uns zu forschen wäre wie ein Instinkt für sie gewesen. Weshalb ich andererseits verhindern wollte, dass sie ihre Suche schon beginnt, während ich noch lebe. Denn spätestens über dich hätte sie auch zu mir gefunden. Schließlich kanntest du meine Adresse durch Alex' Briefe.«

Darauf erwidere ich nichts. Also durchbricht Jane nach einer unbestimmbaren Weile wieder die Stille. »Für mich ist es bis jetzt noch erstaunlich, wie nah uns das Schicksal wieder zusammengeführt hat. Durch deinen Jobwechsel damals, meinen Entschluss, nach meiner Rückkehr aus Finnland die erste Villa zu beziehen, die mein Vater hier in den USA gekauft und mir später vererbt hatte, und durch Mailas späteren Auszug aus ihrem Elternhaus lebten wir schließlich alle in einem Umkreis von nur wenigen Hundert Meilen. Da war es umso wahrscheinlicher, dass Maila auch mich ausfindig machen und plötzlich vor meiner Tür stehen würde.«

»Vermutlich«, gebe ich resigniert zu. Es kommt mir fast wie ein Wunder vor, dass ich nun, da ich Jane zwar nicht sehen, mich aber direkt an sie wenden kann, kaum noch Wut gegen sie empfinde.

»Und ich verstehe dich, Jane, wirklich. Aber dieser Verlust ist so immens! Im Gegensatz zu dir habe ich Maila verloren, ohne

sie je gekannt zu haben. Dass ich noch hier bin, weiß sie ja nicht. Und diese Schwelle zwischen uns ist unüberwindbar. Wie dickes Glas, durch das nur ich sie sehen kann, nicht aber umgekehrt.«

Dieses Mal ist es an Jane, zu schweigen.

»Vielleicht ist das ja die angemessene Strafe«, sinniere ich.

»Eine Strafe? Wofür?«

»Na ja, immerhin habe ich viele Fehler gemacht«, sage ich leise.

»Findest du?« *Ich höre das Schmunzeln in ihrer Stimme. Und ich erinnere mich sehr gut daran, wie schelmisch sie früher aussah, wenn sie so mit mir sprach. Maila hat diese Eigenschaft übrigens eindeutig von ihr geerbt. Glücklicherweise nur das und nicht diese furchtbare Krankheit.*

»Nein, sie ist vollkommen gesund«, *bestätigt Jane, die offenbar auch meine Gedanken lesen kann. Wie das möglich ist, weiß ich nicht, aber seit meinem Tod habe ich mir abgewöhnt, alles zu hinterfragen, was sich mir nicht erschließt.*

»Du hast aufgegeben, die Dinge zu hinterfragen?«, *hakt Jane empört nach.* »Was ist aus deinem Forschertrieb geworden? Interessiert es dich denn gar nicht mehr, warum du überhaupt noch hier bist?«

»Doch, brennend! Also, wenn du auch darauf eine Antwort hast ...«

»Was glaubst du denn, Vince?«

»Mittlerweile denke ich, ich sollte doch noch erfahren, was damals passierte. Dass es Maila gibt. Und wie es dir nach unserer Trennung ergangen ist. Darum habe ich auch Alex begleitet und nicht Cassie. Weil er ...« *Ich stocke.*

»Führ den Gedanken doch zu Ende«, *ermutigt mich Jane.*

»Weil Alex zunächst dich kennengelernt hat und dann auch Maila. Und weil er all diesen Ungereimtheiten und Geheimnissen, die wir hinterlassen haben, auf den Grund gegangen ist.«

Wir schweigen für einige Sekunden, in denen ich mir die Ereignisse nach meinem Tod noch einmal bewusst mache.

»*Meine Frage vorhin war längst nicht so sarkastisch gemeint, wie du sie aufgeschnappt hast*«, sagt Jane schließlich. »*Ich weiß natürlich, dass du Fehler gemacht hast. Aber gewiss nicht nur, Vince! Denk doch mal an Alex. Dank dir hatte er einen Vater – und zwar einen tollen. Außerdem habe auch ich einige Entscheidungen getroffen, die bestimmt nicht korrekt waren. Aber unsere Kinder ...*« Sie macht eine kurze Pause, und ich weiß, dass ihr Blick dabei, ebenso wie meiner, erneut auf Alex und Maila ruht, die inzwischen eingeschlafen sind. Stirn an Stirn liegen sie da, beide einen Arm um das kleine Mädchen in ihrer Mitte geschlungen. Nichts, was ich je gesehen habe, hat mehr Frieden und Geborgenheit ausgestrahlt als dieses Bild.

»*Sieh dir doch nur unsere Kinder an, Vince*«, wispert auch Jane voller Zärtlichkeit, als ob die drei uns hören und aufwachen könnten, würde sie nur ein wenig lauter sprechen.

Den Blick auf die stille Szene unter mir geheftet, dauert es nicht lange, bis ich auch an meine andere Tochter denke, die zwar in diesem Bild fehlt, nicht aber in meinem Herzen. Vermutlich schläft Cassie nach dem nervenaufreibenden Tag von Janes Beisetzung nun ähnlich erschöpft in Neds Armen.

»*Alle unsere Entscheidungen haben, zusammen mit denen unserer Kinder, schließlich zu genau diesem Moment geführt*«, sagt Jane eindringlich. Mit einem Mal wirkt sie wie die Stimme meines eigenen Unterbewusstseins. »*Und nur dafür warst du hier, Vince. Allein für diese Erkenntnis. Also ... überlege gut. Bitte, überlege sehr gut, wie du dich entscheidest!*«

»*Dafür war ich hier?*«, frage ich, und die Betonung liegt auf »*war*«. »*Und wie meinst du das, wie ich mich entscheide? Was denn entscheide?*«

Ich lausche schon ein paar Sekunden in die Stille und warte vergeblich auf Janes Antwort, als es plötzlich wieder geschieht.

Wie aus dem Nichts heraus ist er zurück, dieser mächtige Sog, der mich schon ganz zu Beginn meiner Reise über dem Golfplatz erfasst und an Alex' Seite wieder losgelassen hatte.

Alles geht unsagbar schnell. In einem tosenden Fluss aus gleißendem Licht werde ich davongerissen, befinde mich im Auge eines Wirbelsturms, orientierungslos, geblendet und erfüllt von einem vibrierenden Rauschen, das immer stärker wird. Ich verliere jegliches Gefühl für Zeit und Raum, bis sich meine Angst schließlich ebenso auflöst wie der anfängliche, natürlich zum Scheitern verurteilte Impuls, mich irgendwo festklammern zu wollen.

Irgendwann habe ich mich endgültig ergeben und lasse mich nur noch treiben, ohne darüber nachzudenken.

Die Vibrationen, die mich durchrieseln, werden stärker, rhythmischer. Gleichzeitig verliert das Licht, das mich umgibt, an Intensität. Ich hinterfrage das Ganze nicht länger. Ich weiß einfach, dass es einen Grund und Sinn hierfür geben muss.

Und schließlich höre ich wieder eine Stimme. Doch dieses Mal ist sie männlich. Und fremd.

»*Sir? ... Sir, hören Sie mich?*«

Ich überlege, ob ich den Mann, der mich so verzweifelt anspricht, nicht doch irgendwoher kenne. Aber nein, ich denke nicht. Und wenn, dann nur ganz flüchtig.

Oder?

»*Überlege gut!*«, *hallt Janes Stimme in mir nach.*

Das Vibrieren verstärkt sich weiter, geht eher in ein Klopfen über, in ein rhythmisches Drücken. Das Rauschen wird hingegen leiser und das Licht immer schwächer.

Ich scheine mich dem Ende meiner Reise zu nähern.

»*Sir, atmen Sie! Atmen Sie doch endlich, verdammt!*«

Es ist seltsam, denn meinem Gefühl nach müsste mir der Mann, zu dem diese verzweifelte Stimme gehört, ganz nah sein. Doch ich höre ihn, als würde ich meilenweit über ihm schweben. So weit, dass ich ihn nicht einmal sehen kann.

Aber nein, ich schwebe nicht mehr. Ich ... ja, ich liege irgendwo. Es ist kalt unter mir, hart und leicht uneben. Mein Rücken ist ganz feucht.

Das rhythmische Drücken wird noch stärker, die Stimme des

Mannes lauter. Jetzt höre ich nicht mehr nur, was er sagt, ich höre ihm auch zu. Er fordert mich auf zu atmen.

Zu atmen?

Tue ich das denn nicht? Oder anders, muss ich das überhaupt noch? Meine Fingerspitzen bewegen sich leicht. Ich spüre Gras.

Moment einmal, meine Fingerspitzen?

Gras?

Wo zum Teufel bin ich?

Und seit wann habe ich wieder einen Körper?

»Bitte, überlege sehr gut, wie du dich entscheidest!«, fordert mich eine andere Stimme auf. Sie ist ebenso weit entfernt wie die des Mannes, aber weiblich ... und kommt mir irgendwie bekannt vor. Ist es ... Jane?

Jane Maddox?

Für einen kleinen Moment streifen mich unzählige Bilder, wie Fragmente eines Traums, der mir endgültig zu entgleiten droht.

Ich sehe meine Familie an einem Grab stehen und weiß, dass es mein eigenes ist.

Ich sehe eine Frau im Rollstuhl, eingefallen und bis auf die Knochen abgemagert, und weiß, dass es Jane ist.

Ich sehe eine junge hübsche Frau, von der ich glaube, ihr noch nie zuvor begegnet zu sein, und weiß, dass es meine Tochter ist.

Maila.

Maila Janet August.

Ihr Name durchfährt mich wie ein Schock.

Sie ist nicht nur meine Tochter, sondern auch Janes. Wir haben ein gemeinsames Kind.

»Sir, Sir? ... Oh, ich glaube, seine Augen haben sich bewegt. ... Da! Hören Sie mich, Sir?«

Und mit einem Mal erinnere ich mich wieder an alles.

Alles, was sich nach meinem Tod ereignet hat und dessen Zeuge ich an Alex' Seite geworden bin, ist wieder da.

Mit einer Klarheit, die mich zugleich erhellt und blendet, begreife ich genau, was hier gerade geschieht ... und welche Möglichkeiten mir bleiben.

Denn ich weiß plötzlich mit Gewissheit, dass ich noch gar nicht tot bin. Und das ist wohl die wichtigste, die entscheidendste Erkenntnis.

Ich bin nicht tot.

Stattdessen liege ich nach wie vor auf meinem Heimatgolfplatz, auf dem Fairway des vierten Loches, dort, wo ich – vermutlich erst vor wenigen Minuten – einen Herzinfarkt erlitten habe.

Wie auch immer das möglich ist.

Diese verzweifelte männliche Stimme gehört jedenfalls zu dem tapferen jungen Mann, der herbeigeeilt ist und nun sein Bestes gibt, um mich wieder in mein altes Leben zu holen.

Momentan stehe ich offenbar genau auf der Schwelle zwischen Leben und Tod. Die Welt um mich herum scheint innezuhalten, und ich fühle, dass es allein meine Entscheidung sein wird, wie es nun weitergeht. Ich kann zurückgehen, kann mich erholen und mit ein wenig Glück noch ein paar Jahre leben. Jahre, in denen ich mehr reisen, mehr Zeit mit Leni verbringen, mit Alex wieder über Literatur sinnieren und Cassie vielleicht irgendwann wirklich zum Altar führen kann. Natürlich würde ich dabei auf meine ursprünglichen Pläne verzichten und den armen Ned nicht mit Blicken wie Pfeile durchlöchern, denn das hätte der gute Junge weiß Gott nicht verdient.

Vor allem aber könnte ich Maila endlich wirklich kennenlernen und ...

Oh! ... O nein!

Ned und Cassie sind in dem Leben, das ich zurückließ, ja noch gar kein Paar. Hier trauert Cassie immer noch verzweifelt dem Idioten nach, der sie schon zweimal für eine andere verlassen hat und den sie doch immer wieder zurücknimmt, sobald er angekrochen kommt.

Cassie ist Ned schließlich erst auf meiner Beerdigung begegnet.

In mir dreht sich alles, als mir bewusst wird, dass dasselbe auch für Alex und Maila gilt. Sie sind sich erst nach meinem Tod begegnet – zusammengeführt von Jane, die Alex ebenfalls erst bei meiner Beisetzung getroffen hat.

Als ich eine leise Ahnung davon bekomme, in welche Richtung mich meine Erkenntnisse führen könnten, versuche ich mir voller Verzweiflung Mailas Gesicht ins Gedächtnis zu rufen. Doch es gelingt mir nicht. Erschrocken realisiere ich, dass ich zwar noch weiß, dass sie ein äußerliches Merkmal von Jane geerbt hat, ich mich jedoch beim besten Willen nicht mehr daran erinnern kann, welches. Ihr Mund? Oder hat sie die gleiche sommersprossige Nase wie ihre Mutter? Oder sind es Janes grüne Augen?

Es fällt mir nicht mehr ein, sosehr ich mich auch anstrenge.

Meine Erinnerungen entgleiten mir.

Und musste ich vorhin nicht auch schon überlegen, zu wem die Stimme gehörte, als Jane mich so eindringlich bat, meine Entscheidung gut zu überdenken?

Mit einem Schlag wird mir bewusst, was das alles zu bedeuten hat. Nun erst kenne ich meine Optionen wirklich. Denn wenn ich mich dafür entscheiden sollte, in mein altes Leben zurückzugehen, wird es auch genau das sein – mein altes Leben.

Genau so, wie ich es verlassen hatte.

All das, dessen Zeuge ich an Alex' Seite bereits werden durfte, wird unwiderruflich erlöschen.

Und das mit gutem Grund.

Denn nichts davon ist schon geschehen.

Und nichts davon wird jemals geschehen, wenn ich tatsächlich zurückgehe. Das wird mir schlagartig klar.

Cassie und Ned werden sich ebenso wenig kennenlernen wie Jane und Alex. Vermutlich wird Jane sterben, ohne dass Alex ihr jemals bewusst begegnet ist.

Infolgedessen wird Maila zur LitNight fahren und Alex dort ganz sicher nicht treffen. Somit ist eigentlich auch ausgeschlos-

sen, dass Maila rechtzeitig von Jane erfährt. Mutter und Tochter werden sich also nicht sehen, sich nicht mehr voneinander verabschieden können. Maila wird Jane auch nicht sagen können, dass sie ihr vergibt. Sie wird nie aus erster Hand erfahren, wie sehr sie von Jane geliebt wurde. Und womöglich auch nie, dass sie vollkommen gesund ist.

Und ich? Ich werde nicht für die Aufklärung all dessen sorgen können, weil das nicht mein vorgesehener Part im Leben ist. Gehe ich wirklich zurück, werde ich nicht einmal mehr wissen, dass Maila überhaupt existiert.

Ich werde sie einfach vergessen haben. So wie alles andere.

Meine Entscheidung fällt binnen eines Herzschlags.
    Und niemand könnte verwunderter darüber sein, dass es ausgerechnet mein Herzschlag ist.
    Aber richtig, auch das ergibt durchaus einen Sinn. Schließlich gibt es hier noch eine letzte Aufgabe für mich – eine alles entscheidende Weiche, die gestellt werden muss.
    Mich streift der Gedanke, dass, wer auch immer dies hier alles lenkt, ein verdammter Fuchs sein muss.
    »Überlege gut!«, höre ich die sanfte weibliche Stimme noch einmal sagen.
    »Das mache ich. Und dieses Mal vermassele ich es nicht, Jane!«, verspreche ich ihr in Gedanken.

»Der Herzschlag deiner Worte« – so wird der Song heißen, den mein Sohn in ein paar Monaten für Maila schreiben wird. Doch jetzt kommt es erst einmal darauf an, dass ich meinen *letzten Herzschlag für die Essenz all der Worte nutze, die zwar noch gar nicht gesagt wurden, die ich aber dennoch schon hören durfte.*
    Also los!

»Ich glaube, er kommt zurück. Da ...«

Ein fremder Männermund presst sich über meinen, flößt mir Luft ein. »Ja, da war ein Herzschlag«, sagt er im Zurückweichen und drückt weiter auf meinem Brustkorb herum.

Ich atme. Und jetzt spüre ich auch, dass ich das bis gerade definitiv nicht getan habe, denn mit diesem einen Atemzug, der wie Feuer in meiner Brust brennt, löst sich plötzlich alles, was bis gerade noch leicht und sanft um mich herum war, einfach auf.

Ich habe das Gefühl, nicht nur auf dem Gras des Golfplatzes zu liegen, sondern jetzt erst aus meinem bislang schwebenden Zustand abzustürzen und mit aller Kraft auf den harten Boden geschleudert zu werden.

Dann bin ich wieder da, wenn auch extrem geschwächt. Doch es reicht, um die Lider aufzuschlagen. Prompt werde ich vom Sonnenlicht geblendet und kneife die Augen zu.

Uff! Der Schmerz in meiner Brust ist ebenfalls zurück – so heftig, dass er mich zu erdrücken droht. Und das darf er, soll er sogar, aber noch nicht jetzt.

Erst muss ich noch etwas loswerden.

Etwas Entscheidendes.

Mit einer Kraftanstrengung, die sich anfühlt, als würde ich mich gegen einen Panzer stemmen, hebe ich meinen Arm ein kleines Stück an und packe den fremden jungen Mann am Ärmel seines Shirts. Verblüfft hält er inne.

Und vielleicht besiegelt genau dieses Unterbrechen seiner Maßnahmen mein Schicksal endgültig.

Hinter mir zieht jemand scharf die Luft ein. Das muss mein alter Freund Rick sein. Ich keuche seinen Namen. Meine Stimme klingt fremd, sogar in meinen eigenen Ohren. Dennoch ist Rick sofort bei mir.

»Vince, ganz ruhig, der Notarzt ist schon unterwegs«, beteuert er. Ich habe das Gefühl, den Kopf zu schütteln, doch offenbar

rühre ich mich dabei kaum. »Jane«, presse ich lediglich hervor. »Jane Maddox.«

Ricks Stirn legt sich in Falten. Kein Wunder, denn der Name ist ihm bekannt, auch wenn er ihn vermutlich schon lange nicht mehr gehört hat. Erst recht nicht aus meinem Mund.

»Jane? Was ist mit ihr?«

»Schreib ihr, sie soll kommen«, fordere ich mit letzter Kraft. »ALS-Stiftung … Adresse«, keuche ich unter heftigen Schmerzen. Rick versteht zum Glück sofort, worauf ich hinauswill. »Ich finde Janes Adresse schon, Vince. Aber … wohin soll sie denn kommen?«, erkundigt er sich. Sein vertrautes Gesicht ist schrecklich blass, der Blick besorgt, geschockt, fragend. Vor allem jedoch ist er ahnungsvoll.

Ja, ich glaube, Rick weiß bereits, dass die kommenden Worte meine letzten sein werden.

»Jane Maddox muss zu meiner Beerdigung kommen … Bitte!«

Kaum ausgesprochen, schließen sich meine Augen wieder. Der Schmerz und alle Anspannung weichen aus meinem Körper.

Bereitwillig überlasse ich mich dem Sog, der mich schon erwartet und sofort wieder erfasst.

Aber dieses Mal empfinde ich es nicht so, als würde er mich davonreißen. Es ist eher ein Auffangen, als sei ich ein abgestürzter Trapezkünstler, der in seinem Sicherheitsnetz landet.

Nein, ich habe keine Angst mehr. Denn dieses Mal gehe ich mit dem Gefühl, die wichtigste Entscheidung meines Lebens eindeutig richtig getroffen zu haben.

Es ist kein Abschied, zumindest nicht für mich. Denn jetzt sind sie alle wieder bei mir, Vivian, Jane und meine Kinder.

Alle Kinder, auch Maila.

Ich sehe sie mit einer Klarheit vor mir, die mich lächeln lässt.

»Danke, Daddy!«, wispert sie.

Ein warmes Gefühl macht sich in mir breit, strömt aus mir heraus, umgibt und trägt mich schließlich.

Wohin, das weiß ich nicht. Aber ich bin bereit.
»Für euch«, sage ich in Gedanken zu meinen Liebsten.

Und damit erlischt auch meine Fähigkeit zu denken.

Danksagung

Im Oktober 2015 berichtete ich meiner damaligen Lektorin Isabell Spanier von einer neuen Romanidee. Vielen Dank, liebe Isabell, dass du dich sofort so für Alex' und Mailas Geschichte eingesetzt hast. Ich hoffe, dir geht es gut und du denkst auch so gern an unsere Zusammenarbeit zurück wie ich.

Außerdem danke ich Eliane Wurzer (schnief!) und Andrea Müller (noch mal schnief!) für das Verständnis, das sie während der Entstehungsphase dieses Romans gezeigt haben. Jede Autorin kann sich glücklich schätzen, eine solche Unterstützung zu erfahren!

Natürlich danke ich auch wieder meiner großartigen Familie, allen voran meinem Mann Oliver und unseren beiden Kindern Mariella und Giuliano. Es sind wirklich die herberen Schicksalsschläge, bei denen sich zeigt, wie eng eine Familie zusammenhält. Ich bin sehr stolz und vor allem dankbar, zu euch zu gehören.

Auch unser neuestes Familienmitglied, unsere süße Portugiesische Wasserhündin Mayla (die ihren Namen durch die Protagonistin dieses Buches erhalten hat – »Die, die das Wasser liebt«) möchte ich an dieser Stelle erwähnen. Das letzte Baby hat immer Fell, heißt es. Und so ist es wohl.

Sandra, Beate und Gabriela, danke, dass ich stets auf euch zählen kann. Wir sehen uns viel zu selten, aber ihr seid oft in meinen Gedanken und immer in meinem Herzen.

Besonders möchte ich mich auch bei Gisela Klemt, meiner Lektorin, für die großartige Zusammenarbeit bedanken. Die bestmögliche Version dieser Geschichte – ich glaube, das haben wir gemeinsam geschafft. Danke dafür und auf viele weitere Projekte!

Und last but not least danke ich – wie immer – meinen treuen Leserinnen und Lesern. Ihr seid die Besten, und ich liebe den Austausch mit euch. Und für alle, die beim Lesen gern gehört hätten, wie Alex' Song für Maila denn nun klingt, hier ein kleiner Bonus: »The Heartbeat of Your Words – Mailas Song«.

Viel Spaß beim Online-Stöbern, ihr Lieben! ☺

Eure Susanna